婚久不昏

THE SEVEN-YEAR ITCH

晓月 著

图书在版编目（CIP）数据

婚久不昏 / 晓月著. — 北京：北京联合出版公司，2018.5

ISBN 978-7-5596-1997-6

Ⅰ. ①婚… Ⅱ. ①晓… Ⅲ. ①长篇小说－中国－当代 Ⅳ. ① I247.5

中国版本图书馆 CIP 数据核字（2018）第 075925 号

婚久不昏

作　　者：晓　月
出版监制：柯利明　吴　铭
总 策 划：张应娜
责任编辑：宋延涛
特约编辑：灰　禾
封面设计：弘果文化传媒
版式设计：张志浩

北京联合出版公司出版
（北京市西城区德外大街 83 号楼 9 层 100088）
三河市航远印刷有限公司印刷　新华书店经销
字数 310 千字　635 毫米 × 910 毫米　1/16　23 印张
2018 年 7 月第 1 版　2018 年 7 月第 1 次印刷
IBSN 978-7-5596-1997-6
定价：42.00 元

在一起太久了，
是不是什么都会变成习惯？
习惯用一个牌子的牙膏，
习惯加半勺糖的番茄炒蛋，
习惯睡觉前不再拥抱彼此，
习惯打电话只是报个平安。

你们之间的爱情，
什么时候开始，
变得乏味、无聊、难以满足？
屋子越来越小，
空气越来越凉，
为什么曾经相爱的两个人，
却把对方越推越远？

是爱不在了？
是你我变了？
还有没有机会回到从前？
或许你可以在这个故事里找到答案。

婚久不昏

The Seven-Year

Itch

CONTENTS

目录

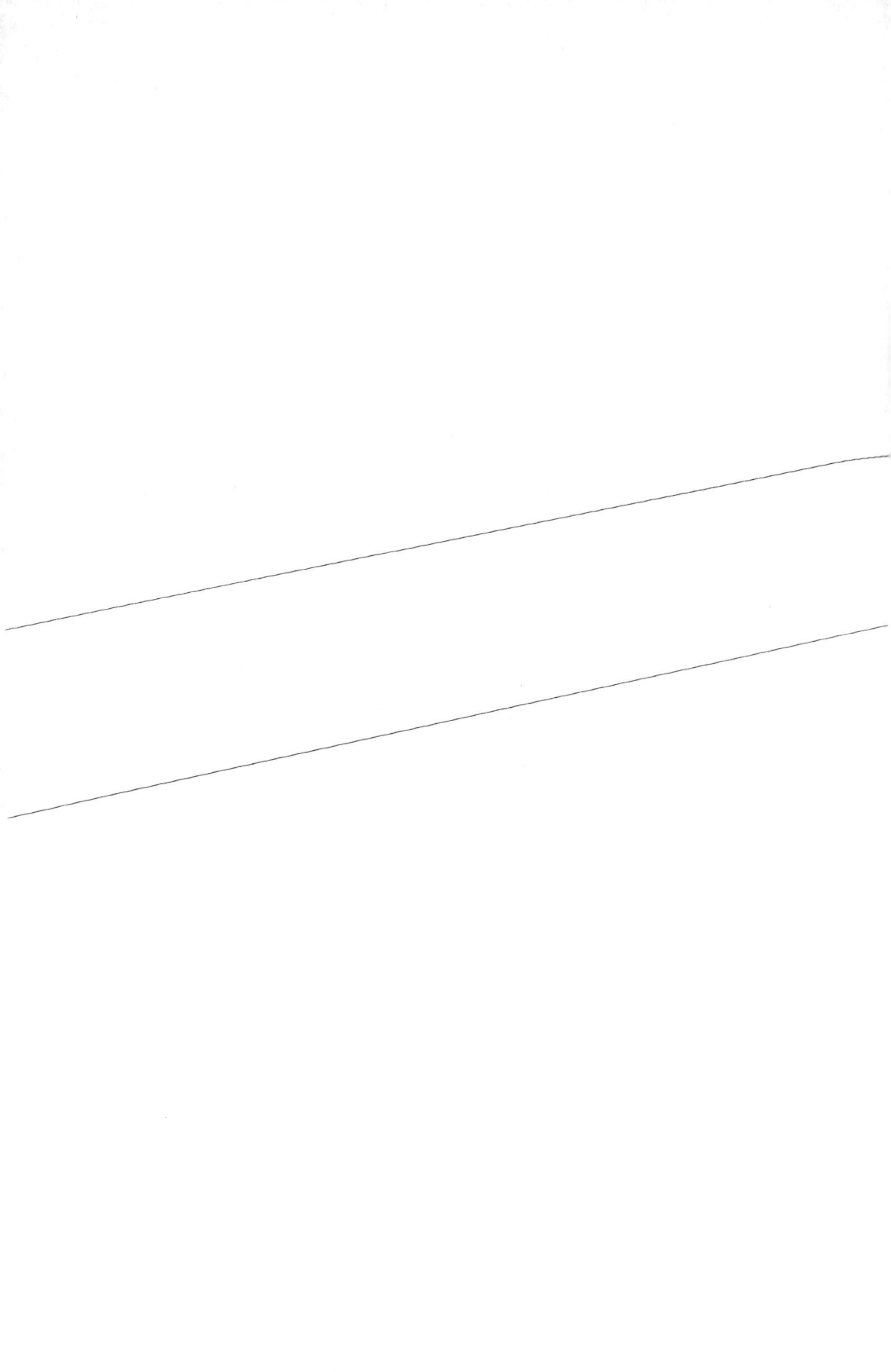

第 1 章
预感

最近他回来得越来越晚。即使是同睡一张床，她也觉得他离自己很遥远，所谓的咫尺天涯，大概就是这样吧？

1.

肖毅刚回家，手机就响了，他把公文包扔在沙发上，皱着眉烦躁地松了松领带，一手叉腰，一手接电话："不行，你们现在才说条款有问题，早干什么去了？合同明儿一早必须盖好章送到孙特助的办公桌上，这事情不解决，出了任何后果由你们一方完全负责！"

一直等着丈夫回家的孙萌萌正坐在卧室的床上看书，她目光停留在书的某一页上，根本无法看进去。她抬起头，刚才肖毅进门的时候是晚间十一点，现在钟表的指针已经指向了十一点半，此时的他仍在客厅里急躁地讲着电话。

过了好一会儿，浴室里才传来流水声。肖毅换了睡衣，一脸疲惫地走进卧室。"这么晚了还没睡啊。"他说着便倒头躺下。孙萌萌从身后抱住他："老公，有件事和你说！"

肖毅闭着眼睛无力地说："嗯，你说。"

"这几天奶奶身体不舒服，我们周末去看看她？"孙萌萌的话还没有说完，就听见肖毅发出了均匀的呼吸声，她推了推他："老公！"

肖毅猛然惊醒："啊？怎么了，老婆？"

“我和你说话呢！”

肖毅拍拍她放在自己腰间的手：“老婆，老公真累了！明天说啊？”

接着他便又沉沉睡去。

可能是夏天最后的一场雨了，天气渐渐转凉，孙萌萌悄悄地坐起来，用毛巾被把自己睡裙外面的腿裹好。这样性感的真丝睡裙她还是第一次穿。她习惯性地用手理了理自己的短发，不情愿地躺下来，身旁的男人依旧还是背对着她，他好像是真的累了。

夜很静，即便窗外雨声不断，彼此的呼吸声还是能够清晰地听见。孙萌萌今年二十七岁，肖毅是她的初恋，他们恋爱四年，结婚三年，今年刚好是七个年头。刚恋爱时，肖毅还在给别人打工，之后辞了职，从小皮包公司开始创业，现在事业正处于一个分水岭，每天全力冲刺。最近的日子，他的生活就是工作，工作就是生活，家对于他来说只是一个能安心睡觉的地方。

孙萌萌看着丈夫的背影，根本没法合眼。最近他回来得越来越晚。很多次她半夜醒来，肖毅不知何时已经躺在身旁，但和她中间隔着的距离足足还能睡下一个人。即使是同睡一张床，她也觉得他离自己很遥远，所谓的咫尺天涯，大概就是这样吧？

她的身体贴过去，用手搂住他的后背，轻轻地喊他：“老公……”

他没有回答，但是她知道他听得到。同床共枕这么多年，他的呼吸声怎么能骗得过她？

肖毅的沉默像一双无形的手紧紧地箍住孙萌萌的脖子，让她呼吸有些困难，她重新躺下，腻着他，把脸贴在他后背上，一只手顺着他的睡衣摸进了他的胸膛。

“老婆，我真的太累了，都一点半了，睡吧！”肖毅拍了拍她缠在他腰间的另一只手，仍旧没有转身。

孙萌萌没有松开他，用自己胸前的柔软紧紧地贴着他。和这套一起买的睡衣一共有三套，都很美很性感，是之前她从来没有穿过的款式。她还在想如何才能唤起他对自己的热情，可肖毅已经“沉沉”地睡去了。

第二天清晨，与以往的任何一个早上一样，两个人在桌边默默地吃着早饭。除了墙上钟摆的嘀嗒声，能听到的就是他们彼此的吞咽声。

肖毅最近很少在家里吃晚饭，所以孙萌萌将早餐准备得格外用心。六分熟的鸡蛋是肖毅的最爱，白米粥最适合他不太好的胃口，另外几样青菜也是他平时喜欢吃的。可她真怀疑他是不是觉得难以下咽，他吃得那么快，几乎没有咀嚼就吞了下去。

“怎么，没胃口？”孙萌萌轻轻地问。

“没有，赶时间！”

“哦，”孙萌萌看到肖毅三口两口把粥喝光了，站起来端过他的碗准备再去厨房给他盛一点儿，“奶奶最近总是说身体不舒服，估计是换季的缘故吧，这时候体质弱的老人孩子最容易闹毛病，那天她还念叨你呢！”

“这是他们帮我办的另一张金卡，忘了给你了，你回头带奶奶好好检查检查，”肖毅的头没有抬，“另外想买什么随便买。”

孙萌萌愣了一下，皱了皱眉头，端着碗刚走进厨房，就听肖毅说了一声：“老婆，我上班了啊。”

她赶忙从厨房里出来，肖毅已经走出门了。餐桌上留下一张信用卡，窗外的阳光透进来，照得它闪闪发光。

孙萌萌拿起那张卡看了一会儿又扔在了桌子上。她追到阳台上，肖毅正从楼门里走出来，她期盼他能回头看她一下，可他的脚步那么匆忙，好像有无比重要的事情等着他去做，他只是大步地朝着地下停车场的方向走去。

回到客厅，墙上的时针才指向七点半，她把碗筷收拾好，拿进厨房。孙萌萌对着满桌的锅碗瓢盆愣了两分钟，开始慢慢收拾。

新的一天又开始了。

2.

孙萌萌的工作是姥爷去世前给她安排的，一家半国企性质的出版社，福利不错，工作清闲。她今天明显有些精神恍惚，连同事微微凑过来都没有发现。

“萌萌，昨天晚上是不是和你老公折腾太久了，看你这眼眶发青一脸梦游样儿。”微微坏笑着，“明天我请了一天假，校稿的事可得拜托你啦！”

孙萌萌尴尬了一下，肖毅最近早出晚归，一沾枕头就困得不行，其实他们已经很久没有在一起“研究作业”了。

“微微，你要为结婚做准备就挺忙的了，有什么要帮忙的尽管说。”

微微摇摇头，低声说：“亲爱的，你是我见过的这世上最善良美丽的姑娘，我要是骗你，自己都觉得天理不容。”她又凑近了些，看看四周无人接着说，“我在外面一直做兼职，最近又有个好机会，要是没什么意外，估计我结婚后就辞职去别地儿了！”

孙萌萌睁大眼睛：“你要辞职？”

微微点点头：“你这是什么表情？咱们社里除了相对稳定一点儿，工资实在算是稀松平常，基本上就是个养老的地儿。我才三十岁不到，这多久是一辈子啊？我不能和你比，你有那么优秀的老公养，工作就是出来解个闷，我可不行，不光要赚钱养活自己贴补家用，还得和老公一起供房子呢。你不知道，我们这次结婚贷了五十万的房贷，另外还找他姐姐借了二十万，就连婚礼还借了他哥们儿好几万呢！这都是债啊，等着我回头去还呢，苦逼的人生啊，现在是房奴婚奴以后还得成为孩奴。干得好不如嫁得好，真是至理名言，我多羡慕你有好命直接钓了个金龟婿……”

“那就节省一点儿嘛，干吗要借这么多钱？”她不理解这样为了面子活受罪是为了什么。可能因为她从小就不缺钱，所以对金钱也没有什么太大的渴望。

“唉，我表姐嫁了个有钱人，婚礼就是在喜来登办的，我妈就我这一个女儿，气不过，差点儿没把我老公逼得上了吊。可我们家和他们家都是工薪家庭，哪能和人家比排场啊？”

“那你老公还同意？”

微微刚才还愁眉苦脸，这时又眉开眼笑了：“那是，因为爱我呗！”

门外传来人事部张姐的声音：“中午饭厅吃红烧鸡翅。”

微微看看表：“我还真有点儿舍不得这儿了，这才十点半就都准备吃午饭了。”

肖毅泊好车，迈开大步向大厦的正门走去。三十岁正是男人一生中的黄金期，再加上他本就生得英俊高大，经过几年商场上的历练，周身散发出成熟男人的气质。

公司前台的小姑娘投来无比倾慕的目光，脸红地和他打招呼。另外几个“白骨精”也把目光投向他，送上微笑。

“肖总，早！”

“早！”

一年前肖毅的公司才从以前的地方搬到了现在寸土寸金的商业大厦写字楼里，公司形象提升了，钱赚得也多了，可是压力和风险也比以前不知大了多少倍。早上两个小时很快就过去了，桌上的电话响了起来，他从文件堆里抬起头来，拿起听筒：“喂，李行长啊，你说什么？和中建项目的贷款要延期拨付？”

肖毅放下听筒，阳光照在他的脸上。他的助理水灵默默地看了好一会儿，好容易收回目光拢了拢长发，适时地把一杯绿茶递到他的手边：“喝点儿茶吧，德方总代的谈判进展很顺利，明天我约到了马克先生在中国的秘书。”

肖毅松了口气，端起茶看着水灵：“你约到了马克先生的秘书？辛苦你了！”

水灵摇摇头，对着他温柔地一笑。

下午四点半的时候，孙萌萌和往常一样给肖毅打电话，没人接，过了二十分钟她又重新打了过去。听到肖毅的声音，她脸上不自觉地挂着甜甜的微笑：“老公，今天几点下班，你想吃什么？”

“今天晚上估计还要加班，你别等我了！”肖毅的语气略带着一丝不耐烦，孙萌萌从话筒里隐隐约约听到有人找他商量事情的声音。

“那好吧，”孙萌萌的声音不自觉地带着几分委屈和失望，“你早点儿回来，我给你等门呢！”

“你早点儿睡吧，不用等我，我先挂了啊！”肖毅没有等妻子说完就挂了电话，孙萌萌对着手机发呆了好久，心里又是一阵怅然若失。

肖毅外表看起来文质彬彬，可骨子里其实是个很霸道，还有点儿大男子主义的男人。结婚后，他就提议让萌萌不要去上班了，她没答应。那时她虽然没有什么远大的抱负，可是作为现代女性，她潜意识里觉得女人还是应该有一份工作。

他创业的时候，她也提出过要去帮他，被他果断地拒绝了，他说公司刚开始，他不要自己的老婆跟着他吃苦，后来此事也就不了了之。毕业结婚后，渐渐她的生活不知何时开始就和微微说的一样，工作于她不过是个打发时间的差使，她生活的全部重心都是家庭，都是肖毅。

“幸福的小女人今天怎么不高兴了？”微微过来打趣她。

“有那么明显吗？”孙萌萌看着关掉的液晶显示屏，自己的样子浮现在里面。

“有啊有啊，萌萌你知不知道，你就是一张白纸，喜怒哀乐都能表现在脸上。连我都能看得一清二楚，我估计你一定被你老公吃得死死的。”

孙萌萌眨眨眼，眉头微蹙起来。微微说得很对，她同肖毅在一起七年了，谈恋爱时，她任何的心理变化都能被肖毅准确地察觉到，他说只有真的爱一个人，才会不遗余力地去探索她的内心，并且以此为乐不会厌倦。可是从什么时候开始，她的失落，她的小心思，他开始视而不见了？

这念头转瞬即逝，孙萌萌摇摇头，婚姻哪能和恋爱一样，况且他现在这么忙，可自己心里却隐隐有些不安。

下班后，孙萌萌去医院给奶奶拿药。孙萌萌的家庭条件很好，和如今很多女孩子一样是被几个大人捧在手心里长大的。可是唯一让她感到遗憾的是，疼爱她的老人们相继离世，奶奶最近身体也大不如前。

她骨子里是个渴望温暖的小女人，希望身边的每一个人都幸福平安，这样的幸福她极力呵护，希望能一直持续到人生的尽头。

李大夫是中医院的老专家了，比奶奶小不了几岁，以前和爷爷的关系也很好。他已年近七十，可是一直被医院挽留至今。奶奶的药方都是现成的，每次只需要李大夫开个单子，她直接就能去抓药。

"你奶奶这个身体西药最好少服，平日里还是多用中药调理，最关键的是人上了年纪身体各个零件本来就老化脆弱，千万别让她生气着急。"李大夫几乎是看着孙萌萌长大的，也拿她当自己半个晚辈。

"李爷爷，您放心吧，我不会气着奶奶的！"说着孙萌萌顽皮地吐了下舌头。

"知道你从小听话，不过人年纪大了，就是希望孩子们多去看看，你爷爷奶奶都是耿直的人，最怕给孩子们添麻烦，才没和你们住在一起，你们有时间就去陪她吃个饭。"

"我知道了，李爷爷！"孙萌萌心里突然清晰起来，以前每半个月肖毅都会和她一起去奶奶家吃饭，可是最近两个月因为他工作忙，每个星期都是她自己去看奶奶。

中药房里人满为患，孙萌萌神游太虚，不留神撞到了迎面的一个人，那人已经拿完了药，袋子里的中药叽里咕噜地滚落了一地。

“对不起啊！”孙萌萌蹲下来，赶忙把小包装的中药从地上捡起来放到袋子里，以前她一有心事就爱走神，为此肖毅坚决反对她学车，可是结婚前，妈妈执意要陪送她一辆甲壳虫，肖毅也不好太阻拦，可也不放心，等她拿到车本后又足足陪她练了两个月的车才让她开车上马路。

“你怎么回事啊？走路都不用看人的吗？”

孙萌萌抬起头，这才发现她撞到的是一个长发的大美人。此时她虽然一脸的怒气，可是依旧美得那么耀眼。

“对不起，已经捡好了！”孙萌萌估算了一下时间，也就耽误了两三分钟吧，这姑娘这么大的火气八成真有要紧的事情。

“对不起，对不起有什么用？我一会儿有急事，我老板现在就在外面等着我呢，要是耽误了，你赔得起？”

“小姐，既然这么着急还不快点儿走，你吼得这么大声几分钟又过去了。”孙萌萌把袋子举到她的面前晃了晃。

女孩子抓过来，恨恨地离开了。

孙萌萌看着她匆匆忙忙的背影，耸了耸肩：“老板真是照顾员工啊，连拿药也亲自陪护。”不过她也隐隐地明白了，这姑娘这么大的火气，估计是不想让她老板久等，真是个“好员工”，处处以体贴老板为己任。

3.

又是一个清冷的夜晚，孙萌萌把家里细细地收拾了一遍，肖毅不在家，晚饭她也就在外面自己解决了。她躺在客厅的沙发上，电视里上演着一部爱情大片，结局很完美，英俊的男人、美丽的女人，还有一个可爱的宝宝，幸福定格在那儿，电影落幕。

她今年二十七岁了，刚结婚的时候，肖毅说只有换了大房子才能要孩子，他希望他的宝宝生下来就拥有最好的。她那时也觉得自己年纪太轻，而电视里演的那些生孩子的场景太恐怖了，她从小就怕疼，牙疼都受不了，何况是生孩子？

快到十一点半的时候，肖毅回来了。孙萌萌没有睡，床头灯发出晕红的光，她拿着一本书半靠着床头，微弱的灯光下，更显得她五官灵动，肌肤白皙。

肖毅记得自己当初追求孙萌萌的时候着实费了不少心思，身边的人无不艳羡他们郎才女貌天生一对。恋爱的时候每一次约会都觉得时间太短，结婚后更是蜜里调油。可是不知从什么时候开始，妻子在他的眼里，成了亲人，成了妹妹，是他的牵挂，是他的责任，却不再是能让他激情澎湃的女人。

几年后的今天，她还是那个她，样貌依旧，甚至比起之前的清纯，更多了一分小女人的妩媚，那究竟是什么变了？

洗完澡，肖毅换了睡衣躺在床上，孙萌萌拧灭台灯，月色的清辉透过窗帘的缝隙洒在地板上，显得卧室里更加静谧。

“老公，我们要个孩子吧？”孙萌萌看着天花板，幽幽地说。

肖毅呼吸一窒，他已经三十岁了。和很多男人一样，他不是一个安于现状的人，他希望自己的事业能越来越强，也希望将来有孩子能继承他的一切。更主要的是，他也喜欢孩子，他和萌萌的孩子！

他伸过手把妻子揽到自己的怀里，摸摸她的短发：“很疼，你不怕啊？”

他记得她大四的时候长了龋齿，他逼着她去看医生。医生说要拔掉，她哭得肝肠寸断，让他也没了主意，只好缴械投降，把她带回来，只是从此不许她吃甜食。

孙萌萌把头埋进他的怀里，她和肖毅的宝宝，那该是多完美的爱情结晶！

“怕，可不是有你陪着吗？”她是真的怕，可是有肖毅在，她愿意。

他扳过她的脸来吻，没有惊心动魄的激烈，可是细密又温柔，她用手搂住他的脖子。他们两人的第一次是在相识第三年的春天。那次约会是在近郊一处著名的度假酒店，酒店的后面就是桃花林，推开窗子便是一片花海。

第一次很疼，好在肖毅十分温柔，虽然他自己已经被激情折磨得大汗淋漓，却舍不得不顾她的感受。可那一夜他还是把她折腾得几乎粉身碎骨，那是她平生第一次夜不归宿。

记忆被一阵急促的电话声打断，肖毅怔了一下，没有动作，电话停了，很快又重新响起，铃声一声比一声高亢。

“这么晚了，是谁呀？”孙萌萌不满地噘起嘴，最近肖毅早出晚归，可半夜还有来电却是稀罕事。

“我看看！”

肖毅起身下床，走到门口五斗橱旁，拿起电话放在耳边。不知道对方说了什么，肖毅的脸色完全变了，放下手机，慌忙地去衣橱里找衣服。

“怎么了？”孙萌萌坐起来用被子裹住自己。

“我得出去一下，有很重要的事情要赶紧解决！”肖毅一边找衣服，一边把裤子往腿上套。

“什么重要的事情？这么晚了，明天不能做？你不是刚回来吗？”饶是孙萌萌脾气再好也生气了，她的嘴角控制不住地颤动起来。

“萌萌，是一个……”肖毅顿了一下，思索了几秒钟说，“单位出了很重要的事情，我解决完就回来！”

“我和你一起去！”

“萌萌，大晚上的你去干什么，我很快就回来。”肖毅语气更急，还带着些许怒意，孙萌萌看着忙碌穿衣的丈夫，心口堵得难受，眼圈微微发红，却一句话也说不出来了。

客厅里传来砰的一声门响，她裹着被子拉开窗帘，地板上徒留一地清冷的月光。

肖毅开车匆匆赶到公司。大厦里除了保安已经几乎没有什么人了，他一路飞奔进公司，发现水灵正痛苦地趴在桌子上。他有一种恍然如梦的感觉，仿佛他根本就没有回过家，他一直在公司加班，水灵也一直坐在她的位子上。

“怎么了？”

“我难受！”

肖毅看到她脸色苍白，长发沾着汗水贴在脸颊上。他一阵阵地懊悔，今天陪着她去医院拿药就知道她身体不舒服，让她休息她就是不听，这个傻丫头。

水灵躺在急诊室的病床上，胳膊上挂着点滴，秋天的夜已经很冷了，她穿着一条长袖的连衣裙，整个人蜷缩在床上，看起来楚楚可怜。

水灵看到肖毅走进了病房，赶忙坐起来，低着头，用另一只可以活动的手整理长发。

“肖总，对不起！”

“没事吧？”

“好多了！”水灵摇摇头，眼睛微微发红，“我当时真不该给您打电话，都已经那么晚了。”

肖毅叹了口气：“人没事就好！”

水灵的眼泪因为他这句话一下子就落了下来，声音几近哽咽：“我刚来新港没多久，身边没有亲人和朋友，当时太难受了，我很害怕……”

“你说什么呢？”肖毅明白她指的是什么，轻咳了一声，故作严肃，可声音不知不觉就温柔了起来，“明天开始休假吧，别给自己这么大压力。”刚才医生说她的心脏不太好，估计是因为工作压力和情绪波动太大，要注意休息。

水灵抹干了眼泪：“没事，现在项目正在关键的时候，我能顶得住，肖总，您放心吧！”

“水灵！”

“我真的没事，您回去吧！”水灵一边说，一边眼泪又流了下来。

已经快四点钟了，再有一会儿天就要亮了，新的一天又要开始了。

“你就这半瓶了，等你输完液，我们一起去吃早饭！”肖毅慢慢地侧过身，眼睛看向窗外黎明前淡淡的晨雾。

水灵看着他，没有再说话，乖巧地面对着他躺下来，轻轻地闭上了眼睛，又悄悄地睁开眼睛打量他，四目相对，肖毅的心顿了一下，他慌乱地赶紧收回了目光。

4.

以前恋爱的时候，肖毅和孙萌萌去过市中心东面的丽皇甜品，那家店是新港最有名的蛋糕店，每个月会有一次爱情甜点的竞拍。一块小小的蛋糕有时能拍到好几千块。有一次她无意说起，肖毅竟花掉了小一个月的工资帮她拍了下来。她珍惜得都舍不得吃，不是钱的原因，因为那是肖毅满满的心意。毕竟那么贵，后来她再也不敢说喜欢了，一晃竟过了这么多年。今天中午没事，她不知不觉就把车停到了这里。

“孙萌萌！”

她正在蛋糕店外透过橱窗看着里面那些像工艺品一样可爱的食物，忽然听到身后有人喊她。她一转身，看到一个女人正笑嘻嘻地看着她。她怔了好一会儿，猛然张大了嘴巴，不敢置信地惊呼：“林小洁？”

“是我啊，大美女，你还是老样子，一点儿也没变，我远远地就认出你来了！”

眼前的这个大学同学是一个寝室的室友，变化却是太大了。以前脸上的青春痘不见了，婴儿肥也没有了，一身浅灰色的职业裙装，脸上化着精致的淡妆，头发高高地绾起，一对钻石耳钉让她整个人看起来那么耀眼。

孙萌萌用余光从明净的橱窗上看到了自己的样子，还是一样的短发，也许是连续几天没有睡好，本来白皙有光泽的皮肤也显得那么苍白。一身休闲的打扮，看起来和当年上大学时的样子确实没有什么差别。

“你现在在哪儿上班呢？”

“我还在老单位！”孙萌萌如实地回答。

林小洁大跌眼镜，难以置信地说：“你还在那儿呢？不过也对，我还猜你八成当了全职太太呢！”

“怎么会这么认为？”孙萌萌微微一笑，这个林小洁还是和以前一样快人快语。

“你家肖大帅哥那么宝贝你，现在他自立门户当老板，你干吗还出来工作，回家做少奶奶相夫教子多好？”

“你呢，你现在做什么呢？”

提到自己，林小洁颇为骄傲地一笑：“我现在在丽华（中国）做人力资源部总监，昨天刚从美国培训回来，这家公司你听说过吧？”

孙萌萌点点头：“当然听说过，美国著名的上市公司，你真厉害。”她是真的羡慕，脸上的表情把心理活动写得一清二楚。

孙萌萌的表情大大地取悦了林小洁，她不得不谦虚地说：“厉害什么呀，天天累死了，还是你有眼光啊，当初选了肖毅这只潜力股，我要是像你这样，哪儿用得着现在这么拼？”

孙萌萌脸上的笑容有些暗淡了，这几天她好像听到了很多这样的话，可是心里着实高兴不起来。

“上市公司的管理层，各方面一定不错吧？”

林小洁眼睛里得意的神色更重：“还行吧，一年加上年终奖金，五六十万的样子。不过我最看重的还是这里有很多培训和学习的机会，很多猎头公司来找我，都被我拒绝了。”

“五六十万？”孙萌萌胸腔里顿时开始翻江倒海，以前念书的时候，她的成绩比林小洁要好一些，而且林小洁的父母都是普通的工薪阶层，哪像她从小被妈妈精心呵护。论年纪，她比林小洁其实还要小一岁。

“这是我的名片，有时间叫上你家肖大帅哥一起出来吃饭啊，我先走了，下午还要去开发区，回头打电话啊。”

今天刚好是爱心蛋糕拍卖的日子，一个小伙子美滋滋地竞价成功，他身边的女孩子一脸幸福甜蜜，小鸟依人地站在男孩子的身边，在众人的艳羡下，把手伸进了男友的臂弯，看得孙萌萌久久地回不过神来。

时间还早，她突然有了一个念头，她很久没有去肖毅的公司了，说不定可以给他一个惊喜。走进蛋糕店，孙萌萌开始拿不定主意，左挑右选，最后买了一些她看起来极好的，让服务员用盒子装起来，开车去了肖毅的单位。

到了大厦的楼下，时间不过是下午两点，进进出出的人们都像是在赶时间一样行色匆匆，尤其是一身职业装的女孩子们，举手投足散发着由内而外的优越感，本身就是CBD里一道靓丽的风景。

电梯直达二十一层，前台一个女孩子站起来：“小姐，请问您找哪位？”

“我找肖毅！”

“肖总正在开会，请问您有预约吗？”

肖毅的公司搬到这里以后，她已经一年没有来过了，前台的新人早就不认识她了。

“我是……”她刚要介绍自己，就看到肖毅提着公文包一脸愁云地走出来。

“肖毅！”

“萌萌，你怎么来了？”肖毅用手正了正自己的领带，上下打量着自己的妻子，一身随意的衣着，脸上脂粉不施。每天除了睡衣之外，他印象里多年来她就是这样的打扮。

“你有事要出去？”看到肖毅见到自己之后眉头没有舒展开来，反而皱得更紧了，她不自觉抓紧了手里还带着温度的甜点。

“是啊，出什么事了？”

“没事，我就是来看看你！”

“没事就好！”建行的贷款迟迟批不下来，另一个大项目无从进展，肖毅开了一中午的会，连午饭都是边开会边吃的汉堡，他现在一脑门愁绪，准备亲自去建行找李行长助理探探口风。

“回家吧！你开车了吗？”

“开了！”

“那你路上慢点儿，我先走了！”

肖毅又是急匆匆地走了。孙萌萌愣在那儿，她清楚地记得很久以前的那个时候，肖毅的公司刚刚开始起步，她刚毕业，每天中午都会拿着便当去他的小公司找他。

那时他的公司是在一幢半旧的写字楼里，电梯太旧，不得不安排一个四十几岁的大姐专门负责给大家按电梯。她总去那儿，一来二往那个大姐也和她熟悉了，总是笑着打趣她：“又给男朋友送饭来了？早上我问他什么时候结婚，他说万事俱备，只欠你点头！”

那时肖毅的公司除了他自己之外只有两三个人，和孙萌萌都很熟悉，孙萌萌给肖毅送饭，偶尔也会替他们带吃的，她一进门，大家就“嫂子”“嫂子”地喊个不停。肖毅护食般地把她连人带饭地抢进去，有时甚至就半抱着她进了自己的办公室，身后一干人笑得前仰后合。

记忆被来往的脚步声打断，孙萌萌尴尬地站在原地，感觉拿着一盒甜点的自己在这里显得异常突兀。她拿着那盒甜点重新坐电梯下楼，所有擦肩而过的人都是忙忙碌碌，她取了车，看着熟悉的街景，突然就没了方向感。

5.

下班后，孙萌萌直接去了奶奶那儿，保姆孙姨来开门。

“萌萌回来了？”孙萌萌笑着走过来坐在奶奶的身边：“奶奶！”

高义凤看着孙女，打心眼里高兴：“这么久也不来看奶奶，肖毅没和你一起回来？”

“他说晚点儿再来，让我先自己过来。”

高义凤点点头：“三十来岁的男人正是事业冲刺的时候，你得多理解他，多体贴体贴他。”

孙萌萌的爸爸很早就已经去世了，妈妈怕她受委屈一直没有再婚。她一直都觉得自己是幸福的，身边有很多疼爱她的人，她并没有因为缺少父爱而感到有所缺失。大三时她认识了还在创业的肖毅，恋爱，结婚，过两年准备怀孕生子，她一直都觉得生活处处充满了阳光和温暖。

“奶奶，我知道了！”

迎面的墙上挂着一幅奶奶、肖毅和她三个人的合影。她忽然觉得不安，幽幽地问：“奶奶，你觉得我幸福吗？”

“你和肖毅是不是出什么事了？”

孙萌萌看着奶奶，那种不安的感觉更强烈了，却强忍着不动声色：“奶奶，没有啊！”

高义凤叹了口气：“我老了，就爱胡思乱想！”

孙姨在厨房里忙活，最后一道红烧鱼是肖毅最爱吃的，孙萌萌不让别人经手，她自己下厨，忙活了四十几分钟，另外又做了两个肖毅爱吃的炒菜，看看时间也差不多了。

她迫不及待地拨通了肖毅的电话。

电话的一端，肖毅的声音愣了一下，好久才说：“萌萌，我忘了告诉你，今天晚上临时有个重要的应酬，你别等我了，改天我再和你去看奶奶。”

“哦！”

“我先挂了啊！”

“你少喝点儿酒，早点儿回家。”孙萌萌的话还没有说完，电话的另一端就已经成了忙音。

雨帘之外，这个城市的一座大厦里，肖毅并不知道自己的手机已经没电了，此时他独自陷入沉思之中。

记得几个月前看到水灵是在公司楼下的咖啡厅里，他在等一个重要的客户。他埋头于文件中，抬头时忽然看到一个女孩子坐在了他的对面。记得那天她穿着一条浅蓝色的连衣裙，一头乌黑的长发直垂腰际，没有化妆的脸仍旧掩盖不住眉宇间的灵秀。

“你是崔阿姨说的韩庚吧，我是水灵。”

肖毅诧异地看着她，她神色倨傲，一看便知道是一个自信傲气的姑娘。他想告诉她大概是认错人了，她的手机却先一步响了起来。

“我是水灵，韩庚？你在哪儿？”她边讲电话边站了起来，不远处有个年轻人冲着她打招呼。水灵尴尬地挂掉电话，准备离开，肖毅叫住她：“等一下！”

“啊？”

“你的手袋！”肖毅忍不住笑了一下，水灵的脸一下子红了，慌乱地拿起手袋转身离开。

因为距离太近了，他无可避免地听到了他们谈话的所有内容。原来她是被家里人安排来相亲的。男孩子的条件非常不错，她的语气却是咄咄逼人。

“水小姐的姓氏据说可以追溯到大禹治水年间，是禹王的后代。”男人满眼惊艳，明显是在讨好。

“我这个人比较现实，关于神话的一切都不感兴趣。”她的面前只放了一杯白水，她低头喝了一口。对于对面这个样貌普通的男人她扫也不扫一眼。

“水小姐这样漂亮的女孩子为什么会选择相亲呢？”

“一直没有遇到合适的人，家里催得越来越急了，希望我在新港早点儿安定下来。”

“呵呵，水小姐真会开玩笑。”

“我没有开玩笑，但是觉得我们之间确实不适合，没什么事情我先走了！”肖毅本来低头看着文件，这时却忍不住抬头看她，这个女人很傲气，不可一世。

没想到一周之后，她竟然出现在他的公司。名牌大学研究生毕业，她的年纪不大，身上却兼具女人的成熟和少女的活泼，说得一口流利的德语，这几个月与一家德资企业商量合作的事，她一直是他的翻译。每天大量的工作，她处理得井井有条，一天工作十几个小时，除了睡觉，她几乎没有离开过他的视线。

一切就在不知不觉间慢慢地转变。那一天晚上又只剩下他和她在加班，他的办公室迎面是玻璃墙，外面的一切都尽收眼底，她就坐在离门口最近的座位上。已经过了十一点了，他穿好西装拿着公文包走出来：“水灵，这些日子辛苦你了，今天就到这儿吧！”

“好！”她的话一向很少，有时几乎不用问太多她就可以知道他心中所想。她拿起皮包，关好电脑，两个人一起走到了电梯间。因为只有他们两个人，整个空间显得格外寂静，她站在他的身旁，他有些不自然地把头扭向了另一边。

可就在一瞬间，电梯间的射灯全部熄灭了，两人陷入了一片黑暗。“咦？”水灵被吓了一跳，下意识地往前一探身，细细的鞋跟让身体失去了平衡，险些摔倒。肖毅一把扶住她：“当心！”

两个人的身体因为这个意外紧紧地挨在了一起，肖毅只觉得有一股电流直直地击中了心脏，这种感觉多久不曾有过了？鼻息间传来不熟悉的淡淡幽香，像是丁香花的味道，似有似无，如烟似幻。她的身体是温热的、颤抖的，像是在极力隐忍着什么却又无法自拔。虽然隔着衣服，但是仍然让他的心跳迅速加快，甚至连呼吸都越来越急促。他想松手，甚至想逃离……

可他没有想到的是，水灵反手抱住了他，不让他松开抱住她身体的双手。那么用力，那么紧，她甚至把脸埋进了他的怀里。时间一分一秒地流逝，两个人都没有说话……

黑暗中，他看不清她的脸，可是她拿着文件歪着头沉思的样子，与德国人交谈后浅笑着翻译给他听时娇憨又职业的微笑，不经意地把长发拢到耳后的动作……已经深深地植入了他的脑海中，一幕一幕挥之不去，越来越清晰。

那么漫长，又那么短暂，灯又亮了起来。可是这一刻，几乎是同时，他们一起松开了对方的身体，一切恢复“如常”，可是还能如常吗？

一次吃晚饭的时候，水灵坐在他的身旁，她说她喜欢上了一个男人，她很痛苦，哽咽着，眼睛里含着泪，声音几不可闻。

他已经三十岁了，不是没有被漂亮的女人主动投怀送抱过，只是从来没有动过心，但是那一刻，他的心乱了。

“我的妻子是一个很单纯的人，我们感情很好。”他岂会不知她的心意。他坚定地对她说出这句话，明明是掷地有声，可是他听着自己的声音却觉得轻飘飘的，好像是隔了层膜，慢慢地扩散在他们的中间，她的脸却是越来越清晰了。

“好，我记住了！”她对他笑，不是惨然的，而是觉醒后的释然。之后他和她都记着这句话，他们都要记住。

朋友，做一对无关男女之情的好朋友，他不止一次地这样对自己说，他觉得自己也是这样去做的。

每天她很自然地为他送来中午的便当。他很自然地碰到在路边等公车的她，顺便把她捎来公司，之后便成为习惯。回到家里他无可控制地想着工作也想着她。甚至有几次妻子从背后搂住他，他差一点儿唤出了另外一个名字。桌上的座机响了起来，把肖毅从沉思中拉回现实，他拿起了听筒：“喂？”

“我准备好了，什么时候出发？”

6.

孙萌萌本来是打算今天和肖毅一起住在奶奶家的，可是她从吃饭开始就感到莫名的心慌。

吃完饭下起了大雨，奶奶一直不赞成她一个人在娘家住，一直催着她快回家。以往只要下雨肖毅一定会打电话来说要接她。可是今天他一通电话也没有打过来，或者说这一段时间他变了，变得很不对劲儿。

路上的时候她打了肖毅的手机，竟然关机了。从恋爱开始，他们之间就有约定，无论发生什么事情，都不要让对方找不到自己。可是生活总有难免的意外，他不是没有关机的情况，可是今天，孙萌萌的冷汗居然就那么落下来了。

雨越下越大，孙萌萌开着车子，电台里传来主持人和一位女听众的对话。

女听众：“我的丈夫和我很久都没有夫妻生活了，我才三十几岁，有一个女儿，家庭很幸福，身材和皮肤都保养得很好，不是那种粗糙的老女人，可是不明白我的丈夫为什么对我越来越没有了激情。终于有一天我在QQ上看到了我丈夫和一个女人的聊天记录，我才知道了他不碰我的原因。原来他有了外遇，而且和那个女人早就上了床，他说我和那个女人比起来就像块木头，一点儿感觉都没有……”

女人诉说着，很快失声痛哭起来。

孙萌萌车后一辆越野车突然并道试图超车，孙萌萌避让不及，尖叫一声和越野车撞在了一起。地上水花四溅，两辆车子的大灯交替闪烁着，刺得人睁不开眼睛。所有的景物在孙萌萌眼前变得模糊，收音机里的声音也渐渐听不清楚了。

夜已经深了，肖毅扶着水灵走进了她的公寓，看着这个已经醉意迷离的女孩子，他嘴唇抖动了几下，轻声地说：“水灵，以后别再替我挡酒了，我的胃没事！你前几天才进了医院。”

水灵对着他轻轻一笑，像一朵盛开的罂粟花：“我心甘情愿。”她鼓足勇气颤巍巍地抱住了肖毅的腰。

“肖毅，不要走……”她估计自己真的是疯了，可是她控制不了。她真的不想让他走，她确定她是真爱他，她的人生路上不能没有这个男人。

“水灵，你是个很好的姑娘，我们只能做朋友……我结婚三年了，我们关系一直都很好……”

“你是说你很幸福？”

“嗯！”除去一日一日退去的激情，他想不出其他的字眼来形容自己的婚姻。

“那你为什么要来照顾我？所有的你认识的女人你都喜欢照顾吗？生病了照顾她，醉酒了照顾她？”

“我真的该走了。”肖毅被她问得狼狈到了极点，他觉得这里真的不能再停留片刻了，他身体的反应让他恐惧了。

“不！”水灵更用力地抱住他，“别走……不要把我一个人扔在这儿，我快要死了。”

肖毅一动不动地站着，任凭她摇晃他。

“相信我，我能理解。你知道我爱你，我也知道你喜欢我……可你害怕我破坏你的家庭，我会尊重你的婚姻的。我不会要求很多，我只要你接受我对你的爱。”

肖毅像被点成了化石，一动也动不了。

“相信我，我绝对不会破坏你的婚姻。我发誓……别害怕，抱紧我……不要走……”

肖毅的手掌覆在了水灵的手背上，用力一带，她被他抱在了怀中。温软的身体紧紧地贴着他，像两颗流星突然碰撞在一起，眼前流光四溢，烟雾迷离，连呼吸都炙热得可以随时炸开。他从不知道竟然连拥抱也可以变得疯狂。

水灵把手插进他的衬衫，在他的肌肤上温柔地抚摩。肖毅想可能是下雨的缘故，她的手有些凉，移动得很慢，他甚至能感觉到她的生涩与颤抖。他望着她，那水样的眼中秋波荡漾，肖毅觉得自己已经陷入了湖心，明知沉沦后就要溺毙，可是他控制不了自己。

他的心仿佛颠簸在那无边无际的水面之上，再也不属于自己。久违的激情像电流一样在他的血液中炸开，他觉得胸腔里燃烧的烈焰迅速在他的身体中蔓延，加大着皮肤之下的压力，慢慢蚕食着他最后的一丝理智。她含着眼泪吻上了他的嘴唇，电光石火间，终于他的眼里他的心里都是眼前这个带给他致命激情的女人，世界变得空灵，再也没有其他……

他把她按在床上，狠狠地吻住她，这样的情形他不止一次梦到过，他是，她也是。他激烈地狂吻，他感到自己的唇已经开始发疼，但他不要挪开。他搂住她，用力将她拉向自己，一阵又一阵的心悸让他的身体战栗。

“肖毅，我爱你！”水灵的泪水顺着面颊滑落，她为自己的大胆而感到羞耻，可是她宁可这样也不要看着他在这个漆黑的雨夜里离她而去。她腾出一只手主动去解肖毅的衣扣，由于没有经验，努力的结果却只是徒劳，他心疼了，低下头含住了她的手指，十指连心，她心中一片涟漪，忍不住呻吟出声。

他最初进入的瞬间，他的激动让他自己都觉得陌生，久违的激情让他愉快到叹息。她浑身紧绷，抽泣一声，眼睛里真的流出了泪来。那是女人第一次才会有的阻碍感，他的快感像风筝一样升到最高，心中的情绪却变得难以形容。可下一刻他感觉到她的紧致，顷刻间所有的理智被全部冲散，他的脑海中一片空白，愉悦得喊出声来。他闭上了眼睛，抱着她光洁白腻的曼妙身体，一起飞入高空再坠入深渊。

终于，一切都安静下来，她蜷缩在他的怀里，拉着他的手。“肖毅，我爱你……”她在哽咽，“肖毅，你爱我吗？”她的声音那么轻，可没有等到他说话，她又对他说：“我爱你与你无关，你不需要有负担。”

肖毅轻轻地叹息一声，在她的额头上吻了一下，抚摸着她光洁的肩头闭上了眼睛：“水灵，我也爱你……”他觉得自己说的是真的，他爱她，她令他心动，让他心疼。刚才的极致愉悦让他体会到了久违的激情，他忍不住又低头吻住了她。

两具身体再次纠缠，呻吟，颤抖，缠绵不休……

雨越下越密，像一张网铺天盖地地向她席卷而来，孙萌萌突然觉得呼吸困难，像有一双无形的手紧紧地卡住了她的脖颈。

那辆越野车的司机走下车来，轻敲着车窗：“小姐，你没事吧？”

孙萌萌痛苦地趴在方向盘上，微微抬起脸，男人的脸在她的面前渐渐放大，与肖毅的脸重叠在一起。好久她才看清楚了面前的这个男人，他站在车窗外，撑着一把黑色的大伞。在这个男人关切的目光下，她的感觉渐渐归位，此时收音机里响起了一首耳熟能详的歌曲《童话》。

孙萌萌像被施了魔法定在那里。这首歌是当年肖毅向她求婚时车厢里放着的音乐。那个场面她一辈子也不会忘记：他把她搂在怀里，像珍宝一样亲吻她，他们抱在一起聆听着音响中传来的歌词。

我愿变成童话里你爱的那个天使

张开双手变成翅膀守护你

你要相信

相信我们会像童话故事里

幸福和快乐是结局

你哭着对我说童话里都是骗人的

我不可能是你的王子

也许你不会懂

从你说爱我以后　我的天空星星都亮了

我愿变成童话里你爱的那个天使

张开双手变成翅膀守护你

你要相信

相信我们会像童话故事里

幸福和快乐是结局

突然，孙萌萌心里好像被利刃生生刮过，几乎连呼吸都痛得无法忍受。

“喂，你怎么了？”那司机敲着车窗关切地问。

“我也不知道怎么了！我觉得好难受。”孙萌萌摇下车窗，泪水在眼底涌动，却一滴也流不出来，她看到外面的雨还没有停，反而越来越大。她用手捂住了自己的胸口，一刹那好像万箭穿心。

她那尖瘦娇嫩的小脸低垂着，密实的睫毛挡住了清亮沉静的大眼睛，那双眼睛很漂亮，此时却折射着暗淡的光芒。

“你看起来很不好，要不要帮忙？”司机的声音更为柔和了。

孙萌萌摇摇头，突然像着了魔一样，电话就在手边，却一次一次地拿不住，她好容易颤巍巍地拨出那一串烂熟于心的号码，里面却依旧传来冰冷的关机声。连她也搞不清楚的情绪突然之间爆发，她控制不住自己，大声地哭了出来。

7.

大雨过后一般都会是好天气，清晨的阳光洒满了房间。孙萌萌猛然惊醒，看到身边空无一人，立刻出了一身冷汗。她飞快地跑下床，赤着脚打开洗手间的门，又跑到次卧里，然后直奔客厅。

“萌萌！”肖毅从厨房走出来，看到妻子慌乱的样子，赶忙上前来扶住她的肩膀。

孙萌萌惊讶地看着肖毅，眼圈发红，咬住嘴唇问："老公，你去哪儿了？"肖毅摸了摸她的脸颊，轻声地说："我，我在做早饭。"

"你在做饭？"她不敢置信。

肖毅从头到脚地打量妻子，他今天看清了，看到了她身上的新睡裙，他的手微微地颤抖着，轻轻抚摸着她裸露的肩头，声音变得更轻更柔："这件衣服很好看呢！"

孙萌萌的眼泪在眼眶里打转。

"怎么不多睡会儿？"

"我睡不着！"

"怎么不穿鞋子？天气冷了！"肖毅走进卧室，把孙萌萌的拖鞋找到，他走回客厅，按着孙萌萌的肩膀让她坐到沙发上，自己蹲下来，握住了她的脚。

"你看这么凉！"肖毅用双手包裹住她的脚，放在自己的心口上，让自己的温度一点一点地暖到她的足心。

"今天我来做早饭！"

孙萌萌站在门口，看着晨光中的丈夫，他的周身都镀上了一层金色的光芒，她眼前一阵恍惚，很多记忆的片段在脑海中慢慢地浮现。

肖毅刚认识她的时候很瘦，一米八几的个子，爱运动，饭量特大，可就是长不胖，奶奶总说他远看着就像根竹竿子，浑身都是骨头，没有几两肉。好在身板总是挺直的，长得也好看，剑眉星目，高高的鼻梁，白皙的皮肤，严肃的时候看起来冷傲霸气，对她笑的时候，又像个阳光灿烂的大男孩。现在的肖毅比当年精壮了不少，宽肩窄腰，胸膛坚实有力，早就是个成熟的大男人了。

记得刚结婚的时候，他也经常陪着她下厨。她婚前十指不沾阳春水，肖毅为了生意应酬时伤了胃，她才学着做饭，那时她经常在厨房里忙活，而他就这样站在门口和她讲公司里一天发生的有趣的事情，两个人说说笑笑，有时饭后一起去小区里散步，或者一起看张碟，他那时精力特别旺盛，像吃不够糖的孩子一样，总是在床上缠着她。

“昨天手机怎么关机了？你回来时都半夜三点多了。”他从来没有这么晚回家过，她回家后心都不知道翻了多少个儿。

可偏偏孙萌萌从来不是一个严厉的女人，平时说话的声音很甜很慢，就算是真的质问，估计也是毫无气势，更何况，她一直深信肖毅，现在也只是略带不满地问道，此时竟是有种撒娇的意味。

可越是这样，肖毅的头反而低得越深了，他不敢去看孙萌萌的眼睛，锅里的粥沸腾上来，他用手去扶锅盖，烫到了手指，咝咝地倒吸凉气。

孙萌萌走过去，把煤气拧上：“还是我来吧！”

肖毅没动，站在她身边，妻子没穿过这种款式的睡衣，细细的带子，露出白皙的肩膀，最近的日子一幕幕在脑海中穿梭，他几乎想不起孙萌萌除了那身保守睡衣以外是什么样子了。

他的心里一阵阵发空，站在原地有些不知所措，人前一向从容自信侃侃而谈的他，此时之前想好的话像是背诵出来的。

“昨天吃饭后王主任提议去喝茶，一来二去就过了时间，散了之后才发现手机没电了。”

“下次你能不能早点儿回来？这家都快成你的旅馆了！”有肖毅的地方才是一个完整的家，他天天这么早出晚归，就算房子再大，还像个家的样子吗?

肖毅伸出手，替妻子把短发拢到耳后，食指颤巍巍地抚摸着她的脸颊，声音带着几分不自然：“好！”

两个人坐在了餐桌边，肖毅今天意外地没有像前几天那样着急忙慌地赶时间，还不停地往她的碟子里夹小菜。他自己却几乎没吃什么。

“你最近是胃口不好，这是你以前喜欢的，现在怎么不爱吃了？”

肖毅马上把鸡蛋完全放进了嘴里，嘴巴鼓鼓的，边吃边说：“怎么会，你无论做什么，我都喜欢！”

孙萌萌有些意外，愣了一下，挤出一个笑容。

8.

社长李宝利用手推了推鼻梁上的黑框眼镜，反复看着手里的这张纸，大为意外：“萌萌，你要辞职？”

孙萌萌低着头，看着自己的足尖，抬起头来正视着这位关照自己多年的领导：“李叔叔，谢谢你这么多年一直对我的照顾。我找到了另外一份工作，想去试试！”

李宝利叹了口气：“怎么突然想辞职了？你妈妈和你老公知道吗？”

“不知道，我还没有告诉他们。我只是想到外面去试试！”她今年二十七岁了，一种跃跃欲试的感觉最近愈发强烈。

李宝利点点头：“你说这话就见外了。老局长就你这么一个外孙女，他去世了，照顾你是应该的。年轻人往高处走我理解，可是现在经济大环境不好，外面竞争激烈，咱们这儿虽然待遇一般，可旱涝保收，你可得想好了。”

“李叔叔，我想好了！”

生活现状让孙萌萌感到了极大的不安，她试图去改变什么。

清晨，肖毅和往常一样去上班：“老婆，我走了！”

“好！”孙萌萌低下头，很快传来了碰门的声音。她猛地站起身，脚底冰冷，仿佛踩在冰上，低头才发觉是光着脚的，寒意一点一点浸入骨髓，只觉得心冰到顶点，无法抵御的冷，寒彻心肺。

她愣了一分钟，然后突然神经质地跑到了卧室，用最快的速度换好了衣服冲出家门，伸手拦下一辆出租车。

“师傅，麻烦跟着前面那辆银灰色的凯迪拉克。”

冲动是魔鬼，可是孙萌萌管不住自己的腿，也管不住自己的心，她浑身都在颤抖，嘴唇不住地哆嗦。

司机是个五十岁左右的大叔，大概也猜出了什么，一言不发不紧不慢地跟在那辆车的后面。

沿途的风景时而清晰时而模糊，孙萌萌的耳朵几乎听不到任何声音。她不知道过了多久，也许只有十几分钟，也许已经过了一万年，直到她看见一个本来站在公车站前的女孩子，笑靥如花地走近了那辆银色的车子，婀娜的身姿像嫩柳一样轻盈地坐进去。两个身体在车子里肩并肩挨得那么近，肖毅侧过头不自觉地对那个女孩子露出笑容，那些小动作中流露的温柔几乎能把人溺毙。

孙萌萌不止一次地对自己说丈夫的冷漠是因为工作压力太大，是忙得没有时间谈情说爱，可是为何他的冷漠只是单独留给她，而他的笑容和温柔都毫不吝啬地给了眼前的这个女人？

突然一种心灰意冷的感觉油然而生，她浑身像被抽干了力气，坐在出租车上，她觉得窗外的一切景物都失去了颜色，就像此时此刻的她一样，了无生趣。

孙萌萌回到小区，刚要打开楼门，就听到从开着的窗户里传来男女的互骂声。

“姓王的，我告诉你，别以为现在赚了几个臭钱，你就成了人了，当年要是我没有放弃念研究生的机会，然后出去创业，现在肯定比你干得好！你忘了当年你求着我嫁给你时那孙子样儿，我这辈子最好的时光都给你了，你现在在外面养小老婆，你不得好死！”

“臭女人发什么疯，我娶你时也不是老头子，妈的，就因为你是我老婆，我就得天天忍着你这个泼妇？要创业你现在去呀，我给你本钱！”

“王八蛋，我和你离婚！以后孩子长大了，我就告诉他，他爸是个大王八……”

“离就离，说了八百次，妈的，老子怕你这个？你也不照照镜子，现在的你就是个疯子、丑八怪！”

“我是疯子，也是被你们逼的，我诅咒你和那个狐狸精天打雷劈不得好死，肠穿肚烂永不超生！”女人号啕大哭，然后是重重摔门的声音，几乎震穿了孙萌萌的耳膜。

他们越吵越烈。其实这对夫妻吵架也不是第一回了，整个小区的人或许都听过他们的“现场直播”。貌似开始的时候男人还在认错，还在哄女人，断断续续持续了半年多，看来今天好像是终于了断了。

孙萌萌把俏丽的短发拢在耳后，她想，曾经相爱的两个人就这样成了仇人，相看两相厌。就算有一天她真失去了爱情，失去了婚姻，她也不要把自己和肖毅变成这个样子。

晚上十点钟了，肖毅还没有回来，孙萌萌关上洗手间的房门，把肖毅放在洗衣机里的衣物都抱了出来。她从来没有想过自己有一天也会像电视剧里的那些妻子一样，做出这种卑微又可怜的事情。

仅仅这么一想，她的眼泪几乎就要落下来。这个男人不是电视里演的那些有外遇的出轨男，他是肖毅，是她用生命去爱的丈夫和亲人。他们不是父母之命，不是利益婚姻，不是闪婚冲动，更不是搭伙夫妻。

他们是相恋多年，爱得那么深那么真，带着无限美好憧憬走进婚姻的爱人夫妻。

肖毅怎么可能会不爱她？肖毅怎么会爱上别人？肖毅怎么会欺骗她？

“老婆，你在干什么？”

肖毅的声音突然在她的身后响起，孙萌萌一直紧绷的神经猛地一跳，手里的衣物完全散落到地上。她转过头努力挤出一个笑容：“我，我准备洗衣服。”

肖毅还没有换衣服，身上穿着工作时的西装，打着领带，那么熟悉英俊的男人，却让她感到无比的陌生，明明是这个世界上最亲近的人，可是此刻她不想投入他的怀抱，只想在这个不算大的空间里后退几步。

肖毅听到她的回答后，紧张的表情渐渐变得如释重负：“别洗了，我买了夜宵给你。”

“你买了夜宵？”

“傻老婆，怎么不信？你看，我买了你爱吃的水晶虾饺。”

孙萌萌苦笑了一下，她确实很意外，这几天他做早饭，今天居然带了夜宵回来……他越是这样，她越是不安。或许一切都是她自己的猜测，或许根本什么都没有发生，他是肖毅啊，怎么可能？可如果是真的，她又该怎么办？

孙萌萌看着他，笑容渐渐消退，她走过去投进了肖毅的怀中，用手紧紧地抱住他的腰：“老公，不论发生什么事情，你一定不要骗我。”

肖毅的手在空中顿了一下，然后抱住了妻子：“我怎么会骗你呢？我怎么会骗你呢？”

孙萌萌像个小孩子一样固执地坚持：“你答应我，必须答应我！”

肖毅把吻落在她的发心，手心冷汗渗了出来：“我答应你！”

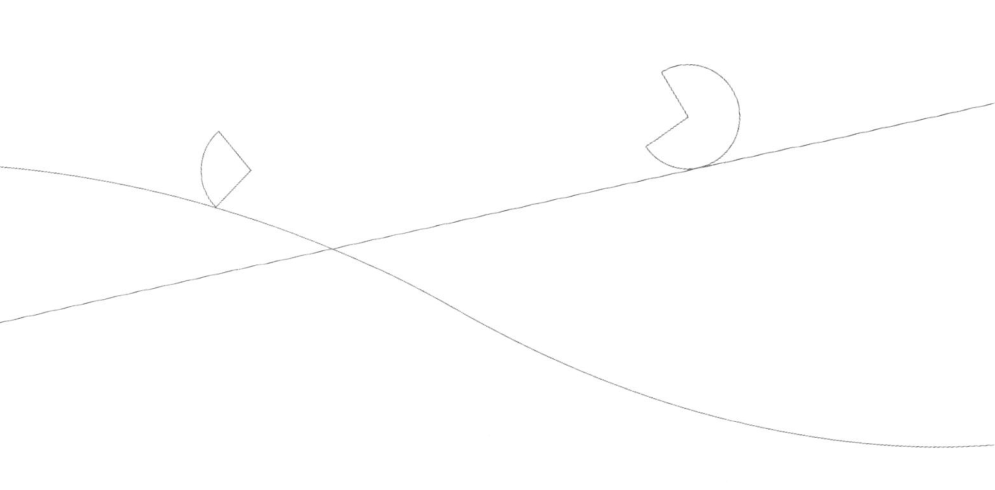

第 2 章

试 探

打了十几次酒店的电话没有人接听，肖毅的手机传来的也依然是冰冷的关机提示音，她真的不想打手里那个陌生的号码，她宁愿他是真的不爱她了，也不愿意他骗她。

1.

第二天晚上，肖毅一如既往地加班，晚上九点钟的时候，孙萌萌的电话响了，里面传来母亲的法律顾问林枫急切的声音：“萌萌，你妈妈晕倒被送到医院了！”

孙萌萌的心一下子提了起来：“林阿姨，你说什么？”

“你和肖毅赶快过来吧，她突然晕倒，把我们吓死了！”

“好的，好的，我马上就到！”母亲蓝萍是孙萌萌最敬爱的人之一，她不仅独自将萌萌抚养长大，而且这么多年来和亡夫的父母关系一直也很好。父亲是独子，爷爷生病的时候，妈妈没有因为丈夫早逝而推卸自己做媳妇的义务，最近几年奶奶身体不好，妈妈更是搬过来和奶奶一起住。父母那种超越生死的夫妻感情，在孙萌萌的心中早已根深蒂固。

孙萌萌打电话给肖毅，他的手机又处于无人接听的状态，巨大的悲哀和愤怒不可抑制地向她袭来，“哐当”一声，手机被她狠狠地摔在地上。

她匆匆赶到医院，病床前蓝萍微笑着拉起女儿的手：“这几天没休息好，有点儿低血糖，不值得大惊小怪的，这么晚了你还跑来？”她皱了皱眉，目光瞥向病房的木门，“肖毅没和你一起？”

孙萌萌哽咽地喊了一声："妈……"

蓝萍叹了口气："他还没下班吧？自己做公司很难的，你该多体谅他。肖毅是个好男人，这么多年来，妈看得出来他对你是真心的，无论以后发生什么事情，有他照顾你，妈很放心。"

孙萌萌摇摇头："我不需要别人照顾，我都快三十了！我只要你们都好好的。"

"傻孩子，你无论多大，在妈妈眼中都是个孩子，以后妈妈不在你身边，你和肖毅要好好过日子，别让奶奶和他父母操心。"

孙萌萌低头不语，然后突然意识到了什么，惊恐地问："妈，发生什么事了？"

"妈妈的公司出了一点儿状况，是妈妈看人不准。每个人存活在这个世界上，都有自己相应的责任和义务，妈妈是公司的法人，出了事情就要出来承担，对大家负责。只是妈妈要告诉你，最值得信任的还是你身边的家人，无论外面遇到了什么，家才是你避风的港湾，所以要珍爱家庭，珍爱你的爱人和亲人。"

"要紧吗？"妈妈从来没有和她说过类似这样的话，孙萌萌意识到事情的严重，浑身都紧绷了起来。

蓝萍摇摇头："没事的，你去给我倒点儿水来，妈妈想睡一会儿。"

寂静的走廊上，孙萌萌拎着水瓶，脚步一声比一声清晰。外面又下起了大雨，走廊的四壁都透进来清冷的秋风。树叶在风雨中飘摇着坠落，连带着树枝也跟着狠狠地摇晃起来。

就在她要转头的时候，眼睛的余光看到肖毅和另一个女孩子的背影。孙萌萌愣在了原地，暖瓶滑落，碎了一地。苦涩顺着舌尖一直蔓延到心底，她摸出手机打了过去。

这回通了，可是依旧无人接听。

她看到肖毅就陪在那个女孩子身边，背对着她这边的方向。那个女孩子侧过身，孙萌萌看清了，竟然是那天在中医院撞到的那个女孩子。

无论人们愿不愿意承认，这个世界就是这么小。原以为身在两个世界的人，其实不过隔着擦肩而过的距离。

肖毅的手机响了一声又一声，他拿出电话看到十个未接来电，眉头紧紧拧在一起。

水灵虚弱地说："你接吧，我自己去拿药了！"肖毅看着她，摸摸她的长发。

水灵一笑，离开了。他急匆匆地走到一边，接通："萌萌，没事吧？"

"你在哪儿呢？"电话里传来妻子的声音，不冷不暖不悲不喜，可是她的心一直在颤抖。

肖毅用手捂住电话小声说："临时有个应酬，还得晚一点儿，刚才一直乱哄哄的，没听到。"

孙萌萌挂掉电话，她的眼泪缓缓地落下，她低下头看着一地的碎片，走到旁边的卫生间里，拿出笤帚慢慢地扫，然后她突然蹲下来，用手去捡那些碎片，手被划出了一道道血痕。

肖毅拿着手机，久久地看着屏幕，他摸出一根烟，深深地吸了一口。水灵走过来："毅，毅……"肖毅沉浸在自己的情绪里，没有听到，当他再次看向水灵的时候，眼前浮现的却是妻子的样子，耳边回荡着那句话："老公，不要骗我！"

水灵轻轻地抱住他的胳膊，她觉得他的一切都是那么吸引她，这个男人简直就是上帝派来征服她的恺撒，而她在被他征服的同时，也一样享受着征服他的乐趣和满足。

"我先送你回去吧！"

"好，你陪了我这么久，也早点儿回去吧！"水灵依偎在他的身旁，像只小猫一样乖巧懂事。

肖毅回到家看到屋子里漆黑一片，他打开灯寻找妻子，然后急切地拿出电话拨出去，听到关机的声音，他一惊，一扭身看到孙萌萌穿着以往保守的睡衣站在他的身后。

“萌萌，怎么不开灯？”肖毅的心脏归位，神色渐渐恢复如常。

孙萌萌躺到床上，她有太多的话想和肖毅说。这几天所承受的一切超过了她二十七年来所能承受的极限。

她好恨，恨身边的这个男人。她生性淡泊，这么多年无论是在学校还是在社会，从来没有真的恨过一个人，也会有人对她不善，可她总能找出原谅对方的理由，但现在她有一种毁灭性的冲动。

二十七年的幸福快乐，被他终结；他和她一起缔造的幸福甜蜜，被他亲手打碎，留下她一个人面对鲜血淋漓。同时，她也好怕，她怕肖毅真的会离开她。

曾经她想过这一生或许会染上禽流感，会遇到动车翻车，会赶上电梯失事甚至遭遇第三次世界大战……死于各种非命，但是只要肖毅在她的身边，无论未来发生什么，她都不会害怕。她唯独没有想过，肖毅会离她而去。如果生活中没有了肖毅，她活着还有什么意义？

肖毅主动翻过身，从身后搂住妻子。孙萌萌睁大了双眼，纠结和痛苦在心中翻江倒海，挣扎无助和愤恨悲伤像几把刀子在她心中一起搅动。她的眼泪沾湿了枕头，肖毅把脸颊贴着她的后颈，同样睁着眼睛。

2.

提出辞职之后，孙萌萌留在出版社的时间也越来越少。她正整理着文件，肖毅的电话打了过来。

“中午我陪你去看奶奶吧！”高义凤对肖毅像亲孙子一样好，最近他确实有很久没有去看奶奶了。

“中午？你有时间吗？”孙萌萌着实有些意外，白天是他最忙的时候。

“今天刚好有空！”

“那我给奶奶打电话！”

中午，孙萌萌刚到奶奶家门口，就听见有人喊她，一回头，是肖毅刚从车子里面走出来。他竟然比自己到得还早？

他的眼中有些熟悉的情愫在里面，她心头瞬间一热，喊着：“老公！”走了过去，挽住他的胳膊。

肖毅没有动，看着她眼底清澈的眸光在和他对上的那一瞬，仿佛流星一般熠然一闪，却又迅速地暗淡下去，他的心竟随着停了一拍。他想去握她的手，可是在半空中又停了下来：“上去吧！”

两个人进了屋，看见孙姨已经把午饭摆在了桌上。“奶奶呢？”孙萌萌换好鞋，直奔高义凤的房间。高义凤已经梳洗好了，坐在轮椅上，看见孙女后嘴角抽动了两下。

“小毅来了？”高义凤自己滑着轮椅往外走。

“奶奶！”肖毅看到了老人，背脊僵硬了几秒，快步走过来扶住轮椅的靠背。

“小毅呀，你怎么这么久也不来看奶奶呀？每次都是萌萌一个人来，房子这么大，我一个人，每天到了下班的时候，我都在窗户前盼着你和萌萌的车子开过来，一辆一辆的，都是人家的，你们谁也不回来……”高义凤的眼泪流了下来，握住肖毅的手，只有短短一瞬，他的心还是被刺痛了。

迎面的墙上挂着一幅全家福，他和萌萌身上的那两件华服是老人在他们结婚前亲手做的，为了那两件衣服，老人忙得手都肿了。

“奶奶，最近太忙了，等过些日子，我一定常陪萌萌来看您！”他说的也是实情，这几个月他工作确实太忙了。高义凤眉开眼笑，一个劲儿地让孙姨给两个人夹菜。

吃过饭，肖毅送孙萌萌去上班，到了单位门口，他拉着她的手：“萌萌，我要出差，下午就得走！”

“这么急，去哪儿？”

“去上海！”他从昨天开始觉得心慌意乱，去上海本来可以晚几天的，但是他现在就想要逃离。

“要多久？”

“说不好。”

“是一个人？”

“是！”肖毅说得斩钉截铁。

“我下午请假回家帮你收拾行李吧！”

“来不及了！我回来时给你打电话！”

今天他和她说话时格外小心，可是她感受不到一丝的温度。就这样走了吗？她扭过头扑入了肖毅的怀中，肖毅一怔，没多想就抱住了她。萌萌脱口而出的话同时震惊了彼此：“老公，如果你不爱我了，一定要告诉我，一定不要骗我。”

“萌萌，你胡说什么，我怎么可能不爱你！”肖毅由衷地说，脸上一阵凄惶。

“你说什么？妈妈被警察带走了？”孙萌萌听到奶奶大声哭泣的声音，站在原地，拿着电话的手不住地颤抖，“奶奶，你不要哭，我会处理好的。”

“你哪处理得了呀？赶快打电话给小毅。”

“我知道了奶奶，你把电话给孙姨。”

电话里传来孙姨的声音：“萌萌，萍姐刚才回来拿东西，前脚刚进门，后面就有警察来了，他们把她带走了，我听着好像是说因为逃税和啥骗贷的事。”

孙萌萌的腿站不稳了，妈妈是她心中的偶像，怎么会和这些事情联系在一起？

“孙姨，你照顾好奶奶，我一会儿就回家。”

“好，你快点儿回来，小张说不想干了……”孙姨叹着气说。孙萌萌心中火往上冲，小张和孙姨一样在她们家干了很多年了，平日里妈妈对她那么好，现在家里刚出了事，她就要辞职。

“走就走，我一会儿就回去给她结账。”孙萌萌心里一阵悲哀，生平第一次感受到什么叫作“世态炎凉”。

公司被暂时查封了，林枫约孙萌萌在咖啡厅见面。

“林阿姨，你和我妈妈认识这么多年了，你了解她，她不是第一天做公司，怎么会偷税漏税还有骗贷？”

“萌萌，这次是因为你妈妈的合伙人卷款私逃，她是被牵连了。”

孙萌萌无助地哀求：“难道没有别的办法吗？”

“判刑是肯定的了，只是你妈妈一直没有告诉你而已，她是怕你担心。不过要是能补上清算后还差的税金，最起码能减刑几年。”

孙萌萌眼睛一亮：“多少钱？”

“其实也就差六十几万，但是之前你妈妈坚决反对找你老公，她说自己在里面多待两年是一样的，这个年纪了，反正也没有想过要东山再起，本来想以后你能继承她的财产的，可现在这个样子，她已经对你很愧疚了。她说出来后等着退休养老，专心给你们带孩子呢，她也可以自己好好表现争取减刑的，她给不了你们什么了，再花掉你们这么多钱不值得。可怜天下父母心啊！”

孙萌萌低下头：“林阿姨，我知道了！我会想办法的。”

“你要是真的想帮你妈妈，最好在三个月之内把钱补上，这样对判决结果或许还能起到些作用。”

“三个月？”

“对不起，您拨打的电话已关机。”一连三遍，仍旧是机械的女声。一夜之间，她的生活完全颠覆了，可肖毅的电话竟然没有打通。她不知道他酒店的电话，也不知道他是去谈什么生意，最近两年他很少和她讲工作中的事情，而她也不知道从什么时候开始习惯了这种状态。

拨肖毅公司的电话按零直接拨通前台，一个女孩甜美的声音问：“这里是海蓝公司，请问您找哪位？”

“我是孙萌萌，请帮我查一下肖毅在上海酒店的联系方式。”

“您留一个联系方式好吗？如果可以，肖总会打给您的。”

“我是肖毅的爱人，有急事找他！”

“您是肖总的夫人？稍等一下。”孙萌萌听到那个女孩小声地不知道在问谁：“肖总的夫人是叫孙萌萌吗？她想要查肖总在上海酒店的电话。”

孙萌萌越听越悲哀，她隐隐约约听到那女孩说：“李经理，有一位女士说是肖总的夫人。”

电话被接通：“嫂子，你找毅哥呀！”孙萌萌听出了是肖毅的哥们儿李辉，在肖毅公司任职，长期驻外。

“是，我家里出了点事，他的手机打不通，酒店的电话被我搞丢了。”孙萌萌暗自脸上一热。

“你等等啊，我让她们马上给你查，等肖毅回来，我叫上我老婆，咱们四个人一起聚聚啊。”

“好！”孙萌萌胡乱答应着，很快那个女孩又拿起了电话，声音微微发颤，明显是怕自己得罪了老板娘，大有将功补过的意思，周到地说：“这是肖总酒店房间的电话，不过我估计白天不会有人接的，我再给您一个我们同事的电话，您要是找不到肖总，再打这个试试。”

打了十几次酒店的电话没有人接听，肖毅的手机传来的也依然是冰冷的关机提示音，她真的不想打手里那个陌生的号码，她宁愿他是真的不爱她了，也不愿意他骗她。

她突然好后悔，这些年来她被所有的人照顾得太好了，现在才发现自己就像是一条毫无追求的米虫，上班、下班、回家、等他。他是她的爱人，是她的亲人，他几乎是她生活的全部。

曾经的幸福转眼竟变成了最大的悲哀。痛苦纠结中，终于她还是拨出了那个号码。

电话很快就接通了，里面传来一个气喘吁吁的女声："喂，你好！"

一听到这个声音，孙萌萌的神经就已经完全麻木，那个女声像是魔鬼一样在吸她的血，噬她的骨，抽她的筋。

她想到了那个天天睡在她枕边却一度对她丧失了言笑功能的男人，他温柔地看着那个女人。

被冷淡的煎熬、被欺骗的愤怒让她听到了自己牙齿咯咯作响的声音，她不再客气，声音冷硬尖锐："我找肖毅，你让他接电话。"电话里沉默了好久，那个女人说："对不起，您打错了，我正在和家人度假，找肖总请打公司电话。"

紧接着电话那边传来了忙音，孙萌萌只觉得浑身虚脱，所有的感觉一起袭上来，仿佛要把她淹没，又在一瞬间撤离，把她的力气全部抽干。

3.

肖毅刻意地把手机调成关机状态，在上海一直用另外一个号码联系生意，来上海时，他没有给家里打电话，也没有给水灵打电话，他想用出差这几天的时间让自己冷静一下。

那夜之前，他觉得一切都是理直气壮的，可是现在他的心情有点儿复杂。他面对妻子的时候感觉越来越不安。

他到上海的第二天，酒店房间的门铃响了，水灵出现在他的面前，一脸汗水，眼睛里都是悲伤："这次来上海争取德方的代理权，不是说好和我一起来吗？为什么要一个人走？你害怕我会纠缠你？害怕我会破坏你的家庭？"

水灵痛苦地闭上了眼睛，再次睁开的时候，目光已经变得无比卑微，这种神情不应该属于面前这个高傲的女人，可是她为了他已经完全把尊严放在脚下了，她又委屈又悲哀地说："我不会破坏你的家庭的，和你在一起，我也同样冒着被父母不容的风险，我只是忠于我的心……"水灵哽咽着说不出话来，肖毅站在那里没有动。

"我们的世界里只有我们两个人，我们不让其他人知道，肖毅我真的爱你，不要折磨我……"折磨她？他怎么会忍心，他控制不住上前一步，把她搂在了怀里。

剩下的几天，由于有了水灵的帮助，与德方的谈判非常顺利，闲暇的时候，他会带着水灵在黄浦江边漫步，一起游览大上海的繁华和美丽。其间他也给孙萌萌打过电话，但是没有人听，他有一瞬间竟也希望如此，后来又给她们出版社打过电话，同事说她出去办事了。他没有再打，他相信她同事会把他打电话的事情告诉她的，但是她并没有回过电话，他觉得有些意外，但是更多的是一种轻松。

他和水灵在一起的时候，也会想起那个一直在家里等着他的小女人，想到她规律的生活，什么时候吃饭，睡觉……她从来不让他操心，每每这时他会有一种异样的"安心"。

孙萌萌的新公司的面试已经通过，试用期从下个月开始，那是一家叫海马广告公司的企业，孙萌萌要从零开始学会跑业务。李宝利很照顾孙萌萌，为了让她能更好地适应新工作，安排她离职之前再做一次外出采访。

这次任务安排她采访的是一位独自在硅谷创业的归国青年才俊李博明，地点是离新港很近的城市北海，坐城际列车只需五十分钟而已。

孙萌萌第一次异地采访，到了指定的地点，等了半个小时，秘书却告诉她李先生不在。孙萌萌一脸歉意地解释，秘书却说没有办法，原来李博明一直在国外生活，此次刚回国，得知旧友今日结婚，于是赴宴去了。孙萌萌毫不犹豫要了酒店的地址，打车追了过去。赶到的时候，典礼刚刚开始。庄严的婚礼进行曲缓缓奏响，两位新人在所有人的注目下接受爱的检阅。

司仪说："新郎，您愿意娶您身边的这位小姐为您的妻子，无论贫贱还是富贵，无论疾病还是健康，无论美貌还是衰老，爱她一生一世至死不渝吗？"

新郎看起来有些激动，但他的声音洪亮而坚定："我愿意。"

台下掌声一片，孙萌萌看见新娘眼中隐隐泛起了幸福的泪花。

司仪又问："那么，请问新娘，您愿意嫁给您身边的这位先生，无论贫贱还是富贵，无论疾病还是健康，与他携手到老，恩爱不移吗？"

新娘的声音几近哽咽："我愿意。"

司仪在更加热烈的掌声中大声宣布："接下来我要代表中华人民共和国民政部向新郎新娘宣读并颁发结婚证书！"

孙萌萌觉得再也忍不住了，一个人在雷动的掌声和欢笑声中泪流满面。她跑到一个安静的角落里打开双肩背包，翻了半天也没有找到面巾纸。

李博明隐隐地听到女人的哭泣声，他诧异地回过头去寻找，看到一个穿着白色T恤、半旧牛仔裤，留着一头短发的女孩子正在双肩背包里胡乱地找东西。

"小姐，是找这个吗？"他第一反应是这个女孩子该不会是新郎的前女友吧，新郎是他的朋友，他看到了不能不管。等走近的时候，他认出了她，那个雨夜里，他开着越野车和她的车子相撞，那时她正在车里哭得梨花带雨。

"我是来采访一个人的，被人家的幸福感动了，你知道，做文字工作的，都有点儿……神经质。"孙萌萌失笑，亮出了小酒窝，冲着面前的男人解释，显然根本没有认出这个有过一面之缘的男人。

"你要采访？"

“嗯，是的，我正要打电话！”孙萌萌风风火火地拿出手机按了号码，却听见手机的铃声从对面的男人身上传来，“你是李先生？”她嘴巴张成了O形，重新打量起眼前的这个男人来。

他和肖毅差不多高，正居高临下地看着她，这样的身高差，很容易让人没了气势。

“正是鄙人。”只有半个小时的时间，孙萌萌开始有些紧张，李博明却非常配合，过了一会儿，她也进入了状态，采访很顺利。很快，她关掉了录音笔，合上了手提电脑，完成了采访。

孙萌萌站起身，她的肚子却很不合时宜地发出一声怪异的声音，她的脸微微一红：“李先生请自便，谢谢您给我这次机会。”

他看着她去餐柜拿盘子，忍不住失笑，可转瞬间，他的笑容消失了，他看到孙萌萌的餐盘里至少放着三只高脚杯，里面都是满满的洋酒。

孙萌萌大口地吃着盘中的食物，胃填满了，却填补不了心里的空洞。她拿起手边最近的酒杯，一饮而尽，喉中的不适让她毫无意外地剧烈咳嗽起来。李博明的视线一直被她的一举一动所吸引，他不难判断出，这个刚刚采访完他的女孩子此刻心情很差，甚至是糟糕到了极点，她不会喝酒，是在借酒浇愁。

这种滋味他深有体会，放弃家人的安排，固执地只身前往美国，没有投资人，独自面对孤独和迷茫，那段时间他也曾不止一次地在睡觉前用酒精麻醉自己。

外面的天色已经逐渐暗了下去。也许是出于道义的考虑，他想如果她真的喝醉了，他会义务地把她带离这里，他从来不是一个多管闲事的人，但他今天愿意破例。毕竟是因为他，这个女孩子才会来到这里。

可是下一刻她的举动出乎了他的意料。她先是拿起了第二只酒杯，慢慢送到了嘴边，却又停在了那儿，像是忍受着巨大的悲伤，迟疑了几秒，又把酒杯重新放下。屋顶巨大的水晶灯下，一颗泪珠挂在她的眼角，竟比钻石还要璀璨。伤心到了极点，却强迫自己不能放纵，那会是怎样的无奈？

李博明微微叹息，心中有些苦涩，却又有些莫名的温柔。孙萌萌虽然只喝了一杯酒，下楼的时候，小脸却已经红透了。到了酒店门口，她正准备打车去火车站，远远地听见有人在喊她："孙小姐！"回头一看是刚刚采访过的那只"海龟"。

"孙小姐要回新港吗？如果是的话不如一起吧，关于刚才的采访内容，我还有几点补充。"

"你也去新港？补充？"

"是！"看着她惊讶的表情，李博明微微一笑，"你知道的，我的公司也不过是在起步阶段，这是一次难得的宣传！"

孙萌萌点点头，她单纯地想，李博明的公司目前确实规模不算大。

"好，那就麻烦李先生了！"

司机开车，她和李博明坐在后面。李博明就中国需要改变"世界工厂"这个现状，谈了自己的很多想法，同时也指出先进的科学技术转化为生产力并能够被市场所认可，需要具备很多条件，所以很多高新技术产业不过是昙花一现……孙萌萌听得很认真，开着录音笔的同时，也拿起笔在本子上不停地记着。

4.

上午回出版社汇报了一下采访的情况，孙萌萌把自己连夜写好的文章发到主编的邮箱里，中午她接到海马广告公司的电话，让她提前过去接一笔业务。跑广告她没有经验，可是这家公司的老板对她态度很好，让她有了信心。

虽然新工作的薪水比之前在出版社的时候高一些，但林枫告诉她，母亲所差的六十万欠款，最后的期限是三个月。

三个月！这是孙萌萌给自己立下的最后期限。六十万也许在这么短时间内并不可能赚到，但是林小洁和微微给了她希望，除了指望肖毅外，她自己也一定可以赚到一些钱。

市场部经理张欢亲自把自己做的PPT拷给孙萌萌。自从他知道了孙萌萌的老公是肖毅——天石公司的合伙人之一，他才暗暗佩服起老大的高明。只是他有些不了解，肖毅怎么会让自己的老婆出来拉广告。人家夫妻的事情不好多问，但是有一点可以肯定，天石的老板绝对不会不给孙萌萌面子。

“孙小姐，这个项目对咱们公司很重要，拜托了！”张欢说得大有托孤之意，手把手向她讲解PPT里面的每一个细节。孙萌萌不知内情，觉得受到了重视，备受鼓舞，心情很激动。

她记得总经理刘翔面试她的时候对她说：“没有经验无所谓。我觉得你很有潜力，好好做，一定可以做得比别人出色。虽然你还在试用期，但是只要用心去做，这一个项目就可以让你赚到很多钱。”

这是她从来没有接触过的工作，让她有一种挑战感，更重要的是，她很需要钱。她有肖毅的一张附属卡，另外还有一张建行卡，还有上次肖毅新给她办的招行金卡，卡上有很多钱，可是没有一分是她自己赚的，在母亲这件事情上，她想除了肖毅外，自己也可以努力为母亲尽到心意。至于律师所说的骗贷，她无能为力，恐怕肖毅也无能为力，但是凑齐税金，至少可以让逃税这项罪名从轻判处。

爱情已经没有了，婚姻中只剩下钱的纠葛，岂不是更加悲哀？在她最需要他的时候，听到的却是那个女人的声音，更何况以后呢？她总要独自去面对这个世界。

在上海出差的最后一天，水灵悄悄起身去街上买早点。肖毅最近因为应酬喝酒太多，胃口很差，酒店里的早饭他每次都吃不下几口。水灵提着早点回到房间里，先沏了两杯香喷喷的咖啡，然后她轻轻上床，把自己的脸贴到肖毅的脸上，唤醒了他。

“你躺在床上吃？”水灵笑着问。肖毅坐起身，把她搂在怀里。

“你喜欢吃什么？”水灵随便问问，肖毅没有回答。

“她做早饭吗？”水灵又补充了一句。

“做。”肖毅说着就已经走进了洗手间。镜子里清晰地照出了他的脸，他仿佛看到身后妻子像往常那样笑着问他，老公，今天晚上回家吃饭吗？

剩下的时间，肖毅陪着水灵去了一次商场。这两年来，他的公司业绩蒸蒸日上，逛商场已经想不起是多久以前的事情了。

水灵自然地挽着他的胳膊，把头轻轻地靠在他的肩膀上，明天就要回到不再只属于他们两个人的那个城市了，人前又要戴上伪装的面具假装是没有爱的两个人，她更感觉此刻的幸福像是偷来的一样，一分一秒都觉得格外奢侈。

她踮起脚，把自己的嘴唇凑到某人的脸颊上。肖毅先是一愣，可是他感到水灵用双臂抱住了他，抱得那样用力，好像分开一点儿缝隙他就会消失一样。

水灵又满足又失落：“肖毅，你要送给我一件礼物。”

肖毅微笑：“你想要什么？”

“我想要你在这里吻我！”从上大学开始，男生们给她起过一个外号叫“冰山”，那时她也不知道自己为什么总是对追求自己的男人摆出一副冷冰冰的面孔，现在她知道，是因为她要遇到一个叫作肖毅的男人，她要把自己所有的热情都给他。

水灵用手攀上了肖毅的肩膀，莹润的唇边泛着迷离的光泽，眼睛里充满了期待。对水灵除了心动他不是没有愧疚，迟疑了片刻他低头吻住了她，难舍难分。

“我还想要一瓶香水，梦露说过，香水是女人最好的衣服！”前面就是香奈儿香水专柜，水灵整个人像是飞入了云端。

孙萌萌的电话响了，手机屏幕上闪烁着肖毅英俊的面庞，他回来了？

她迟疑了片刻，接通。

“你在社里吧？我去接你下班！”肖毅的声音没有一丝起伏，不是疑问句而是肯定句，好像他是如来佛，而她是乖乖在五行山下等他的孙悟空。

孙萌萌丝毫听不出半月不见的思念与牵挂，只感觉到因为婚姻关系而存在的例行公事。她想得有点儿远了，又听见肖毅在电话里的语气有些着急：“我再有半个小时就到了。”

孙萌萌这才回过神来：“不用了，我已经快到家了，你直接回去吧！”今天她要去家里拿几件衣服。

“好，那我先回去了，晚上一起去看奶奶！”孙萌萌听着他极具磁性的声音，鼻息间还是涌上了一股酸涩。他还不知道奶奶住院了，她本能地抗拒主动告诉他，深深地吸了口气说：“不用了，我今天晚上还有事。”

她开车回家，绿灯一亮，所有的车子像甲壳虫一样向前冲去，就好像曾经的自己，每天都像被上了弹簧一样，一到时间就会一刻不耽搁地自动赶回家去，也不管家里是不是有人在等她，不管家里是不是只有她孤零零的一个人。

她抬头望着三楼自家的窗子，没有意外那里还是黑着灯，她苦笑一下，慢慢地向楼道里走去。空气中隐隐地透着雨后青草的清香，她突然停住了脚步，半明半暗的，她看到一个高大的身影。

是肖毅，他在等她？

肖毅掐灭了手上的烟，走过来拉起她的手，她竟然不自然地向后瑟缩了一下。

“萌萌，你怎么了？”肖毅慌乱了，他不知道妻子为什么会是这种反应。他的心咚咚地乱跳起来，固执地把她搂在怀里。

他们本来是最亲密的两个人，可现在他的怀中充满了另一个女人的气息，她受不了了，觉得这样再多待一秒钟，自己就会疯掉。

到了家里，孙萌萌换掉鞋子，走进屋里收拾衣服：“我走了，晚饭你自己解决！”

奶奶的病情让她感到深深的恐惧，婚姻的话题太沉重了，她现在还没有力气去解决它，只能先把它放在一边。

“你要出去？”肖毅的眼睛盯着她，似乎难以置信，她几乎从来没有晚上独自出去过。

“去哪儿？我今天刚回来！”肖毅声音沙哑，孙萌萌以为自己听错了。他说：“我给你买了礼物！”

孙萌萌下意识地四处环视，看到茶几上放着一只晶莹剔透的小瓶子，在灯光下闪烁。那应该是一瓶香水。以前甜蜜的时候，她撒娇说过他从来没有给她买过香水，现在这个时候他居然记起来了，可是她不需要这个，真的一点儿也不需要。

“嗯，谢谢，我赶时间先走了！”

她竟然谢谢他？肖毅突然上前又一次拉住了她，几乎是条件反射，她用力推他，想挣开他的手，肖毅却拉得更紧，一把把她拉到自己的怀里，熟悉的男子气息一下子让孙萌萌的心乱了起来。

“你怎么了？”孙萌萌咬住嘴唇，见面之后终于第一次正视他，肖毅凝视她良久，看她眸子里隐约出现一层水光，再一眨眼，水汽被逼退，只剩下倔强与冷淡。

“没什么，不知道你今天回来，我和巍然约好了出去。”

“你今晚不回来了？”巍然是萌萌为数不多的好友之一，萌萌结婚之后，她们的联系也少了许多。肖毅没有放开她，反而把她搂得更紧，目光从她的脸上移到她手中的旅行包上。

“嗯，奶奶最近身体不太好！”孙萌萌低下眼帘，下意识地转了话题，这样的对视，这样的距离，她怕管不住自己的心，她很累，很难过，他的怀抱曾经是她最能直接感受幸福的地方，此时此刻对她来说更是有致命的吸引力，她累了，疲惫地想寻找一个依靠，可是他还靠得住吗？

“我不是说晚上和你一起回去吗？”肖毅总觉得自己刚才给她打电话时她根本没听见自己说的这句话。他习惯了她笑嘻嘻地撒娇，噘着嘴任性，安安静静地在家里等着他，打电话催着他回家，此时的孙萌萌让他觉得别扭到心慌。

“我们电话联系吧，真的要迟到了，巍然刚回来！”说多了恐怕就真的走不了了，自从看到他对着那个女人温柔的笑容，听到那个女人电话里的声音，一天一天失望的等待之后，再看到此刻他衣领上红色的唇膏印迹，她越发觉得自己不知道该和他说什么了。奶奶生病了这么久，他居然到现在还不知道。桌子上那个小小的瓶子，只能让她觉得可笑，更感到悲哀。

肖毅一个人躺在大床上，燃起了一根烟，没有吃晚饭，一动也不想动，此刻一个人待在空荡荡的大房子里格外不好受。

巍然刚回来，那他呢？要是没有记错，他已经是第五次看向了床头柜上的手机，孙萌萌已经离开将近两个小时了，可是电话一次也没有响过。他忍不住给孙萌萌拨了过去，想问她现在到底在哪儿。

5.

酒吧的角落里，孙萌萌和巍然面对面地坐着。巍然神色倦怠，用手理了理大波浪的长发，点起一根烟，“小姐，我才下飞机，就被你拖出来，风风火火的什么事啊？还有啊，你疯了，什么时候开始喝酒了？”

“我一个人不敢喝，怕醉了没人管，出了事奶奶没人照顾，现在你在，让我喝吧……”孙萌萌压抑许久的心酸想在今晚发泄出来。

“他有了别的女人！”孙萌萌在好友面前终于失控，拿着酒杯的手不住地颤抖，眼泪无声无息地落到了杯子里。一个人到了这个时候才能深刻地体会到，这世上除了爱情，还有亲情、友情这两样东西能够温暖人心。

“你再说一遍？”巍然的眼睛一下瞪圆了，手里的烟被她狠狠地捻灭在烟缸里。

“什么？那个追了你整整一年，然后一直把你当成宝贝爱得死去活来要和你海枯石烂、山无棱天地合乃敢与君绝的肖毅出轨了？”

孙萌萌点点头，嘴唇因为不住地哽咽而一阵阵抽搐。

“萌萌，他要真是不知悔改，你就该找他要钱，能要多少要多少，要不岂不便宜了那些贱人？”

“爱情都没了，还要为了钱把最初的那些美好都毁灭掉吗？”孙萌萌的脸红得像个诱人的苹果，傻呵呵地露着小酒窝笑。根本不知道她们邻桌的一个男人正惊讶地打量着她。

“博明，该你了！”桌上的几个人正在玩掷骰子猜大小，一个女孩子娇声地提醒着他。他没有听到，他的注意力已经被孙萌萌微醉的样子和慢吞吞的话语全部吸引了过去。原来她已经结婚了？

她的脸粉嫩嫩的，迷蒙的双眼微微眯起，嘴角弯起甜美的弧度，而他又一次看见她眼中的泪，感到心里莫名地一紧，渐渐地又像是有什么东西正在融化。

“无论我离不离婚，我想我总得学会如何一个人生存！”

巍然不屑地冷哼：“就算离婚也要让肖毅保证你后半辈子衣食无忧。”

孙萌萌摇摇头：“人连自己的这辈子都保证不了，还能保证别人？”

“男人都他妈是浑蛋，想喝就喝吧，我陪着你！”巍然此时的心情并不比孙萌萌好受多少，前尘往事涌上心头，爱情真他妈的虚幻。肖毅与孙萌萌恋爱四年，结婚三年，如今刚刚迈入第七个年头就变了心，一生一世、天长地久莫非真的只是个传说？

“我二十岁就已经开始爱他了，这么多年的感情，你让我怎么办？早知道现在，他为什么当初要娶我，为什么要追我？难道当初在婚礼上宣誓的人不是他吗？”孙萌萌说着又喝了一杯。

“男人说话能算数，母猪能上树！”

孙萌萌噘着小嘴，侧趴在桌子上，已经带着八九分的醉意，摇晃着脑袋说：“他不是别的男人，他是肖毅……”

“看你那白痴样……”巍然恨铁不成钢地白了她一眼，孙萌萌有多爱那个男人，没有人比她这个闺密更清楚，“他们发展到哪一步了？”

孙萌萌摇摇头，哽咽着说不出话来，都是成年男女，有些事情她真的不愿意去想，可是不想就不会发生吗？

“唉，也许不是你想的那样……”巍然看她心疼得难受，不自觉地安慰道。

“真的？”孙萌萌自己根本就不相信，可是现在听到这句话，心里还是稍微好受了一点儿。

快十一点了，李博明的朋友们散了，可是他找了个理由没有走，而是来到了旁边两个已经醉倒了的女人桌旁。孙萌萌以为有巍然在自己身旁可以尽情地发泄，却不知此时的巍然也已经和她一样醉得不省人事。

李博明伸手去轻轻摇晃她的肩头：“孙小姐，孙小姐……”她早已经听不到。看见孙萌萌因为趴着，牛仔裤和T恤间露出盈盈一握的腰肢，有一种纯真的性感，他感到自己的心底有一种难以言喻的情愫。

她这样醉在这里无疑是不妥的，该怎么办呢？送她回家，还是找个地方先安置一下？好像每一次遇到她，他都会觉得她是自己的责任。

在他犹豫的时候，他听到了她包里手机的铃声。眉头一皱，他把手机翻了出来，看到屏幕上闪动着一个男人的头像。

李博明看着屏幕上男人的脸，心底闪过一丝厌恶。从外表上看这个人是极为出色的，看不出却是个道貌岸然的伪君子。

肖毅从认识孙萌萌那天开始就没有这么上火过，她一直都很乖很听话，可今天这么晚了，电话无人听，好不容易接通了，说话的居然是个男人。

“你是谁？”肖毅扯开了衬衣领口的扣子，腾地从沙发上站起来。

刚才他一直从落地窗往外看着楼下进出小区的车子，想着再等一刻钟如果还没联系上她，就往岳母家打电话。从十点一过，他就在犹豫，不是不想打，只是怕是奶奶接的，听到奶奶的声音，他的心情就格外复杂。

电话另一端的男人没有自我介绍，而是反问：“你找孙小姐，你是？”

肖毅血往头上涌，咬牙说：“她是我老婆！”

只用了半个小时肖毅就开到了“蓝调酒吧”，这个时候路上的车已经渐渐少了，可酒吧里正是热闹的时候。烟雾缭绕，几个跳钢管舞的美艳少女正热力四射。四下红男绿女两两成双，你侬我侬地依偎在一起。

按刚才电话里那个男人所描述的位置，肖毅没费什么力气就找到了孙萌萌，看到她T恤与牛仔裤之间露出的小蛮腰，他脸都绿了。

李博明从相对安静的地方接完父亲的电话赶回来时，发现孙萌萌和她的朋友已经不见了。他心里慌了一下，快步走出酒吧，正看见肖毅把巍然塞进车子里，他觉得自己实在是多此一举，可还是无法放心，最终还是记下了肖毅的车牌号。

6.

孙萌萌半夜醒来的时候，头疼得像要裂掉一样，睁开眼睛好一会儿才意识到自己是躺在家里的大床上。身上已经换了睡衣，而肖毅正睡在她的身旁。温热的身体紧紧地挨着她，醉意裹着疲倦的身心，她几乎控制不住想要钻进他的怀里，可是她还是挣扎着坐了起来。

肖毅似乎也很累，她走出卧室带上门的时候还是没忍住回头去看他。明明是近在咫尺，却像是隔着万水千山，遥不可及。

她去客厅里的洗手间刷牙洗脸，简单收拾后一个人躺到了客房的床上。迷迷糊糊中，听到门被推开的声音，肖毅穿着睡衣站在那儿，语气很不友善：“你躺在这儿干什么？”

“胃有点儿难受，折腾了好几次，怕吵到你！”孙萌萌淡淡的语气再次激怒了肖毅。他们结婚以来，他从没想过要真的对她发火，可是现在……

抬头看了看挂钟，快四点了，他强忍住怒气走过来拉她，依旧是没好气：“回去睡！”孙萌萌几乎是条件反射，肩头一扭，躲开他的手。两个人都陷入了尴尬。

“你干什么？”肖毅的脸终于冷了下来，又伸过手来。

孙萌萌推开他的手，语气强硬：“这是我的家，我想睡在哪里还需要向你请示？”

肖毅的目光在她的脸上探寻着，长久的对视下，看着她憔悴的小脸，终于语气先软了下来：“别闹了，天亮再说！”

回过头，孙萌萌看着遥远的天际，一天又要开始了，可她的启明星又在哪里？妈妈的官司，奶奶日益加重的病情，自己濒临结束的婚姻，每一样都能让她绝望到崩溃。

明明屋子里是两个人，她却感到了前所未有的孤独，不自觉地抱着膝盖缩成一团，明明是倔强的表情，却给人一种柔弱无助的感觉。

他看着她，竟然觉得陌生。无法克制心头涌起的莫名的怜惜和内疚，他没有再给她躲闪的机会，上前一步打横将她抱起……

肖毅把她紧紧地抱在怀里，却没有想到竟然遭到了孙萌萌前所未有的抵抗。力量悬殊，她反抗无效，于是张开嘴狠狠地咬住了肖毅胳膊上紧绷的肌肉。

“咝！”听到他倒吸了一口凉气，她竟有了一丝报复后的快感，他也知道痛吗？心里却猛然一酸。

肖毅把她丢在床心，用最快的速度把她收在怀里！

“你放开我……”后面的话还没来得及说出，她就被肖毅猝然吻住。唇上的感觉是熟悉的，她没法控制地在他的吻中沦陷，她想起了他第一次在大学的林荫路上吻她，因为羞涩，她整整两天没有见他。可后来每一次接吻都令两个人一起沉醉……往事的点点滴滴涌上心头，化作了眼角的两行清泪。

他的呼吸慢慢地变得急促，掌心也有了炙热的温度，她几乎不自觉地有了回应。他突然离开了她的唇，抬起头居高临下地看着她，嘴角微微扬起一丝弧度，再低下头吻她时，手掌已经轻车熟路地去抚摸她。

孙萌萌骤然觉醒，这个嘴唇有可能吻过其他的女人，这双手也有可能摸过其他女人的肌肤，这身体也许也和另一个女人紧紧契合过。在他冷漠对她的时候，他的热情却给了另外的那个女人。

孙萌萌的呼吸变得困难，胃里又是一阵恶心。埋在她脖颈间的肖毅终于感受到了她的异样，才抬起头来，她就用尽了力气推开他，捂住嘴跑去了洗手间。

孙萌萌的胃舒服后，抬起头看见镜子里的自己眼睛红肿，一头乱蓬蓬的短发，脸色苍白，这个时候去演《午夜凶铃》估计不用化妆了。肖毅站在自己的身后，眉头紧紧地拧在一起，眼睛里没有了之前的怒火，而是无法掩饰的慌乱。

“你到底怎么了？”

孙萌萌回过头对上了肖毅的目光，在狭小的洗手间里，两人陷入了死寂。她想如果他能亲口告诉她事情的真相，一切就会变得不同，心底不由自主地有了丝丝的期盼。

“肖毅，你就没有什么想和我说的吗？”她清澈的眼眸和哀伤的语气让肖毅无处遁形。

“我……我……怎么知道？”

孙萌萌闭上眼睛……悲愤、失望涌上心头。

“没什么，我只是难受！”说着她自己站了起来，走到了客厅的沙发上坐下。

老公出轨妻子永远是最后一个知道，不到最后一刻，男人永远也不会承认自己的背叛。

“和巍然在一起我从来不问，可是和男人一起去酒吧还喝醉了，如果我不去接你，你怎么办？你没去过那些地方，你知道那里有多乱吗？出了事怎么办？”肖毅越说越生气，忍不住就有些训斥的口吻。

孙萌萌也急了，最近她一直努力地讨好他，但这不代表她没有脾气，以前他也领教过她的任性和伶牙俐齿。肖毅虽然冷淡她，但是这么多年从来没对她大吼过，现在是因为另一个女人吗？

“他是谁？我怎么从来不知道你有这样的朋友？”他打了一晚上电话，她不接，却和另一个男人在一起，她以前从来不会这样。

孙萌萌脸色惨白：“我很多事情你都不知道，又不光是这件！”

肖毅盯着孙萌萌的脸，又好气又好笑。她竟还有什么是他不知道的吗？这个世界上就不可能有比自己更了解她的人。

“胡闹什么，下次不许喝酒了！”心里不痛快，也只能作罢了，他老婆是什么样的人他很清楚，要是气也只能气那个男人。

“再睡一会儿吧，晚上等我回来一起出去吃饭。”肖毅说不清楚自己是怎样的心情，说完这句话，却发现孙萌萌脸上表情依旧冷淡，似乎连睫毛都没动过一下。

“我不等你了……”

“为什么？”肖毅没想到孙萌萌会这么说，记得从来都是她娇嗔又无奈地对他说：“老公，你要早点儿回来，我自己一个人没意思，一直等你呀……”

孙萌萌已经站起身来，自嘲地说：“总是等不到就不想再等了……”说完径自走回了卧室，留下肖毅独自震惊。

孙萌萌迷迷糊糊地睡着了，肖毅点起了一根烟。过了很久，手机铃声把他从沉思中拉了回来，低头一看，一串熟悉的号码显示在屏幕上，是水灵。

原来已经快八点了。

他几乎是没有思考，站起身瞥了一眼卧室紧关的房门，快步走到了露台上，同时不忘把玻璃门拉好。

“喂？”

“是我！”水灵的声音很急切，“你路上是不是遇到什么事情了，没事吧？”

“没事！”两人同时陷入了沉默。

“你在家里？”水灵再次开口的时候，声音已经平静下来，只是语调低沉了许多，“对不起，我不该这个时候给你打电话的……那我先挂了！”说完后她却没有行动，而是在等着肖毅。

“好！”肖毅的思绪不在这里，但是隐约地也知道这样会伤害到水灵，心里十分不忍，放下电话，他的心里乱极了。

孙萌萌醒来的时候，发现肖毅还没有走。看了看表已经八点半了，洗漱换好衣服后，喝了一杯白开水，忍不住回头问了一句：“你今天不用早走？”

“嗯，我今天出去办事顺道送你！”

原来他也不是每天必须早走的。“不用了，我今天先不去单位，直接出去办事。”

7.

孙萌萌请了一天假，上午在海马广告公司，下午拿着方案和同事直接到了天石公司。

天石公司的前台小姐听到孙萌萌的自我介绍，不屑地指了指对面的沙发：“你们等一会儿吧，刘工这会儿有事！”说完便头也不抬地坐回去，对着一面化妆镜挤脸上的痘痘。

孙萌萌皱眉看了看表，明明是约好一点半的嘛！等啊等啊，四十分钟过去了，还没人搭理他们。

“小姐，我们等了四十分钟了，能不能帮我们再打个电话？”

“你等等吧，人家别的广告公司找刘工从上班等到下班的都有……”都是同龄人，那个女孩用一种极具优越感的眼神瞥了一眼孙萌萌，又说，“做业务的我见多了，可没见过你这么等不起的。”

一直等到了三点钟，前台那女孩接了个电话，终于把孙萌萌他们放了进去。一进去她就有点儿蒙了，会议桌前坐了满满一圈人，随着门开启的声音他们把目光都投在了她的身上。

“孙小姐我们开始吧！”坐在最前面左手的一个中年男子指了指正中的投影仪，语气不怎么耐烦。

孙萌萌礼貌地点点头，走过去的时候却感觉到脚下有点儿虚浮。她深深地吸了口气，从容地走到了电脑前。

孙萌萌刚开始的声音还是有点儿小，看到下面有人皱起了眉头，她的脸窘得通红……好在PPT内容做得精彩，二十分钟讲解完毕，到了后面她才慢慢进入了状态。

李天石中场进来时，孙萌萌看到了，可她并不认识他。结束后到电梯口，她的心情都一直没有平静。

李天石看着她走后，更加震惊了。肖毅很好面子的，自己不能贸然把这件事直接告诉他，他决定去找一趟肖毅，反正也有别的事情。

李天石到肖毅公司的时候，正好看见水灵在肖毅的办公室里。肖毅脸色很差，语气却是柔和的，指着文件上的内容详细地交代，水灵站在他的右侧面无表情，一言不发，眼睛里却是烟波流转，欲语还休，道尽了无限心事。见到李天石她急忙垂下眼帘。

这一幕在其他人眼中可能不会觉得有什么异常，可是李天石除外。水灵离开的时候那种刻意展示在人前的疏离，以及刚看到两个人之间的距离，都让他感觉到熟悉得不能再熟悉。

他比肖毅大了六岁，恣意享受占有过女人的青春，也曾经因为所谓的爱情吃过女人的亏。他清楚，一旦男女之间发生过关系后，两具身体就成了朋友，再怎么掩饰，它们自己也会“说话”。

办公室暧昧？李天石摸了摸额头，嘴角上扬。

“找我什么事，我一会儿急着出去。”肖毅心不在焉。

“快下班了，一起出去坐坐吧，我请客，我们俩半个月没见了，于公于私事儿都多着呢！”李天石走过来，老大哥般地拍了拍肖毅的肩头。

“改天吧，我今天去丈母娘那儿！”心里想着孙萌萌最近突然变得不冷不热的，是怪自己一直没去看老人吗？

李天石一耸眉头，借机问道：“最近和弟妹怎么样？你也不小了，是不是该考虑要个孩子了？”

肖毅点起了一根烟，深深吸了一口，揉了揉太阳穴：“还不就那样儿！老夫老妻的。”

“工作归工作，生活归生活，可别弄混了。你结婚，我离婚，这几年都没见过弟妹了，哪天出来聚聚。”李天石的妻子提出离婚后带着孩子出国了，从此李天石就拒绝参加一切家庭聚会。

“今天公司来了一个拉广告的业务员，我瞄了一眼，那姑娘小模样挺俊的，极有亲切感，我仔细一想原来是和弟妹有几分像。要不是满脸汗水，又晒得通红，我还真就错认了。”李天石说得滴水不漏。

“我老婆拉广告？你别犯神经了！”肖毅看看表，站起身把桌上的文件合上，拿起钥匙包和李天石一前一后地走出了公司。

孙萌萌电话打不通，肖毅径直地走进了社里，刚到走廊，一个和孙萌萌要好的女编辑走出来，她是认识他的，笑着说：“来接萌萌吧？她不在呀。”

肖毅眉头微微皱了皱，帅得几乎要让那女孩尖叫：“她一天都没来社里。”

他的眉头越皱越紧，那女孩赶忙周到地压低声音说：“自从她妈妈出事后，她经常不在社里。只有我和李主编知道她家的事，别人都以为她是被派出去了！还有她快离职了，听说她找到了一个新工作，大概下个月离岗。”

肖毅的脸涨得通红，当他走出小洋楼重新回到马路上时，只觉得天地的颜色都已经变了。

站在车流涌动的街头，夕阳把肖毅的影子投在地上。他足足在原地站了十几分钟，都没有从震惊中回过神来，那个曾经连牙疼都要给他打好几个电话的孙萌萌，居然把这么大的事情向他这个老公隐瞒了，她到底还当不当他是她的丈夫？

说不出自己现在是什么样的心情，他的手没有经过大脑的支配，掏出电话给她打了过去。

“在哪儿呢？”他几乎找不到自己的声调。可是几秒钟之后，他才听清，电话里的女声是在提示他：对不起，您拨打的电话暂时无法接通。

一遍，两遍……直到肖毅打得彻底失去信心。打岳母的手机传来的提示居然是：对不起，您拨打的号码是空号……他的手心渗出了冷汗，大脑一片空白。

一个小时之后，他婉转地从蓝萍公司的法律顾问林枫那里详细地知道了岳母身上所发生的一切。

肖毅的手机响了，他扫了一眼号码，心里全是失望。这个时候除了孙萌萌的电话，谁打来的，他都不想接……电话执着地没有挂断，肖毅的心更加烦躁起来……

最终肖毅还是接通了电话，几乎是第一时间里面传来了水灵感性的声音：“毅，你在哪儿？”这是只有他们两个人时她对他专有的称呼，而孙萌萌只会叫他老公。

肖毅深深地呼了口气，竟然一时想起孙萌萌大三的时候，他带着她回到自己父母那儿，母亲喜滋滋地拿了一个老古董样式的镯子给她，吓得孙萌萌"噌"地从沙发上跳起来。

事后，他笑着对她说，这代表他妈妈已经接纳她做自己的媳妇了，孙萌萌脸红得像个熟透的苹果，他忍不住低头就咬了一口，带着专制的语气让她以后改口叫他"老公"，一晃就是五六年。五六年？他把手里的香烟狠狠地掐掉，扔到了车窗外。她没有父亲，他在她没有开始接触社会的时候，就从她的母亲手中把她接管了过来。

她是他的爱人，是他的妻子，是他的妹妹，可无论是哪一种感情，他从来也没想过有一天她会不再需要他。

水灵并不知道自己的一个称呼让肖毅的思绪飘走了那么远，她知道不应该主动打电话给他，可是她管不住自己的心。

"我在外面！"他开着车漫无目的地游走，才看清车子终归还是驶向了回家的方向。

"一起吃晚饭？"

"不了，我有事！"电话里顿时陷入了沉默，仅仅是几个字，就已经让水灵受到了伤害。

怎么和她曾经想的不一样？她以为自己根本不会介意这些，她什么都不要他的，只想让他接受自己的爱情，可是现在自己的所有感觉好像都不再受她意志的支配，她想见他，就是想见他。

"水灵……我要休息几天！"肖毅说得很慢，声音也很轻，水灵听懂了，他不想见她。

"为什么？"

"我岳母出事了……"

"我知道了……毅，"水灵哽咽着，"你是不是正在考虑离开我？你不要回答我，你听我说……如果我能爱你少一些，我绝不会让自己处于这种可怜又可恨的境地。”

电话被挂断了，肖毅陷入了一片迷茫之中。眼前妻子的脸又被水灵代替，他的心也为这个默默爱他的女人疼了一下，烦躁中他狠狠地拍了拍方向盘。

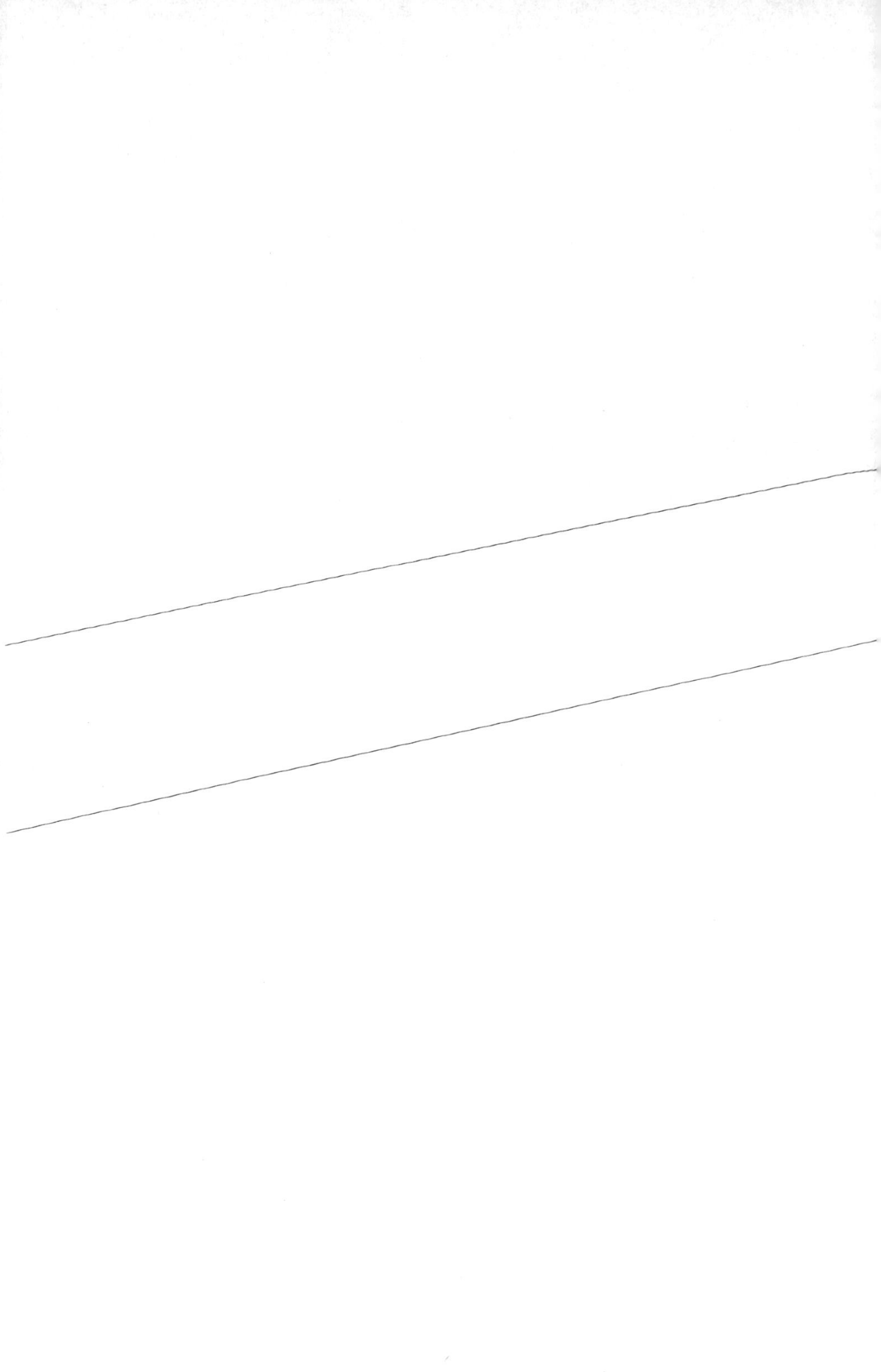

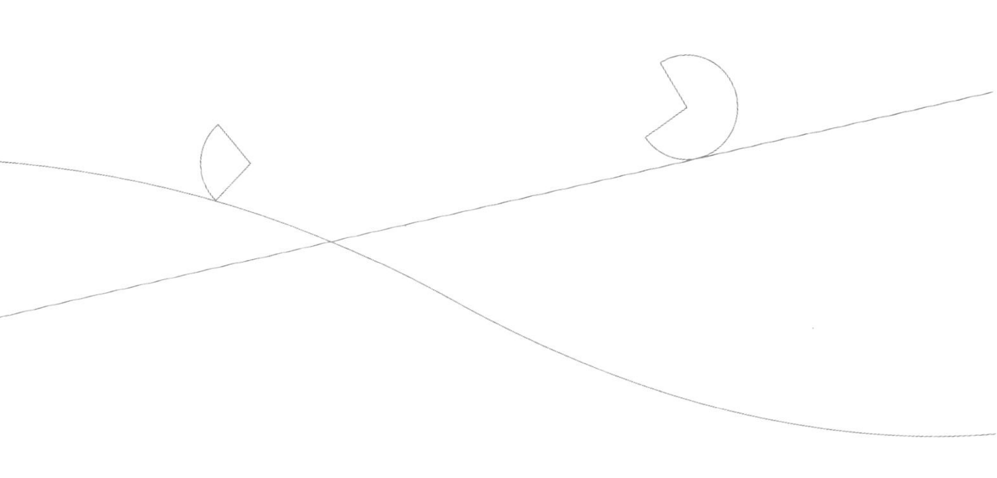

第 3 章
炙热

肖毅听到自己的电话响了，低头一看，是水灵的号码，心跳突然开始加速。他不由自主地抬头看着离自己不算太远正慢慢转身的孙萌萌，几乎是没有意识地就按下了静音键。

1.

奶奶也不在家，肖毅得知奶奶住院后，直接赶到了医院来。高义凤睁开眼睛，看见萌萌身后的肖毅，颤悠悠地伸出手来：“小毅……你来了？”

“奶奶！”肖毅一脸惨白地走过去。

“你很忙吧？”高义凤的手像枯枝一样，肖毅连忙握住，垂着眼帘说不出话来。

“我了解。你们这代人不容易，竞争太激烈了。我只是惦记你啊，你光忙工作，老忘了自己的身体。我知道，要不是实在没时间，你一定早就来看奶奶了。”

“嗯！”肖毅喉咙像塞了烧红的铁块，说一个字都觉得生疼。

“萌萌说你为了她妈妈的事情去了外地，奶奶这颗心一直悬着，希望你能帮她，又怕你再出事……”

“奶奶……不会的……”面对着老人，肖毅手心都渗出汗来了。

“小毅，奶奶要谢谢你为萌萌做的一切……”人老了就爱落泪，一滴眼泪滴在了他的手背上，“烫伤”了他。

“奶奶，肖毅还有事，就要走了！”高义凤听了孙女这句话，失望地摩挲着肖毅的手背：“这么快就要走？”

“他来了好几个小时了，只是您一直都在睡着，公司还有一堆事情呢，您再不让他走，他就要在公司熬通宵了。”孙萌萌平淡地说着，全然不顾肖毅扭过头死死地盯住她。

“那快走吧！”奶奶刚说完，萌萌已经站了起来，拿起了肖毅的外衣。

“奶奶，出院之后搬到我们那里去吧，萌萌说劝不了您，您要是还拿我当孙子，就听我的吧！”

这回轮到孙萌萌震怒了，她盯着肖毅，却见他温柔地说：“萌萌，你送送我……”

孙萌萌瞪着一双大眼睛，脸绷得紧紧的，肖毅握住了她的手，向外走去。

“萌萌快去吧！”刚想挣扎，她听到了奶奶的声音，只好顺从地跟着他走了出来。

在安全通道的僻静处，肖毅停了下来，突然紧紧地把她环在自己的怀里：“你到底是怎么了？”箍着她的手臂越来越紧，以绝对主导的姿势质问她。

孙萌萌仍是一张不冷不热紧绷绷的脸，他从来没有见过这样的她，他的脸沉下来，冷峻到骇人。

“你为什么不和我商量？奶奶是不会搬到你那里去的。”孙萌萌的声音很低，在空旷的楼道里却显得格外清晰。

“你到底是怎么了？”说不心虚，那是假的。他试图从她眼底看出什么，可是很久仍旧一无所获，她此时心已经疼到麻木了，却微微一笑：“你这么忙，天天见不到人影，你还是让奶奶眼不见为净吧！”

“我这几天有时间……”孙萌萌的反应让他有些不确定。可是他知道她是极孝顺的，只要有老人在，她就不会一直这么“闹”下去。他也需要好好地把自己的思绪梳理一下。

他现在脑海中有各种各样的情绪，愧疚、愤怒、心虚、迷茫、彷徨……

但唯一他最最清楚的就是妻子在闹情绪，他可以理解。这些日子他忽略了她，出了这么大的事情，这是她从来没有面对过的，她一直那么依赖他，现在她是在怪他。

“肖毅，你不用同情我！”

四目相对，肖毅先软了下来，可是语气依旧霸道：“你是我老婆，我同情你干什么？好好的日子不过，你到底想干什么？”

孙萌萌的目光直直地看着他，没有任何反应，眼底却禁不住流下泪来，肖毅心里难受，伸手去抚摸她的短发。可是她的背脊一直僵硬着，眼泪直往下掉，最后只对他说了几个字：“奶奶还等着我，你走吧。”

“你怎么这么任性？”他喉咙里有些干涩，极力地想要辩解，“我这几个月忙得晕头转向，你体谅过我吗？”

孙萌萌欲言又止，一片寂静中，肖毅看到她在掉眼泪，却死死地咬着嘴唇。过了一会儿，又听见了她的声音，带着更重的鼻音：“你快走吧……”她这一次没有怒火，却是斩钉截铁。

酒吧里肖毅和李天石边聊边喝，不时有女人过来搭讪。肖毅面无表情，眼皮都不抬，李天石看出他心情不好，极有风度地把美女们挡了回去。

“兄弟，有烦心事？”

肖毅默不作声，只一个人闷闷地喝酒。李天石笑着相陪，也不追问，眼见着一瓶洋酒见底，肖毅却突然开口：“你当初是怎么离婚的？”

李天石打了个响指，服务生又送酒过来，他给自己和肖毅重新斟好，摇着头笑道：“老弟，你可真够不厚道的，自己心烦还不够，还非得揭别人的伤疤。”

肖毅一饮而尽，把玩着手里的酒杯：“多少年了，至于吗？”

“一辈子提起来也还是疼的。”李天石叹了口气，“我老婆知道了我在外面有了女人，毅然决然地跟我离婚，带着儿子去了国外，这几年过去了，存心让我找不到人，我连我儿子高矮胖瘦都不知道，估计用不了多久，就算见面他也不认识我了。你说有一天，我老婆给别人睡，我儿子管别人喊爸爸，我心里能好受得了吗？你现在还没有孩子，跟你说你也体会不到……”

“跟我有什么关系？”

李天石呵呵一笑，莫测高深。

“嫂子当年怎么知道的？”肖毅眉头拧成了一个川字。

“唉……当年被爱情冲昏了头，我确实也想过离婚，可是心里一直在矛盾，姗妮并不知道，每天上班，照顾孩子……最后那个女人主动找到了她，把我们的床照拿给她看，只能离了。”

看着肖毅若有所思的样子，李天石拍了拍他的肩膀：“老弟，你和我不同，你们没孩子又都还年轻，要是真的腻歪了，就早点儿说清楚，谁也别耽误谁。”

肖毅不痛快地推开他的手臂，独自陷入了沉思。

“要是不想离婚，就尽早和外面的女人断了，就是被发现了，只要没有确凿的证据，一定不能承认，女人有时宁愿相信谎言，你给她一个说服自己的理由，比你发誓一万次都管用，要是承认了事实，一切就都玩儿完了。”

“你胡说什么呢？”肖毅更烦了。

李天石抿嘴一笑，这位老弟做事一向谨慎，并且向来颇有自信，甚至有些自负。李天石借着酒劲打趣他：“你从来不是风流的人，怎么这次是动了真情了？”

肖毅有些不敢置信地看着他，心中百感交集。

李天石的表情也严肃起来：“兄弟，老哥说的都是心里话……”

2.

水灵一个人坐在窗台前，天空中淅淅沥沥地下起了小雨，望着远处的霓虹灯，一辆辆汽车驶进小区，她知道不会有自己想看到的那一辆，可还是忍不住在这里一看就是一个多小时。

音响里传来女生幽怨的歌声，一字一句如诉如泣：

窗外阴天了/音乐低声了/我的心开始想你了

灯光也暗了/音乐低声了/口中的棉花糖也融化了

窗外阴天了/人是无聊了/我的心开始想你了

电话响起了/你要说话了/还以为你心里对我又想念了

怎么你声音变得冷淡了/是你变了/是你变了

灯光熄灭了/音乐静止了/滴下的眼泪已停不住了

天下起雨了/人是不快乐/我的心真的受伤了

可是没想到在这个时候，她的电话真的响了起来。水灵不敢相信自己的眼睛，屏幕上那一串熟悉的数字，就那么活生生地映入她的眼帘。

手机里没有存上他的名字，更不敢设上他的照片，可是就这几个数字，她几乎能清晰地看到他那张冷峻迷人的脸，她不止一次地问自己，这个世界上怎么可以有这么令她着迷的男子？比他英俊，比他有钱有地位的男人她都见过，可为什么只有他让她这样沉醉？

为了这个男人，她宁愿卑微到尘埃里，也许她真的是疯了，所有的伤感都只因为这一串数字而烟消云散。

"毅！"她激动地等着他的回应，可是竟然有些害怕，怕他的声音冷淡，怕他……

"水灵……"肖毅的声音很温柔也很低沉，水灵眼圈竟然红了，她是真的想他。"毅，你怎么现在给我打电话，她……不在吗？"她有点儿心酸，还有点儿幽怨。

“嗯！”肖毅心底叹息着，声音不自觉就温柔了起来，“你做什么呢？”

这一句真的让水灵掉下眼泪来：“我……想你呢……”她对他的爱就像是饮鸩止渴，让自己变得可怜又可恨，为了那短暂的甜蜜付出巨大的痛楚，却依然甘之如饴。

肖毅的心疼了一下：“水灵，对不起！”他也不知道为什么从来没有和孙萌萌说过这三个字，可是他对水灵说了。

“毅，我不要听对不起，我要听你爱我……”

“水灵……”肖毅好像除了念着她的名字再也说不出其他的话来。

“毅，你来看我吗？”就像每一个沉迷在爱情中的女人一样，水灵乞求着。

“我不去了……”

“为什么？”她傻傻地问。

那端的他沉默着。

“知道了……”她自顾喃喃地说着，肖毅几乎看到了她那双深情的眼睛里荡漾着浓浓的失落，他的心很难受，可是他还是说了：“水灵，我有件事情想和你商量一下。”

“嗯！”

“我想帮你安排到其他的公司去工作。”他抬手摸上太阳穴，狠狠按了几下。空气仿佛凝固了，过了好久，电话那头水灵的声音颤抖地传来：“毅，你想做什么？”

她只觉得整个世界都要坍塌了，他是爱她的，他怎么舍得看不到她？一定是他遇到了麻烦。腮上一片冰凉，转瞬间已经是泪流满面。

听到她抽泣的声音，他欲言又止，却听见水灵更加轻飘的声音传来，她说：“找一份工作对我来说从来不是件难事，只是以后工作中不能时刻见到你，我舍不得。可你要是因为我有了麻烦，我会按照你的意思去做，不会给你添麻烦。”

“水灵……你别这么说……是我……”她打断他：“毅，我爱你，我知道，你也是爱我的，你不会离开我的，对吧？”

“……”

“你不会离开我的，对吧？”

“水灵，你别哭，我……”

水灵挂掉了电话，肖毅突然有一种想把自己暴打一顿的冲动，他想立刻拨回去，甚至想马上去看看她……可是脑海中出现了孙萌萌冷漠的小脸，甚至手背上又感受到了奶奶那滴泪水滚烫的温度。

他开车独自在公路上飞驰，一直到夜深人静……

孙萌萌一早接到肖毅的电话，说下午一起去接奶奶回家。肖毅已经完全说服了奶奶，她找了各种理由劝阻，奶奶却根本不明白。看着奶奶本来喜悦满足的眼神一点点被失落疑惑取代，她竟产生了一种深深的罪恶感。其实，看到奶奶住在那间小屋子里，她也觉得心酸。

她挣扎了很久，还是赶去了医院。

可是没有想到，车开到半路，方向盘发沉，整个车子往一边倾斜，她赶快停在路边，下车去看。原来是轧到了钉子，轮胎瘪了。换轮胎她一个人搞不定，四下张望了许久，心灰意冷之际，竟然看到一辆车子停了下来。

一个男人从车子里面走下来，有些面熟。仔细一看，正是和自己有过一面之缘的“海龟”李博明。他穿着一套浅灰色的西装，领带打得一丝不苟，星眸内华光烁烁，嘴边一抹浅笑，信步向她走来。

孙萌萌愣住的几秒钟里，他已经走到了她的身边。“车胎瘪了？”说着他俯下身，检查起那只泄了气的“家伙”。

孙萌萌一时间不知道应该说些什么，昨天刚刚下了雨，地上还到处都是水渍，她又重新上上下下打量了一下面前这个男人，看着他此时的样子，竟然心生不忍，可是他几下就把西服脱下来，甚至扯掉了领带，随手递给她。

她没有准备好，只接住了西装，那条银灰色的领带，很不幸，孤零零地掉在了水洼里。

“哎……”孙萌萌从来没有这么鄙视过道路施工的水平，市中心的马路怎么不能修得再平整些呢？她蹲下去赶快捞了出来。她脸上毫不掩饰的懊恼让李博明嘴边的笑意更深。

“李先生，对不起！”李博明已经卷起袖管，从她打开的后备厢里拿出备胎和工具。先把千斤顶塞到车底，用力压了几下，汽车被顶起，用扳手把轮子卸下来，拧好螺丝……很快车子就重新“站”了起来。

“谢谢你李先生，你帮了我一个大忙。”

“社会分工，有些事情就不是女人应该做的，举手之劳。”他看着她，回想起那天酒吧里她那副伤心小女人的样子，似乎她已经“修复”好了。可是她那张布满泪痕的脸在他脑海中好些日子都挥之不去。

连他自己也觉得奇怪。

“李先生，这条领带我洗好后再还给您。”孙萌萌思索了几秒，又尴尬地道歉说，“对不起，您再说一下号码给我，我那天没存。”

李博明也有些意外，但还是很快掏出电话，拨了出去，孙萌萌的电话上显示出一串陌生的号码。

“这次要记好了呀……”

孙萌萌把领带放到车子副驾驶前的储存箱里，一路开向了医院。远远地看到了肖毅的凯迪拉克停在医院的入口处，没想到他来得这么早。

两个人都开了车子，奶奶竟然要坐到肖毅的车子里，说他比自己开得稳。孙萌萌撇了撇嘴，看着奶奶被孙姨和肖毅扶进去时肖毅嘴角那胜利的笑纹，孙萌萌只能叹息。

3.

偌大的房子里一时间热闹起来，孙姨帮奶奶洗澡。老人的唠叨声和水流声从浴室里面传出来。孙萌萌在厨房里忙活着，整个房间里飘满了饭菜的香气。

对肖毅，这是一种全新的感受。自己的父母、姐姐已经移民澳洲，除了他们新婚的第一个春节回来过，这间大房子里几乎都只有他和孙萌萌两个人。

最近半年，他的公司上了一个新台阶，他越来越忙，待在家里的时间也越来越少，现在德国代理的事情终于告一段落，他自己躺在这张床上，身体每一处都透着疲惫，从内到外。

他觉得自己是真的应该休息几天了。

外面的各种声响，让他心中某一块地方被填满，似乎不再那么空虚。

床头柜上的座机响了起来，家里的号码没有外人知道。

“妈！”没有意外，是国际长途。

“小毅呀，你把萌萌相册里咱们家的那张全家福扫描一张，回头给我发过来。你姐姐帮我整理电脑，一个格式化，存的底片都不见了，你姑姑找我要一张想挂在她家的书房里。”不仅父母、姐姐一家，肖毅的好多亲戚都在澳洲。

那张全家福是他和孙萌萌刚刚订婚后、父母移民前全家人一起照的，那时爷爷和奶奶都还在世。

一晃竟然那么多年了。

“还有，你们也都不小了，该要个孩子了，不想自己带，就给我送过来。两个人一天到晚有什么意思呀，生个孩子才有乐趣。”

肖毅答应着，撂了电话。一时兴起，从柜顶拿出孙萌萌的宝贝相册来。上面厚厚的一层灰。

她是一个热爱生活的人，对生活中的每一个幸福瞬间都格外迷恋，所以她特别喜欢照相，这本又大又厚的相册，从她自己的满月照开始，所有她觉得值得留存的照片，都整理了出来，守旧固执地装进相册里。即便是存在电脑里可以更方便一些，她也坚持再去冲洗一份出来。

肖毅一页一页地翻开，本来已经是看过无数遍的东西了，隔了好久后，竟然像第一次看到一样，有一种欣喜又好奇的感觉。看着她小时候胖嘟嘟的样子，他的心情格外放松，甚至笑了出来。

这本相册本来是她结婚前就有的，可是嫁过来之后，就进行了改良，她的满月照旁边，也有一张他的。她的百日照后，也有他的，她上初中的，他上初中的……她上了大学后就几乎没有了两个人单张摆在一起的照片，大多是他们两个人的，还有与两边亲人一起的合影。就好像他们从来就是相识的，从出生的那一刻起，就是你中有我，我中有你，未曾分开过。

只有一张，那是她二十岁生日，岳母说是个大日子，在宴宾楼请了好多人，她坐在钢琴前，静静地弹奏，大概是知道他在看着她，心有灵犀，她冲他回眸一笑的时候，他抢拍下来的。

他呆呆地看着她甜美幸福的表情，几乎是下意识的，用指腹轻轻地摩挲着相片上那张脸。

每次和奶奶一起吃饭，老人的话就格外地多，不时提起两边的亲戚，还有肖毅和孙萌萌结婚前的事情，一聊就到了十点多，终于撑不住回屋睡了。

“我的睡衣呢？”习惯地问了一句，没人回答，肖毅便自己去找，他看到自己的睡衣旁有一套蕾丝边吊带的睡衣，手颤了一下，拿了自己的走进了浴室。

出来时，发现孙萌萌已经在另一个浴室洗过了，门关好，卧室里只拧开了一盏小台灯，昏暗的灯光下，孙萌萌穿着睡衣睡裤，坐在床上。

她手里拿着一本书，长长的睫毛低垂着盖住了眼眸，几绺半干的头发俏皮地垂在额头，猛地抬起来与他目光相遇，没有哀怨，可肖毅只觉得心里一痛。

他伸出手来想搂住她，她却向后一躲避开了，他上了床，她又挪得更远。他这才看到地上另放着一套铺好的被褥：“你这是做什么？”

她声音格外地平静：“肖毅，你要是不愿意，我睡地上。”

“你说什么？”他的声音透着恼意，她就这么连名带姓地喊他，他是她的同事，还是什么不相干的人？

“肖毅，其实你不用觉得内疚……”

幽幽的声音传来，肖毅慢慢地转过头，睁大了眼睛一动不动地看着她，以为自己是听错了。

孙萌萌拧掉了床头的灯，屋子的私密性很好，拉上厚厚的窗帘，整间房陷入了黑暗，他看不到她的表情，只感觉到她躺下后拉被子的声音。

孙萌萌接到肖毅的电话，执意说下班接她一起去给妈妈买东西。她没有拒绝，至少这一点她是感激他的，从他知道妈妈的事情开始，就动用了一切人力物力，虽然别的还没有结果，可是终于在这周末有了一次探视的机会。

这几天，他对她越来越好，甚至让她感觉又回到了从前。若是在之前那两个月的日子里，他肯这样对她，不，哪怕对她有现在的十分之一好，她也会觉得自己是最幸福的女人。

可是现在……她知道，那仅仅是因为他内疚。

他现在不会和她提离婚的吧？那样他会被人说无情无义，会被人戳脊梁骨。他从来不是一个坏人，毕竟以前也曾爱过她……就算没爱过，就算只是相识七年多的朋友，看到她现在这样的处境，也会同情她吧，每每这样想起一次，她就觉得自己和他之间的距离远了一点儿，心，剧痛……痛到麻木……

4.

水灵已经辞职了，没有急着找工作，她也想休息几天。这几天肖毅一通电话也没有打给她。她没有勇气再打给他，她从来都是一个敏感的人，那次电话里她听得出，他是想疏远她。

她几天都没有出门，想了很多，想起了父母之前的谆谆教诲，想起了暗恋她多年儒雅温润的学长，想起自己一直是一个自信又骄傲的人……她想起很多很多，最终一切全被代替，因为她想起了肖毅，想起了与他相识后的一点一滴。

第一次拥抱，第一次接吻，第一次与他爱欲缠绵……她最终还是认定，她的人生路上不能没有肖毅。哪怕得到的不是他的全部，那也是她人生中全部的色彩。

水灵来到了超市，很快就挑了一购物车的东西，心里的空落似乎也被填满了些。人流中，她以为是幻觉，眨了眨眼，可眼前的画面还是如此清晰。

她朝思暮想的人正和一个女人肩并肩地走在不远处。

她像被一道电流击中，一动也动不了。肖毅的目光一直在那个女人的脸上流连，他皱眉的样子最让人着迷，可此时他的表情分明是无可奈何、心情焦虑，那个女人的脸色也不怎么好。

他们的感情看来是真的不好吧？

水灵又仔细地打量着孙萌萌，这是他的妻子吗？和她想象的一点儿也不一样，自己原来并不比她看着年轻。她比自己想象的外貌要好很多。她的身材也还可以，个子不矮。她心里忍不住就要和孙萌萌比，拿自己的容貌，拿自己的学识……

水灵心里很难受，她以为自己可以不在乎，可是看到了他和妻子一起时的样子，她嫉妒得要发狂。

水灵看着两个人走到了结账口，那女人突然低头说了什么，又转身向对面的货架快步走去。水灵的视线里只剩下了他一个人的身影，高大英俊，在那么多人当中，他永远都会是引人注目的那一个。

水灵想起了他在工作中时而沉稳，时而严厉，时而对人微语浅笑，时而胸有成竹，决胜千里，他对她的赞许，他对她的温柔，她突然好想听听他的声音来证明他真实地存在，就是现在……

肖毅听到自己的电话响了，低头一看，是水灵的号码，心跳突然开始加速。

她主动辞职之后，只发过一条短信给他，简短的几个字：永远爱你，等你！

这些日子，她的安静让他更加内疚。但是眼下这种情况他从没想过。他不由自主地抬头看着离自己不算太远正慢慢转身的孙萌萌，几乎是没有意识地就按下了静音键。

水灵把这一切全部看在了眼底，她也傻了，她以为他无论如何也会接的，她其实只想听听他的声音而已，不会给他惹麻烦啊！她的眼圈红了，感受到了从未有过的委屈。她不甘地又拨了回去，一遍又一遍。

孙萌萌拿好了东西，向结账口走来，肖毅皱起眉头看着还在闪动的屏幕，终于直接关掉。

屏幕黑了，水灵的世界也陷入了一片黑暗。她像着了魔一样，脚步不由控制地向前走去，终于走到了肖毅的面前。

肖毅浑身的血液都在这一瞬间凝固了，他上学时跳过两级，从小就自认为聪明过人，可是眼下的这一幕，让他彻底地惊呆了。他不敢置信地看着水灵，好像第一次认识她一样。

水灵一个激灵，从魔障中清醒过来，她鄙视自己，开始后悔。可是一切已经发生了，她只能故作镇定地说："肖总，这么巧！"

"是！"不知道应该说什么，他的目光没在水灵的脸上停留几秒，就迎上了孙萌萌的每一个眼神。

孙萌萌听到了这个声音，仅仅是余光一瞥，她的双腿不自觉地有些颤抖，紧接着就是铺天盖地而来的厌恶，不是对这个女人，而是对肖毅。她想马上离开这里，可是为什么走的是她呢？是她背叛了他吗？也许是心痛的时间太久了，久到麻木，她竟然能够转过身面对着这两个人。

肖毅从慌乱中冷静下来，走到孙萌萌的身边，介绍：“这是我妻子，这是以前的同事。”

他甚至没有介绍她的名字，看着他紧张的神情，水灵心底的苦涩再也抑制不住，几乎是落荒而逃。

沉默着走出超市，看着仍旧一言不发的男人，孙萌萌告诉他：“你先回去吧，我还有事！”她头也没回，迅速拦下一辆计程车，绝尘而去。

肖毅拎着很多东西，更多的还是沉浸在刚才的震惊之中，看着离去的妻子，他慌忙打开电话，开机，想拦住她让她回来。却看见一个电话打了进来，是李辉。

“毅哥！我回公司听说你休假了？靠，我这两年都没见你这么优待自己，在家跟嫂子过二人世界造小人呢？”

肖毅正心烦意乱，哪有心情和他调侃：“我这儿有事，回头再打给你！”

“休假还忙？毅哥你太不够意思了，上次我和嫂子说回头一起出来聚聚，趁着你休假定个时间吧，我下周可又要走了！”

肖毅本想挂了，听他这么一说皱了皱眉问：“你什么时候和萌萌说的？”

电话里的李辉想了想，突然一拍脑门：“就是上次你出差，嫂子把你酒店的号码搞丢了，让公司前台给查一下，前台新换的人不认识她，正好被我碰上了，就那时说的，嫂子没告诉你？”

犹如五雷轰顶，肖毅的太阳穴顿时跳得生疼：萌萌在岳母出事的第一时间找过他，他那时手机关了机，根本忘记了给萌萌酒店的号码，本来是想让自己冷静几天的，没想到水灵去了上海……

“她还说什么了？”

“没说什么呀，嫂子真是好脾气，前台新换的小丫头片子不认识老板娘，她都没恼，要是换了我们家那口子，早炸营了。嫂子对你忒信任，羡慕死小弟了。

“倒是把前台的张燕吓得不轻，赶忙把水灵的电话也给嫂子了，事后还一直追着我问嫂子有没有生气……”

后面的话，肖毅都听不清了，李辉说的怎么可能？

他是把自己想得太聪明了，还是把别人都想得太傻了？他打电话给孙萌萌，一遍又一遍，还是关机。

水灵的电话响了，她正在浴室里洗澡，听到声音，心都飞了起来，胡乱裹了条浴巾就向外走，鞋底太滑，她整个人摔到了木地板上。

不觉得疼，她拿起电话，激动得就要落眼泪——真的是肖毅。

“毅，对不起，我今天……”她嘴上虽然道歉，心里却满是委屈，一边说着一边眼睛就湿了。

“萌萌给你打过电话？”

水灵愣住了，他一句都没有安慰她，语气这么烦躁？他难道体会不到她看到他和他妻子在一起，心里有多难受吗？他难道一点儿也不心疼吗？

“到底有没有？”肖毅的声调格外地高，他没想到在超市里水灵会走到他的面前，更没想到水灵曾经和萌萌通过话。

“这很重要吗？”水灵感到从未有过的委屈，“我接到过又怎么了，我什么都没说，我告诉她，我没有和你一起出差，告诉她不要再打给我了……为什么要质问我这个？”

肖毅感觉到自己手背上青筋都暴了出来，他几乎要发狂了。

他怎么会不知道水灵的清高和骄傲？

她什么都没有说，可是她的语气怎能不让萌萌怀疑？也许以前他还能说服自己，可是今天在超市的那一幕发生后，他知道萌萌一定是因为这个电话受伤了，而且一定伤得不轻。

“为什么不告诉我？”他毕竟是一个男人，语调渐渐有所控制，却显得更为冰冷。

“我怕你知道后会难过，我怕你会看不清自己的心意……”水灵哭了，哭得根本无法再说下去，肖毅叹息着挂掉了电话。

5.

回到了家，孙姨告诉他，萌萌打电话回来说要在单位通宵赶稿，今晚不回来了。

肖毅愣了几秒钟，又冲出了家门。出版社的大门锁着。肖毅的心空了，他把手指插进头发里，狠狠地抓了几把。

出版社门前的二十四小时停车场上，作为孙萌萌陪嫁的那辆甲壳虫还停在那里。今天下班她是坐他的车子离开的，肖毅看到了车子，心里竟然稍微安稳了一点儿。

他在自己的钥匙包里找出了萌萌车子的钥匙，打开车门坐了进去。

这款车型里面的空间不大，肖毅坐在里面，想起了很多前尘往事。萌萌大学时就有了驾照，可是直到买这辆车前，她基本上都没有碰过车，岳母不放心，他更不放心。

要结婚了，岳母思前想后还是买了这辆车给她，从那天起，他的心就悬了起来。没办法，之后的一个多月里，无论晚上还是周末，他都坐在副驾驶的位置上陪她练车。看到她手忙脚乱却满不在乎的样子，他很生气，她却闪着两个小酒窝，嘻嘻哈哈地说：“老公，不是有你吗？”

他被气乐了：“这不是驾校的车，没有备用的刹车让我替你踩！”

“回头我要是在哪儿不会停车了，就给你打电话，叫你来帮我……”

肖毅点起一根烟。想起她说她不需要同情，不需要他因为内疚而刻意讨好她。他承认之前在潜意识里他的确是内疚的，可是他迄今为止并没有想过要和萌萌分开，他从来都是想着与她在人生路上结伴而行的。

这些日子里她每一个冷漠的表情都仿佛是对他无声的控诉……那画面如此清晰，明明没有声音，却胜过了最大声的哭泣与怒吼，像一把尖刀直插在他的心上。

他狠狠地吸了几口烟，陷入了沉思。

与此同时，水灵的面孔又在他的脑海中浮现：她那深情的眼睛、清丽的面庞、激情一夜时在他怀中微微的颤抖……

他问自己，如果岳母没有出事，他和萌萌、水灵之间将会是一种什么样的状态？之前他还没有时间去思考这些。他对水灵从欣赏到心动、一刹那爆发的激情、岳母的出事、萌萌的发现……一切都太快了……

肖毅把头靠在了座背上，闭上眼睛，烟灰落在食指上烫了他一下。他猛地睁开眼。

如果之前他就有了这样的念头，那么今天他更是看清楚了自己的心。即便是心动过，水灵的出现也只是一个意外，他不能失去萌萌，所以，这样的关系应该结束了。

他的心里还有一些连他也说不清楚的情绪，但这么决定后，他整个人都轻松了。他甚至有些暗自庆幸，岳母的事情，不幸却也及时，最起码把他从跑偏的路上拉了回来。

可孙萌萌今天会在哪里呢？

他疲惫又无力。再次环顾四周，他忽然发现车子里曾经的那些玩偶，他与她的合影，还有一些小饰物全都不见了。

一种强烈的不安袭上了他的心头，他拉开手边的储物箱，他们的合影怎么会不见了呢？一条银色的领带出现在他的视线里，他粗暴地拽了出来。

他从来没有这个牌子的领带，这条造价不菲的领带是属于另一个男人的。今晚她去找他了？

他真的不愿意去想，可是他控制不住自己：伤心中的萌萌和那个男人在一起，他用尽各种花言巧语哄骗她，在这样一个漆黑的夜里陪在她的身边，说一些挑拨离间的话，然后借机把哭泣的她拥在自己的怀中。

他一刻也坐不住了。他了解自己的老婆，可是他更了解男人。

他几乎是不要命了一般，又飞驰到家。可是很遗憾，孙萌萌根本没有回来，他一根接着一根地抽烟，直到天亮。

肖毅在出版社门前等她时，孙萌萌真的是和一个男人在一起。

她原以为自己可以忍下去，为了奶奶，为了妈妈，为了自己的婚姻，为了自己的青春，为了心中弥足珍贵的爱情。

可是看到自己的丈夫和他的“情人”，或者是他的“爱人”同时站在她眼前时，她清楚地听到自己的心碎裂一地的声音。

那女人饱含幽怨、欲言又止的目光，肖毅躲躲闪闪、极力隐藏的神情……她明明是和他一起接受过众人祝福、受到法律保护的伴侣，可是她怎么觉得她才是阻挡别人幸福的障碍呢？

因为她家里出了事，所以他心存不忍……他给不了她爱情，所以给她同情？她走了，他应该是跑去安慰自己的“爱人”了吧？

她不要回去，她怕自己的心中所想真实赤裸地曝光在她面前。她等他已经等了那么久，每次等来的也不过是他满脸疲惫的睡颜，她受够了……

在不知道应该做些什么的时候，孙萌萌想起了她还有一件遗忘的事情。

那条领带沾满了泥浆，洗也未必会恢复原样，她干脆买了条新的还给李博明。

接到孙萌萌电话后大概半个小时，李博明就在自己公司的楼下看到了她。

他很意外，但更多的是惊喜。

她白嫩的手捧着一个盒子递过来：“李先生，那条领带我怕洗不回原样，新买了一条给您，希望不要介意。”

6.

这个男人的外表也很出色，只是一眼望去，镇定自若的气质扑面而来，反倒让人觉得他的样貌不那么重要了。

她对他礼貌地微笑着，无声无息，像一朵迎寒而绽的百合，明明芬芳甜美，却让人感到秋风萧瑟。

很荣幸地接过来，捕捉到她脸上就要离去的神情，李博明明亮的眼睛里蕴含着笑意：“我以为你来是要请我吃饭的。”

孙萌萌眼睛里亮光闪烁，好半天就是说不出一句话来。她好像从来没有单独请过男人吃饭，更何况是“陌生”的男人。

李博明及时化解了尴尬：“前面就有一家不错的餐厅，正好我和贵社还有一些合作的事情。”

李博明没有客套地让孙萌萌点菜，他看得出这个小女人的心根本不在这里，她就像一个丢了灵魂的精灵，轻飘飘的，失了重力，失了方向。

他点了很简单的菜式，吃饭时她连应付也显得力不从心，很快就放下了筷子。饭菜基本没动，唯独要的一壶上好的龙井，倒成了这一餐的主角。

她当然不会知道，自从那次在朋友婚礼上见到她独自举杯饮泣的样子，他就总会不经意地想起她。

“那天和朋友在酒吧，我见你心情不是很好。”

孙萌萌猛地抬起头：“那天是你在酒吧里替我接的电话？”

李博明微笑默认。

她一直想不通那天肖毅是如何到酒吧找到自己的，他发了那么大的火，原来罪魁祸首就是眼前的这个人。

其实她还是应该感谢他的，肖毅说得对，两个女孩子醉倒在酒吧里，后果会很严重。

“是的，我本来想替你们找家酒店，但是无意间听到你已经结婚了，所以看到你先生的来电时，我想还是让他来接你们比较好。”

孙萌萌感激地冲他笑了笑，如果她在酒店里夜不归宿，肖毅一定会气疯了。她懊恼地握紧了杯子，时至今日她为什么还会在乎肖毅的感受呢？

“心烦的时候，酒吧不是个好地方，尤其是女孩子，下次不要再去了。”他的语气很随意，好像认识她很久了一样，她却放松不下来。

“你都听到了？”自己“不光彩”的隐私竟被一个仅有几面之缘的男人全部听到，孙萌萌的脸一直红到了脖子。

“我不是故意听到的……”那时他看到她坐在那里，注意力便不自觉地被吸引了过去。

她觉得悲哀，一个被抛弃的女人，被所有人同情，然后再被所有人评论、猜疑，成为茶余饭后的谈资……谁都有资格对她报以怜悯的目光，她的头垂了下去。

“很伤心？”

“想开了，也许是我自己魅力不够吧！”她自嘲地笑了笑，她还没有失去理智到对一个陌生人哭诉的地步。

李博明笑了，替她斟满茶水：“你指的魅力是什么？”

“我姨妈五十多岁了，一百八十多斤，我姨夫比她大三岁，是化学界屈指可数能享受国家津贴的博士生导师，常年做各大国内外企业的技术指导，所到之处无不是被前呼后拥。可是他对我姨妈从来都是言听计从，走到哪儿，带到哪儿，并以此为乐。所以婚姻不过是两个人在一起轻松愉快的一种生活状态……”

孙萌萌以为自己可以掩饰得很好，可是这一句话就让她忍不住又要落泪。她想起了姥姥姥爷，那一对相敬如宾、白头偕老的老人。姥姥先走了，不到两年，本来身体还算健康的姥爷因病故去了，走的时候还是带着笑的。姥姥年轻时的照片她见过，并不漂亮，可是他们相濡以沫，一起过了一辈子，到死也舍不得分开。

她想起不久前自己刻意地打扮，刻意地讨好肖毅，为什么她的婚姻会是这个样子？她终于委屈地哭了出来。

“别伤心了，是他不懂得珍惜！”李博明心慌了，他看不得她哭的样子，说的也是心里话。

曾经相爱到那种程度，如今要硬生生地割舍，七年的时光啊，沾筋带骨！

李博明抽出纸盒里的面巾纸，忍不住想要替她擦干脸上的泪水，被她下意识地躲闪开去。她道歉说要去一下洗手间，他借机去结账，没想到她已经把账结了。

孙萌萌回来便提出告辞。已经快十点钟了，看着她略显踉跄的脚步，李博明追了上去。他急切之下拉住了她的手，指尖相触，她的手冰冷得没有一丝温度。

“你怎么了？”外面刮起了阵阵秋风，卷起了路边的落叶，她的脸泛着不正常的潮红。

她的眼神呆滞，显然心不在焉，他有些气恼地摸上了她的额头，果然是在发烧。

“你家住哪儿？”这一次，口气不是商量。

“不用了，我不回家！”她说完便觉失言。

他怔怔地看着她，沉默了一会儿问：“那你要去哪儿？”

其实她也没有想好，她认识的不过是那几个人，能去的地方更是少之又少，一时回答不出。

“去我那儿吧，我家里有两间客房，没人会打扰你。”他果断地开口。

她愣了一下，慌忙地说了声谢谢，抬手拦了一辆计程车，匆匆忙忙地消失在他的视线里。她现在应该是最脆弱的时候吧，怎么还能这么理智？她觉得他过于孟浪了？他确实有些唐突，可是他从没邀请过女人去自己家里，一次也没有。

巍然陪客户应酬喝多了酒，迷迷糊糊地给孙萌萌开了门，便又睡去了。早上孙萌萌走的时候，也没有惊醒她。

7.

今天是她去探望妈妈的日子，她却没有想到在看守所的大门口看到了肖毅的车子。

肖毅知道自己不应该当着孙萌萌的面生气，可他控制不了自己。他等了她一夜，一早知道她没有去上班，无奈之下索性直接来这里接着等她。

他几步走过去，把孙萌萌拉到自己的身边。孙萌萌本能地躲闪，可他怎么可能松手？她固执地反抗，像一头被逼急了的小兽，向本该最亲近的他挥舞着尖锐的小爪子。

孙萌萌看着面前的肖毅，经过了漫长的一夜，他脸色苍白，眼窝深陷，下巴上泛着青痕，颓废又疲惫，站在那里像一个被抛弃的孩子，满身都是孤寂哀伤。其实她在见到肖毅的那一刻，也在浑身打战，过往的一切伤痛又铺天盖地向她涌来。

看守所前空旷的空地上，阳光为他们两人投下长长的影子，除了偶尔几声鸟啼，四周静得让人心慌。肖毅本来想好的所有言语，在孙萌萌的沉默中愣是一个字也说不出来。

这难言的沉默也快将孙萌萌逼疯了，她腿脚发软，张了张嘴，声音干涩，很久才艰难地哑声问出：“她是谁？”不过是三个字，问出口，竟然像从生到死走了一遭。

肖毅避开妻子的眼睛，微微垂着头，机械被动地低声回答：“以前公司的同事，现在已经离开了。”

“你特意安排的？为了保护她？”

“萌萌，你冷静点儿……”他猛地抬头，没想到她会这么认为。

“我明白了！”孙萌萌搞不清楚自己的状态，明明最痛苦的时候都已经过去了，为什么现在仍用这种不冷静的语气和他交谈，而不是想象的那样心平气和。

“你明白什么了？”

“你怕我去骚扰她！”孙萌萌痛苦的脸皱成一团。

“你想到哪里去了？”肖毅伸过手去，却被她一闪避开了，只抓到了虚无的空气。

“你太看轻我了，我还不屑那样做。”她终于忍不住痛苦，又哭了。

“胡说什么，你根本就不明白。”肖毅在大学时从来都是辩论会的前三名，生意场中更是谈判高手，现在他却是焦头烂额，觉得怎么说都不对。

“我是不明白，可你明白，你爱她对吗？”孙萌萌的血液开始燃烧，并以无法想象的速度开始翻涌，“既然不爱我，为什么不直接告诉我？你以为我稀罕你的同情吗？”孙萌萌将嘴唇咬出了血迹，也不能抑制住自己那无声的哽咽。

“真不是你想的那样，你听我说……”看着她嘴边的血迹，肖毅再也忍不住，伸手拥住她，贴近她的头，凑过去吻她，只想把那红色的液体吸干，完全顾不得现在是在什么地方。

孙萌萌发出悲鸣般的尖叫，像躲避瘟疫一样，泪水哗哗地涌出，死死地闭着嘴唇，因为缺氧，脸色青白。

“萌萌！”肖毅的嘴唇和手同时都在颤抖，“对不起……你能不能别这样……”

“对不起？嗯……我懂了。”孙萌萌突然冷静下来，再也不看肖毅一眼，扭头就往来时的路上走去。

肖毅的眼睛也湿润了，几乎是在哀求："萌萌，你干什么？"他几步追上去，不由分说地从背后抱紧了她。

"你走开！"

"你听我说……"

孙萌萌停住了脚步，转过身看着他，眼睛里没有怒火，没有泪水，只有迷茫和空洞，仿佛行尸走肉一般，轻轻地问："你确定你抱着的是我吗？"

"你不要这样好不好？"

肖毅紧紧扣紧怀中的萌萌，声音里满是痛苦，他忽然回想起他和孙萌萌认识的第二年的一个夜晚，那时她才上大三，送她回学校的路上，肖毅抱住她，激烈地吻过她后，说："萌萌，等你大学毕业，我们就结婚吧！"

她茫然地问："这么早呀？"

"当然要早，不然你就被别人抢跑了。"

借着月光他看到她的脸更红了，她把头靠在他的胸膛上，用手在那里画着圆圈："为什么要娶我？"

他嘲笑她的幼稚："傻瓜，因为我爱你呀！"

"那你会不会爱上别人？我们宿舍的小雪就和高中的男朋友分手了。"

他把她抱得更紧，甚至因为她的疑问而有些生气："当然不会，你当我是什么……那你呢？"

那时她害羞地说："我当然爱你呀。"她垂下娇嫩的小脸，再次抬头时，皱着小眉头想了又想，坚定地说，"我会一直爱着你，除非你不爱我了，那时我就要把我的心收回来……"

肖毅记起来了，眼前的画面那么清晰，他此刻却只能心疼地喃喃："萌萌，我爱……"

听到他嘴里的那个"爱"字，孙萌萌本来空洞的眼神突然爆满了愤恨，她尖叫着推开他，一边跑一边哭泣着说："谁稀罕你那廉价的爱情，谁稀罕！你滚开，你滚开，我讨厌你，我恨死你了……"

孙萌萌跌跌撞撞地跑到了前面不远的树林里，肖毅怕她又尖叫着让他离开，所以一直保持着离她几米远的距离。

发烧烧了一夜，孙萌萌终于失去了所有的力气，扑倒在了草地上。她还是在哭，只是声音越来越弱，只剩下了窒息般的哽咽，身体渐渐地蜷缩成小小的一团。

肖毅跑过去，颤抖着用自己的西服把她从背后包裹住，她转过脸，用惊恐陌生的目光看着他，看到了他的眼泪，她又安静了："你不用觉得愧疚，真爱无敌，你有权追求幸福……"

"老婆，你不要挖苦我了……"他把她的手胡乱地放在自己的心口上，"这里很痛！"

"知道了！"孙萌萌在包里翻找手机。她脆弱得像一个易碎的瓷娃娃，肖毅不敢刺激她，可是他也快要疯了，茫然地问："你又知道什么了？"

"我打给她，让她来安慰你，否则你会痛死的！"

肖毅抓狂地把她的皮包扔到一边，紧紧地拉着她的手。

萌萌挣扎着："肖毅，你放手……"

"我不放，"他孩子气般固执地说，心中又是一阵绞痛，"你能不能不要叫我肖毅？"

可她比他还要固执："我不愿意和别的女人一样喊你老公，那样你会对着我产生幻觉的……"

肖毅浑身像有无数只虫蚁在噬咬，他几乎是在大吼："没有，从来都没有别人那样叫过我……"

两个人都无法控制地失声痛哭。

见到他此时的样子，孙萌萌率先止住了哽咽，声音也变得缓和，再次开口时，只有她自己知道，她已经用尽了这一生所有的勇气，她幽幽地说："肖毅，我们离婚吧……"

"离婚？"他的声音支离破碎，脑海中更是一片空白，转而把她的手抓得更紧，另一只手扶上了她的肩膀，把脸凑得更近一些，又问了一遍，“你要和我……离婚？”

孙萌萌像个木偶一样任他摇晃，当终于不再流泪的时候，她竟然悲戚地笑了：“你告诉我，我要怎样和你继续生活？”

肖毅也笑了，笑得比哭还要凄惨：“你说过，永远都不会离开我的……”

她可以用千千万万句话对他进行控诉，可是她懒得说了。过了好久，孙萌萌才缓缓地吐出几个字：“我也以为永远会很远……可谁知也就是……三年。”

两个人同时被这句话震撼。

“我不同意！”他再次失控。内心千回百转之后，肖毅终于稍微冷静了一些。他重新认真地打量起面前的妻子，看清了她的眉眼，看清了她的每一寸表情，然后坚定地对她说：“你别想！”

随即，他没有给她一丝挣脱的机会，把她紧紧地抱在了怀中。

8.

到了探视的时间，孙萌萌被肖毅牵着手一起出现在蓝萍的面前。母亲苍老了很多，整个人看上去是那么憔悴。孙萌萌尽量挤出笑容来，却仍旧发现母亲的目光殷切地在她的脸上流连。她几乎就要因为这样的关切而落下泪来。

她的悲恸，肖毅感同身受，他轻轻地揽过她的肩头，却发现她不自觉地颤了几颤。千言万语，也只能长话短说，最后的时间里，肖毅拿起了对讲的电话认真地对岳母说：“妈，我会照顾好萌萌的。”

蓝萍的脸上因为这句话闪现出了不少的光彩，她微笑着冲着自己的这一对“儿女”点头。

孙萌萌怎么会不明白妈妈的心意，她只能放松了僵硬的身体，全力配合着身边的这个男人。

出了看守所，孙萌萌拉开了与肖毅的距离。肖毅追上她，拉住她的手："回家吧……"

他的手被萌萌迅速拂开，她知道他们是需要好好地谈一下，但不是现在。她下午还要去广告公司，他们之间的事岂是三言两语可以说清楚的。

"我现在有事。"看着肖毅焦虑的神情，她淡淡地说，"放心，我晚上会回去的。"

肖毅没有阻拦，他知道她从不骗他，而他也有更重要的事情等着他去做。就在帮孙萌萌拦好计程车，目送着她远去后，肖毅沉思了一会儿，然后拿出手机，用力地按下了水灵的手机号码……

此时此刻，水灵正一个人躺在床上。昨天洗过澡后，她的身上只穿了一条真丝的吊带睡裙。屋里拉着厚厚的窗帘。天花板上的水晶灯像一具华丽的冰雕，她越看越觉得心冷。

她负气地就这么躺着，她不信，她真的不信，她不信肖毅会从此不再理她，那怎么可能呢？

她用手摸着自己裸露在外的肌肤，甚至摸着自己饱满柔软的乳房，一路向下，柔软的腰肢，修长的双腿……

就在这间布置得浪漫温馨的房间里，那一夜，她不顾一切地留住了他，让他的吻细密地落在她用手滑过的每一寸地方。那时，他的身体滚烫炙热，差点灼伤了她细嫩的肌肤。她生涩地回应着他，让他更加疯狂，他毫无理智地进入了她的身体，她积攒了二十几年的美丽，完全为他而绽放。

很疼啊……一个女人一生都会为一个男人疼一次，她为了肖毅而痛，她这一生都不会忘掉……

可难道他忘了？他怎么能忘？

越躺越觉得身体里那种难耐的感觉愈发强烈，她一向是保守的，遇到肖毅之前，几乎和男人没有过身体上的接触。可是最近，她的身体里好像有一头被关了许久的小兽，每当夜幕来临，就从黑暗中跳出来，折磨着她，嘲笑着她。

那时她真的想紧紧地抱着他，想热情地吻他，想着与他身体契合摩擦而起的一波又一波几乎能让她窒息的电流……想到这儿，身体的最深处、灵魂的最深处又涌上了一阵又一阵的虚无。

她要疯了……水灵突然捂住自己的脸，大声地哭出来。

她怎么变成这个样子了？曾经她是那么清高啊，多少男人都没能被她放在眼里，可如今她怎么会变成这样一个“不要脸”的女人呢？

她不知道自己应该做什么，她没有了方向，自从遇到了肖毅，她就好像没有了自己，肖毅是她的一切，甚至是她全部的人生。

可他昨天用那样的语气质问她，他怎么能用那样的语气质问她？她是用了她的全部在爱他呀……

电话响了，她以为是幻觉，可铃声还在高唱，她意识到是真的，看清了那串熟悉的号码，她竟然第一次赌气地想不去接它。

就这样响着，一直响，让他为她着急……水灵觉得心里舒坦了好多。

不过，她终究还是不敢不接的。她颤抖着拿起电话，一滴泪就落在了屏幕上。

“是我。”只有两个字，他竟然说得那么慢。

她没有说话，他又说：“在听吗？”她还是不说话，心里的气已经消了一半，可是委屈更甚。

“水灵？”听着他叫着她的名字，感觉真好。

“嗯……”

“水灵？”她太过简单的回应让他忍不住又喊了一次。

“嗯！”她一下子忘了昨天残忍的一切，像一个初恋的小女孩一样，调皮地和他“闹着别扭”。

“你在哪儿？我们见一面吧，我……有话要和你说。”肖毅突破了最初的艰涩，语速逐渐恢复正常，和早上对着孙萌萌时的感觉不同，他感觉自己此时具有绝对的主导权。

“我在家里。”她低声告诉他。

“我在丰宁路的上岛咖啡等你。”

水灵心里颤了一下，可又拒绝往不好的方向去想，她仍旧沉浸在自己的甜蜜里，撒娇地说：“我出不去……我病了……”

她真的是病了，为了这个男人“病入膏肓”。

“病了？”

“是，我快难受死了，有什么话你能来我这里说吗？”女人都有演戏的天赋，水灵的声调不自觉地降低了几分，变得虚弱无力。

肖毅本来想改时间的，可是想到晚上与孙萌萌之间的约定，他觉得不能再拖了，否则，他要对妻子说什么呢？

虽有不忍，但他还是去了，这当中是不是也有对水灵生病的担忧？他拒绝再想下去。

不知过了多久，水灵听到楼道传来了脚步声，她从来不知道敲门声竟会是世上最动听的声音。

她觉得自己的心脏在剧烈地跳动着，浑身的血液都被注入了活力。

门铃响了一声，两声，三声，她再也无心欣赏了，打开门的一刹那，她辞职后所有的情绪瞬间爆发成一个动作：她猛地跳过去，用双手死死地搂住他的脖子，一刻也不想再分开！

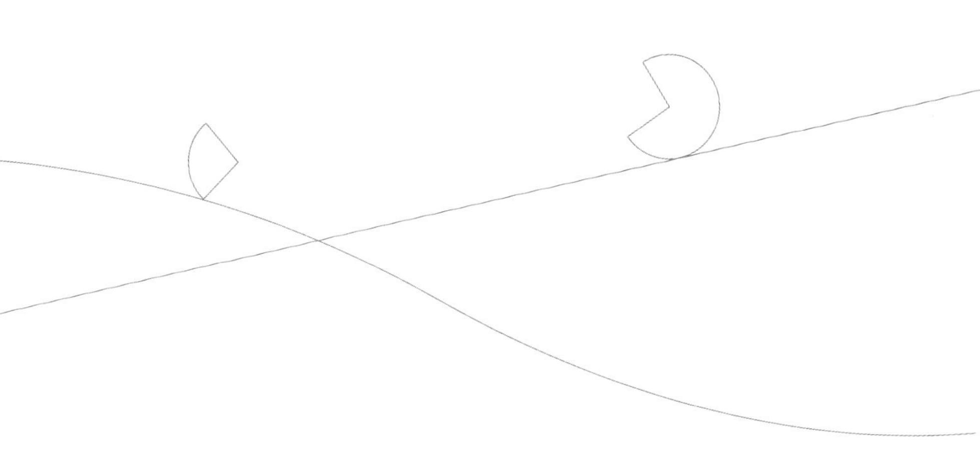

第 4 章
叛离

孙萌萌在气愤中慢慢地缓过神，心里又涌上一波一波汹涌澎湃的苍凉。互相吸引，情不自禁！一字一句刻在孙萌萌的心上，顿时血肉模糊。她突然笑了。

1.

“毅，你终于来了！”水灵把自己完全吊在肖毅的身上，她不是刻意的，她是真的想他呀！

“水灵，你先放开！”肖毅沙哑着声音，想掰开她的胳膊，她却搂得更紧。他感觉到她额头上的温度是正常的，心里的担忧稍微减弱了一些，可下一秒就又立刻感觉到了异样。

“我就知道你会来看我的。”水灵轻声说，她用身体的每一处感官体会着他真实的存在，既然已经为这个男人奉上了一切，那么就索性疯狂到底。

她吻着他的脖子，吻着他的喉结，腾出一只手来去解他衬衣的纽扣，他连忙制止她，他的手把她纤细的手腕拉得生疼。

她从不知道自己能够有这么大的力气，她一路把他拽到了床边，闭上眼睛，凑上了自己的嘴唇……

温软的身体在他的怀中摩擦，双唇相触，肖毅的大脑里轰的一声，出现了短暂的空白。

感受不到肖毅的回应，水灵终于睁开了眼睛，迷茫地问：“毅，怎么了？”她无辜的大眼睛里波光荡漾，贝壳一样的牙齿怯怯地咬住粉嫩的嘴唇，直直地看着面前这个朝思暮想的男人。

肖毅努力把她与自己拉开一段距离，欲言又止，看着她白皙的胳膊上被自己刚才一拽拽出的红痕，心里像有一只猫爪在使劲地挠他。

他微微地喘息，极力平复着自己的心情，他没有想到水灵会这样出现在他的面前。

她只穿了一条薄薄的睡裙，在人前从来把自己包裹得严严实实的她，这样毫无保留地让自己映入他的眼底。他无意间触碰到她胸前的凸起，她甚至没有穿内衣。

今天对她来说，也许太残忍了，或者是他不应该来这里。看着她期盼的眼神，他的心也跟着一抽一抽地疼。

他迅速地拿起床边的一件睡衣，慌忙地裹住她："水灵……你先穿好衣服。"他艰难地站起身坐到了房间里除了床以外唯一可以坐的地方，那是一张玫瑰色的美人榻，肖毅从上衣的内侧口袋摸出烟盒，弹开，叼出一根，点燃，深深地吸了一口。

水灵安静下来，用手抓着睡衣，怯怯地看着他，这样的神情，更让他难以开口……

"哪里……不舒服？"他不由自主地先轻声问了一句。

"心里难受。"她委屈地哭了，他的心被搅得更乱。

沉默了一会儿，他还是开了口，声音有些颤抖："水灵，我们以后……不要再见面了……"说完，他又狠狠地吸了几口烟，目光找不到支点，最终还是落在了她的脸上，他看到那个本来满心欢喜的女子，仿佛一下子枯萎了。

"什么意思？"水灵收起了所有小女人的娇嗔，呆在那儿。她想用一生的智慧看清这个男人，可就是看不懂啊……

话题虽然艰难，可是一旦打开，肖毅渐渐地恢复了理智，他透过白色的烟雾，看着面前这张美丽的面庞，他虽然没有想过为她放弃家庭，可也从没想过要玩弄她。她是一个优秀的女孩子，是他的错，他不能再继续错下去。

“对不起！”他的声音更加低沉，却慢慢变得坚定，“水灵……我想我们必须结束这种关系，我不能再对不起萌萌，也不能对不起你。这样对你更不公平，我是一个结了婚的男人，不要再为我耽误你自己了。”他不是虚情假意，句句都是发自内心。他一只手伸进西服的内兜里，那里有一张支票，他觉得这种做法很侮辱她，可他真的想补偿她，而他能给她的也只有这个。

“我听不懂！”她喃喃地说。

“我们以后不要再见面了，都结束了……”他用手直接捻灭了烟卷，忽略了被烫的疼痛。

“她知道了？”水灵的第一感觉就是肖毅是被迫的，是被那个女人逼的，她心里涌上一股愤恨。

他吸着烟默认了。

“那你就不要我了？”她控制不住地尖叫出声。

“她逼你的对不对？我不会离开你的，我也不会让你离开我的，你是爱我的呀，你爱我的心呢？把它还给我……”水灵完全失控，她又扑过去，伸手抱住了他。

“水灵，水灵……”面对着这个死死拽住他不肯松手的女人，肖毅也被震撼了。他知道她是爱他的，却从来不知道竟是如此强烈。看着她流泪的双眸，感受到她身体的柔软，他一句残忍的话也说不出来了，只想把她抱在怀里好好地爱怜。

时间随着水灵娇弱无助的哭泣声流逝，肖毅的心情越来越复杂，有怜惜，有歉疚，有悔不当初，更有心疼，另外还有男人的虚荣心被膨胀放大后的满足，而另一面又隐隐感觉到了极度的不安，超市那一幕带给他的震惊，他至今记忆犹新。

为了让她平静下来，他握着她的双肩，制止住她疯狂的动作。水灵在他的怀中无法动弹，声音也渐渐弱了下来：“毅，你不要离开我好不好，我已经辞掉了工作，已经躲到了这里，你还想让我怎么样呢？你怪我在超市出现在她的面前吗？我真的不是有意的……”她发誓自己从来都没有这么卑微过，可是为了留住这个男人，她全都顾不上了。

她的声音温柔得可以滴出水来，他的心一瞬间也被融化。“毅，我的心好痛呀，它就要为了你停止跳动了。”说着她把他的手放在了她的心口上。那里柔软一片，烫了肖毅的手。他的呼吸微微有些急促，咬咬牙，从怀里掏出那张一直不忍拿出来的支票，再次小心地拉过她的手，摊开，把那张纸小心翼翼地放在她的掌心。

“水灵，对不起，我知道这很侮辱你，你恨我吧……让我为你做一点事情。”他说完了，可也说不下去了。他不是什么大富豪，这二十万是他真诚的愧疚，哪怕什么也弥补不了。

水灵看着这张纸，猛地推开他，所有的血液全部涌上了头顶，脸涨得通红。

二十万？

他当她是什么，她全部的爱都给了他，难道最后得到的只是这几个冰冷的数字，他觉得她的感情是可以用钱来衡量的吗？

她冷笑：“你觉得我会稀罕这点儿钱？”她绝望的目光让他心慌意乱。泪水再一次汹涌地流出来，水灵把那张纸撕碎狠狠地扔在他的脸上，“我要的是你的心，除此之外，我什么都不要！”

屋子里陷入了一片寂静。

他沉默着，任她哭泣。

过了很久，她突然问：“你还爱着她？”看着这个对她满面不忍的男人，她的声音全是凄凉。

他真的不忍伤害她，但还是慢慢地点了点头。

一箭穿心，她跌坐在了地上。

“那我呢？”她的声音几不可闻，他不回答，她又问，并且提高了声调，“那我呢？”

这样的声音让肖毅再也不忍心听下去，他把她抱过来，伸手替她擦去面颊上的泪水。这个曾经给过他纯洁、给过他激情、给过他心动的女人，除了沉默他什么也给不了她。他的手颤个不停。

这个不吭声的男人让骄傲的水灵彻底自卑了，其实自从看到了那个女人之后，她的心就再也无法平静。她有点儿相信他是爱那个女人的，可更相信他是爱着自己的，并且，她现在急需要他用行动来证明给她看。

“毅，我不想你为难，我只要你再爱我一次好吗？”她泪光盈盈地看着他，用手去扯自己睡裙的衣带……

“水灵……你松手……”

她重新抱住他，把手伸进了他的衬衣里，他捉住了她的手腕，可还是让她感到了他逐渐升高的体温。

“毅，你在害怕吗？”她似乎看到了希望，看到了她想要的结果。

这样的水灵他真的有点儿怕，可是也无法抗拒，她泪眼盈盈地看着他，眼底满满的都是他，她用手搂住他的脖子，娇红的嘴唇凑了上来：“肖毅，我什么都不要，只要你再爱我一次！”

肖毅的防线彻底崩溃，这样的水灵哪怕是毒酒他也无法抗拒。他想这不过是最后一次，作为他们爱恋的终结。他吻上她，她一阵战栗，整个身体和他纠缠在一起……

就在这时，他的电话响了，一声高过一声。

理智逐渐回归，肖毅放开水灵，拿起电话接听。里面居然是李天石的声音：“肖毅，你老婆在我公司里晕倒了，你要不要过来？”

“萌萌晕倒了？”他焦急地反问了一句，同时一个激灵，什么也顾不得了，匆匆冲出了水灵的公寓。

砰的一声，门被关上。

一切再次归于寂静，寂寞在空气里回荡。

水灵的脑海中只有刚才肖毅离去前留下的轻飘飘的三个字：对不起！她的眼泪慢慢地顺着面颊滴落，身体蜷缩成一团。也许是太阳变了角度，此时窗帘的缝隙中透来一束阳光，正巧投射在她跪卧处的地板上，将她光洁的肌肤映得更为苍白。

过了好久好久，她慢慢地拿起地上的睡衣包裹住自己半裸的身体。羞愧的感觉铺天盖地地向她袭来，她想起自己刚才的举动，不禁自言自语：“我真的是疯了，一定是疯了，他也肯定是疯了……”

2.

下午，李天石在公司里又看到了孙萌萌。她看起来比前几天瘦了不少。他路过会议室的时候，她正站在会议室的最前面，拿着笔在白板上给策划部的几个人讲着什么。那伙人一向对供应商摆足大爷嘴脸，对广告公司就更是官架子十足。孙萌萌看似耐心十足，没把那当成故意刁难，却也暗自焦虑，嘴一张一合频率很快，一边说一边比画，几乎忙不过来。

可会议桌边的几个人一点儿也不懂得怜香惜玉，每人嘴里一根烟，把人家女孩子呛得不住地咳嗽。本来他还想走人的，可是谁知道，就要转身的时候，竟看见孙萌萌身体晃了几晃，转眼就倒在了地上。

李天石急了，这回他可不敢再装没看见，要是被肖毅知道，还不和他绝交？他急急地拨打了肖毅的电话。

肖毅出了水灵的公寓，阳光照耀在身上的那一瞬间，他的心境就完全不同了。除去心急如焚地担忧妻子外，更多的是一种轻松，他发动车子的时候，忍不住回头看了一眼水灵所在的那扇窗子，他暗想，这个地方从今以后他再也不会来了。

肖毅全速开到了天石公司所在的大厦前，上了电梯直奔十二层。冲进了公司的大门，李天石已经等在了那儿：“老弟，你别这么着急，她只是低血糖，在我的休息室里躺着呢！”

“我老婆怎么会在你这儿？”

李天石望了望房顶，假装无辜：“因为工作吧，我也是刚回来就看见她晕在会议室里了。”

肖毅回头看了李天石一眼，这家公司还有自己的不少投资，孙萌萌来这儿做什么？他急急地刚走了两步，手里的电话又响了。

一串陌生的号码。按了，又响。他不耐烦地随手接了，却听见里面的人劈头就骂：“死男人，你胆敢挂我电话，做贼心虚吧，你说你把我们萌萌怎么了？”

肖毅愣住了，不知道里面的人是谁。

巍然刚刚睡醒不久，她现在是一家公司的区域总监，昨天陪着几个难缠的客户喝醉了酒，因为一直在感冒，酒后一沾风，头疼欲裂，吃了药刚睡实，就听到了敲门声，半醉半醒地看清了是孙萌萌。

她那时实在是没法交谈，本想着醒来后再说，可一睡睡到了下午，而孙萌萌早就不知所踪了。电话也打不通，巍然在家里急坏了。她俩是高中同学，肖毅没认识孙萌萌时，她俩就经常睡在一张床上了。那个乖乖女啊，要不是走投无路，是绝对不会夜不归宿的！

她有肖毅的电话号码，想都没想就打了过去，她要问问，那个死男人到底对孙萌萌做了什么？

“你是？”要不是提到萌萌，肖毅真以为是打错了。

“我是你姑奶奶巍然！”肖毅听到了名字，这才了然，还没开口，就又被劈头盖脸地一顿好骂。

“姓肖的，你就是个浑蛋！当初你死皮赖脸追萌萌的样子，别人没看见，我可是记得清清楚楚的，一朵鲜花摘回了家，就扔到了后脑勺，冷落她，现在还欺负她到无家可归？

"我告诉你肖毅，她虽然没有爸爸，妈妈现在又出了事，可是还有我在，你再欺负她试试！"

肖毅活了这么大，几乎是在一片赞扬声中长大的，哪受过这个气？可对方是个女人，还是老婆的闺密，他咬咬牙，涨红了脸，忍着气说："你能不能好好说话？"

"我好不了！这是在电话里，要是让我看见你，我就大耳光扇死你！"巍然自从那次孙萌萌找她喝酒起就憋着一肚子火，又联想起劈腿的初恋男友，更是怒气冲天。

她永远也忘不了一年前的那个冬天的黄昏，无意间从出租车的收音机里听到的一段话：

> 男人，请善待陪你走过二十岁的女人！因为在你二十岁的时候，你没有钱，有的只是理想，她却毫无怨言地陪着你过穷日子，而当你功成名就、飞黄腾达时，你却为了更年轻的女孩要与她分手，你可曾想过，那个陪你走过二十岁的女人，在你二十岁时为你付出了多少？当你一无所有时，她却把一个女人一生中最美好的时光给了你！
>
> 女人也是人，她的人生中也只有一个二十岁，她的青春也是一去不复返！尽管你看她越来越不如年轻的小姑娘，可她在你最潦倒时付出了一生最美丽的年华！

想起自己与初恋男友一起吃苦的那些日子，巍然泪流满面。她以为孙萌萌比她幸运，可是没想到遇上的也是个浑蛋！不过比收音机里说的幸运的是，她们都还算年轻，她真是想让孙萌萌甩了这个王八蛋。可是孙萌萌有多爱这个男人，没有人比她巍然更清楚，所以她才一直开不了口啊！

"你？"肖毅的脸涨得更红了，李天石在一旁听到了不少，拍了拍他的肩膀，颇为同情地说："我先去看看弟妹，你忙着……"

肖毅脸上火辣辣的，看着李天石离去的背影，猛然想起刚才巍然的一句话，便问："你说萌萌昨天是在你那儿？"

仅此一想，他的心里便是如沐甘霖，通身畅快。

"是呀，来我这儿了，我正想给她介绍几个帅哥挑挑，就等着你离婚让位呢……"

得到了巍然的答复，肖毅心头涌上浓浓的愧疚，早上他不应该误会萌萌，她是那么自律的一个女孩子，甚至连回娘家都很少单独住下，她一直是离不开他的。

他想由衷地向巍然说声谢谢，可是听到她嘴里的"离婚"两个字，心里还是不痛快了："巍然，你别对萌萌胡说行不行？"

"我胡说？你让萌萌受的委屈，是我胡说出来的？你对她不闻不问家庭冷暴力，却有时间接送小情人；她妈妈出事前在医院里躺着，你却陪着那狐狸精去同一家医院看病；她挨家挨户地找熟人赔笑脸拉广告，你却和那狐狸精在上海双宿双飞！"

"你说什么？"他手背上暴起了青筋。

"我说你怎么不去死，怎么能在萌萌最需要丈夫的时候，做了这么多混账事……"

肖毅的冷汗从额头上一直流到耳根，又觉得浑身血液倒流后凝固成冰。后面的话他已经听不清了，默默地挂掉了电话，腿似有千斤重，一步一步地向李天石的休息室走去。

3.

孙萌萌已经醒了。她慢慢地坐起来，回忆着刚才发生的事情，简直太丢脸了！

阳光有些刺眼，她的头还是很晕的，恍惚看到窗子那里站着一个人，相互对视，孙萌萌暗自掐了一下自己，才确定自己不是做梦：“你怎么会在这儿？”

肖毅苦笑了一下，曾经无论在什么情况下，孙萌萌一遇到事情，不管人在哪里想起的都会是他，可现在他站在她的面前，她竟然已经不信了。她是觉得他已经不能依靠了？

有轻轻的敲门声，进来的人端了两杯水，放在茶几上：“肖总，请喝水！”之后又走到孙萌萌的跟前，犹豫了半天，小声说：“对不起，我真不知道您是肖总的夫人。”孙萌萌看着这个之前讽刺她的小前台，一脸迷茫。

“肖总经常来公司的，我没见过您，所以才会出言不逊……对不起。”

孙萌萌皱着眉头听不懂。

她从床上下来，脚下还是没力气，肖毅就在众目睽睽之下，一路把孙萌萌抱上了电梯，任凭她怎么挣扎也不肯松开丝毫，像是在宣告自己的主权，又像是真的害怕把她放下来后，她就又一次从自己的视线里消失了。他觉得自己没脸去面对孙萌萌，心中被千万种情绪充斥着，唯一能让他感到心安的动作，就是不松手死死地抱着她。

而他这种焦虑、心慌、害怕失去的心情，在孙萌萌看来，就成了另一种意义上的侮辱。她低下头，狠狠地咬上他的肩膀，她有一颗小虎牙，牙齿嵌入他的皮肉时用尽了全力，可他竟觉得心里好受了些。

他把她抱进了车子副驾驶的位子，随即就锁上车门。本来一路挣扎的孙萌萌，突然不动了，双臂抱在一起，整个人只有单薄的一团。他心里一阵抽搐，仿佛看到了自己与水灵缠绵的那个夜晚她蜷缩在黑暗之中独自睁着眼睛面对黑暗，看到了岳母出事后她在别人看不到的角落里卸去坚强的伪装独自哭泣。

他别过头，竟然不忍，也不敢去看她。

“萌萌！”当他鼓足了勇气去面对她时，发现她苍白的小脸上泛着不正常的潮红，额头上的短发，略有些潮湿。他伸过手去摸了摸她的额头，果然是在发烧。她没有反抗，呆呆地任他又摸了摸后脖颈。肖毅哑着声音急急地发动车子：“我们先回家好不好？”

“每天早上她就是坐在这个位子，和你一起去公司吧？”她异常的平静让肖毅更觉得胆战心惊，手脚立刻停止了正在继续的动作，背上冷汗涔涔，内疚跟着而来：“萌萌！”

“你说我怎么那么傻？”她自嘲地笑了笑，眼睛却又一瞬间雾气弥漫，感觉这个狭小的空间里，到处充斥着另一个女人的气息。

“萌萌，是我错了！”他能认错也不容易啊！

“认错了就可以当作一切都没有发生过吗？”她的声音更轻了，渐渐成了哽咽，目光也越来越空洞，明明是对视，可他真怀疑，她此刻的眼睛里真的看到他了吗？

“我不是那个意思，我很难过，同时不想让你再难过。”他说的是真心话，一双手又抚上了她的脸，轻轻地替她擦眼泪。

“不难过了，我已经想明白了，以婚姻的名义霸占着你们那么美好的爱情，是我错了。”

“我真的知道错了……”他的好口才一下子被扔到了爪哇国去，她这个样子真的就要把他逼疯了。

“肖毅，你爱她的，也许这个，我比你更清楚！”孙萌萌的眼睛里依旧是清澈见底，没有丝毫挖苦的意味，她只是真的“明白了”。

“我说了，你能不能别叫我肖毅？”

“那我叫你什么啊？”她哭着又笑了。

“我是你老公！”肖毅几乎是吼着提醒。孙萌萌止住了眼泪，只是又沉默了。

“我和她已经说清楚了。”

孙萌萌的心弦猛地绷断，睁大了眼睛看着他。

他能确定，这一刻她是真的看到他了，他仿佛看到了希望，哀求着保证：“老婆，原谅我这一次好不好？我发誓，以后绝不再做对不起你的事。”

肖毅使劲地吻着她，心里总算有了片刻的踏实，他就想这样一直吻下去，这样她就不会有机会再和他说出“离婚”两个字，这样她就不会再用空洞迷茫的眼神看着他。

孙萌萌的嘴唇越来越凉，连带脸颊上也是冰凉一片，肖毅眼中闪过一丝凄惶，捧起她的脸，胡乱地摩挲着：“萌萌！”

孙萌萌用牙齿死死地咬住自己的嘴唇，她暗暗地鄙视自己，此时的她居然对他的吻还有感觉，可接下来又是一阵翻江倒海的恶心，她抑制不住地干呕起来。

肖毅的脸色也跟着瞬间惨白，眼睛里隐隐有了恼意，可凄惶之色更重。这样的孙萌萌，他真的一点儿办法也没有了。

肖毅从来不知道回家的这条路是这么漫长，心里像长了草，一路上按了无数次喇叭，甚至闯了一次红灯，其实到了地方也不过仅仅用了四十分钟。

家里只有他们两个人，肖毅细心地把药片递到她的嘴边，自己用嘴试好了水的温度，仿佛孙萌萌是一件易碎的瓷器，他连呼吸都是小心翼翼的。

孙萌萌用手接过药和杯子，自己服下后，把杯子放在一边的小茶几上。他与她之间这种暧昧的距离，让她感到窒息。

“怎么了？”肖毅今天已经不知道第几次这样问她了，他那种好像无辜者的表情，让她心里的火苗，一波波地往上蹿。

“萌萌，现在只有我们两个人，你相信我说的话好不好？”

“可是现在我们两个人的世界里，到处都有了别人的痕迹。”

“萌萌，我和她已经说得很清楚了，都已经过去了，我们在一起七年了，你不能因我犯下这个意外的错误，就把我判成死刑！”肖毅的脸涨得通红，还有些怨气。

“肖毅，我说过的，爱情是没有对错的，难道你只喜欢偷偷摸摸，我现在给你机会光明正大，你为什么还那么痛苦呢？我不分你的财产啊，也可以等到妈妈的事情告一段落之后再和你去办手续，你放心吧，不会有人戳你脊梁骨的，你把人心想得太坏了。”

肖毅痛苦地把手插进发间，使劲地攥了几把，无助地把头靠在了孙萌萌的膝盖上。她把他拉起来，让他看着自己的眼睛：“肖毅，我曾经是那么爱你，那么崇拜你，那么以你为荣，虽然我们就要离婚了，但请不要把你在我心中的好感完全抹去好不好？

“你应该知道，我们婚姻的结束不是我的错，你不能把责任都推给我！如果我和别的男人上过床，你还会要我吗？”孙萌萌觉得心口像要炸开一样，她再也说不下去了，泪水不争气地又流了下来。她以为自己可以在他面前做到坚强，可她真的做不到。

“萌萌，好女人不应该说这样的话……”肖毅被逼问得根本不知道自己在说些什么，手脚冰凉，几近崩溃。

“你和她上过床没有？”她生生地把眼泪逼了回去。答案还用问吗？可是她必须听他亲口告诉她。

4.

肖毅颤颤巍巍地抬起头，嘴唇不住地哆嗦，他真的后悔了，悔不当初啊。

“萌萌，我真的错了，你原谅我吧！”他的身体慢慢滑落，绝望地想着是不是应该否认。

早知今日，何必当初，要早知道今日的无言以对，他怎么能做那样的糊涂事呀？

“你们……有没有？”孙萌萌从没有这么固执过，她一直与人为善，身边无论是谁有意无意得罪她，她都不会过多地计较，可是面对着肖毅，她唯一深爱过的男人，她就是控制不了自己。

肖毅在她从没有过的严厉的眼神下，想了又想，还是点了点头。

可再一抬眼，他就被孙萌萌此时的样子吓坏了，他看到了她的嘴唇已经发青，眼睛里完全失去了焦距，整个人单薄得像一张纸片。

孙萌萌低下头，泪水像断了线的珍珠，一颗一颗地往下掉。

肖毅终于忍不住眼角湿润了。他是真的把孙萌萌的心伤透了，把那个乐观开朗爱着他的孙萌萌搞丢了，同时也让自己的幸福毁灭了。

孙萌萌哭了好久好久，幽幽地问他："你是从什么时候爱上她的？"

肖毅的头摇晃得像个拨浪鼓，当即否认："我只爱你！"

孙萌萌含着泪哧哧地笑了，声音却是越来越轻："肖毅，爱是不能轻易说出口的。"

肖毅眼中闪过一丝恍惚，脑海中水灵绝望的表情一闪而过。

"告诉我吧，你和她发生的事，我有权知道。"孙萌萌嘴边的笑容，好像一朵朵就要飞走的蒲公英，让他越来越感到绝望。

他急切地抱起她来，到电脑旁的椅子上坐下，打开电脑，远程登录到公司的内网上，把自己近几个月的工作计划调了出来，孙萌萌被动地随着他的动作粗略地看了看，也略微感到有些吃惊。

"老婆，前几个月，我实在是太忙了，公司面临着不进则退的局面，我每天都忙得焦头烂额，与德方的合作，是公司近年来最大的一个机会，可是从春节后，一直到第二季度，一点儿进展都没有，我每天急得连饭都吃不下。

"正巧那个时候她面试到了公司。她的德语说得很好，对外贸方面也很熟悉。"工作方面的事他没有撒谎，开始他是真的忙，只是后来，工作和感情他越来越分不清了。

他开始真的不是有意冷落孙萌萌的，只是觉得和她说工作上的事情，她也不了解，更帮不上什么忙，渐渐地就成了习惯，直到后来对水灵产生了非正常的情愫，他就更不知道应该和她说什么了，他那时大概是鬼迷心窍了吧？

"你们是在上海？"孙萌萌执意地问这个问题，不给肖毅含糊的机会。

肖毅不敢去看孙萌萌的眼睛，他决定隐瞒，他怕她知道了真相，这一辈子再也不会原谅他了。他顺水推舟，声音不知不觉变得几不可闻："是的，我和她……在一起是在上海出差的时候，那天陪客户喝醉了酒，我也不是有意的，回到新港后，我们从没有在一起过！

"萌萌，我承认那时我对她确实有了非同一般同事的情感，可现在都已经结束了。你是我老婆啊，我说过要一辈子对你好，这一生我都要努力不再让你掉眼泪啊，可是我这次食言了，萌萌，你打我吧……"

最后这一声，他已是带了明显的哽咽。孙萌萌的眼泪簌簌落下，似是不忍再听，悄悄侧过脸去。房间里，灯光并不太明亮，此刻却映出她瘦削下巴上悬着的泪滴，在肖毅眼中格外刺眼。

不知过了多久，他突然上前拉起她的手，往自己的身上打，她浑身都在颤抖，终于咬破了嘴唇哭出声来。

安静中，谁都没有说话。只有墙边的立钟，周而复始，传来嘀嗒声。许久后，孙萌萌终于抬起头，迷茫地看着窗外，又是一个黄昏啊，她的目光再次变得空洞，喃喃地说："是啊，这么多年了，偏偏抵不过你们的几十天……"

肖毅愣住了，整个人沉入无边的苦海里，看不到岸。

孙萌萌已经失去了最后的一丝力气，她轻声地对肖毅说："肖毅，我累了，真的好累啊。"

她突如其来的温柔，更让肖毅觉得心慌："我知道……"

孙萌萌渐渐地平静下来，看着他的脸，嘴唇轻轻抖动："不，你不知道……你能不能先答应我？"

肖毅点点头："萌萌，只要你不提和我离婚，我什么都答应你。"

孙萌萌苦笑了一下，目光投向了窗外遥远的天际："你能不能先告诉奶奶，你要出差很长一段时间……"

"你想让我走？"肖毅紧张地用手握住了她的双肩。

她推开他的手："肖毅，我们都需要冷静一下。"

孙萌萌想让自己慢慢地不再畏惧黑暗和孤独，可是她有些力不从心。经历了锥心刺骨的痛，她强迫自己做好了独自面对未来一切的准备，让自己的心慢慢变得坚硬，可是一想到要面对奶奶的笑容，她一下子又溃败了。

5.

肖毅“出差”后，孙萌萌开始为新工作准备，她给巍然打电话，约她一起出去买些新衣服，可是哪知道巍然临时出差还在外地。一接电话，巍然就打开了话匣子：“我出差回来后就和你一起去找那个水货，这种无耻的小三，是躲在阴沟里的老鼠，见不得光，就要揪出来曝光在光天化日之下。索性闹到她父母那儿问问，是怎么教养出这么个破坏别人家庭、勾引人家老公的女儿的？”

孙萌萌知道巍然素来性子火暴，疾恶如仇，可是她自己更知道，想要伤到别人，先要学会自己不受伤，但大多时候，伤害别人的同时，自己也同样在流血。她觉得自己和电视里演的弃妇们有些不太一样，她并不是特别恨水灵，她恨的是肖毅。肖毅才是这件事的罪魁祸首。

最后孙萌萌独自去了商场。这家商场之前被一家香港的上市公司收购，装修一新，很多国际大品牌齐齐入驻。

迎面的试衣镜上照出她的脸来，与多年前相比，并没有太大的变化，也许别人看到她还是觉得光鲜亮丽的，只有她自己能看出那双眼睛里面的苍凉和寂寞。

恍惚间看到镜子里肖毅就站在她的旁边。

一直以来，她觉得自己的青春年华因为有了他才显得格外美丽。离开了他，就等于割舍了生命中最美丽鲜活的自己。她真的舍得吗？她忽然觉得失去了力气，想走，却抬不起腿来。

孙萌萌根本没有心情逛街，为了应付差事随意在一楼逛了逛，最后朝着前面卖鞋的专区走去，刚过去，就有导购小姐热情地上来介绍。孙萌萌随意看了看，挑了两双比较职业的高跟鞋做比较。

先试了一双黑色的，感觉不太好，又把一双银色的穿在脚上，看了又看，自言自语："不知道走路多了会不会舒服。"

"舒服的，您穿着也很漂亮！"

"是不错……"她礼貌地笑了一下，准备让导购小姐拿一双新的来。谁知目光一扫，不远处一个长发飘飘的女孩跃入眼帘，她穿着一件长袖的蓝色连衣裙，正专注地站在男士箱包的货柜前，认真地拿着两个男士的钱夹反复比较，是给肖毅买的？

手不自觉地开始颤抖，她不想在人前失态，可是刚刚闪现的那个想法，让她怒不可遏。

孙萌萌垂下头，平复了一下心情，再抬头时，目光还是不由自主地投向了她。她真的是很美啊！刚才的怒火突然淡了，孙萌萌心里涌上了一阵莫名的苍凉。

水灵这些日子过得人不人鬼不鬼。她没有去找工作，对于一向"品学兼优"的她来说，以前所有的追求似乎已经完全被颠覆，现在的她就是为爱而生，什么都可以没有，可是没有了爱情，没有了肖毅，她根本活不下去。

可是肖毅不见她，除了电话里的安慰与道歉，他根本不再见她。他的声音还是那么温柔，在电话里和她语重心长地说了好多，她一边哭一边听着，再多的话她都没有记住，最后她只"明白"了两点。

第一，肖毅不敢见她，不敢正视他们之间的爱情。

因为他要对他的家庭和孙萌萌负责任，毕竟从道义上讲现在抛弃孙萌萌有失一个男人的风度。这不仅没有让水灵知难而退，反而让她对肖毅的爱又增添了许多。因为她觉得肖毅是一个有责任感的男人，而不是一个薄情寡义的男人，他曾经对她说的那些话是真的，他对她的感情也是真的。

第二，孙萌萌已经知道了他们之间的爱情，一定是在极力地挽留婚姻，或者在对肖毅进行“惩罚”。

不管怎样，可以确定，肖毅和她一样每天都非常不快乐，甚至在受着比她还要残酷的折磨，所以他对自己越是“绝情”，她就越心疼他。

可是有时候，当她接到父母的电话，接到同学的电话，她也想过放弃。

她这是干什么呢？使君有妇，谁让他没有在合适的时间里遇到她，所以只能徒留一声叹息，化作彼此生命中最深的无奈。她强迫自己从公寓里走出来，独自逛了会儿商场，却不知不觉就走到了这里，她想她还从来没有送过他任何礼物，无论如何，他的生命里应该留下她的一些东西。

水灵最后选了一个自己最喜欢的，想要去收银台结账，转身的时候，看到了正在购物的孙萌萌。

她突然替肖毅感到非常的不值。在这个时候，这个孙萌萌居然还有心情购物，果然是个虚荣的女人，她只知道花肖毅的钱，却不理解他，不关心他。水灵好像突然找到了勇气和理由，脚不受控制地向孙萌萌的方向走去。

孙萌萌没有想到水灵会这样向她走来，在她的印象里，这种身份的女人不是应该躲着她吗？

“孙小姐，能和你谈两句吗？”

商场的过道上只有她们两个人，看起来格外醒目。

“我觉得我们没什么好说的！”孙萌萌不想和她说话，也不屑和她说话。自己的婚姻出了问题，自己去解决，肖毅想出轨，没有水灵，也会有火灵，她不是问题的关键。

“孙小姐，我知道这件事对你来说很难接受，我很抱歉！”

孙萌萌冷眼睨视着她，却又听她说：“肖毅也很痛苦，你不要怪他，我们也是互相吸引，情不自禁！”

孙萌萌足有一分钟没有说出话来，她一直觉得水灵完全不可能在她的面前理直气壮地说出什么来。

理直气壮的人应该是她，不是吗？

她应该就像巍然说的以正妻的名义去找水灵好好理论一番，甚至闹到她父母那儿，让老人也跟着无地自容。可是现在，孙萌萌觉得周围有很多人正有意无意地看着她们，水灵是无所谓的样子，她自己脸上倒是一阵火辣。

孙萌萌在气愤中慢慢地缓过神，心里又涌上一波一波汹涌澎湃的苍凉。

互相吸引，情不自禁！一字一句刻在孙萌萌的心上，顿时血肉模糊。她突然笑了。

6.

水灵本来因为看到孙萌萌没有任何准备而慌乱无措的样子，更加有了勇气，可是当看到她突然的笑容、坚定的表情、站在那儿狠狠地看着自己的气场，竟然不自觉地后退了一步。

孙萌萌一直是乖乖女，可是这并不代表她没有脾气。从小的教养让她处处与人为善，给别人留有余地，但不代表她软弱可欺；她不屑与人争辩，但不代表她没有自己的人生观、价值观。

水灵后退，萌萌却不自觉地前进一步：“每个人都可以被任何事物吸引，但是有道德的人，不会因为吸引就一定要占为己有。强要并不属于自己的东西，就是偷。

“你可以喜欢他，他也可以移情别恋，但是必须事先把自己现有的婚姻和感情结束掉。如果没有，就应该接受道德和舆论的谴责和唾弃。

“水灵小姐，你难道不知道你那所谓的吸引，所谓的情不自禁，是建立在一个家庭的血泪之上的吗？

“你那所谓的‘爱情’，需要这个家庭里每一个成员包括父母老人用全部的幸福和笑容去牺牲。你以爱为名，介入别人的婚姻，然后把责任推得一干二净，你难道不觉得丢人现眼吗？”

水灵没想到本来惊呆的孙萌萌一下子能说出这么多话来，她又向后退了一步，争辩道：“爱情本来就没有对错，婚姻不是枷锁，每个人都有权争取自己的幸福，你不过是比我先认识了他而已，再说，我没想过要和你争什么。”水灵看四周投来越来越多的目光，腿不禁有些发飘。

孙萌萌故作镇定地对她笑：“哦？水灵小姐，老公和牙刷不能共用，不是每个女人都会像你这样愿意放弃尊严，不把自己当人对待的。”孙萌萌的手里全都是汗，想走，但似乎又想起了什么，又回过头对她说，“你确定他是真的爱你，而不是茶余饭后的一时迷失？我真不明白，我和他曾经指过苍天，发过毒誓，接受过无数人的祝福与见证，我都不敢确定，你怎么能这么肯定？”

这一番话直指要害，孙萌萌走了，水灵一个人怔怔地呆在了原地。

孙萌萌跑到了二楼女装部，满脸是泪。她像发了疯一样，拿着肖毅的卡买了好多衣服……她为什么要替他节省？

为了他，她婚后学着做饭，学着熨衣服，可是把他的身体调养好，却方便他有力气和别的女人滚床单，把他打扮得风流倜傥，却让别的女人告诉自己，他们是相互吸引，情不自禁？

这世界上怎么会有她这样的傻瓜？

肖毅这几天索性就住在了公司，他知道孙萌萌请了假，还打听到她要换工作，自己的老婆他是了解的，他一直不相信善良的孙萌萌真的会和他离婚，可是现在，他真的害怕了。

水灵的电话一个一个地打过来，他给自己定了原则，坚决不见面，电话缓接，少接，能不接就不接。

每次通话时，他对水灵不是没有愧疚的，可是他已经下了决心必须管住自己，水灵的事情，是他错了。到了最后这几天，水灵的电话明显减少了。他甚至有了点儿自豪，心里说：老婆，你看我表现还不错吧？你闹闹也该消气了！

这会儿，他坐在办公室里，正给财务的小张签字。

小张是个刚毕业的小男生，这几天来找肖毅都是战战兢兢的。老板脸色极差，动不动就发脾气，全公司的空气都压抑得令人窒息。

他不时地察言观色，老板刚才还是乌云满面，可这会儿，居然眉头舒展了。

难道是天要晴了？

肖毅从手机上看到银行发来的一条条短信，都是附属卡的消费记录。两个小时，一万多块。可他不仅不心疼，反而心里一阵舒畅。老婆终于又开始花他的钱了。

他心里高兴，一提笔，把几份可报可不报的餐费给签了。小张一出办公室，立刻眉开眼笑："老大今天多云转晴了，有报销的赶快去啊……"

水灵完全不顾周围人来人往奇怪的眼神，还有多事的售货员的窃窃私语——刚才她们竖着耳朵把对话听到了一些，现在正低着头小声地说个不停。

水灵根本不在意，她现在脑子里只有刚才孙萌萌留下的那一句话："你怎么能那么肯定？你怎么能那么肯定……"

孙萌萌的那句话像钢针一样插在水灵的心口，让她夜不能寐。

这几天她一直给肖毅打电话，他都没有接。她甚至给公司里他的秘书打电话，也被告知肖总不在，或者正在开会。

她想去单位找他，可是迟迟没有鼓起勇气。她想亲耳听听他的声音，感受这个世界上与她相爱的男人带给她的心灵上的慰藉。

可是她等啊等啊，一直等不到回音，心渐渐地破了一个大洞，紧接着那里所有的一切都被掏空了。她站在镜子前，悲伤地落泪，反复地看着年轻美貌的自己问：何必呢？何必呢？

自己为什么要活得这么卑微？一个已婚的男人，他即便是爱自己，能给自己的也只有那么点。她一次又一次像乞讨一样乞望他的爱怜，可他还是因为现实的困难选择了逃走，选择了丢弃他们的爱情。

想起父母的殷切期望，想起自己曾经所有的骄傲，她突然有些累了，累得连拨电话的力气也没有了。

那天接到了大学同学雪儿的电话，她强打精神，收拾了一下自己，决定前去赴约，她需要重新接触一下这个世界。

7.

酒店的包房里已经坐满了人，她来晚了，习惯性地默默坐到了一个角落里。因为根据以往的惯例，她无论坐在哪儿，都会成为焦点。

这是一次小型的同学会，雪儿一直在攒局，在周围城市工作的同学有十来个，但是大家今天能聚在一起的关键原因，是不久前麦嘉轩来到了新港工作，有意无意地向她打听水灵的消息。

他们在北京读的大学，在新港工作的只有她和水灵两人，可是她们很少联系，主要是她不喜欢水灵那清高的样子，估计也没有别的女生喜欢。

可是男人们喜欢，当然这位优秀的师兄也不例外。她甚至怀疑，麦嘉轩来新港多半是因为水灵也在这个城市工作。

上学时，这位师兄比她高两届，人缘很好，之前也帮过她很多次，无论她怎么想，但是师兄的面子不能驳啊。水灵依旧吸引了大多数人的目光，她长得漂亮，家庭条件好，学习成绩好，对大多数追求者冷若冰霜，这种天然的优越感大家都早已习惯了。

只是这一次，除了一如既往的美丽，她看上去好憔悴啊。

水灵也发现了每个人的变化。虽然不全是一个年级的，但毕业几年后再次相见，都很不一样了。以前的丑小鸭们，一个个都成了白领丽人，妆容精致，着装时尚。青涩的大男孩们则都变成了成熟的男人，尤其是麦嘉轩，一直品学兼优却略带乡土气息的他，现在像一块被打磨后温润的美玉。

水灵的话一向很少，坐在那里听着雪儿和那些活泼的女孩子叽叽喳喳地交谈着。

“你们知道吗？李天宜结婚了，老公是一家上市公司的财务总监，年薪过百万啊。”

“啊，不会吧，那个豆芽菜，怎么钓的金龟婿啊？”女生们沸腾了。

“嫉妒了吧，你们是剩女恨嫁啊！”男生们起哄。

“切，你们知道吗？那个刘宝忠娶了副市长的千金，我以为是个悍妇丑八怪，没想到那个女孩长得迷死人了，连刘宝忠都说自己是塞翁失马焉知非福。”雪儿聒噪的声音，让包厢里安静下来，众人把目光不约而同地投向了水灵。

这个刘宝忠大学时候追水灵追了四年，很多人都知道。

“你们知道张慧丽吧，大学毕业就嫁人了，后来老公有了外遇，张慧丽气得重病住院，差点儿死了。那男人算是有良心，痛定思痛，洗心革面和小三一刀两断。可那小三依旧不依不饶，收了钱，还总去勒索，气得那男人当着满马路的人扇她。你说这当小三的，怎么就这么不知廉耻呢，放过别人，不也放过自己了吗？”男人们嗤笑，女人们怒骂。

水灵的呼吸有些急促，手心和后背渗出汗来，她也唾弃这种女人，可是她也想辩驳，不是所有女人为的都是钱，很多是为了爱情。她张了张嘴，却不知道说给谁听。

雪儿低头看了看麦嘉轩，他的目光一直停留在水灵的脸上，心里不禁暗叹一声，索性开门见山：“水灵，那天在机场，看见你和一个帅哥在一起，是你男朋友吗？”

水灵心里微微一慌。

这个话题比之前的还令人感兴趣，女人们好奇，男人们也好奇是谁摘了这朵冰山上的玫瑰。

“水灵交男朋友了？是个什么样的男人啊，能俘获我们水大美人的芳心，雪儿，快快，给我们描述描述……”女生们叽叽喳喳，尽显八卦本色。

雪儿看了看神情暗淡的麦嘉轩，半打趣地说：“很帅啊，就是帅得让人看一眼就流口水的那种啊，水灵，这回你要是再甩了人家，麻烦介绍给我们吧。”她倒是没太夸张，那男人确实可以算作极品。

“真的啊？”女生们有的张大了嘴巴，那些想看笑话的也被这句话打压没了积极性。

“是啊，不仅帅，还很有味道。”雪儿绘声绘色地描述着。

有男生起哄：“什么味道啊，你又没尝过？”

“哈哈，这得问水灵……”

水灵本来一阵心慌，可是这时候，竟然被一种自豪和兴奋所取代。

“水灵，他究竟是不是你男朋友啊？”有女生不死心地问，谁也看不上的水灵，就真的找到了那么好的男人？

水灵看着男人审视的目光、女人期待的眼神，她终于还是点了点头。

“你们这些人啊，水灵也二十六了，再没男朋友，不就成了那啥了哈，再美的女人也就那么几年，有了好的，一定要抓牢啊，否则，就真没机会了。”没看到笑话的女生酸酸地说。

本来不屑的水灵，突然打了个寒战。她水灵怎么可以有一天沦落到她们口中所说的那般田地呢？她又想到了肖毅，那个她深爱的男人，她放过别人，可谁又来放过她？

酒终人散之时，有人提议去唱歌，水灵没有拒绝，她很怕回到那个父母为她买下、如今却只有寂寞呼啸的公寓里，那里只有她一个人，每天等，却永远等不到那个她想要的男人。

麦嘉轩就像几年前一样，在向她表白遭到拒绝之后，没有再纠缠，仍旧是默默地关注着她。水灵有了男朋友他有些惊奇，但也在意料之中。

水灵喝了几杯酒，脚下虚浮，身体微微有些晃，麦嘉轩这才上前扶住了她。几个活跃分子当起了麦霸，一首接着一首飙歌。也有男女同学搞起了情歌对唱，大家越玩放得越开，只有水灵和麦嘉轩坐在沙发的一角。

“这是谁点的啊，有没有人唱？”雪儿高喊着，“过过过，别浪费时间啊！”

“怎么回事，删不了啊？”大家懊恼着点唱机这时出了问题。

“唉，水灵，你还没唱过呢，这首你来吧！”雪儿特别不待见水灵，看见师兄这么默默地坐在她身边，就觉得憋气，男人们啊，真是搞不懂。

水灵来不及拒绝，话筒就已经被递到了手里。

我知道这样不好\也知道你的爱只能那么少\我只有不停地要\要到你想逃\泪湿的枕头晒干就好\眼泪在你的心里只是无理取闹\以为在你身后\是我一辈子的骄傲

原来你\什么都不想要\我不要你的呵护\你的玫瑰\只要你好好久久爱我一遍\就算虚荣也好\贪心也好\哪个女人对爱不自私\不奢望\我不要你的承诺\不要你的永远\只要你真真切切爱我一遍\就算虚荣也好\贪心也好\最怕你把沉默\当作对我的回答……

水灵的歌声比张惠妹清丽婉转，因为用情至深，悲伤的情愫感染了每一个人。

大家忘了飙歌，都把目光看向了水灵。她的眼睛里雾气弥漫，在众人探究的目光下，她好像被人按住剥光了衣服，无处遁藏，脸上一阵发烫，好像大家已经洞悉了她爱情的真相，她连呼吸都凝固了。

其实大家并没有想太多，只是觉得水灵唱得是真好，一时回不过神来，除了她身边的麦嘉轩。

他接过了水灵的话筒，下一首是张信哲的《爱就一个字》，几年前他向水灵表白时，对她也唱过这首歌，今天，他突然想再唱一次：

拨开天空的乌云\像蓝丝绒一样美丽

我为你翻山越岭\却无心看风景

我想你身不由己\每个念头有新的梦境

但愿你\没忘记\我永远保护你\不管风雨的打击\全心全意……

又是一阵雷鸣般的掌声："我看水灵和麦嘉轩可以去当明星了……"麦嘉轩笑了笑，把目光又投向了水灵，她还是沉浸在自己的忧伤里，估计根本没有听清楚他在唱什么。

他苦笑了一下，其实他也只是想找到一切机会接近她，哪怕只是远远地关注着。

"想看明星还不容易，下周有一家高科技企业邀请新港诸多媒体，举办一次酒会，席间请了好几位一直为环保产品代言的明星，想去的，我可以帮你们搞到几张入场券，水灵，有没有兴趣？"麦嘉轩冲着几个女生说，最后却把目光投向了水灵。

男生们呵呵一笑不感兴趣，女生们也不可能为了追星再跑来新港。

其实能去的也不过是在新港工作的雪儿和水灵而已。雪儿知道麦嘉轩的心思，只好捧场地说："水灵，去吧，跟我做个伴儿……"

8.

这天是周末，水灵竟然跑到电话亭给肖毅打电话，肖毅正在睡梦之中，看了来电显示，像是孙萌萌单位附近的号码，迷迷糊糊就接了。

"喂……"

水灵听到了他的声音，一颗心激动得要跳出来："毅，是我……"

肖毅手一哆嗦，心颤了一下，无奈地说："水灵……是你啊……"

短短几个字，水灵就听出了异样："毅，你生病了？"

肖毅这几天窝在公司自己的休息室里，他不是不愿意回到那套公寓住，那里有自己和孙萌萌最美好的回忆，却也有孙萌萌的眼泪。他“出差”之后，奶奶没住几天就回家住了，临别反复叮嘱两人要好好生活。可孙萌萌还是不愿意理他，他只能暂时住进了公司。

另外，这几天他确实是病了，失眠，夜里被噩梦缠绕，他一包一包地抽烟，饥一餐饱一顿，昨天夜里又忘了关窗子，半夜就发起烧来。

打孙萌萌的电话永远是冰冷的关机状态，不然就是没完没了等不到头的无人接听。现在听到水灵单凭自己吐出的几个字就判断出自己现在的状态，肖毅心里还是涌上一阵阵的暖意。

“没有啊，嗓子有点儿干！”肖毅不敢说自己感冒了而且还在发烧，语气却不自觉地温柔起来，想起这个和自己有过亲密行为的美丽女孩，她是真的爱自己啊……只是自己无法负担她的深情，伤害了老婆，也伤害了她。心底的怜惜啊，又抑制不住地一波一波往上涌。

“毅，为什么不接我的电话？”

“我最近比较忙啊。”

“你不要把自己搞得那么累，再请个人帮帮你吧！”水灵的声音更加轻柔了。她完全听不懂肖毅的借口，只是觉得她的离开让肖毅本来忙碌的工作更加繁重了，可是孙萌萌呢，连“婚变”的这个时候也忘不了在商场里花钱。

“没事，习惯了……”

“可是我不习惯。我想见你，只见你一面好不好？我有很多话想当面对你说……”

肖毅听见了水灵抽泣的声音，他心里也不好受。可他还是犹豫了。

也许水灵说得对，他是有些害怕见到她……以前工作压力超负荷的时候和她在一起是那么轻松，可是现在每次“不忍”之后，感到的却是巨大的压力。

刚才心头的怜惜，慢慢地被心里的烦躁压制，他的语气渐渐恢复如常：“水灵，我不接你的电话，是想让你更快地忘了我。我不值得你留恋……”说了无数次同样的话，他觉得有些口干舌燥。

水灵呜呜地又哭了，肖毅扯了扯身上滚了一夜、满是褶皱的衬衣襟口。

“毅哥，你怎么在这儿？”水灵听到一个男人的声音，很熟悉，紧接着就听肖毅说：“我这儿有事，先挂了。”

听筒里传来了忙音，水灵脑中一阵清明，刚才那个人是李辉，今天是周六，肖毅在公司？忍不住心里一阵雀跃，她返回家，找到之前买的钱夹，开始选衣服。

“毅哥，你病了？”

“嗯！”肖毅挂了水灵的电话，又想起了孙萌萌，脸色一沉。不知从婚后什么时候开始的，他记得都是孙萌萌追着他穿衣吃饭，他很少生病，但是每次偶尔发烧感冒，孙萌萌都像对小孩子一样，不许这不许那，开始他还觉得甜蜜，后来就觉得啰唆，现在却是隐隐地生气。

他拒绝了柔情似水的水灵，可是孙萌萌呢？把他当成空气，她还像一个妻子吗？

一向强势的他，更钻进了牛角尖，他想我都已经知错了，闹闹就算了，至于这么没完没了吗？要是真的爱我，不也应该想尽一切办法，挽回我的心吗？一股大男人的怨气在他心里充斥着。哪天我真去找水灵，你可别后悔……

“毅哥，现在流感能死人啊，你得去医院。”

“死就死了，反正也没人管。”肖毅重新躺下，把被子胡乱地往身上摊。

李辉嗅到了酸味，机警地问：“和嫂子吵架了？”

“没事离我远点儿！”

李辉和肖毅从小光屁股玩到大，知道他的脾气，有时候，死要面子活受罪，以为是他和孙萌萌闹别扭自己拉不下脸来呢。

李辉没出去，拿着电话拨给了孙萌萌，很快就接通了。“嫂子，毅哥睡公司，生病了，我怕是流感，他不让我打给你，怕你担心，我先把他送医院去了啊。”

肖毅本来头扎在被子里，一听李辉给孙萌萌打了电话，脑袋立刻从被子里露出，耳朵也支了起来。

听不见孙萌萌说了什么，他故意大声夸张地咳嗽，咳咳咳……生怕电话里听不到，心里像有蚯蚓在松土，慢慢开出了花。

“行，那我先送他去医院啊……”李辉的声音像一盆冷水把肖毅浇了个透心凉，他咬牙切齿地冲着李辉嚷：“我不去医院，你自己去吧！”

这回动了气，是真的咳嗽起来了，而且怎么也止不住，鼻涕眼泪都涌了出来。

孙萌萌听到肖毅生病，心马上开始慌乱起来，不知道他究竟是怎么了，厉害到什么程度。

李辉没把孙萌萌要来的事情告诉肖毅，只是临走时，告诉肖毅老实待在公司，他去买饭。

肖毅哼了一声，用被子盖住了头，他现在浑身酸疼，心里憋气，有家不能回，除了这儿还能待在哪儿？

他真没想到孙萌萌会这么绝情啊，一边气着，一边又发狠地想起以前生病时，孙萌萌对自己的好，想起刚才水灵对他的柔情，对他的百依百顺。肖毅昏昏沉沉地又睡着了，直到被楼下保安的电话吵醒。

这是A级写字楼，价格不菲，管理很严。周末大厦里人员进入，必须凭员工证，或者是由有员工证的人领着进入，水灵已经离职，所以被保安拦住了。

只是有几次餐厅的人来给送饭，这个新来的小保安亲自给肖毅送过几回，知道他还在公司，又看是个美女，这才用大厦的内线直接打给了肖毅。

“肖总，一位姓水的小姐找您，让她上去吗？”

第 5 章
迷 失

外面依旧是车流涌动，她突然发现，这座她生活了二十七年的城市，没有了肖毅竟是如此陌生。她不仅失去了整个世界，同时还失去了一个完完整整的自己。她把自己丢了，却不知道何时丢的，丢在了哪里！

1.

听到水灵的到来，肖毅一下子就醒了，心里不自觉地温暖起来，想着水灵那体贴的柔情，心中不由一阵荡漾。

他思索了片刻，心翻腾成了几个，还是咬牙对小保安说："我这儿有重要的事情，回头再联系她，让她别等着，先走吧。"说完，就站起来准备走人。动作有点儿愣，眼前一阵眩晕。

真是自作孽不可活啊，有家不能回，有老婆好像没老婆，明明自己在受罪，可是又谁都对不起……

小保安哪知内情，肖毅本来还算婉转的话，被他一转达，就变了味。水灵呆呆地站在这个熟悉的地方，脑海中都是昔日与肖毅一起进出的美好回忆。往事历历在目，真的没法去相信。

李辉去吃了个饭，和孙萌萌通过话，知道她快到了，匆匆地赶回来，正巧看见水灵目光呆滞地站在那儿。

"水灵，你怎么在这儿？"李辉知道她突然辞职了，这回出差回来就没见过她。

水灵尴尬地抓紧了手中的皮包，声音虚浮："我来办点儿事。"

李辉知道以前肖毅挺器重她的，忙问：“来找毅哥啊，他现在可能不太方便。”

水灵的眼中重现光芒，看来小保安没有骗她，连李辉都这么说。

“我找肖总有一点儿急事，不会耽误他很长时间的。”李辉看着水灵为难的样子，没往不正常的事情上想，他根本不会怀疑肖毅的人品。

“那我一会儿带你上去。”

“一会儿？”水灵有点儿等不及了，却看见李辉撇下她，往大厦的转门跑了过去。

“嫂子，你来了！”李辉看见孙萌萌手里提着的饭盒，憨憨地一笑，嫂子还是心疼毅哥，自己一通忽悠，她现在脸还是惨白的。

孙萌萌没想到一进大门就看见了水灵，手里的饭盒突然变得滚烫，烫伤了自己的手还不算，一直烫到了心里去，自己还真是傻。

肖毅还需要自己惦记吗？她可真可笑。孙萌萌觉得自己连血液都渐渐发凉，周身被巨大的耻辱包围着。

水灵也愣住了，她没想到孙萌萌会出现在这儿，可是让骄傲的她在孙萌萌的面前马上灰溜溜地逃走，她真的迈不开脚步啊。而且她也看到了孙萌萌手上的饭盒，心里又有了一种异样的变化，原来孙萌萌也在用女人的温柔体贴去留住肖毅。

李辉不知道两个女人之间暗涌的气流，上来热情地介绍：“嫂子，这是水灵，以前在公司里做事的，找毅哥有点儿急事。”

看着水灵毫不避让的眼神，孙萌萌突然打消了转身离开的念头，扫也没扫她一眼，直接越过她走到了电梯旁。事情早点儿面对，对谁都好，把话讲明白了，早死早升天。

李辉丈二和尚摸不着头脑，和保安打了个招呼，登了记，追进了电梯。

“我先去下洗手间！”电梯到了，孙萌萌把饭盒塞进李辉的手里，从容地走开了。走近洗手台，她用冷水泼在自己的脸上，又心痛又可耻。

水灵跟在李辉的身后，她突然有点儿不敢进去，自己这么意气用事，是不是错了？可是她已经没有退路了，只能硬着头皮往里走啊！

肖毅已经起床了，在里面的小洗漱间里勉强刷了牙，抹了一把脸。想换件衣服，却找不到一件能穿的，都没熨。正在运气，李辉闯了进来，报喜："毅哥，我嫂子来了。看，还带了吃的呢！"

清气上升浊气下降，肖毅立刻觉得神清气爽，所有的郁闷都随着这句话一扫而空，嘴角跟着往上扬，心里那叫一个温暖舒畅啊……想都不想就要往外冲。

可是没想到李辉紧接着又说："辞职的水灵在外面，说有急事找你，我把她也一块儿带上来了。"

肖毅脑子嗡的一声，以为自己听错了："你把水灵也带上来了？"

他真想扁死这个笨蛋，李辉总说：为了朋友，我李辉可以两肋插刀。可这回啊，真是把刀插在他兄弟肖毅的肋条上了。

肖毅满脸涨得通红，李辉摸不着头脑："毅哥，怎么了？"

肖毅的大脑在飞速运转："没事，你先走吧，一会儿我有话和你嫂子说。"

李辉呵呵一笑，知道肖毅当着他搁不下面子，自然也不愿多留。"水灵在外面啊，我让她进来吧！"李辉指了指外面的办公室。

"不用，我出去！"肖毅脸都绿了。

李辉走后，肖毅走出来，四下寻找孙萌萌的身影，没看到，他才把目光投向了距门口最近的座位，看到正抱紧双臂的水灵，他的语气里忍不住多了些埋怨："水灵……你来干什么？"他真是搞不懂了，她给他打电话，他可以理解，是因为他亏欠了她，可是为什么她非要几次三番出现在孙萌萌的面前？

难道他说得还不够明白吗？他和她之间的事情和他老婆无关，怎么就不能单独解决呢？她以前说的那些话，难道是他听错了？

这回水灵听清了他语气中的恼意，可一抬头，刚升起的委屈又被她压制了下去。

这些日子没有见面……他瘦了，变得和自己一样憔悴，他是真的不幸福啊。

“毅，你瘦了……”她的语气还是那么温柔，却令肖毅从来没有过地抓狂，他真的不想再伤害她，可是她怎么就非得逼他呢？

“水灵，你先走行不行？”

“不行！”水灵多日来的委屈和愤恨，在见到满身憔悴的肖毅后，都被自己打压了下去，她确定，肖毅真的是不幸福，今天，她就要让他看清他自己的感情。她潜意识里觉得，无论怎样，肖毅都不会不管她的。更何况，她只是要说一些事实，事实难道还不能说吗？

“那你想干什么？”肖毅猛地沉下脸来，水灵还是吓了一跳，他从来没有对她凶过啊，就算是不接她的电话，可是事后，他都有说对不起，他一直是那么温柔，想到这儿，水灵的眼眶不知不觉地红了。

她默默地从皮包里拿出自己之前买的那个钱夹，递到他的手边：“毅，这是我买给你的。”本来就如水般动听的声音，现在更像是撒娇。

孙萌萌把自己的无助、脆弱、迷茫与所有狼狈的情绪都丢在了洗手间，武装好自己走出来时，刚好看到这一幕，忍不住又是一阵恶心。

孙萌萌小小的身影从门口刚一晃，肖毅就出了一身冷汗，嘴唇的热度都被抽走了。

2.

他活了三十年，大场面见多了。他不知道那些被老婆捉奸在床的男人当时会是什么心理，可是现在明明不是，他却想死的心都有了。脸上本来因为发烧就有不正常的潮红，现在更像极了酱紫的茄子。他把水灵塞到手里的钱夹胡乱地推回去，走到妻子的身边，脸上挂起尴尬的笑容：“萌萌，你来了！”

“李辉说你病得很重，看来是我又被骗了……”孙萌萌的声音里完全没有怒气，平淡得好像在说着别人的事情，可是只有她自己知道心依旧在流血。

“我真的病了，李辉没有骗你，我也没骗你！”肖毅百口莫辩，这些天他日盼夜盼，想尽一切办法想得到孙萌萌的原谅，可是没想到等来了这么个局面。

他们夫妻两个人的对话，在水灵听来更是刺耳，她低头看着手里的钱夹，觉得自己是救下王子的那条美人鱼，而孙萌萌就是那个窃取爱情的公主。

“毅，你病了？”水灵走到了肖毅的身边，孙萌萌扫都没扫她一眼，只是目光掠过她手中的钱夹时，还是被肖毅捕捉到她眼中的一丝嘲讽，他抬起脸，同时也看到了水灵失血的脸色。

他觉得自己对两个女人都无地自容。要是时光可以倒流，他一定不会做出这害人害己的事情来。

“有点儿感冒！”他想打破僵局，可刚说完就又后悔了，偷偷地瞄了瞄孙萌萌的脸，及时地闭上了嘴。

果然，孙萌萌本来淡定的表情，因为他对水灵的这一句回复，变得僵硬，跟着就是自嘲般的苦笑。

肖毅有时宁愿孙萌萌对他哭闹，也不愿意她出现这种表情，他的心被扎了一刀，想说什么，可是对上水灵那满怀关切又无比幽怨的大眼睛又有些不忍，他像被夹在门板里，底下生着火，慢慢烤！

“毅，你要好好照顾自己，我走了！”水灵看着肖毅为难的表情，突然醒悟了，今天是她错了，在他最虚弱的时候，她不该让他为难的。

只是她还是把钱夹塞给了肖毅，她懂他，他应该也是懂她的……可肖毅没去接。

“我……”他无措的样子，让水灵的手僵在了那儿。

孙萌萌嘴边的小酒窝忽然一闪，肖毅一阵心惊胆战，只听她说：“这是人家的一片心意，在商场里转了一上午，你真忍心拒绝？”

孙萌萌站起来，替肖毅接过了钱夹，塞到了他的手里。水灵一把又夺回来，怒视着孙萌萌。

肖毅没听明白，孙萌萌怎么知道水灵逛了一上午？

水灵把对肖毅的不满完全发泄到孙萌萌身上，她都已经决定离开了，她还想干什么？孙萌萌到底还想让她怎样？她爆发了：“是啊，我逛了一上午是为了给心爱的人买礼物，我花的是自己的钱……”说到这里，她红了眼圈，肖毅给她的那张支票，她没有去兑现，她的爱情是纯真的，可为什么肖毅要这么对她？她不要婚姻，不要他的任何承诺，可是难道收下自己的一个钱夹也这么难吗？

“可你呢，你在丈夫最需要照顾的时候却在拼命花钱，你也算是一个妻子？”

“水灵，你胡说什么！”

肖毅烦躁地皱起了眉头，心底重重地叹了口气。

孙萌萌冷笑：“我花我自己老公的钱，你管得着吗？”

一句话，水灵哑口无言。她带着受伤的心，去看肖毅。

哪知，肖毅此时一直看向孙萌萌，水灵气得浑身发抖，目光依旧在等待着肖毅，哪怕肖毅给她任何一点儿暗示，她就离开，她就忍了。

可是没有……肖毅只有沉默。

她真的没法相信！她是真真正正地感受过肖毅的爱情啊。就算她承认肖毅对孙萌萌还是有感情的，但她从来没有怀疑过肖毅对自己的爱，往事历历在目，他曾经用那么温柔的声音说爱她，他曾经对她那么好。

肖毅越是这样，她就越想证明整件事情并不是她一厢情愿，而且自始至终她都相信，肖毅是不会不管她、不心疼她的。

巨大的嫉妒冲昏了她的头脑："可是你的老公爱我……"她的声音突然变得尖锐。她没有撒谎啊，她只是实话实说。

看着孙萌萌一瞬间惨白的脸，她心里涌上了一丝快感。可再一抬头，却瞥见了肖毅瞬间通红的眼睛，她被吓住了。

肖毅的眼中波涛汹涌，一动不动地注视着眼前精心打扮过的美丽女孩，第一次感受到了她的偏执与任性。

孙萌萌像被人重重地扇了一个耳光，脚下失了力气，可是她还是站住了。

几乎是下意识的，肖毅一把上前搂住了孙萌萌："老婆，不是的，你听我说！"每次他说这句话的时候，他其实根本不知道应该说什么。

孙萌萌淡淡一笑，轻声地对水灵说："这样的话，那天在商场里，你已经和我说过一次了，你说你们是情不自禁，互相吸引。"

情不自禁，互相吸引，水灵亲口对萌萌说的？她忘了之前她是怎么向他保证的吗？

他看都不敢看孙萌萌的眼睛，只是愤怒地盯着水灵。要不是刚才亲耳听到了水灵说出那些话来，他可能永远无法相信这个残酷的事实。

孙萌萌的眼底还是晶莹闪烁，她深深地吸了口气，声音变得更轻："她觉得我只爱你的钱，不是一个好妻子。她觉得你们是真心相爱，是我妨碍了你们的爱情……"

肖毅抓狂地喊了出来："萌萌，不是那样的！"

他下意识地一把抱住了萌萌，感觉到她微微颤抖，没有遭到预想中的挣扎和反抗，他终于有了点儿勇气，怜惜、愧疚地看向她的眼睛。

可是，孙萌萌只一瞬间就恢复如常。

肖毅的心被剜了一刀，她早就熬过来了，在一次一次被伤害后没有他的时候。一股巨大的恐慌铺天盖地而来，他把她紧紧地抱在怀里，用从没有过的坚定和疏离的语气对水灵说："以前是我荒唐，对不起！"

荒唐？

水灵踉跄着后退，这就是他对他们爱情的诠释？她捂住脸，大声地哭出来。

孙萌萌把身体从肖毅的怀里挣脱出来，慢慢地坐下，她需要椅子的支撑，她看了看悲伤之中的水灵，却丝毫没有快感。

空气里只有水灵如诉如泣的哭声，孙萌萌看到肖毅无措又不安的样子，心里竟然有说不出的悲凉。自己的男人终结了这场没有硝烟的战火，可是她赢了吗？真的又结束了吗？所有的痛苦，一夜又一夜的噩梦，都只是因为眼前这个哭泣的女人吗？

水灵抓起自己的皮包，跑出了办公室。

3.

孙萌萌病了，病得汹涌澎湃，一发不可收拾。肖毅借此机会从办公室搬回家里照顾妻子。

“萌萌，吃药了！”他走到床前，轻轻地扶起她。这些日子孙萌萌瘦了很多，本来圆润的手臂这样扶起来竟然觉得有些硌手。她顺从地张开嘴巴，就着他手中杯子里的水，有些艰难地把药片吞了下去。

“萌萌，我去上班了！”

“好！”

肖毅拿起风衣和皮包，内疚地看了妻子一眼，她正目送着他离开。他知道以前每天早上，她都会站在阳台上望着他，目送他去地下停车场里取车子，时间久了，他每一次都忽略了回头。按说此时妻子这样看着他，他并不该感到意外，可是为什么他就是觉得莫名的心疼。同时他也觉得十分庆幸，一切似乎又回到了正轨。

妻子从来都是一个温柔懂事的小女人。她从来不让他操心，尤其是结婚后，更是百分之百地依赖他。这曾经一度让略带大男子主义的他十分满意。虽然婚后的生活慢慢变得平淡缺乏激情，可是她是他的妻子，他会保护她一生一世，拉着她的手与她白头到老。

前段时间孙萌萌的尖锐和失控让他害怕了，他心疼愧疚得无以复加。不过还好，一切还都在他可以掌控的范围之内，都已经结束了，他在心里对自己说，以后他会加倍地对她好。

像以往的早上一样，孙萌萌听到了丈夫带上门的声音。她猛地从床上坐起来，一阵眩晕。发烧和肺炎并不可怕，其实最让孙萌萌感到惶恐的是，她发现自己失眠的症状越来越严重了。

肖毅背叛后，她也是经常夜不能寐，做噩梦，半夜哭醒。可是从肖毅搬回家里来开始，她发现自己在每一个深夜竟然一直无法入睡，无论怎么催眠自己，大脑还是无法休息，越来越清醒。家明明还是以前的样子，他对她也是温柔小心，但是她觉得自己的神经越来越脆弱，她想让自己忘记一切从头再来，当作什么事情也没有发生过，极力地去想他们曾经幸福甜美的生活，可越是这样，她越是痛苦心碎。

这些感受都被她放在了心里。为了不吵到肖毅，她每夜闭着眼睛一动不动，所以也就格外辛苦。

在她二十七年的生活中，肖毅的背叛是她从来没有遇到过的毁灭性的打击，偏偏母亲出事了，奶奶重病了，巍然经常不在新港，她没有自己的朋友圈，连个倾诉和商量的人都没有。

肖毅没有察觉到，在她平静的表面下，内心无时无刻不是波涛汹涌，她在挣扎和思考，好像走到了人生的十字路口，无论是走向哪个方向，都像是要粉身碎骨。

刚开始怀疑肖毅背叛的时候，她曾经不屑过那些丈夫出轨后被抛弃的妻子们的歇斯底里，可是到了现在她才发现，能发泄出来是好的，当伤心到绝望时，才知道连发泄的力气都没有了。她甚至很希望自己能和肖毅大吵大闹，可是每一次见到他刻意讨好的表情，她连抬一抬小手指的力气都没有了，疲惫到骨头仿佛都已酥成了粉末。

他们之间谁也没有再提过水灵这个名字。好像这个人真的已经从他们的世界里消失了，或者只是一场噩梦，那个女人从来都没有出现过。可是更多的时候孙萌萌感受到水灵其实无处不在，无论她怎样催眠自己，怎样想要忘记，此时此刻她和肖毅的二人世界都不复当初。这道刻入骨血的伤痕什么时候才可以修复？一年、两年、三年？

孙萌萌闭上眼睛，拒绝去思考这个问题。可是她的脚步仍旧不受大脑的控制，像着了魔一样飞快地跑去了书房。肖毅的邮箱用户名和密码她是知道的，她登进去，等待着登录后的画面。

她疲惫的大脑突然兴奋起来，孙萌萌第一次像一个侦探一样，去破解丈夫的隐私。她想着里面可能会有肖毅和水灵之间交往的痕迹，或许他们现在还背着她用邮件联系，那种诱惑像一个巨大的黑洞，慢慢地要吞噬掉她的灵魂。

在输完最后一个字符的时候，她的指尖越发冰凉，双手不受控制地颤抖。可是她幻想的一切并没有发生，页面上出现了提示：您的邮箱长时间没有登录，已不存在。

孙萌萌睁大了眼睛，看着这几个汉字，冷汗一下子从后背渗出来，眼泪也涌上了眼底，她突然笑了出来。

她久久地、悲哀地凝视着屏幕，原来她一直以为他和她之间牢不可分的感情、根深蒂固的亲密，早在别的女人出现之前，就已经不复存在。她好像听到了心中仅存的什么东西一瞬间轰然坍塌，身体也被抽走了最后一丝力气。

她猛地站起，飞快地去衣柜里把肖毅所有的衣服扔到床上，仔细检查，脑海中那个浅浅的口红印像是已经印在了她的灵魂上。宽敞的大房子，她忍不住去想，水灵是不是也来过这里？肖毅的衣服上，是不是还有水灵的痕迹？她要消除这一切。最后，她冲进洗手间从洗衣机里拿出肖毅换掉的脏衣服……

当疯狂的举动完全静止下来的时候，她看到了洗手间墙上的隔断里一个小小的相框，自己微笑地站在那儿，笑靥如花。那样的笑容，好像是上辈子才有的事情，此时镜子里映出她自己憔悴的脸庞，杂草一样的头发，空洞无神的双眼，消瘦的双颊。

这个丑八怪一样的女人是谁？

孙萌萌恐惧地拧开水龙头，用手沾上水，涂抹到镜子上，镜子里丑陋的自己不见了。她长长地松了口气，坐在地砖上喃喃自语：“孙萌萌，你不能变成这个样子，你不能……”

4.

病中的妻子又恢复了往日的乖巧安静，肖毅渐渐地也把精力重新投入紧张忙碌的工作中。他生在小康家庭，自小生活安逸，但也绝不是大款、官宦之家。除了当初创业时父亲资助的一笔有限的资金外，拼搏到现在可以说都是他一个人的努力。或许老天是偏爱他的，这么多年，他还算一帆风顺，可他也从来不是一个机会主义者，他有完整的职业规划，数年之内他从破旧的写字楼搬到寸土寸金的商业大厦，未来的时间里，他有更宏伟的目标，有更多需要他忙碌的事情。

公司的人已经走得差不多了，肖毅关上电脑，走出办公室。他看了一眼办公大厅。水灵的位置早就被一个新招聘来的女职员取代。这时她也没有下班，抬起头对着他说：“肖总，再见！”

肖毅点点头，走到了电梯口。这些日子里，他也经常想起水灵，虽然她后来的做法超出了他的预期，可是他对她也还是愧疚的。

那个美丽知性又野性大胆的姑娘，也许在以后多年的时间里，他还会偶尔地想起，她会是一颗永远闪耀的水滴，留在自己的心底最深处。

肖毅在路边的橱窗里买了一包糖炒栗子，这是这个季节妻子最喜欢吃的零食。当初为了讨女朋友欢心，他经常买了栗子打车送到她的宿舍，看着她满足幸福的笑脸，他就觉得自己是天下最幸福的男人。

“毅！”肖毅回过头，看到水灵站在了月光下。

“水，水灵？”

水灵穿着一件水蓝色的风衣，发梢在空中飞扬，她看着肖毅，指了指对面的咖啡厅：“肖毅，你还记得我们两个人第一次相遇的情形吗？”

肖毅点点头：“记得！”他当然记得，甚至刚才他路过那里的时候，他的脑海里也浮现出了那一幕。

“我们走走好吗？我去前面打的！”

肖毅回到家后吃过饭，陪着孙萌萌坐在沙发上看电视，两个人身上穿着居家的睡衣，一起注视着电视里上演的爱情肥皂剧。

肖毅的手机响了，孙萌萌仍旧聚精会神地盯着电视，肖毅站起来去书房拿手机。

他刚刚起身，孙萌萌就感觉到自己的头皮跳了一下。书房的门被带上了，她的神经更完全紧绷了起来。她站起来，走到书房的门前，肖毅的声音很低，她几乎听不到里面讲了什么，只是偶尔听到肖毅几声低笑。她的心立刻悬了起来，紧接着就是不受控制的一阵烦乱。

她几乎就要立刻推开门的时候，肖毅却从书房里把门打开了。

“萌萌？”肖毅看到妻子脸色惨白，一下子意识到了什么，“是李辉打给我的，你不要胡思乱想。我说了以后不会再骗你，你要相信我。”

孙萌萌站在原地没动，脸上的表情一丝变化都没有，好久她才极不自然无比纠结地说：“真的是李辉？”

“你自己看看！”肖毅把手机的通话记录调出来，递给孙萌萌。她没有去接，突然对自己感到无比厌烦，电视里很多女人都会这么做，她不想落入俗套，可是为什么就是控制不了？

孙萌萌在海马广告公司的会议室里已经等了刘翔一个小时了。以前来这里的时候，刘翔都是第一时间让她进办公室，她什么都不懂，可他总是百问不厌。上次天石广告公司的项目没有合作成功，他一定是失望了，孙萌萌心里觉得很对不住刘翔，决心在下一个项目里更加努力。

“孙小姐，刘总让你进去。”

刘翔坐在老板椅上，优哉游哉地转着手里的笔。看到孙萌萌，他没有像以往那样站起来，而是皱起眉头不怎么耐烦地看着她。

孙萌萌坐在他的对面，抱歉又真挚地说：“刘总，上次的单子没有做成很抱歉，但是我从中学会了很多东西，相信下一单我一定可以做好的。我希望您这边能再给我一个项目，我一定全力以赴。”

“下一次？”刘翔不屑地看着她，好气又好笑，然后嗤笑了一声，趴在桌子上，身体探向孙萌萌，像看外星人一样问：“小姐，你是真不知道还是假不知道？”

“什么意思？”

刘翔重新坐好，表情冷漠骇人：“哼！我给你项目？小姐，你还真是养尊处优不问世事啊，我今天就告诉你一下什么叫跑广告。”

他指了指窗子外面的高楼大厦，又指了指孙萌萌：“你，去挨家挨户地给我敲门拜访，然后拿项目来交给公司。你去找你的主管，你和我之间至少差五个级别。我之所以肯亲自接见你，把项目给你做，还手把手地教给你经验，那全是因为你老公是肖毅。”

“这和肖毅有什么关系？”

刘翔愤然冷笑：“你老公是天石集团的大股东，我是觉得李天石肯定会把项目给你做才让你去的。你以为你真有能力？你真是天才？你能谈成生意？要不是因为你是肖毅的老婆，我根本就不会搭理你。你连熟人的生意都能搞砸，我劝你还是回去当家庭主妇吧，别浪费我宝贵的时间。出去！”

“你是因为肖毅的缘故才招聘我的？你们不是打的招聘广告吗？”

“招聘广告是不假，可是没业务就给奖金的就你一个，我是押错了宝，现在肠子都要悔青了！”

5.

孙萌萌默默地走出海马广告公司，随着眼前无边无际的车海慢慢地行走，她想起了林小洁，想起了微微，想起了接到大学录取通知书时，一家人的笑脸，那时妈妈说：“萌萌，妈妈为你骄傲！”她蹲下来，用手抱住了膝盖，久久地不愿意抬头。

林枫在律师楼见到孙萌萌时大吃了一惊：“孩子，你怎么瘦成这样了？”

“前段时间得了肺炎，睡眠也不太好！”

林枫和蓝萍相识多年，几乎是看着孙萌萌长大的，孙萌萌就像是一朵温室的小花在大家的呵护中成长，母亲的事情真是让她受到打击了。

“真是难为你了！”

孙萌萌摇摇头，从皮包里拿出一张银行卡递过去，林枫接过来说：“三个月马上就到，我猜你也该来找我了。”

“这是肖毅两个月前给我的。”

林枫讶然：“两个月前给你的，你怎么今天才……”

孙萌萌低下头：“我本来想三个月的时间，自己至少可以负担一部分，但是没想到，三个月就要过去了，能用上的还是肖毅给我的这张卡。”

林枫惊讶地看了她一眼：“夫妻两个人的财产都是共同的，你怎么突然有这种想法了，你现下最主要的事情就是照顾好奶奶，照顾好肖毅和你自己。”

孙萌萌失落地说："林阿姨我知道！最近我一直在想，毕业后的这些年，我都做了什么？除了肖毅，我没有自己的理想。没想着要趁年轻做些什么，甚至没有考虑过我能做什么。我以为我的生活一直很幸福，可是现在才发现那份圆满不知从什么时候开始，早就悄悄地变成了一个空心圆。"

卧室钟表的指针指向半夜两点半。孙萌萌坐在床头，拿起床头柜上的安眠药吞进去，重新躺下，半个小时后，仍没有睡着，她重新坐起来，无奈地拧开了床头的壁灯。肖毅推门而入，坐到床上来，柔声说："今天还睡不着？我来陪你！"

"不用了！"孙萌萌把头靠在他的肩膀上，疲惫无力，"我吃了药，也许一会儿就睡着了。肖毅你还是回客房吧，再给我点儿时间。"

每天装睡好辛苦，她也接受不了肖毅的亲近，那天她终于主动提出让肖毅去客房。

"好吧，你有事喊我！"肖毅走出卧室，轻轻地关好门，身体靠在墙上默默地站了好一会儿，他走到客厅，从皮包里摸出香烟，刚要点，突然想起失眠的人更受不了尼古丁的味道，又把手放下。回到卧室，他也睡不着，索性去客厅拿起外衣轻轻地打开了大门，又轻轻地关上。

初冬时节，枯枝残叶在夜风中轻晃，一轮冷月当空，肖毅坐在休息椅上吸烟，脚下都是烟蒂，在外面，他是极为注意绅士风度的，断不会把烟蒂扔在地上，可是现在没有人。在其他任何女人面前，他都极为注意仪表，可是在妻子面前，他却不免随心所欲、毫无顾忌。

孙萌萌没有穿外套就从楼里跑出来，看到肖毅猛地停住了脚步。肖毅扔掉烟蒂，疾步走过来。

"你在这儿干什么？"她的眼睛无意识地四处寻找。

肖毅扳过她的肩膀："萌萌你这样会感冒的。我怕烟味更让你失眠，所以下楼来，我对你发誓从今以后不会再见她，我说过了不骗你就不会骗你，真的，我发誓。”

这些日子他渐渐发现了妻子的异常，她没有了刚开始时的悲愤尖锐，可是她不信任他，他不经意的一个举动，都会让她敏感。他开始是非常内疚痛苦，可是慢慢地，他越来越烦躁，觉得孙萌萌变了，期盼她能尽快变回来，变回以前那个温柔乖顺的小妻子。

日子无声无息地流逝，肖毅渐渐又变得好忙，晚上还是她一个人在家，只是他会经常打电话给她。从律师楼出来后，孙萌萌开车去了自己的母校，坐在操场上，看着天空的星星，她仿佛又回到了二十来岁的年纪。记得那个时候，她想成为一个记者，可是后来肖毅说女孩子做记者太辛苦，她就放弃了，后来她也想过做一个小说家，用文字编织自己生活的梦想，可是在岁月的流逝中，这个念头什么时候也被她遗忘在了脑后。小时候，老师每天都在提醒学生，你们将来要成为什么样的人？可是成年之后，又有多少人思考过这个问题？

母亲在她的心中一直是最值得尊敬的人，审理过程中，她知道母亲很大程度上是受了一个朋友的拖累，那个朋友用国库券骗贷款，携款私逃，因为母亲和她一起有一项投资，所以才会被彻查。

因为补上了税金，妈妈的情况比预想的要好了些。两年有期。不过是再过两个秋天，妈妈就可以重新回到自己的身边了。到了探视时间，孙萌萌看见妈妈也在玻璃墙里落下了眼泪。

拿着听筒，蓝萍对她说：“萌萌，妈妈对不起你！”

孙萌萌连忙摇摇头：“妈妈，你为了我已经付出很多了。”她记得一直到上高中前，家里都会有陌生的叔叔被妈妈带来看她，给她买很多东西。自己的容貌和妈妈很像，甚至她觉得妈妈比自己要漂亮很多，那时她也懂事了，认为妈妈迟早有一天会再婚，可是过了这么多年，她却还是一个人。

她也曾经不止一次听过奶奶和妈妈的对话，奶奶劝妈妈再婚，可是妈妈总是说：“男人好找，可是真心对孩子好的男人却不多。”其实孙萌萌知道，妈妈还有一句话，就是找一个对前夫的妈妈好的男人更是少之又少。父亲去世得早，母亲早就把赡养奶奶视为自己的责任。

她本来不想和妈妈提自己和肖毅的事情，可是她需要听到妈妈的声音和想法，她已经撑到极限了……

“萌萌，小毅怎么没有和你一起来？”

“妈，对不起！”孙萌萌其实到刚才那一刻还在犹豫，之前因为怕影响妈妈的心情，影响调查期间妈妈的表现，现在尘埃落定，她才有勇气和妈妈提起，可是真的到了这一刻，她反而犹豫了。

“怎么了？”

“妈，如果我和肖毅分开，你能接受吗？”

6.

“你胡说什么？”

孙萌萌在自己妈妈面前终于可以释放自己的感情，她实在是忍不住了：“他在外面有了别的女人……”只是说了一句，孙萌萌的眼泪就落了下来。

蓝萍的头好像被人重重地用锤子击中，甚至比公司被查封那日的打击还要难以承受。

“什么时候的事情？”

“在你出事前他们已经在一起了。”孙萌萌的眼泪像断线的珠子，根本控制不住。

蓝萍眼圈也红了。如果是真的，女儿这些日子是怎么承受过来的啊，泪水一瞬间模糊了她的双眼。

“萌萌，你想离婚？”蓝萍说这句话的时候声音都在颤抖，她精心培养的女儿，真的要走到离婚这一步吗？

“是，我想离婚！”

“孩子，你太年轻，还根本不知道离婚对一个女人意味着什么。很多人不会因为男人的过错而对离婚的女人给予更多的宽容和支持。相反，现实往往会对女人更加刻薄。而男人就会舒服很多，一部分有良知的男人当时会愧疚，但是你不要指望他会一辈子活在愧疚里。因为有的人甚至根本不会真心地愧疚，大多数人也只是会愧疚一时，再长也绝不会是一辈子。若是想以此报复，终究报复的还是自己。”

“妈妈，我没有想过要报复任何一个人，我累了，和肖毅在这条婚姻的道路上，走不下去了，我想找回自己……”

“没有哪个做母亲的希望自己的孩子离婚，如果你已经有勇气面对最坏的一切可能，那就勇敢地迎头而上吧，妈妈会在背后支持你的，毕竟日子是自己的，不是过给别人看的。”

肖毅在宴会厅前端的演讲台前自信从容地发言完，台下掌声一片。德方客户向肖毅举杯，肖毅回敬，闪光灯在他的身上闪烁着。

翻译笑着说：“肖总，马克先生说，非常高兴这次同贵公司的合作意向书顺利签署，相信在不久的将来，我们两家公司会成为更亲密的合作伙伴。”

“谢谢马克先生对我们公司的信任和支持，我相信几年后的今天，马克先生一定会满意自己今天的选择。”如果他能成为这个品牌在中国区的总代，那么未来公司的发展必定会一日千里。

客户拿着酒杯过来敬酒：“肖总年轻有为，前途无量啊！”

银行的王主管挺着啤酒肚也凑上前来：“上次肖总说的贷款，行里流程基本上已经走完，到时我会第一时间打电话给你。”

“肖总今后有什么其他投资的打算？相信不出五年，肖总的公司在业界肯定能名列前茅。”

“肖总那个漂亮的女助理今天没来，看来没人给肖总挡酒，今天我们一定要不醉不归。”

肖毅尴尬地笑了一下，拿起酒杯一饮而尽。宴会厅里推杯换盏，他在周围人的恭维声中渐渐醉眼迷离。这个时候他的手机响了，他低下头，看到水灵发来短信：“毅，我为你骄傲，我永远爱你！”

如果是换在其他的场合，肖毅必定会慌乱，可是现在他心里的感觉十分复杂。水灵的笑容在他的眼前放大，一股脉脉的情愫在他的心里涌动。他犹豫了一下，借着醉意按下几个字：“对不起！”

孙萌萌疲惫地回了家，屋子里一片漆黑，她回到卧室，拿出相册一页页地翻看自己和肖毅放在一起的成长照片。泪水滴落在相册上，她最后哽咽得泣不成声。

很久后，孙萌萌走回客厅，没有开灯，从皮包里拿出一份离婚协议书，看到离婚那两个字后，她的双手不停地颤动。

墙上钟表的指针指向了十二点半，孙萌萌拧开了灯，屋子里顿时明亮起来，墙上的婚纱照里，她和肖毅的笑脸格外清晰，孙萌萌的表情也渐渐镇定下来。

她走到卫生间，打来清水，把屋子细心地收拾一遍。天气转凉了，她回到卧室，把肖毅入冬的衣物整理到显眼的地方，然后打开皮箱开始收拾自己的东西。

不是想不起他的好，只是一场婚姻里，背叛的伤害弥漫在生活的各个细节。从精神到肉体，每一个伤害被放大，都足以叫人生不如死。白天全副铠甲之下刀枪不入的躯体，到了晚上只有自己知道每一处伤口其实都是鲜血淋漓。

她相信大部分的女人都想过这一生最完美的结局就是一生一世和一个自

己相爱的人白头到老，如果可以，谁愿意将身心再奉献给第二个男人？那样的痛就好像是把曾经自己的血肉之躯打烂，揉碎，重新碾过后再次塑成一个人。

门响了一声，肖毅走进屋内。孙萌萌静静地坐在沙发上，面前的茶几上放着一张纸，两个人的目光相遇，她看出了肖毅今天情绪上的异常，踌躇了一下。肖毅没有说话，准备回卧室去拿衣服。

孙萌萌沙哑着声音叫住他："肖毅，我们离婚吧！"

她之前也不止一次地说过这几个字，每一次都痛彻心肺，可是这次，心里虽然剧痛，她的语气却是冷静的。

肖毅皱起眉，他捂住心口，眼睛死死地盯住孙萌萌，他觉得自己胸口里压抑已久的东西突然炸开了。

窗子没有关好，一阵风吹过，啪的一声巨响，肖毅看着孙萌萌在壁灯下半明半亮的脸，突然勃然大怒："孙萌萌，你到底想干什么？"

和愤怒同时涌上肖毅心头的还有委屈。他从来没有对孙萌萌发过这样大的火，这些日子以来他一味地讨好她、迁就她、认错、分居……换来的竟然是这样的结果？

肖毅拿起手边的杯子重重地砸在了地上，玻璃变成碎屑，孙萌萌吓得后退了几步，后背撞到了墙上。

她的眼泪一下子落了下来，声音几不可闻："我不想干什么，也从来没有干过什么……"

肖毅愤怒地解下领带，狠狠地扔在地上："我和水灵已经分开了，你到底还有完没完？你这样天天疑神疑鬼、折磨我有意思吗？"

孙萌萌含着眼泪，睁大了眼睛，气得浑身乱颤："你说我折磨你，明明是我在受折磨……"

肖毅闭上眼睛，他气坏了，他真是没想到，他以为一切都过去了，他能做的都做了，可是孙萌萌居然还要和他离婚。他听不得这几个字从她的嘴里说出来。

他已经知道错了，她究竟还想让他怎么样？

“我很累！不想和你吵架，可是我就不明白了，我的萌萌那么善良，那么单纯，那么爱我、爱这个家，我真没想到你会抓住一件事没完没了不依不饶！当初你的同学、同事招惹了你，你不是很容易就原谅他们了吗？我要替你出头，你还劝我阻拦我，现在你怎么就没有一点儿容人的度量？”

孙萌萌痛苦地捂住心脏，颤巍巍地说：“肖毅，你是我老公，你不是别人。我就是因为太爱你、太爱这个家……”

肖毅感觉酒意上头，他在宴会上壮志凌云，可是没想到回家之后等待他的竟然是这个场景。

他打断她，气得脸色铁青：“你的意思是说你就是因为爱我才想和我离婚？这种做法我真是理解不了。我只知道如果一个女人爱我，就会千方百计地挽留我，追逐我。你是我老婆，可你都在做些什么？”

孙萌萌站直了身体，绝望地看着他：“我什么都不想做，我只想离婚。”

“离婚，离婚！你就这么想离开我，你确定你以后不会后悔？我辛辛苦苦在外面打拼，为的是什么？说到底也是为了这个家。这些年，什么事情不是我替你做的，你以为和我离了婚，就会有什么更好的生活等着你？幼稚！”

孙萌萌如遭雷击，愤然地走近几步：“肖毅，你确实理解不了每一次你在我面前提及水灵这个名字时我的感受，就如同我理解不了你为何能轻易背叛我们之间这么多年的感情！你怪我没有哀求你，追着你，不识好歹？难道我这些年没有追逐你，没有围绕着你吗？可结果呢？

“肖毅，我好怕，我怕我们之间过往的美好就这么在猜疑怨恨中消磨殆尽。我们离婚吧！”

肖毅摔门而去，孙萌萌一个人跌坐在地板上。她环视着四周，这个房间的每一个角落每一处布置，都是她精心思考后放上去的，可是现在，她只想离开，一刻也不想多做停留。

孙萌萌拎着行李箱连夜离开，在楼下含着眼泪抬头看着自己家的窗户，然后默然离去。外面依旧是车流涌动，她突然发现，这座她生活了二十七年的城市，没有了肖毅竟是如此陌生，街也不是那条街，道也不再是那条道。她习惯了每天等他的电话，给他打电话，做好饭等他回家。除了巍然她几乎没有朋友，没有其他的生活。这一刻她更发现，没有了肖毅她不仅失去了整个世界，同时还失去了一个完完整整的自己。她把自己丢了，却不知道何时丢的，丢在了哪里！

7.

孙萌萌从家里搬出来后，面临的第一件事竟然是失业，她对工作缺乏重视，能力也不尽如人意，第一份自己应聘的工作，连试用期都没有通过。奔入二十八岁的她，在短短一个月内不仅失婚，而且失业了。她像一只流浪在人生路口的小狗，重新睁眼去看这个世界。

离婚的挣扎与痛苦一直在心底激起惊涛骇浪，一浪一浪让她沉沉浮浮，没有方向，没有归路。浑身像被碾碎，榨干，只凭着一口气，硬着头皮往前冲。可是现在，她觉得自己沉到了海底的最深处，连同心也沉入了望不到底的深渊。

直至某天的某一刻，她猛然意识到，自己不能一直住在酒店里，只要生命不结束，生活就得继续。离婚不是人生的终点，而是她人生新的起点。

孙萌萌不能回奶奶那儿，老人家身体不好，上次在他们那儿小住的时候就再三叮嘱她和肖毅要好好生活，如果知道他们两个人离婚了，将会是致命的打击。巍然有自己的生活，她也不好去长期打搅人家。她为了找一处能住的房子，已经开车跑了半个月。

她理想的房子租金太高，她觉得租金合理的居住条件又太差。从小到大，她的生活环境都是优越的，从来没有自己承担过什么大的事情。此时她的眼睛又红又肿，大脑中一片空白，到了十字路口，她开着车子直接闯过红灯朝着迎面的交警就撞了过去。

交警走过来敲敲车窗：“靠边停！驾照、身份证……你想袭警啊？”

孙萌萌仍旧像幽灵一样没有意识到发生了什么，手一哆嗦，自己的车子和右侧的一辆车子热情亲吻在一起。男人从车里走出来，凶神恶煞般地冲过来指着孙萌萌的鼻子骂：“妈的，你这是刚从精神病院里出来，还是正准备一会儿进去？”

交警让她自己联系拖车，她猛然想起，以前出现这种事情，她能做的都是第一时间给肖毅打电话，他会亲自或者安排人来帮她处理。可是现在，她只能自己去做，打电话查询了好久才找到最近的一个4S店的电话，她在路边站了将近一个小时，才看到他们的工作人员姗姗来迟。

车子被拖走了，孙萌萌出行更加不方便，她就近走到一处中介门前，心里想无论怎么样今天都要把房子搞定。出来迎接她的是一个二十岁出头的小伙子：“小姐，您想租什么样的房子？”

“一居室，市中心的位置，物业绿化好一点儿的，最好能带车位！”

业务员撇撇嘴：“您开的价钱别说市中心，四环以外都找不到像样的房子，您还是到别处转转吧！”

孙萌萌一听急了：“四十平方米的小房子，用得了这么贵吗？”

“您该不是不知道现在房价多少钱一平方米吧？”

“我知道，可我这不是租房吗，又不是买房。”

“小姐，就是大家都买不起房，才租房啊！您要是不涨租金，我建议您去四环边上转转，找找三十年以上房龄的‘豪宅’。”

这些年，她习惯了打雷的时候往肖毅的怀里钻，习惯了他在的时候不带钱包不带钥匙，习惯了车子坏了直接打给老公。习惯真是一件可怕的事情。可生活就像一场悬念剧，没有人知道下一秒会发生什么。

孙萌萌又一次从中介公司一无所获地走出来，太阳光刺得她睁不开眼睛。眼前是忙忙碌碌的车流，她双腿疲惫得一步也迈不开。

在这个从小生长的城市里，她竟然连一个属于自己的落脚点也找不到？眼前繁华的大都市，在她面前变得一片荒芜。她默默地站了一会儿，转过身重新走进了刚才的那家中介。

中介带着孙萌萌去看了房子，比想象的还要糟糕一点儿。两梯六户，楼道里摆满了自行车、电动车，还有一些废弃的家具。电梯两侧黑色的垃圾袋散发着难闻的气味。这段时间孙萌萌精神恍惚，撞车让她提高了警觉，她决定先不开车了。所以选址在市中心，不算低的租金，只能租到这样环境的房子。

房东是个四十几岁的大姐，看起来和蔼可亲，和中介一唱一和，协议就写成了预付一年。三万多块直接打到了别人账上，孙萌萌后来从巍然那里知道自己被忽悠了，气得躲在小租屋里掉了半天眼泪。

她工作四年，卡上的钱没怎么动过，可这房租直接去掉了她几乎一年的收入。剩下的东西只能一切从简，家具是房子里原来就有的，孙萌萌有洁癖，却没有钱，不得不用这些。她只要有时间就打来清水把屋子里的家具从头到尾擦一遍。被褥是从超市新买的，她曾经最喜欢的事情就是把家布置得漂漂亮亮的，这个新“家”里，她也不例外，从夜市淘来田园风格的床单和窗帘，又把几盆绿色的盆栽摆在了破旧的桌子上。

搬进小租屋的第一个晚上孙萌萌依旧是夜不能寐，只是这一次并不完全是因为肖毅。她并不是一个浪费奢侈的女人，可也从来没有为钱发愁过，卡上的钱花掉了四分之一，失业在家，她必须尽快找到一份工作。

巍然从外地回到新港直接就去了孙萌萌住的地方，看到了她此时的境遇，劈头盖脸就是一顿骂：“孙萌萌你脑子有病吧？你自己跑到这四十平方米不到的地方干什么？我刚才来的时候，电梯里都是垃圾。一进屋就觉得呼吸困难。你看看这南北都不通风，高一点儿的人都能碰到天花板。”

“巍然，以我目前的个人能力，能在这样的地方住已经不错了，我失业了。”

巍然看着眼圈发红的孙萌萌，责备的话突然说不下去了。孙萌萌从小到大被家人像小公主一样养大，后来遇到了白马王子一样的肖毅，生活一帆风顺，可现在母亲入狱，丈夫出轨，这个时候如果不是真的痛彻心肺，依她对肖毅的感情，是绝对不会离婚的。

“萌萌！”

孙萌萌这些日子已经很少哭了，因为她知道无论怎样失眠流泪，每天早上太阳还是会照样升起，新的一天还是会一分一秒地流逝。

“巍然，我试过了，我做不到！”

孙萌萌无奈地低下头，巍然走过去，轻轻地抱了抱她。

“你说我是不是很笨？主管没有让我过试用期！”说到这件事情，孙萌萌的眼圈在巍然进门后第一次红了，她从工作几年的出版社辞职后，从没有想过自己第一次应聘得来的工作会以这样的一种方式结束。

她永远记得主管在通知她时说的那句话：“孙小姐，我们这里不是幼儿园大班，我们需要能立刻上岗挑起任务的员工。”

“不怪你，最近发生的事情太多了，换作别人也许早倒下了，慢慢来，别着急！”

第 6 章
颤抖

他紧紧地搂住她，想要把她嵌入骨血，她没有推拒他，想给自己已逝的婚姻留下最后的纪念。他的眼中有泪，她却一直让自己尽量地微笑。她的泪，已经流得太多了。

1.

肖毅和孙萌萌在民政局里办理离婚手续时，他还觉得一切都掌握在他的手中。他没有想过真的要和孙萌萌离婚，可是他也有大男人的尊严，他觉得能做的自己已经都做了，可是此时的妻子就像是一块烫手的木炭，如果死死地握在手中，只会血肉模糊而不能骨肉相连。

或许冷静一下对他们彼此都好，让她在外面吃点儿苦，她就能更快地觉悟到她的决定有多么幼稚，她的行为有多么任性。他对自己有这个信心，毕竟孙萌萌是那么爱他，那么依赖他。

从她对财产的分配上就能看出她有多么的单纯，换作别的女人，即便是离婚，也肯定会在财产上分毫必争，可是她呢？她说公司、房子都是他奋斗来的，之前为岳母已经花掉了好几十万，所以除了这些年她自己基本上没有动过的那张工资卡，她什么都没要。

看着她把他的信用卡、银行卡一张张地还给他，他的心还是狠狠地疼了又疼。他竟然从来不知道她是如此倔强，他没想到她会真的因为另一个女人的介入而离开他，更没有想到有一天她会这样和他撇清，决然地打算再也不花他的一分钱。

肖毅回到家，躺在床上才意识到他和孙萌萌是真的离婚了。他很失落，他对自己说，除了让孙萌萌意识到自己任性的错误外，他自己不也早就厌烦了平淡乏味的生活吗？谁又能说在他同意离婚这件事情的潜意识里，他没有一种对重生的期盼和解脱？

可是此时此刻，他的心里真的不好受，仿佛自己被生生地割成了两半。这个家，他一刻也待不下去，第二天就出差去了南京。

他不在新港，可是水灵并没有放弃同他联系，而孙萌萌竟然一通电话也没有给他打过。南京的项目回款很顺利，他想起上次水灵没有接受的支票，所以直接把钱汇到了她以前的工资卡上。他知道水灵不缺钱也有工作能力，但是他还是希望她过得好一点儿，这样他心里的内疚也就会减轻些。

几年喝水、聊天、逛网络的工作，让孙萌萌养成了懒散的工作习气。现在她不再是当初那个被人捧在掌心的乖乖女，她只是一个在生存面前急需工作的大龄女青年，可见生存不是一种境遇，而是一种能力，无论你在什么时候，都不可以缺失。

当初林小洁和微微给了孙萌萌很大的动力，第一份工作面试顺利更让她对换工作信心十足，可是被海马广告公司解雇之后，接下来的工作机会竟是这样的难找。

她给林小洁打电话寻求经验，才发现自己还是当初的那个自己，而人家却早已不是本科毕业生那个水平。这几年林小洁不仅拿下了在职研究生的学历，专业证书一大堆，外语水平更是一跃千里，现在她每天与总部进行视频会议都是英语对话，而孙萌萌回顾当年大学考英语时，林小洁还经常抄她的答案呢。英语六级她也是全宿舍第一个考过，可是现在，孙萌萌很清楚地明白，自己的英语已经退化到不如高中水平，路上遇到外国人，简单的还能应付几句，多说几句就已经张不开嘴。

过了年，她才二十八岁啊，她觉得自己的一生还没有真正地开始，可社会就已经有了要把她淘汰的迹象，这让她深深地恐慌了。她利用晚上的时间去报了一个英语强化班，为了争取到工作的机会，她不得不临阵磨枪。没有找到她期望的工作，她就先到了一家互联网公司去做网站推广。

这一次，她真正体会到了刘翔口中的做业务。开始的一个星期没有客户，她每天都要打一百多个电话，经常到了下午就开始口干舌燥，两眼冒金星，嘴巴里说的是一样的话，甚至有时连客户的回答都是一样的。和她一起工作的都是二十出头的毕业生，她比人家往往要大上五六岁，可是只有她挫败得好久缓不过劲儿来。

几天下来，别人都有有意向的客户了，只有她仍旧停留在打电话的阶段，这个时候她也顾不得什么了，在一百个电话的基础上，又加了任务给自己。现在对于孙萌萌来说，在社会上走出这一步比什么都重要。她的人生已经走到了青春的尾巴，再也没有时间可以耗费。

奶奶的年纪越来越大，需要她来照顾，以后她和妈妈的生活也要靠她负担。以前肖毅是她的天，是她的保护伞，可是现在她明白，这个世界上最靠得住的人只有自己。她非常痛恨自己的娇气，没有经历过辛苦，短短的时间里竟然得了急性咽炎，声音变得又粗又涩，她决心不再做当初那个被人照顾的娇娇女，每天给自己制订的计划，即便是嗓子再不舒服也要完成任务。

孙萌萌的第一个客户在产业园区，孙萌萌转了三次车终于到了那里。迎面就看到一个大大的牌子：海泰科技。她想起来了，这应该是李博明的公司，上次采访的时候，他说过公司正在往新港迁址，当时厂区还在建设中，现在算算已经有很长的时间了，没有想到竟然是在这里。

约好的时间客户不在，孙萌萌等了将近一个小时，等洽谈完毕后，天色已经半黑了，有雨点渐渐落下来，客户非常抱歉，送她到了门口。迎面的北风吹来，孙萌萌裹紧了身上的大衣。对面厂区的大门口驶来一辆汽车，一个男人从车里走出来，孙萌萌停住了脚步，距离不算远，如果没有看错，这个人应该就是李博明。她愣了一下，转身向很远处的公交车站走去。

孙萌萌下车的时候，天色已经完全黑透了。雨下得越来越大，倒了三次车，她的脚不仅冷，而且就快要冻僵了。一个人生活，她现在已经很少做晚饭了，到了小区门口，她就近买了一份蛋炒饭准备晚上对付一下。现在天天时间不够用，每天上床累得一动也不想动，可奇迹的是，最近一个多星期以来，她的失眠症状有了明显的缓解。

走到了楼口，她一眼就看到了肖毅的那辆凯迪拉克，她刚往车窗里看去，肖毅就已经打开车门走了出来。

2.

他穿着去年她帮他选的那件深蓝色的风衣，领带是那年过生日她和妈妈一起去帮他挑选的。离婚后一个多月，他比以前瘦了些，可还是那么帅气逼人。孙萌萌自嘲地笑了一下，难怪别人会笑她一定是着了魔才会放弃看上去这么优秀的男人。

肖毅也在看着孙萌萌，认识她这么久以来，她几乎从没有这么职业地打扮过，她和以前分明有了很大的不同，脸上比离婚前明显有了精神，这样的感觉让肖毅非常不痛快。

可是很快他就否定了这种想法，她过得明显很不好，此时她头发沾着雨水，湿漉漉地挡住了额头，一个月未见，她更瘦了，本来圆润的下巴变成了尖尖的，没有开车，像是脚很痛的样子，怎么看都是一身狼狈。这和他想象的几乎没有差别，他认真地看着她的眼睛，可是为何捕捉不到他想看到的神情？

从南京回来后，他的工作也在按照预想越来越进入轨道，他在孙萌萌刚刚走出校园的时候就从她的母亲手中把她接管过来，她单纯无知，根本就不知道她在一个月前放弃的究竟是什么。

孙萌萌和肖毅一前一后走进了小租屋，当他看清了孙萌萌手中的蛋炒饭时，积压了一个月的情绪又爆发了。

“孙萌萌，你到底要任性到什么时候，住在这里，吃这种东西，我养不起老婆吗？你能不能懂事一点儿？跟我回家！”

孙萌萌被他搞糊涂了：“肖毅，我们离婚了！”

肖毅看着她一张一合的唇瓣，有一种把她搂在怀里然后狠狠“惩罚”的念头，不让她再说出让他生气的话来。

“萌萌，这就是你想要的生活吗？这就是你非要离开我想要追求的一切？”

“肖毅，我不是小孩子了，我知道离婚意味着什么，更知道一个离婚的女人在社会上的境遇，我再说一遍，我不是任性，我不是闹着玩，肖毅，我们离婚了。”

失望，还是失望！肖毅觉得自己深爱过的那个温柔聪慧的孙萌萌现在就像一块冥顽不灵的石头。

“萌萌，你真的想把我推给另外一个女人？”

这个月水灵从来没有放弃和他联系，千方百计地想要和他见上一面。而他事先知道了孙萌萌的住址，出差回来后就马不停蹄地赶来见她。他甚至想，分开一个月了，她足够冷静了，直接就把她带回家去。可她居然还是这种表情，他真怀疑，眼前这个小女人还是当初那个深爱他的孙萌萌吗？

孙萌萌咬住嘴唇，一眨眼把泪花逼退，语气更加坚定：“那是你的权利！”

肖毅也不知道自己为什么会说出那样的话，或许他潜意识里的一些想法连他自己也并不清楚，这个时候气急了就脱口而出，看着孙萌萌，他拿她没有办法，一点儿办法也没有。

李宝利打电话给孙萌萌，告诉她海泰科技公司寄来一张邀请函，上面写的是她的名字。

“这家公司一直是你负责采访的，既然邀请函上写的是你的名字，你就最后代表社里带上小刘去一次，去之前你代表咱们社和李先生联系一下。”

孙萌萌自然没有推辞，一口答应。打通了李博明的电话，没想到他正好有事求她。原来李博明的表妹就读于美国一家著名的大学，这次随导师来新港的理工大学做学术交流。李博明请他们吃饭，之前还答应给表妹做向导带着他们游新港。可是没想到临时有急事，所以打给生长在新港的孙萌萌，问她可不可以帮忙。他语气诚恳，态度谦卑，让孙萌萌觉得本来就没什么事情的自己要是不去的话，简直就是失去了一次向世界展示新港风貌的大好机会。

见到李博明的表妹时，坐在她身旁的是个年近不惑的美国老人，名叫迈克。孙萌萌来时，他们刚刚吃完饭。李博明的表妹苏菲和她互相介绍后，去了洗手间，李博明向孙萌萌致谢后，急匆匆地准备往外走。

哪知，站在孙萌萌右侧的迈克，指着饭店大堂供奉的一尊弥勒佛像随意地问她：“这是你们中国人的信仰吗？”紧接着又半开玩笑地问，“中国人有信仰吗？”

孙萌萌的外语被搁置了许多年，但是这两句话她还是听懂了。李博明显然也听到了，停住了脚步，扭过头来看她。

孙萌萌平静地冲着那个美国老人微笑，她用中文说：“中国文化已经流传了上下五千年，从古到今，我的同胞们都在文明的融合中汲取着生存的智慧和力量。我的文化就是我的宗教，我的民族就是我的信仰。”

孙萌萌把目光转向李博明：“李先生，你帮我翻译给他听！”

李博明彻底地收住了脚步，走到她面前时，目光有些惊奇，眼底涌动着一道流动的光，随即他把目光转向了迈克，用流利的英文把孙萌萌刚才的话重新翻译给他听。

和李博明的英文一比，孙萌萌那个汗颜啊！看着迈克表情的变化，孙萌萌知道李博明听懂了她刚才想说的，正在原汁原味地复述给这美国老头，迈克听到最后也变得严肃又认真。而她第一次从一个男人的眼中看到了欣赏，这让她被震撼了一下。

李博明走后，孙萌萌开车带着他们去转了几处新港有名的旅游景点，苏菲在国外生活多年，性格开朗活泼，不拘小节，很快和孙萌萌熟络起来。

在逛古玩街的时候，孙萌萌花钱买了一套《红楼梦》的剪纸，送给迈克，页面上每一个人物都有英文的注释，苏菲本身对这个故事并不感冒，可孙萌萌执意让她做翻译，绘声绘色地讲起《红楼梦》里面的建筑风格和饮食文化，迈克很快就着了迷，惹得苏菲嚷嚷着也要回去买一本重新看看。

到了傍晚的时候，李博明开车来接他们。为了表示对孙萌萌的感谢，苏菲要把自己上次去不丹旅游时买的一个别致的镯子送给她。孙萌萌对首饰没有什么研究，但知道这一定是苏菲的心爱之物，说好是帮忙做导游的，怎么可以收人家的东西，更何况，这镯子看上去不像普通的旅游纪念品。

"萌萌，不要客气，我们今天玩得很开心，多亏你牺牲自己的休息时间来陪着我们，你这么见外，难道是不想和我交朋友啊！"

孙萌萌很为难，哪知这个时候李博明走过来对她说："后天酒会的邀请函孙小姐收到了吧？那天苏菲也会去的，她的一片心意，你就不要再拒绝了。"

3.

海泰科技公司的酒会设在喜来登大酒店，因为是环保主题，被关注度极高。新港的多家媒体齐聚于此。虽然不是什么大型的集团公司，可是这次的市场策划无疑是成功的，新港各界不少知名人士也纷纷到场。

孙萌萌庆幸自己的打扮还算隆重，要是平时的打扮，还真是失礼啊。和她一起的刘婕穿了一条黑色的长裙，这是永远不会出错的颜色，她脖子上挂着一条水晶项链，脸上的妆容一丝不苟。

她比孙萌萌小三岁，刚刚大学毕业，对这样的场合充满了期待。“萌萌姐，一会儿我都需要做些什么啊？”刘婕的心里忐忑着。

孙萌萌四下看着忙碌陌生的人们，笑着对她说：“一会儿啊，找个李先生的空当儿，我把你介绍过去。然后我们就找个人少的地方享受美食。”

“这样啊！”刘婕有点儿小小的失望。

灯光交错，孙萌萌放眼望去找不到李博明的人影，却看到了云香鬓影，美女如云。

只是孙萌萌在看美女的同时，却不知道有一个人正瞪大了眼睛在盯着她看。她从门口进来时，李天石就看到了。一开始以为是自己眼花了，可是仔细打量，他确定没认错人。这个女人正是肖毅的老婆，孙萌萌啊。

不得不说，肖毅干什么都心高气傲，这老婆挑得还是很有眼光的。贴身的礼服把小身段勾画得美丽动人、分外妖娆，站在那儿，真是正点啊！

麦嘉轩在外面等了水灵她们好久，眼看酒会就要开始了，才看到水灵和雪儿远远地走过来。

时光仿佛倒流到多年之前，校园的小路上，一个穿着白裙子长发飘飘的女孩子正向他走来，从那个时候起，这幅唯美的画面就在他的心中永久地定格。几年过去了，水灵还是那么美，而自己依旧是无法抑制心中的悸动。麦嘉轩几步迎上来，目光完全地落在水灵的身上。

雪儿在一旁无奈地翻了翻眼睛，男人啊，真是没救了。

今天这么正式的场合，水大美女就穿了一条随意的白色长裙，脸上清汤挂面，雪儿看着就不舒服，最最受不了这种自以为是的人，长得漂亮就可以不把任何人放在眼里啊，到底懂不懂得尊重人？

切，还真以为自己美到在任何场合不化妆、不打扮都能成为焦点啊？看她那惨白的脸，黑黑的大眼圈，一脸的冷漠。真是懒得多看她一眼。

会场内一片喧闹，李博明不疾不徐地步入会场，他一身笔挺的西装，在大厅璀璨的灯光下显得分外耀眼挺拔。

刘婕感到一阵眩晕："萌萌姐，你看李先生朝我们这里看过来了呢！"

孙萌萌连忙看过去，却没有看到："你看错了吧？"她们站的是一个僻静的角落，离发言台距离也好远。

一阵热烈的掌声后，李博明上台发言。之前还有些喧闹的会场瞬间安静了下来。所有人的目光都投向了这位年轻有为的高新科技企业的领头人。年纪虽轻，可是他好像浑身上下散发着一种气质，轻易地就压住了全场，他的神态自信而优雅，每句话从他嘴里说出来都令人信服且备受鼓舞。

孙萌萌有些恍惚，她真觉得自己和李博明之间距离很遥远。

接下来又有几个人发言，掌声雷动，随后整个大厅里缓缓响起了音乐。

酒会的第一支舞，自然是从作为主办方的当家人李博明开始的。这个时候所有人的目光都向他望去。

刘婕使劲地拉了拉孙萌萌的胳膊："萌萌姐，你看李先生真的在向我们这边看啊。"

孙萌萌顺着她的目光望去，距离虽然远，但她与李博明的目光还是触碰到了，他确实在看着她们，眼睛里充满了探究。

李博明微笑着向她点头致意，似乎是思索了一下，然后缓步转身走向众人簇拥的一位有些面熟的女士，礼貌地做出了邀请的姿势。

那女士大方地把手递给他，两个人在所有人的注目下翩翩起舞。

音乐悠扬地响起，刘婕在一旁叹息着："萌萌姐，这个女孩不就是之前演《完美女人》的那个人吗，明星啊。"

孙萌萌也认出来了，不能不说，正在跳舞的两个人，俊男美女，一对璧人，自然吸引了无数人的目光。

她突然想到了自己结婚的那天，她和肖毅也是这样翩翩起舞，成为所有人艳羡的对象，只不过才短短三年，竟然已经恍若隔世。

"萌萌！"苏菲拿着一杯洋酒朝她走了过来，她穿着一条单肩的蓝色长裙，走近孙萌萌，上下打量，眼睛里全是惊艳，想了想却是一副欲言又止的样子。看了她一会儿，才有些惊奇地问："你怎么了，心情不好？"

"是啊，萌萌姐，你眼圈怎么红了？"刘婕也发现了。

"哦，没什么，我去一下洗手间。"孙萌萌走进洗手间，从手袋里拿出粉饼，往脸上扑了点粉，看起来人精神了许多，一个人对着镜子发呆。

不知过了多久，走出来的时候，她却在酒店的回廊上看到了今天的主角，李博明。

他叫住她，上下反复地打量着，慢慢垂下眼帘，眼底不经意间有一道流光闪过，再抬头时，他面含微笑郑重地对她说："萌萌，谢谢你能来！"

"李先生，应该是我们感到荣幸，一会儿我把我们出版社的小刘介绍给你认识，她以后会负责我的工作……我已经不在出版社工作了……"

李博明眼中滑过一丝惊异："我听苏菲说，刚才你心情不好，还是因为家里的事情？"

"嗯！"

"有没有什么事情可以帮忙的？"

惊异于李博明的直接，心里的某个地方又开始剧痛，她仿佛听到了碎裂的声音。她几乎不敢相信自己发出的声音，她说："不用了，谢谢。"

李博明看着她黑葡萄般的眼睛，突然做了一个极其轻松的表情说："我记得有本书上说了这么一句话，怕与逃避是两回事，勇敢的人也会哭，哭都不让哭未免不近人情。更何况，谁没有疤痕，只是有些你看得见，有些你看不见……"

孙萌萌眼底的雾气马上散开，她抬起头全神贯注地看着他。

"有时命运就掌握在自己的手里，我只是一个外人，没有资格对你的婚姻评价什么，我只是想说，每一个人都有获得快乐的权利，如果你根本无法对一件事情完全释怀，一直痛苦下去，那只会让真正希望你幸福的人难过。"

4.

水灵途经洗手间的路上，把背对着她的孙萌萌和李博明的话听得一清二楚。她无法说服自己挪开脚步，那天肖毅对她的打击太大了。这几天她没有再联系肖毅，她不知道应该和他说什么。

漆黑的深夜里，她一个人独自哭泣到天明，她真的不愿意去想，但是她控制不了自己。她把他送的香水死死地攥在手心里，仿佛攥着的是他的心。一幕幕回想着与肖毅相识以来的点点滴滴，最后她得出了结论：

肖毅爱他的妻子，但也是实实在在地爱着她。所有的一切历历在目，他的温柔、他的细语、他为她所做的一切，那都不是她凭空臆想出来的，那些都是真真正正存在的。

只是，他最终选择了他的妻子、他的家庭、他的责任……而给她的只能是深深的愧疚。

她说过不会介入他的家庭，所以他才会对她恼火，她当时怎么就那么轻易被嫉妒冲昏了头脑，是她过分了，可这并不代表他不爱她。他们遇到的时间不对，所以注定了她的悲哀。

甚至她不止一次地去想，如果几年前，她就与肖毅相识，那么现在肖毅的妻子还会是孙萌萌吗？每每想到这一点，她的心里还是会涌上愤恨与不甘。

水灵从孙萌萌和李博明的对话中听出了孙萌萌和肖毅之间没有和好如初。如果孙萌萌和肖毅的感情彻底破裂，那么一切都将变得不一样……

嫁给肖毅？她的心不可抑制地激动起来，她的人生全部被阴霾笼罩时，突然有阳光穿透云层照耀了进来。

“水灵，你在这儿，我到处找你呢！”麦嘉轩从上次的聚会就看出水灵并不开心，这几天他做了一系列的思想斗争，他想把自己曾经对水灵说过的那些话再说一次，他想让她知道，只要她愿意，他会一直守护在她的身边。“我，有话想对你说……”

李天石应酬了一圈，走出了大厅，正好和水灵碰了个正脸，水灵也看到了他，一脸的尴尬，下意识地与麦嘉轩拉远了距离，匆匆地走开了。

李天石心里暗笑，掏出了电话："老弟啊，你干什么呢？"肖毅接电话的时候，正一个人在医院里打针，高烧了好几天，不得不来医院，他和孙萌萌离婚的事，他并没有告诉任何一个人。

"有事？"

"我在喜来登酒店看见弟妹了……"

本来心不在焉的肖毅听到孙萌萌也在喜来登，心里一怔，他查得很清楚，她现在还没找到什么好工作，所谓的职业就是在做业务推广，她想胡闹就由着她吧，早晚她会后悔得更加彻底。可是她去喜来登的商务酒会做什么？她不该出现在那种地方啊。

肖毅又听李天石说："哦，对了，除了弟妹，我还看到那天在你办公室的那个美女了，真巧啊！还有一个帅哥和弟妹相谈甚欢。"

肖毅的神经顿时紧张起来，水灵也在，孙萌萌身边还有一个男人，难道是那天在酒吧接电话的那个？仅仅这一个想法，肖毅就开始浑身冒火。

麦嘉轩带着水灵来到了一侧的露台上，他如今已经不是当年那个青涩的毛头小子，可是面对自己心爱的女孩子，心里还是非常激动和忐忑。对面是一个很大的人工池塘，秋风吹在水面上，带来阵阵的清新凉意。麦嘉轩伏在围栏上，侧目看着玻璃钢的地面上映出自己和水灵的影子。

"这些年，我去了两个城市，不同的地方，遇到了很多不同的人，有一些人因为各种各样的原因，走进了我的视线，也走进了我的生活，却根本走不到我的心里。

"不是因为得不到才是最好的，而是因为……生命中过早地遇到了那个人，所以谁也无法替代。水灵……"麦嘉轩鼓起勇气，抬头看着水灵美丽的大眼睛，心疼地看着她略有些发黑的眼圈，"不是那些人不好，而是因为心里已经有了你，别人的好我已经根本无法在乎。"

他的声音微微有些颤抖："如果你现在过得并不快乐，可不可以给我一个机会，最起码，我希望你能记住，在你伤心的时候，还有我在离你并不远的地方等着你！"

有一句话说得好：爱或者不爱，只能自行了断。

如果说心里没有因为这样柔情似水的话语而悸动，那是不可能的，但是此时此刻她觉得能救赎自己的人只有肖毅。

"麦师兄……"水灵抬起头，看着他如水般清澈的眼睛，年少的时候，她对爱情期望得太高。遇到肖毅后，爱情让她变得疯狂，她的心早就已经无法被自己掌控，"我的心意早在几年前已经和你说得很清楚了！"

麦嘉轩早有心理准备，可是这个时候还是品到了苦涩。他还想说些什么，却看见水灵的表情一下子变得激动起来，整个人都焕发出了光彩。

顺着她的目光看去，麦嘉轩看到了酒店的大门方向有一个男人正阔步走来。随着距离的缩短，他看清楚了那个男人，心里有些明白了。也只有这样的男人能夺去水灵的心吧，和这样的男人相爱，她的心里还能装下谁呢?

水灵找了个借口独自走到了大厅的入口处，肖毅刚看到她，她的人已走到了他的面前。

5.

肖毅一阵紧张，下意识地向一旁的僻静处走了过去，水灵紧紧地跟着他，走到了僻静处一根巨大的圆柱后面。

这么久了，水灵又重新与肖毅站得这么近，感受到他的气息，她的整个心都好像被他攥在了手里。

"毅，对不起！"她是真的意识到了自己之前的愚蠢，"我不应该让你为难的，是我不好，这几天我每天都在自责，你不要生我气了，我以后再也不会这样了！”

肖毅退后到与她错开一步的距离，心里有些复杂，此时此刻，他不再恼火她了，也不想伤害她，他只是突然有点儿“怕”她。

“水灵……不用和我说对不起，记住我那天说的话，我们之间的事情已经结束了，如果恨我你能好受些，就恨我吧。

“还有，那天我把钱直接打到你之前的那张工资卡上了，你收到了吧？”

水灵的心一阵发疼，她记得他第一次掏给她支票时的表情，他紧张得额头都是汗水，眼睛里满满装着的都是不忍，甚至说话时嘴唇都是哆嗦的。可是现在，他虽然还是愧疚的，但语气明显已经疏远了。

“毅，如果你对我真的存有一丝愧疚的话，就请不要说给我钱这样的话，你为什么要侮辱我们之前的感情，你忘了，你那时对我说你爱我……”

“水灵！”肖毅看了看四周，抓住了她的双肩，靠近，盯住她的眼睛紧张地说，“你还想做什么？”

“我想什么，你不知道吗？”水灵极力控制自己的情绪，手紧紧地攥成拳头。知道是一回事，可是真的面对时能不能控制得住根本又是另一回事。

“从第一天开始你就知道的，我是一个结了婚的男人，事情走到这一步，一切都算是我的错好不好，你能不能不要这么固执？你再这样下去，根本对任何人都没有好处。”

“毅，如果你们分开呢？”水灵眼睛里含着泪水。

肖毅的目光突然因为这句话变得凌厉起来，他猛地松开手，远远地退避开去。事情和他想象的越来越不一样，水灵没有甘心被动地等待他给的爱情，单纯却坚持的孙萌萌也不稀罕要一个身心不完整的丈夫。甚至今天李天石告诉他，孙萌萌身边还围绕着一个男人，当时他就决定马上赶过来。

一切渐渐脱离了他之前的预想。

“最好让这个想法立刻从你的脑子里消失。”

“那如果她非要和你离婚呢，她要是不想和你在一起了呢？”李天石说对于男人来讲，最恐怖的事情除了孩子管别人叫爸爸，其实还有的就是本来已经决定分手的情人，死活想要和你结婚。

可是他最最不愿意听到的就是孙萌萌非要离开他，水灵一语击中，肖毅一刻也不愿意在这里多待了："我再说一遍，你最好打消这些念头。"

水灵哀伤地看着他，泪水又慢慢地涌了出来。

大厅里适时地响起了悠扬的钢琴曲，如水一样随着秋风飘过来，是《梁祝》。肖毅的肩膀颤动了一下，侧耳倾听。

水灵五岁起就开始学习钢琴，她喜欢钢琴，这时也静静地听着，挑剔地想要找出错音，可是没多久便深深地沉浸在唯美的琴声之中，仿佛看到了漫天花海中，自己和肖毅的爱情冲破了层层的束缚，终于化茧成蝶。可是她能吗？真的能吗？

当肖毅撇下水灵急匆匆地步入大厅时，正巧看到了这么一幅画面：一身紫色礼服的孙萌萌正坐在白色的钢琴旁边，欧式的落地窗外有一束夕阳的光辉从华丽的钢琴上一直投射到她的脸上，她整个人都被镀上了一层金色。

他的目光落在她的脸上，她那天鹅般颀长的脖颈与随着音乐微动的手臂都让他着迷。渐渐地他忘记了刚才的一切，时光好像又回到了第一次见到她的那个场景，她在大学的公演中，穿着一条粉色的裙子，琴声从她的指尖流出，所有人的目光都落在她的身上。

就像现在这样，她旁边一个英俊挺拔的男人就站在钢琴的一侧，目不转睛地看着她，她的身旁还有一个外国老人，显然也被她带来的中国古典音乐的魅力所折服。

不仅如此，每个人都在注视着她。

记忆的闸门被打开，他好像看到了一件尘封已久的珍宝焕发出熠熠的光彩……连他也呆住了……

肖毅这个时候心情十分地复杂，最初周身被一股巨大的骄傲笼罩着，可是渐渐地，他的目光是真的无法从孙萌萌身上移开，心里像有什么东西被打开，又有什么东西被拿走，直到一股很不舒服的感觉让他忍不住微微皱起了眉头。

那本来仅仅属于他一个人的美丽，现在被这么多人所窥视，在这样的时候，这样的场合……

他的衬衣上散发着的医院里沾染来的淡淡消毒药水的味道提醒了他，他此时的难受是因为失落，浓浓的失落。他的心完全被钢琴前那个美丽的身影牵扯着，他几乎想也没想，信步走了过去。

已经回到大厅的水灵，看着静静坐在钢琴旁弹奏的那个女人，只是一眼她便体会到了这一生中还不曾体会过的感觉，后悔。

她多希望此时此刻，自己不是这样随意的打扮，她多希望自己能把最美丽的一面完全在这里展现。她也会弹钢琴啊，她如果打扮起来也一定可以惊艳全场啊。

当她看到肖毅的目光始终在孙萌萌的脸上流连忘返，她嫉妒到仇恨。与肖毅相识这么久，第一次，她不想出现在他的面前，她甚至想找个地方躲起来。她又跑出了大厅。

肖毅慢慢走近孙萌萌，可就在这时，音乐停止了，掌声中，大厅的灯光变换了颜色，舒缓的音乐从四面八方响起。

李博明绅士地走到孙萌萌的身旁，做出了一个邀请的姿势。孙萌萌站了起来，礼貌地微笑着，把手放在他的掌心上。

6.

肖毅的目光死死地盯住她被礼服紧紧包裹住的颇显丰满的胸部，不知不觉地沉下脸来。他结婚后从来没有想过孙萌萌身旁会站着除了他以外的任何一个男人，即便是离婚，他也从来没有想过有一天他的眼前会出现这样一幅画面。孙萌萌依然美丽动人，她身旁站着的却不是他。

肖毅心里一阵发闷，可下一秒，他又看见了那个男人的手搂住了孙萌萌的腰部，那个位置只要再往下一点儿……他看了看那个男人的手，越看越觉得下流。

肖毅走到李博明和孙萌萌的身边时，一对对男女已经相携起舞。关于肖毅的一切，孙萌萌还是那么敏感，她用余光已经看到了肖毅，不自觉地就要回头，可是感觉腰间突然一紧，李博明的手暗自加了力道。

他似是开玩笑地对孙萌萌说："舞伴这样跑开，会让男士很没面子的。"

孙萌萌脸上一阵发烫，李博明是今天的主角，如果她这样离开，确实是太失礼了。

随着他的引领，两个人随着音乐向另外一个方向转去，她心里只盼着这支舞能尽快结束。刚才和迈克谈论着古典音乐，在与迈克的辩论中，一时兴起才会在李博明的邀请下弹起了那首她觉得中国古典音乐中最具代表性的曲子《梁祝》，如果不是那个小小的插曲，她恐怕现在正在和同事享受美食。

肖毅看着一瞬间孙萌萌随着舞步转向了一边，自己被两两成双的男女挡在了面前。想着刚才那个男人低头暧昧的样子，虽然只有一瞬间，却狠狠地扎疼了肖毅的双眼。

不知怎的，他才把自己的脚步移开，站到一侧，好容易等到一曲结束，可是居然又看到另外一个男人向孙萌萌发出了邀请。

而与此同时，大厅外面的水灵正一脸惊慌地看着她面前的雪儿。

"水灵，真没想到啊，那个男人居然是有老婆的，亏得麦师兄还跟我说，你就像你的名字一样纯洁……你说我要不要告诉他，或者告诉所有关注你的同学？"

雪儿恨得牙根直痒，她和麦嘉轩是同乡，进入名校后，大城市的同学中瞧不起他们这种小县城走出来的孩子的人有不少，可她最看不上的就是水灵这类人。瞧不起稀松平常的她也就算了，可是她的老乡麦嘉轩是中文系的才子，是她心中的骄傲啊。最可恨的是，她那么清高地对师兄的感情不屑一顾，却转头给人家做情妇。

水灵一下子蒙了，眼前发生的这一幕她根本就没有想到，一时间竟然一句话也说不出来。

“你怎么这么不要脸，还说那个男人是你的男朋友？人家是有老婆的好不好，拜托你以后离麦师兄远一点儿，我看你给他提鞋都不配。”

一直骄傲又优秀的水灵，什么时候被人这样贬低过，她气恼地瞪着她说：“我从来没有主动离他近过，要找，你也应该去找他。”

雪儿气得涨红了脸，不过水灵说的倒也是实话。她雪儿就是看水灵不顺眼。

“是啊，麦师兄就是被你这个样子给骗了，还以为你是冰清玉洁、仙女转世呢。刚才那个男人是不错，可惜啊，人家不是你的那杯茶，人家有老婆，对你不过是玩玩而已，你还以为你自己真是仙女啊，我看和妓女差不多，要不怎么给你钱呢？”

雪儿是被气坏了，这么一个人竟然让麦师兄等候了那么多年。她本来就牙尖嘴利，现在更是怎么解气怎么说。

水灵拿手指着她，浑身发抖：“你无耻！”

“我无耻？我哪里比得上你呀？”

“你知道什么？有什么资格来评论别人感情的事情？”

“我是什么也不知道，可是我听到人家不要你了，想要拿钱解决问题，我说错了吗？要是清清白白的爱情，怎么会用钱来结束？”

水灵被气得连嘴唇都咬破了，走上前逼近雪儿，这样的水灵把雪儿吓了一跳，她下意识地看了看空旷的四周，觉得水灵好像随时都想要掐死她一样。

“你没有资格这么说我，我的感受你体会过吗？他是有妻子，可是他有他的苦衷，他爱我的心，只有我切实地感受过，他给我钱，也是因为爱。真爱无罪！很多事情并不是简单的判断题，每个人都有自己选择的权利，忠于自己的感情有错吗？

“也许当香烟爱上火柴时，就注定受到伤害，可是你们这些人为什么要这么恶毒地在别人受伤时还要去往她的伤口上撒盐？”

雪儿冷哼一声：“那你觉得他是爱你啦？我怎么没有听出来呢？我只听到他想尽快地甩了你！”

雪儿的语气刺激了水灵，她突然下定了决心，前所未有地郑重地对雪儿也是对自己说：“你会看到的，他不久后就会娶我。”

如果刚才还是自己美好的希望，到被雪儿发现后的这一刻，她就已经没有退路了。

“是吗？你说如果我把你做第三者的事情告诉你的父母，他们会怎么样？”雪儿实在是不甘心啊，这个时候这个女人居然也能这么趾高气扬。

看到水灵果然皱起了眉头，雪儿心里忍不住有些得意，水灵的父母都是公职人员，要是知道自己的宝贝女儿恋上了有妇之夫，不知道会是什么想法。

水灵确实感到了些许心慌，虽然父母一直很宠她，可若是现在让他们知道了自己和肖毅的事情，他们一定不会同意的，甚至会把她马上抓回去。

“你不会的！”水灵在心里思索了一下，自信地对雪儿说。

雪儿因为她的表情愣住了，下意识地问：“为什么？”

“你不是有个弟弟在云阳上学，马上就要毕业了吗？”雪儿之前和水灵宿舍的一个女孩非常要好，经常去她们宿舍玩。水灵自己就是云阳人，所以印象很深。

小地方来的人都想进大城市，可是毕业后真的能在大城市里站住脚的又能有几个？

“你什么意思？”

“我是说，只要你管好你的那张嘴，我可以让家里人帮忙给你的弟弟在云阳安排工作。”水灵又恢复了以往冷漠的声线。

“谁稀罕要你给我弟弟安排工作？”雪儿没想到她会这么说。

“真的不稀罕？”水灵微皱着眉头看她，心里也有些发虚。

雪儿知道水灵的家庭在云阳有些背景，如果给弟弟安排个公职，将来考个公务员什么的，根本就是举手之劳。她纠结了半天也没有再说出一句拒绝的话来。

7.

李天石走到了肖毅的身边，拍了拍他的肩膀，目光也看向了正在婉拒邀请的孙萌萌。

“老弟，心里不是滋味啊？”

“……”

“男人有时是喜欢得过且过，可是回头想一想，自己连老婆和人跳支舞都别扭，那你说咱们和女人厮混的时候，她们是个啥感受啊？”

“我……”他想说自己没有那么小气，可是看着李天石诚恳担忧的眼神，还是没有把话说完。

孙萌萌向他们这个方向走了过来，只不过她的身后还跟着一个人，就是刚才和她共舞的那个男人。

“萌萌……”肖毅走过去，拉起孙萌萌的手，她僵住却没有抽回。

“萌萌，这位是？”肖毅从这个男人的眼底捕捉到了一丝轻蔑，这让他的心里很不痛快。

“这是海泰科技公司的李博明先生，这是——肖毅！”

李博明脸上挂着淡淡的笑意，点点头与肖毅的手握在一起，肖毅准确地感受到从他指尖力度中传来的冷淡。

李博明没有表现出继续和肖毅交谈的欲望，反而有些挑衅地对孙萌萌说：“刚才我看你脸色很难看，需不需要吃点东西，我帮你去取一些来。”

孙萌萌瞥见肖毅越来越冷的眼神，尴尬地说：“谢谢李先生，我不需要，您太客气了。”

李博明微微一笑，他以为一般的女人都会想在这个时刻证明一下自己的魅力，所以才会故意气气这个男人，看来孙萌萌让他意外的地方还有许多。他忍不住又深深地看了看孙萌萌，笑着朝面前的三个人点点头，阔步转身。

肖毅除了某些事情没有经验，搞得有些混乱外，在男人之间，他一向是聪明的。

“萌萌，我去帮你拿吃的！”肖毅朝着李博明的方向走过去，却发现李博明似乎也在有意无意地放慢脚步等他。

到了自助沙拉的餐柜前，李博明亲手拿了沙拉碗，有服务生过来，被他摆手拦住。肖毅也拿了一只。两个极为出色的男人熟练地把沙拉一圈一圈地摆放在自己的碗里，动作优雅，一时间吸引了周围很多人的目光，直到两个人都停下来的时候，他们碗里的东西被摆放得好像已经不是普通的食物，而是精致的艺术品。

肖毅走到了李博明的面前，低声说：“听人说过，做事要有耐心更需要细心，但是有些事情，就算花上再多的时间，也是白白浪费。”

李博明重新打量着眼前的肖毅，之前有过一面之缘，但也只看到了一个侧脸。

今天仔细看去，这个男人倒是有些让他出乎意料。此刻他虽然在对自己微笑，可是他依旧能感到迎面而来的巨大压力。

李博明从来不是一个给自己惹麻烦的人，从某种意义上讲，商人处理问题的方式适用于生活中的任何事情。可是现在，李博明似乎一点儿都不介意。他甚至低声说出连肖毅想说但都刻意隐晦的话：“你是想说，让我离孙萌萌远一点儿是不是？”

肖毅愣了一下，然后微笑着看他，眼睛里却是明显的敌意。

李博明不慌不忙地把沙拉碗随手放在侍应生的餐盘里，取过一只高脚杯，冲着肖毅微微举起，低头品了一小口里面的红酒。

“孙小姐目前遭遇的事情我大概了解一些，替她深感不值。但我一直是个极有耐心的人，祝你好运！”

肖毅端着沙拉碗的手突然一抖，李博明轻蔑地看了他一眼，缓缓离开。

天色渐渐暗了下去，酒店外面亮起了柔和的灯光。孙萌萌背对着他，她的裙摆在秋风中微微抖动，笔直的双腿，柔和的背部线条，俏丽的短发，白皙的脖颈，让他很想伸手去摸，然后拥她入怀。

一切是那么熟悉，却又是那么陌生。她的美丽他早就知道啊，明明之前一直与自己朝夕相处，可是眼前的这一幕场景，竟让他恍若隔世。

“萌萌！”他低声地喊着她。

孙萌萌转过身来，平静地看着他，肖毅觉得一切都好像是一场噩梦，现在梦醒了，水灵从来都没有存在过，自己美丽的妻子一如多年前的生日宴会上那样，默默地转过头看着自己。

孙萌萌的声音轻飘飘的，仿佛是在追忆曾经的痛苦：“我给过你机会，不止一次，可你并没有回头啊！”

肖毅一脸迷茫，孙萌萌苦涩地一笑，看向远处的池塘，心早就比湖面的秋风还要清凉。

“我等了你那么久啊，每一次你匆匆离去之后，你知道我需要用多少勇气来说服自己说你还是爱我的。直到我在路边看着你去接她，看着你用那么专注的目光看着她……”

孙萌萌深深地吸了口气：“我问我自己，你已经多久没有那样看过我了？也许我还是爱着你的，可是我再也无法相信你了。这世上没有谁对不起谁，只有谁不懂得珍惜谁。我也会老，我也会丑，我也会病，我不知道你什么时候又会因为什么原因被别人吸引。

“你若不离不弃，我必生死相依，也许你现在是真的后悔了，可是我已经不敢把我的后半生交给你了。那些日子里的痛苦煎熬、撕心裂肺已经几乎耗尽了我前半生所有的快乐，我真的不想重来一遭了。我不想在没有安全感的日子里度过下半生。不想时时刻刻去猜，你的话，哪句是真，哪句是假……”

孙萌萌的泪水慢慢地滑下来，她不是不爱他了，只是再也不敢相信他了，害怕梦中重现他当着她的面装模作样介绍水灵的样子。

那是噩梦，只能早醒。

也许是因为还爱着他，所以不想与他反目成仇，他不是自己的丈夫后，她也许就会变得对他宽容。

肖毅的一颗心急速下坠，仿佛已经看到了自己尸骨无存。孙萌萌没有在挖苦讽刺，可越是平静的语气，他听着就越加难受。肖毅的心像三九天里的寒冰，一点点失去了温度。明明距离很近，他却感到孙萌萌正一点点地与他远离。

孙萌萌的话肖毅一句也听不清了，他的耳边是孙萌萌刚才弹奏的那一曲《梁祝》，他的脑海中浮现出了与孙萌萌相识数载的一幕又一幕。

那一天校园的梧桐树下，她的连衣裙上系着粉色的蝴蝶结，翩翩地向他跑来。

他们也曾经那么浪漫过，他们也曾经那么幸福过。她在整理那些照片的时候，曾说：老公，你看我们从小就认识，下辈子我们还会在一起。

他没有忘记啊，他们之间的一切早就已经血脉相连。一曲《梁祝》，千古绝唱，潸落了多少悲楚的泪水，激溅起无数凄美的情愫，每一个音节如诉如泣，本来一对相爱的人，被活生生地拆散。他们本来幸福美满、得到无数人祝福的婚姻，怎么会走到今天？

“萌萌，我想和你跳一支舞。”

孙萌萌收起了艰难的笑容，看着与自己相知相爱这些年的男人，微微地点了点头。他也舍不得吧，那些幸福的记忆，不仅属于她，同样也是他走过的人生。

她不是不爱啊，是怕再次受到伤害。她不是不想原谅他啊，只是因为最寂寞的时候，看到他深情款款地看着别的女人。她不是真的舍得他啊，只是在最痛苦绝望的时候，她已经让自己慢慢习惯了身边没有他。所以啊，纵有迈不开的步履，也终究，不得不离去。

肖毅拉着孙萌萌，一步一步地走到了大厅，她的手扶上他的肩膀，他的手搂上她的腰肢。随着悠扬的音乐，他们缓缓地起舞。所有人都看到了他们，他紧紧地搂住她，想要把她嵌入骨血，她没有推拒他，想给自己已逝的婚姻留下最后的纪念。他的眼中有泪，她却一直让自己尽量地微笑。她的泪，已经流得太多了。

麦嘉轩站在水灵的身侧，看着她的双肩一直在颤抖，泪水像断了线的珍珠，散落在脸颊上。她的目光与雪儿的相触，水灵觉得那就像两个巴掌，狠狠地打在她的脸上。

麦嘉轩觉得自己猜出了水灵一直神色暗淡的原因，原来是因为这样，可是他丝毫没有把肖毅往已婚男人的身份上去猜想，他只是替水灵不值。

“水灵，我先送你回家好不好？”水灵已经喝了三杯洋酒，本来苍白的脸颊上飞起了红晕，人见犹怜。

“我不走！”水灵一杯接着一杯地喝，她的泪水比杯中的酒水还要冷，她就是想看看，肖毅，那个一字一句说爱她的男人，那个曾经怜惜地用手一下一下抚摸着她长发的男人，看到她醉倒在路边，会不会管？

她骄傲了二十几年，从来不知道心碎的滋味，可是现在她明白了，上帝是让她慢慢积攒，都是为了献给一个叫肖毅的男人。

8.

麦嘉轩把水灵扶到自己的车子里，关好车门，雪儿冲了出来，冲着他大吼："师兄，你怎么那么傻，你看到的只是她的外表，她……"

"雪儿，你别说了，她是什么样的人，我清楚得很！"

雪儿气得往上翻了翻眼睛，张了张嘴，最终还是没有再说出半个字来。看着车子飞奔而去，她忍不住使劲儿地跺了跺脚，有一种想抽自己的冲动。

悲哀啊，这就是像她这种人的悲哀，怪不得她会被水灵那样的人瞧不起，现实的悲哀与无奈，真是能逼良为娼啊，她那么瞧不起水灵，也只得向现实低头。

水灵的身心疲惫到了极点，车窗外的冷风让她头痛欲裂，直到这一刻眼前还都是肖毅和孙萌萌相拥共舞的样子。她借着酒劲儿，抱着头大声地发泄："啊……"

"水灵，那个人不懂得珍惜你，是他的损失。"麦嘉轩心疼她，发自内心地对着自己心爱的女孩说。

水灵把头扭向了窗外，咬住嘴唇好半天才对他说："不是你想的那样的。"

"能和我说说吗？"

水灵一时之间不知道该说什么，好像自己的世界完全混乱了，没有依靠，没有方向，明明是被伤害得遍体鳞伤，却要承受来自四面八方的压力，今天是雪儿的逼迫，明天又会是谁呢？她的一腔孤勇，究竟能坚持到什么时候？

"算了，不想说就不要说了，你知道的，我从来都不会想要为难你。"

晚风轻轻地吹着，酒精发作，水灵半路上已经昏昏欲睡。到了水灵的公寓门前，麦嘉轩先一步下车替水灵打开了车门，水灵这些日子里几乎是食不下咽，本来是被雪儿拉着去散散心的，没想到却让自己陷入了这么尴尬又绝望的境地。

“谢谢！”昏昏沉沉中她是真心地感谢他送她回来，否则她真的不知道再待一刻下去，她还能不能回来。

“水灵，永远不要和我说谢谢，我的心意从未改变过。”水灵合上眼睑，那样极力忍住哀伤的样子，让麦嘉轩整颗心都在颤动。

水灵挣扎着从车子里走出来，脚下一软，酒劲上涌，她抑制不住地吐在了麦嘉轩的身上。

麦嘉轩扶住她：“我送你上楼去……”

水灵的公寓在二十二层，装修极具品位，麦嘉轩帮她打开了门，扶着她靠在床头。她看上去十分难受，麦嘉轩帮她和自己简单地清理了一下，然后说：“我去帮你倒杯水！”

他走到厨房里根本找不到开水，只好重新用电热壶去烧。打开冰箱，发现里面除了几个鸡蛋以外，空空如也。他的心里又是一阵难过，怪不得她那样瘦弱。刚才抱着她的时候，他觉得她像一片柔软的云朵，随时都可能飘走。

热水很快烧好了，可是水灵已经睡着了，她苗条的身体蜷缩成一团，双手紧紧地抱住双臂。

麦嘉轩就站在那里一动不动地看着她，落地窗没有拉上窗帘，窗外的天空中闪烁着一片流动的星河，麦嘉轩觉得自己仿佛是在梦境之中，心底像星河一样有温暖的洪流一点一点涌动。

直到听她昏昏沉沉地叫了一声：“肖毅……”他缓过神来，仔细地看着她，白皙的肌肤近乎透明，脆弱得令人心疼。

他拿了旁边的丝被替她盖好时，又听她模模糊糊地哽咽着，眉头微蹙，几乎轻不可闻：“毅，你不要走……”

水灵的眼角沁出微湿的泪水：“我想你……”他突然觉得有些无法忍受自己最心爱的人被这样伤害，紧接着便是无限的感慨，他用手小心翼翼地握住她的手，她微微挣扎了一下，但是很快就拉住了他的手，最终安静地睡熟了。

过了一小会儿，麦嘉轩拿起她床头柜上的钥匙，轻轻地带上门，离开了公寓。再回来的时候，他的手上多了两个大塑料袋子。里面有水果，有蔬菜，有面包牛奶，还有一些小孩子常吃的小零食。另外一个袋子里装满了各式各样漂亮包装的巧克力，他记得人家说，心情不好的时候，吃这个可以调节心情。

他调好了一碗蜂蜜水，出来想叫醒水灵的时候，发现水灵仍旧是刚才的那个姿势，头越扎越低，仿佛是在经历噩梦。

“毅，不要离开我……不要离开我……”

“水灵，水灵……”他终究是不忍再看，轻轻地叫醒了她。

她睁开了眼睛，惊异地看着坐在自己床头的麦嘉轩。一股异味蹿入鼻息，她看到了自己衣服襟口上尚存的污渍。

她真的不习惯这么狼狈的样子被外人看到，她慌张地拿起床边的睡衣跑进了洗手间。当她从洗手间里出来时，看到凌乱的房间已经被收拾好了。

而麦嘉轩抬头看到水灵的时候，也是不由得一怔，她穿着一套杏黄色的睡衣，可是麦嘉轩的手心还是紧张到渗出汗来。自己喜欢的女孩一身居家打扮站在自己的面前，他生怕是好梦一场，一眨眼，梦境就会破灭。

“麦师兄，谢谢你！”水灵刚才身心疲惫到了极点，只记得麦嘉轩说去烧水，谁知道自己竟然昏睡过去了。

“这个蜂蜜水喝了会好受很多！”他重新把杯子递了过去，低声说，“你休息吧，我要走了！”水灵伸手去接，像是如释重负般在心底舒了口气，可是手一下子被麦嘉轩抓住了。

她惊恐地想把手抽出来，却敌不过他的力气，他的声音有痛楚也夹杂着些许的愤怒，他说：“水灵，忘掉他好不好，不要这么折磨自己，相信我，我一定会对你好，一定会好好地照顾你。”

水灵所有的委屈、所有的哀伤，似乎一下子都控制不住了。她的眼泪一下子冲了出来，用尽全力挣脱掉他手的控制，把脸埋在自己的掌心：“你们都不懂，他是爱我的，我们是真的相爱……”

麦嘉轩别过头去，心一阵阵发酸。

“你走吧，我要休息了！”

麦嘉轩无奈地点点头，默默地替她带上了门。

就在麦嘉轩送水灵离去不久，肖毅也开车送孙萌萌回家。晚风清凉，他把自己的风衣脱下来，从后面裹在孙萌萌的身上，快步去前面提车。熟悉的气息笼罩在周身，孙萌萌的身心仿佛一下子被填满，然后又陷入虚空。

想说的话说出口后，孙萌萌没有得到想要的平静，而是感到前所未有的疲惫。

看着那个俊朗挺拔的身影一点一点地走向前方，她用手拽紧身上的衣服，慢慢地跟在他的身后上了车。

“萌萌……”肖毅慢慢地转过头，孙萌萌没有去看他的眼睛，可是他下一秒就抱住了她，不给她犹豫的机会，低头吻住了她的嘴唇。

他的嘴唇冰冷，只是一会儿就灼热了起来，那么贪婪又仔细地吻着她，细细地品尝着她唇舌间所有的柔软，仿佛是在感受唯一温暖的源泉。

她已经不记得他有多久没有这样吻过她了，上一次他也在车子里强吻过她，让她感到更多的是他的无措与惊慌。

可是现在孙萌萌感受到了他的沉迷，还有逐渐上升的体温和剧烈加速的心跳，不可抑止想起的，又是那些曾经甜蜜的时光。

孙萌萌渐渐地已经不能呼吸，他腾出一只手，慢慢地抚摸到她的胸前，孙萌萌浑身一下子变得僵硬起来，扭动着身体，这辆车子的私密性非常好，她的脑海中又有不该出现的画面迅速飞入。肖毅的身体紧绷，她甚至感受到了他男性身体的变化。

“肖毅，你放开我……你很习惯在车里吗？”

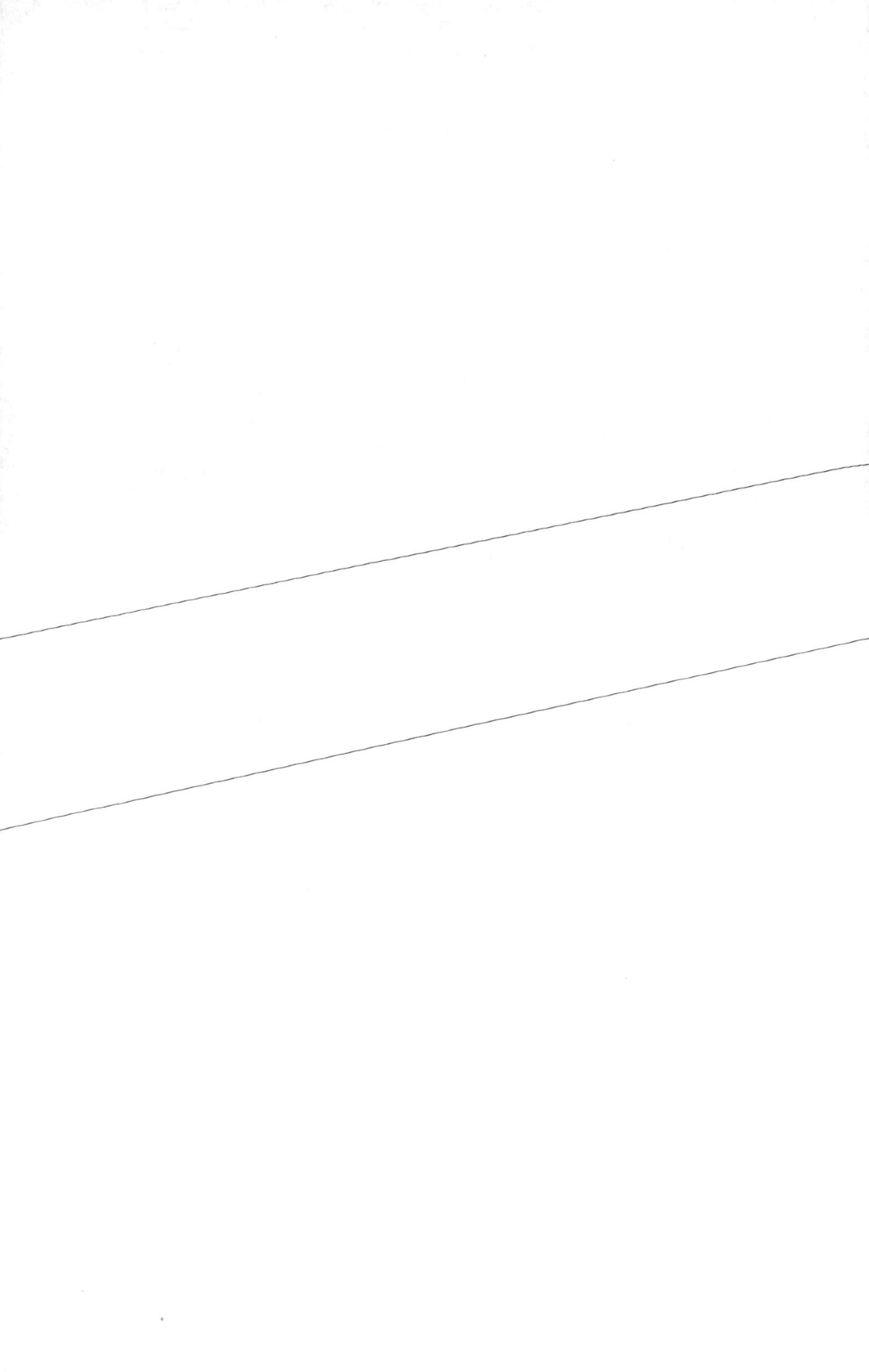

第 7 章 挽留

全部浸入到水中的那一刻，她忍不住呻吟了一下，一切身外的困扰，似乎在这一瞬间被置于脑后。她闭上了眼睛，享受着这一刻的平静与惬意，却不知道有一个人无意间抬头一瞥，就再也移不开眼睛。

1.

孙萌萌接到了烽火杂志社面试的通知，到了面试的那一天，她提前到了十五分钟，可是大厦的电梯太紧张了，等了三部居然没有挤上去。

第四部电梯来了，她好不容易占了有利的位置，电梯没有超重，却突然紧急关闭，又要把她挡在外面。她急急地喊了一声："麻烦帮忙按一下，面试要迟到了！"

电梯的门竟然真的打开了，孙萌萌挤进去，感激地朝距离电梯按键最近的人望去。

那里站着一个男人，白色的衬衣，黑色的长裤，对着孙萌萌感激的眼神，温和礼貌地笑了笑。电梯直抵十五层，没想到那个男子也和她一起走了出来。孙萌萌略带惊奇地看了看他："您也是来这家公司面试的？"

麦嘉轩愣了一下，他认出了孙萌萌，摇了摇头："我在这里工作。"

孙萌萌点点头，看了看手腕上的表，还差三分钟，微笑着再次致谢："刚才谢谢您了，我先过去了。"

来面试的人并不多，这家杂志社的总部在香港，刚刚进入内地。一切都是刚刚开始，人手有限，所有的职员都是一派忙忙碌碌的样子，这和孙萌萌以前所在的出版社很不一样，她上班大多时候是一杯茶，不停续杯，几本杂志，稍微干点儿零活，晃悠晃悠就下班了。见到这样的氛围，她觉得自己骨子里年轻的血液一下子又被激活了。

给她面试的是一位四十几岁的女主管，浑身上下打扮得一丝不苟，拿着简历看了很久，孙萌萌紧张得手心里都是汗。

“孙小姐现在在一家网络公司里做市场推广？”

“是的！”

“这和你的专业及以前的工作经历毫不相关，为什么会选择这样一份工作？”

孙萌萌虽然已经将近二十八岁“高龄”，可实际上她仍像个初入社会的毕业生。她的简历上从小学到大学包括辞退她的那家广告公司还有网络公司的工作，都写得十分详尽。

“因为我上一份工作没有过试用期，很久没有找到本专业合适的工作，所以就先去了这家公司。”

女主管扬了扬眉头，面前这个外貌气质不错的女人，手边的这个包包一看就是正品，价格不菲，很难想象她会是网络公司的推销员。

“这两个月都在做这份工作吗？”

“是的，一直没有找到其他的工作，我想自己不能就那么闲着，我觉得只要在合法的前提下付出自己的劳动，工作就没有高低贵贱之分，最让人看不起的事情就是已经成年却不能养活自己。”

“我们这次招聘的是记者岗位，基本上一年要有很多天在外出差，你觉得自己可以胜任吗？”

“可以的！”孙萌萌认真地点头。网络公司不过是为了生活不得不临时找的工作，这么长的时间过去了，烽火杂志社是第一个打电话让她来应聘的地方，机会来得不容易，所以她格外珍惜。虽然她之前除了旅游外基本上没有离开过新港，自己一个人出差更是从来没有过，但是她太想要这份工作了。

一个星期后，孙萌萌接到通知到这家杂志社上班。她的位子就在麦嘉轩的右面。吃午饭的时候，他主动坐到孙萌萌的旁边："不介意吧？"

孙萌萌笑着摇摇头："怎么会呢？"她对麦嘉轩的印象非常好，且不说之前电梯的那一幕，只是短短的几天，她就已经看到了他的敬业和认真。他工作踏实肯干，为人谦逊有礼，是个很不错的上级领导。她有许多地方还需要向他学习请教。

"工作还适应吗？"

"适应的，我觉得咱们这里的工作氛围很好啊，这几天学到了不少的东西。"

"我想冒昧地问你一点儿私人的事情，可以吗？"麦嘉轩想了很长时间，今天看到孙萌萌后还是忍不住问了出来。

"什么事情啊？"孙萌萌愣住了。

"我想知道，那天在喜来登酒店里和你一起跳舞的那个男人，他是你的男朋友吗？"

孙萌萌被问愣了："你说的是谁啊？"

那天原来麦嘉轩也在？孙萌萌与李博明和肖毅都跳过，而麦嘉轩只和水灵一起看到了她和肖毅跳舞时的样子。

"就是个子很高，穿着一件深蓝色的西装……"

麦嘉轩简单地描述了一下，孙萌萌一听，就知道他说的肯定是肖毅。她不知道应该怎么回答。一个成为前夫的男人，她应该怎么介绍呢？她略微的犹豫，在麦嘉轩眼里却成了另外的一番意味。

"是我冒昧了，对不起！"孙萌萌正在有些为难的时候，听到了麦嘉轩的道歉，他的声音却是一瞬间冷了下来。

人往往会对一些人和一些事加入自己的主观偏见，比如麦嘉轩。他深爱着水灵，看到现在孙萌萌都不敢承认那个男人是她的男朋友，此时脑海里又浮现出那晚水灵无比痛苦的样子，他无法不去怀疑是水灵的那个男朋友移情别恋。

“明天有一个采访的案子，我一会儿把计划发到你的邮箱里，是在西郊的温泉度假村，你没有问题吧？”

这个温润如玉的帅哥也会有这么酷的表情啊，孙萌萌哪里知道麦嘉轩心里的复杂变化，暗自吐了吐舌头。

2.

第二天上午，孙萌萌就驾车直奔西郊，开了三个小时到达了度假村，却被告知那个要被采访的周夫人行程有变，要到晚上才有时间。

打了电话到社里，接到指示：这个周夫人是服装行业极具影响力的企业家，家族企业的继承人，平时很少接受采访，让孙萌萌务必珍惜这个专访的机会。

看来今天是回不去了。孙萌萌把晚上采访的资料又重新温习了一遍后，开始游览这座度假村。

十几层的酒店后面，还有一片中式的别墅区，这个季节是温泉度假村的旺季。不仅是本地人，更多的是来自四面八方的国内外游客，甚至许多企业也会事先预定好房间，请供应商和客户来此增进感情。

高耸入云的大树，此时叶子都已经开始泛黄，不远处的枫树林正是枝繁叶茂，金黄与深红的颜色交相辉映，有点儿像电影《英雄》里张曼玉与梁朝伟一起论剑的环境。

有时候人与人之间的缘分就是这么奇怪。李博明一抬头就看到了一个穿着白色毛衫的女人一脸恬淡地在小径中漫步徐行，她的身后是成排的中式建筑。小桥流水，落叶飞花，她好像是从水彩画中翩翩走来。

“李先生，这么巧啊？”孙萌萌看着秋风中仅穿着一件衬衣的李博明，上前去打招呼。

“是啊，我来开会的！”

“我是来采访的。”

他的脸上挂着挥之不去的笑意，指了指前面说：“一起走走吧。”

环境太过怡人，两个人很少交谈，却不知不觉地走到了前方一片开阔的花海之中。孙萌萌这个时候不自觉地抬起头看着身边的这个男人，他的目光正专注于远方，眉头微微地锁住，好像是在专注于眼前的美景，又像是陷入了自己的思绪之中。

“李先生，苏菲还在新港吗？”孙萌萌突然想起了一件让她纠结许久的事情。

“昨天飞走了，有什么事情吗？”

“哦，这样啊？”孙萌萌有点儿失望，“哦，我准备了一个礼物送给她，也不知道她什么时候会再来新港。”原来是因为这个，李博明会心地笑了笑，看着孙萌萌生动的表情，忍不住就想要帮她：“我下周会去美国，那时也许可以看到她。”

“好，那你等我一下，我去去就来。”孙萌萌感激得连声道谢，可是再次回来的时候，却没有看到李博明的身影。打他的电话，却是秘书接的。

晚上见到周夫人的时候，孙萌萌才发现她本人和照片上一样漂亮，可是这样近的距离，她还是不难发现，周夫人眼角上的皱纹，即便是在这样柔和的灯光下，也还是显得有些醒目。可能是忙碌了一天，这个时候，她的脸上带着隐藏不住的疲倦。只有半小时的时间，比预想的缩短了一半。孙萌萌对脑海中的采访大纲临时进行删减，她觉得一个女人在进行了一天的商业活动后，再去说一些工作上的事情，也许会更觉得乏味，于是她决定先从她的生活谈起，然后引到她的工作上。

“您从三十六岁到现在一直是单身，我们都知道您和去世的丈夫有一个男孩，想必您格外地疼爱他，那么在他心目中您是一个怎样的母亲呢？”周夫人的夫家姓周，虽然继承的是娘家的财产，可是依然要人管她叫周夫人。

孙萌萌没想到这样的开场白却惹来了周夫人脸上瞬间的苍白，这样的表情让她不由得去猜想，如果不是她画着暗红色的唇膏，是不是这个时候连嘴唇都失去了血色？

“其实我的儿子从十二岁之后就很独立，大多时候，他都很有自己的主见……”孙萌萌看到她疲惫的眼神闪动，一只手捂住了自己的左胸部位，似乎有些痛苦。

孙萌萌刚想说话，却被周夫人关掉了录音笔：“孙小姐，我想问你一个问题，如果有人做了错事，你怎样才会原谅他？”

孙萌萌倒吸了口凉气，这样的问题，她不知问过自己多少遍。

“周夫人很抱歉，这个问题我真的没有办法回答你，可是我觉得，如果一个人真心悔改，他不应该去想别人怎样才能原谅他，而应该反思自己该如何去做，难道因为别人的善良和宽容轻易原谅了他，他也就能很快地宽恕自己吗？

“不是的，犯了错的人，他不应该只祈求别人的原谅，而应该发自内心地去想自己错在哪里，应该怎样弥补，如果弥补不了，也应该知道自己今后怎样去做……但是大多数人都不会这么去想，所以有些人明知道自己的做法是在对最亲近的人造成伤害，可是因为事情被隐瞒得太好，没到事发不可挽回的那一天，他们都不会有愧疚的感受，就算有，也不会妨碍这个错误继续下去。”

周夫人的额头上冒出了汗珠，她沉思了很久对孙萌萌说：“孙小姐，谢谢你，你是唯一一个没有给我答案，却让我醒悟的人，谢谢你……”

接下来的采访让孙萌萌大感意外，原来这位在业界叱咤风云的周夫人得了乳腺癌，已是晚期，现在的生意儿子不愿意接管，甚至一年也不会回来看她一次。而外界对她的评价，就是她儿子对她的心结。

她一直单身，表现出对丈夫的深情，外界的各种赞美，其实都是一种假象，在他儿子十二岁那年，周夫人被一个商场上相识的男人吸引，开始了长达两年的婚外情，一次幽会的时候被丈夫和孩子亲眼目睹，丈夫受不了刺激，匆忙驾车时，车祸身亡。

这件事被隐瞒得很好，一直到现在，也没有其他人知道，除了她的儿子。她希望孙萌萌以她的名义写一篇文章来说出事实的真相，在她有生之年，最真诚地向死去的丈夫说一声对不起，说出自己内心的忏悔。

孙萌萌知道，这篇文章发表后必将引发轰动，从此这位女强人的完美形象必将改写，可是也将换来她人生路上最后的平静。

这次采访由半个小时改成了两个半小时，和周女士告别后，孙萌萌感到格外疲惫。她拿了泳衣，一个人到楼下去泡温泉。

已经是快午夜了，可是一个个被隔开的水池里，零星还有人在这里放松。彩色的灯光交替投射在每一方水面上，折射出梦幻般迷蒙的色彩，头顶上是参天的树木，夜风拂来阵阵的花香，孙萌萌挑了一个红酒池，一步一步走下水中的石阶。

全部浸入到水中的那一刻，她忍不住呻吟了一下，一切身外的困扰，似乎在这一瞬间都被置于脑后。她闭上了眼睛，享受着这一刻的平静与惬意，却不知道有一个人无意间地抬头一瞥，就再也移不开眼睛。

3.

李博明已经来这里住了三天了，每天封闭式的会议，只有到了这个时候才能享受短暂的轻松。白天与孙萌萌邂逅，看着她飞快地去拿礼物，他是一直在等她，后来有急事被人叫走，又一直忙到了刚才。

他看到孙萌萌一脸倦容地走进来，身上严严实实地裹着白色的浴巾，慢慢地走到暗处一方荡漾着红光的水池旁，轻轻地解开了身上的遮挡，幽暗的玫瑰色光线下，他看不清她身上泳衣的颜色，无意冒犯，却实实在在地看到了她姣好的身材，纤细又丰满，玲珑有致，笔直修长的双腿泛着珍珠般的光泽。

她轻轻地抬起一只脚，慢慢地伸进池中去试水温，这个柔弱慵懒的小动作，让李博明的身体里涌上一股难耐的情潮，他竟有些不敢去看她那纤细又性感的脚踝。他强迫自己错开目光。

时间过得很快，渐渐地，本来就所剩不多的几个人零零散散地相继离开，李博明小憩后睁开眼睛时，浑身的疲惫消除了不少，他想起身招呼孙萌萌一起离开，已经很晚了。可是把目光再投向她的时候，突然看到她的头刚好渐渐没入了池中。

孙萌萌低血糖的毛病在温泉池袅袅的热气中又发作了，她先是感觉到呼吸困难，然后嘴唇越来越凉，手脚使不上力，就顺着池壁滑了下去。直到一双有力的手臂把自己抱了出来。

她剧烈地咳嗽几声，然后大口地吸气，胸口剧烈地起伏着，睁开眼睛的时候，却看到头顶上出现了李博明英俊的脸庞……

现在肖毅给孙萌萌打电话，她还是很少会接，所以他偶尔会把电话打到奶奶家里去，孙姨说萌萌没有回来，去孙萌萌住的地方也是黑着灯没有人。他等到很晚，就开始心慌意乱，正常情况下孙萌萌从来没有夜不归宿的时候。

结婚三年，不正常的其实只有一次，还是被自己逼的。就是那天他在超市遇到了水灵，当着孙萌萌面睁眼说瞎话的那次。他的神经被孙萌萌的去向牵扯着，他不是怀疑她，而是最近让他出乎意料的事情太多了，他怕每一个小小的意外，都将会酿成他无法承受的后果。

那次巍然打来电话时，他就存了号码。拨过去，电话里巍然毫不客气的讽刺挖苦，他都没听进去，独独听到了孙萌萌是去西郊的度假村采访，而且还听到了李博明三个字。

肖毅几乎是没有考虑，就驱车赶往了西郊。又是李博明，那天酒会上他站在孙萌萌旁边的场景，长久以来让他挥之不去。他是男人，明白李博明专注去看一个女人时他眼睛里的神情意味着什么，每每想起都让他烦躁又紧张，这种紧张与危机感他似乎已经多年没有体会到了，结婚时间越长，他越是没有想过会有这样的一天。

已经是十点钟了，这个时候去度假村一般是订不到房间的，肖毅没有在那里住下去的打算，他只是想把孙萌萌带回来。他的车子开得飞快，几乎是不要命的那种开法，他也不知道自己究竟是怎么了，心中的不安与烦躁就像是要撑破了他的心，挤爆了他的头。

舞会上，孙萌萌俏丽动人的身影来回在他的眼前浮现。妻子的美丽他早就知道，却不知道在什么时候开始已经被他彻底忽略。他格外怀念当初早中晚各打一个电话向他汇报行踪、嘘寒问暖的娇嗲的声音。

肖毅停好车，抬眼看到对面精致的建筑全被漫天的星光和灯光笼罩着。越是华丽，他的心就跳得越快。来到酒店的大堂，报出了孙萌萌的姓名和身份证号，很快知道了孙萌萌所在的房间。

那是一套日式的房间，房门紧闭，他又跑到楼下，看到灯是关着的。这么晚了，也许她早就已经睡了。

大堂经理已经明确告诉他没有房间了。他试着给她拨了电话，关机。他其实应该走了，脚步却根本迈不开一步。最终他又返回了孙萌萌的房间，按下了门铃。

“先生，这位小姐之前拿着东西好像去温泉了。”酒店的服务员好心地提醒着。

虽然现在已经过了午夜，可是对于娱乐设施齐全的度假村来说，绚丽的夜生活才刚刚开始。他感激地道谢。

肖毅付了押金，一身西装“怪异”地走进去，对于看着他的那些惊讶的目光，他毫不在意，只顾自己寻找，几乎没有浪费什么时间，就让他看到了一幅“血脉偾张”的画面。

那是一个只穿着泳裤的男人，他认识！而他身下的女人，他只看了一眼，就疯了。

“砰！”肖毅的拳头重重地落在李博明的后心处，力道之大让没有防备的李博明闷哼一声，栽倒在一边。

肖毅的脸色铁青，看到孙萌萌躺在地上，身上的泳衣把身材的起伏都勾勒出来，洁白的双臂、修长的双腿、柔软的腰肢，胸口因为大口的喘息剧烈地起伏着，像极了一条醉卧岸边、散发无限诱惑的美人鱼，他急忙脱下自己的西装裹着抱起她。

“肖毅，你干什么？”孙萌萌正惊讶于救自己的人竟是李博明，可是谁知道，下一秒竟看到了肖毅愤怒的脸。

肖毅心里瞬间天翻地覆。她竟然问他干什么？他刚要发作，可渐渐地，孙萌萌急促的呼吸、无力的挣扎让肖毅觉出了异样：“萌萌，你怎么了？”他想起了那次在李天石的办公室里孙萌萌昏厥的样子，想起她一直有低血糖的毛病，吓得赶快解开西装重新把她放到木地板上。

“我难受……”孙萌萌大口地呼吸着空气，过了一会儿已经略微比刚才好受了一些，挣扎着想坐起来。

李博明已经从地上站了起来，咧了咧嘴，这一拳明显是下了死劲儿。他视肖毅如空气，一步上前抢着把孙萌萌扶起来：“你没事吧？刚才看你沉到水里，吓坏我了。”

“没事，谢谢你！”孙萌萌尴尬地致谢，“你，没事吧？”

“还行吧！”李博明牵强的笑容，让孙萌萌的内疚感更强了。

肖毅大概搞清楚了状况。其实这也不能全怪他，刚才李博明和孙萌萌的姿势太过暧昧了，任何一个丈夫看到那场景都会火冒三丈。

不过他这次转变很快，马上一脸歉意地对李博明说：“李先生，实在是对不起，事情突然，我还以为是哪个登徒子在欺负萌萌，误会，实在是误会。当时的情况，我真的没法不多想。谢谢你救了萌萌。改天我请你吃饭赔礼。”

李博明又对着孙萌萌捂住了心口，可孙萌萌并没发现他动作的夸张，只是肖毅独自在心底冷笑。

李博明叹了口气："其实肖先生想得有点儿多，这是公众场合，孙小姐的为人你肯定知道，至于男人……"李博明皱起了眉头，像是教诲别人的样子，"不是每个男人对着美色当前都一定会管不住自己的，你多虑了。"

肖毅想发火，却只能忍了。他把孙萌萌接了过来，孙萌萌有些推拒："没事了，已经可以走了。"

"听话，我们回去。"在孙萌萌皱眉的时候，他捡起西装，一把抱起了她，大步向门口走去。

4.

到了酒店的房间里，肖毅把孙萌萌抱到榻榻米上，倒了水给她喝，不一会儿，服务员又送来了甜点。孙萌萌咬了几口巧克力蛋糕，似乎已经缓过来了。

"怎么又不舒服了？"

"才泡了半个小时，就难受了。"孙萌萌也很懊恼，可真够丢人的。

"身体怎么越来越差了？"刚认识孙萌萌的时候她有点儿挑食，自己也依着她，吃饭只挑她喜欢的。后来在家里做饭，她的口味也被他同化得差不多了。除了那次去泰国旅游没吃早饭，有过一次低血糖外，他几乎忘了她有这个毛病。

"很晚了，你是回去还是再去要一个房间，我要睡了。"

听到逐客令，肖毅偷偷地看了看那铺着厚厚白色被褥的榻榻米，慢吞吞地，没看孙萌萌的眼睛："没有房间了，而且现在已经是凌晨一点多，来的时候正在修路呢……"

孙萌萌也是开车来的，那段路她也知道，这么晚了确实很不安全。她没说话，肖毅心中一阵窃喜。看着她拿着睡衣去了浴室，自己爬到孙萌萌刚刚躺过的地方，四肢舒展，这一刻好像才有点儿活了过来。他竖着耳朵很快听到浴室的水声停止了，连忙坐起。

看着孙萌萌穿着一件他没有见过的长袖粉色睡裙，半干的短发，身体被密密实实地遮住。他几乎忘了她穿睡衣的样子也可以那么美。

她走过来，带着一股沐浴后的馨香，那天舞会送她回家时，在车子里，肖毅就已经感觉到了自己对她的渴望。

肖毅又想起了家，想起了迷蒙的灯光下，属于他们两人的那张大床，想起她在自己身下，每一次情动时的样子。心灵回归，欲望也愈加嚣张，身体里的血液好像爆开了花。

洗去了身上的温泉水，孙萌萌越感疲倦，把另一套被褥扔给他。榻榻米的另一角，肖毅自己把被褥铺好，犹豫着说："我也先冲个澡。"孙萌萌没吱声，躺下盖好被子，闭上了眼睛。

肖毅从不穿酒店房间里的浴衣，他打电话让人送来全新的内衣和睡衣。从浴室出来后，孙萌萌已经拧灭了大灯，只有一盏小小的壁灯散发着莹莹的光芒。他也躺好，虽然中间隔着很宽的距离，肖毅竟然也得到了这么久以来从没有过的安心。

半夜，他被孙萌萌叹息的声音惊醒，虽然只是轻轻的，却牵住了他最敏感的神经。他慢慢地凑过来，看到孙萌萌并没有醒，在被子里蜷缩着。她微微蹙着眉，双唇异样地粉嫩，睡梦中还在发抖。他忍不住在她的唇上轻轻一吻，格外地温软，他几乎就想流连，可是他不得不忍住，挨着她躺下。她均匀的呼吸，化成一簇簇小火苗在他的心底慢慢地燃烧。他的手在她身上轻轻缓缓地游着，最后停在她胸前，不敢动，可是掌心的饱满温热，他几乎不能把持自己。可他只能吻了吻她的头发，强迫自己闭上了眼睛。

早上孙萌萌先醒来了，发觉肖毅抱着自己。孙萌萌气愤的不仅是肖毅，还有自己，这个怀抱自己竟然还是贪恋的！她愤怒地拎起他的“魔掌”，扔了出去。

肖毅立刻就醒了，他睡得格外难受，身体的某处肿胀了好几个小时，现在看到孙萌萌生动的脸，他几乎就想把她抱着，深深地吻住。

可是他还是克制住了。自作自受啊，自作自受！

肖毅大早上冲了一个冷水澡，收拾利索准备和孙萌萌一起去吃早餐。

“我不吃了，你回去吧，我还有事！”

“你今天还不回去吗？”

“我开车来的，上午就回去。”

无奈之下，肖毅只能黯然离开，但是昨晚，真的来对了。

肖毅走后，孙萌萌从皮包里找出之前买给苏菲的礼物，是一幅手绣的《清明上河图》。别看只是一幅绣品，却并不便宜，关键是，在那次义务做导游的时候，苏菲表示她的很多同学都知道中国的这幅名画。

李博明邀请孙萌萌共进早餐，看到了孙萌萌拿给他的这件礼物，反复看了很久，似乎有些爱不释手：“孙小姐应该是一个传统又怀旧的人。”

“我想我还谈不上吧，除了失败的婚姻其实还没经历过什么事情，去的地方也不多，除了旅游，基本就是待在新港，以前有要好的同学去外地念大学，走时我说我这一生，也许要生在这里，长在这里，老在这里，死在这里……”孙萌萌自嘲地打趣。

“有没有考虑过离开新港，换个城市生活，或者出国什么的？”

离开新港，孙萌萌以前从来没想过，一直觉得自己的生活很好，很幸福，过几年生一个宝宝，这一生基本上就圆满了。孙萌萌把奶油包放进嘴里，尝不出香甜：“也许会吧！”

孙萌萌知道李博明还要在这里待上几天，早饭过后，再次对昨天的事情道谢，独自开车回了市中心。刚到租屋的门口，就看到肖毅的车子停在那儿。看到她走过来，他立刻打开了车门：“你先上来，我有话和你说！”

孙萌萌坐了进去，肖毅很快把车子开出小区。孙萌萌看到他比几天前又瘦了不少，肖毅看着她的小脸比那天看时又尖了。

狭小的空间里，两人又陷入了无奈的沉默。

“搬回来住吧，要走也是我离开，你一个人住在外面，我不放心，奶奶知道了也会担心的。”

当初离婚，他以为孙萌萌会很快妥协，可没想到孙萌萌一步一步离他越来越远，最出乎意料的是，她身边竟然多了李博明这个“居心不良”的男人。

孙萌萌苦涩地笑了笑：“每天睡在床上，就会想起那些独自等你的黑夜，很多想象中关于你和她的画面就会在脑海中不期而至，你不是想让我把那些事情都尽快忘记吗，那里是再也住不得了。”

肖毅微微地扭过头，心如针扎。那所房子里所有的布置都是孙萌萌亲力亲为的，被她同时忘记的不仅是那些不堪的黑夜，更有曾经两个人一点一滴筑起的甜蜜。

“我会尽快再找一处房子，就用你的名字。你现在住的地方不能再住了。”

这几天肖毅一直在反思，他从小就是好学生，毕业后打过工，但在很短的时间内就选择自己创业。他本人有些自傲，但是在朋友圈子里的口碑还不错，和他打过交道的人，都知道他是一个讲信用、有头脑、可以合作的好伙伴。

他能把握时机，更能锲而不舍，可是今日他才明白自己真他妈的是个笨蛋。本来倒头就能睡到天亮的自己，这些日子以来，竟然没有睡过一夜安稳觉。他活了三十年，第一次真真实实地感受到，原来激情过后，竟会是无尽的空虚。

“肖毅，没有这个必要，等到奶奶能接受我们分开的事实，我会搬回去和奶奶一起住。”

两个人沉默着，孙萌萌发现车子竟然驶进了他们两个人之前的家。

“我不想和你离婚，我从来就没有想要和你离婚，你不要怪我，我也是没有办法。”

肖毅的话音刚落，车子停了下来，孙萌萌以为自己眼前出现了幻觉。一个穿着褐色毛衫的女人慢慢地从楼里走到了他们的面前，来不及说话，老人就已经泪流满面。

“妈妈！”

“孩子，妈妈来了！肖毅做的混账事，让你受委屈了。”

“妈妈，你怎么来了？”往后看去，肖毅的父亲也紧跟在肖母的身后，“爸爸！”

肖父的表情有些惊异，与肖母的反应截然不同。可是听了肖母的话后，一脸震怒。

孙萌萌含着眼泪逼视着肖毅，她真没想到啊，他竟然搬了救兵？

“孩子，妈妈这一辈子只有你一个媳妇，就算没有这个不肖的孽子，你也永远是妈妈的孩子！”

孙萌萌和婆婆的感情非常好，自己的母亲只能隔着冰冷的玻璃墙，触不到摸不着，这样真实地被长辈抱着，孙萌萌当即痛哭流涕。

5.

客厅中的四个人都是一脸凝重。

“跪下！”肖父是军人出身，浑厚低沉的声音本就让人感到无限的威严，这个时候声音里又充斥着骇人的怒意，让从小没有父亲的孙萌萌感到有些害怕。

结婚三年多了，她从来没有见过肖父这么对待过肖毅。通过短暂的对话，孙萌萌便知道肖毅原来并没有告诉父母他们已经离婚的真相。此时的一对老人，以为他们只是在闹矛盾，所以急匆匆地从国外赶来调解。孙萌萌突然觉得这样的场合对她来说不但没有一点儿解气的感觉，反而让她觉得很难堪，更心痛。

一直以来，肖父都是以这个儿子为傲的。记得结婚的酒宴上，他的那些老战友、老同事一个个挑着大拇指夸奖肖毅和自己，肖父满面骄傲，可是现在……

“为什么萌萌要和你离婚？”

“我……对不起她！”已经是秋天，肖父坐在那儿，额头上却冒出了汗珠。

“怎么对不起？”

“……”

肖毅张了张嘴，大概一时间找不到合适的词来形容自己的所作所为。他只简单地告诉了母亲，面对父亲的质问，他羞愧难耐。

四个人陷入令人窒息的死寂。

“你也知道你是结了婚的人，才结婚三年，你竟然学着在外面包二奶？”肖母的声音因为激动而变得高亢尖锐。肖父猛地站起来，扬手就要给肖毅一巴掌：“包二奶，竟然是因为包二奶！”

“老头子……”肖母吓得脸色惨白，她之前接到儿子的电话，就急疯了。那么恩爱的儿子儿媳，怎么真的走到了这一步，飞机晚点，今天早上他们才下飞机。养儿养儿，最后到老竟然要给儿子收拾残局，她真是失败啊，教育失败……现在老头子的手气得都抖了，她担心又后悔，自己刚才“包二奶”那三个字，太难听了。

“你这个逆子，我们家几代人的脸，都被你……丢尽了……”肖父身子一歪，倒了下去。

他没有办法，才十万火急地搬来救兵。父母的身体一直还不错啊，他真没想到会变成这样，他不祥的预感又应验了。

他突然惊醒过来：“爸爸！”

救护车把肖父送到了医院，心肌梗死，救治还算及时，总算是捡回了一条命来。醒来后看到病床前的肖毅，肖父气得又是一阵哆嗦，他伸出手来，大家都以为他是要打肖毅，肖母哭着说："老头子，你要是想解气就使劲打，但是可别气坏自己啊……"

哪知道肖父一巴掌却是打在了自己的脸上："我作的什么孽啊，养出这样的儿子来……"

肖毅急忙捉住父亲的手，心里也对自己说：自己这是作的什么孽啊？

"那个女人是谁？明天你带着你妈妈去找她……告诉她死了这条心，我们肖家是不会允许她这种女人存在的，如果她继续不知廉耻，可不要怪我们不客气。"

在肖父的逻辑世界中，他死认是水灵勾引儿子，老爸都不愿意把儿子想得太坏，毕竟他身上的基因是自己给予的。他一向爱憎分明，对待"敌人"向来不留情面。

看到肖毅没有及时答复，他的火气一下子又冲向了头顶，这一次是真的打在了肖毅的脸上："你这个混账，你到现在还舍不得？"

"老头子哦，你说什么呢？"肖母紧张地看着孙萌萌。

肖毅早就把目光看向了孙萌萌，他觉得自己又一次对不起她，总是在最该保护她、给她安慰的时候让她难堪，可是真的带着母亲去找水灵，他还算是个男人吗？

"爸爸，都已经过去了，走到今天这一步我也有责任。"三个人都扭过头去看孙萌萌，"他工作压力大，我一直也帮不上他什么忙，爸妈，让你们操心了，这件事就让我们自己解决吧。"

"萌萌！"肖毅无地自容，用手狠狠地抓着自己的头发。

肖父疲惫地闭上了眼睛，肖母也是一脸倦容，表示什么话过会儿再说，让两个人先出去。

医院的走廊里并没有几个人，肖毅讨厌这里处处弥漫着的消毒水的气味。他们两个人并排坐在病房门前的椅子上，随时等待着老人召唤进去。

“萌萌，我没有舍不得！”肖毅不知道这样解释孙萌萌会不会高兴一点儿。

“我知道！”孙萌萌刚才是有一丝苦涩，可是她现在更多的是担心。她甚至担心起自己的奶奶，若是真的面对他们婚姻破裂的事实，会不会也像现在肖父这样躺在医院里？是不是还能有这样的幸运？

“萌萌，看在父母和奶奶的面子上，原谅我吧？”他觉得他的人生也“病”了，只有孙萌萌不离开他，他这一生才能把心中弥漫着的这股消毒水的味道彻底地抹去。

他不能接受真的失去孙萌萌，各种后悔的心情一起爆发，他是真的没了办法，才把身体一直健康的父母从国外请了回来做援军，可是他忽略了，无论他愿不愿意承认，父母在一天天变老。自己的一时迷失，一时没有管住自己，除了伤害了自己的妻子，刚才竟然差一点儿升级成整个家庭的悲剧。

孙萌萌面无表情，可是她的心里在激烈地挣扎，她也想原谅他啊，可是一想到曾经的冷漠和背叛，她的心就瞬间凉透了。眼睛里不争气地又涌上了泪水，这些日子以来，她流的眼泪似乎比之前二十几年的加在一起还要多。

“别哭了，是我不好！”肖毅用手轻轻地替她擦眼泪，指腹感受到她沾着泪水的睫毛微微地颤动。心底最柔软的部分被牵动着，他再也顾不得了，把孙萌萌紧紧地搂在了怀里。

“都是老公错了，你别哭了！”

孙萌萌被他死死地搂住，伏在他的胸膛上，呜呜地哭出声音来。

肖毅还是了解孙萌萌的，他觉得自己的机会还是很大的。这几天，他一直思索自己为什么会犯下这样的错误，也许是生活太过平淡，水灵的意外出现，让他身体里一直渴望激情的血液燃烧了起来。

孙萌萌那么善良，那么爱他，他根本就没有想过，被孙萌萌发现这段偷腥后，她竟真的不能原谅自己。

肖毅去给大家买饭，孙萌萌被婆婆单独叫到了病房里。公公在昏睡，婆婆拉着她的手，一下一下地摩挲着。

“孩子，跟妈妈说说，究竟是怎么回事？”

“妈，肖毅他爱上别人了。”孙萌萌想了想，觉得水灵说的这句话最适用，真爱无罪，这样说，任谁都能明白。

“他伤你的心，他是个浑蛋……”肖母因为孙萌萌这句话又掉下眼泪来，这个孩子不吵不闹，那么安静，声音轻飘飘的，一张瘦削的脸看起来那么苍白。

孙萌萌脸上还是淡淡的苦涩，她把手覆在肖母的手背上：“妈妈，哪怕我和肖毅真分开了，您和爸爸永远都是我的亲人……”她哽咽着，泪水滴到了自己的手面上。

“傻孩子，你也永远是我的孩子，我就是不认那个混账，也不会不要我的女儿啊。”

这句话让孙萌萌想到了自己的母亲，肖毅出轨后的所有委屈终于都爆发在了眼泪中。

6.

肖父的病情基本稳定，只是还需要住院观察几天。醒来的时候，还不停地斥责肖毅，肖毅在父亲面前把话说得很坚决，孙萌萌知道以前的肖毅是从来不对父母说谎的。

他说他没有爱过水灵，只是一时糊涂，他已经打给了水灵二十万元，作为这件事情的补偿，他以后不会再和她有任何的干系。而肖母满含期待的目光，更让孙萌萌知道老人是想问她能不能原谅肖毅，她却实在说不出口。可如果原谅了他，就可以重新获得幸福，她为什么不呢，她也想啊……

他可以重新用爱的名义求着回到她身边，可是她早就已经不相信爱了。

肖母无奈地叹息着，最后还是犹豫地对她说："孩子，你爸爸这些日子还不能受刺激，先委屈你了。"

孙萌萌自然明白老人的意思，离婚的事情还不能和这一对老人挑明。

下班的时候，孙萌萌又接到肖母的电话，肖父不喜欢医院，吵着要回家。下午的时候已经办了手续，现在他们两个人已经在前往奶奶家的路上。奶奶也算是这二老的长辈，如果不是公公被气得住院，恐怕下飞机的第一天就去了。

孙萌萌回到奶奶家的时候，一开门就闻到了扑面的香气。是婆婆的拿手好菜，香辣虾。孙萌萌最喜欢吃辣，可是这道菜总也做不出十分的味道来。所以以前每次去婆婆家，桌上总是不时地会出现这道菜。公婆出国后，就只有去饭店吃了。那种久违的感觉，随着扑入鼻息的香气，一直蔓延到心底，仿佛有什么东西正在慢慢地融化。

一进屋，先是听到了奶奶的笑声。

"奶奶，爸，妈！"孙萌萌换过鞋，先朝奶奶走过来，"奶奶，昨天睡得好吗？"

"吃了药，早早睡着了，可是早上四点多醒来，小孙说你单位有事没回来，我的一颗心哟，就悬了起来。"

"我昨天去西郊采访了，是孙姨接的电话。"

"我知道，那时我已经困了，吃了药就准备睡。小孙怕我听了电话睡不着，就连说都没说。"高义凤嘴里埋怨着，可又替孙姨辩解，"也不怪小孙，人老了，心里装不得事情。上一回，这丫头加了一夜班，我就巴巴地一宿没合眼。其实我也知道没事，我年轻时加班那不是家常便饭？生完孩子，还差几天满月就被单位叫走上班去了。"

孙萌萌知道奶奶说的是那天自己跑去巍然家留宿的事情，奶奶那次只说没睡好，原来是一夜没合眼啊，心底不禁一阵阵愧疚。

“别说您了，就我们这岁数也是啊。有时打电话来，他们要是谁没接，好久也没回过来，我这心呀，就开始扑腾扑腾地乱跳。就怕真有什么事，自己离着那么远，赶不过来啊。其实就算是在跟前又有什么用，他们都大了，论本事论主意都比我们强了，可就是放不下这颗心。”肖母的语气渐渐地流露出了哀伤。

“咱们中国人的观念改不了，惦记他们也是正常的，就算他们当了总统，在长辈面前也是孩子。”肖父认真地说。

“唉，现在孩子们也不容易啊，萌萌还好点儿，肖毅这出差可有些日子了，偶尔打个电话，也不知道什么时候回来，你们从国外来一次不容易啊，他这是什么重要的买卖啊，爹娘来了，都不能放一放？”

屋子里的人都沉默了下来，高义凤见孙萌萌不说话，又催促：“你现在给他拨个电话，问问他到底哪天回来！自从你妈妈的案子定了以后，我这几天心慌得厉害，总感觉着还有什么事要发生一样。”

孙萌萌看了看婆婆，也是一脸为难。迎着奶奶期盼的眼神，她终是不忍：“奶奶，他过几天就回来了！”

饭后，肖父陪着奶奶说话，肖母把孙萌萌叫到了卧室里，关好门。“孩子，妈妈知道这样的话很难开口，可是妈妈还是想求你，原谅小毅这一次吧。”

孙萌萌知道作为一个母亲，没有不向着自己儿子的，她早有心理准备，可是还是觉得让一个老人用“求”这个字，自己脸上发热，无地自容！

“我绝不是偏袒这个混账，他做错了，而且错得离谱，就算他求一万次、忏悔一万次也弥补不了对你造成的伤害。

“可是他毕竟是我生我养的儿子，我用我的人格担保，他绝不是好了伤疤忘了疼、无药可救的畜生，这一次他是真的意识到自己错了。外面的花花世界有太多的压力和诱惑，每个人心里也总有空虚疲倦的时候。

“你们这代人和我们不一样，浪漫的、好玩的，可以享受的东西太多了。可是无论和谁结婚，日子久了都一样，生活都会平淡得像一杯白开水。

日复一日朝夕相对，每天要是都激情澎湃、心跳加速的，那两人还不都得了心脏病？

“白开水平淡无味，但它又是最实在的、最不可缺少的。我们要是离了白开水还能活吗？大多数人都明白这个道理，偶尔在水里加点儿糖，就会变得更加有滋有味。可是没明白这个道理的人，就把平淡当成了自己出轨的借口。

“当时我看到你爸爸气得进了急救室，和你一样真想不要他了啊。就当没有这个儿子，返回新西兰，他姐姐就要生孩子了，我去享受天伦之乐，随他一个人自生自灭。可是后来，我还是拗不过自己的心。

“萌萌，有时候男人就像是一个孩子，在他犯错的时候，需要有人拉他一把，如果他是真的改好了，我们就再给他一次机会。”

孙萌萌看着老人揪心的表情，心里也是一阵阵愧疚。

孙萌萌这几天回家越来越晚，公公除了定期去医院复查，其他时间两个老人都在家里。为了老人，孙萌萌不得不摆出一副和肖毅“和好”的样子。这对老人从他们恋爱时起，就把她当成自己的女儿一样。

孙萌萌从小没有父亲，对肖父非常地尊敬和孝顺。记得刚结婚的时候，有一次她和肖毅在婆婆家住了好几天，肖毅的父母不喜欢请保姆，所有的家务都是亲力亲为。她和肖母一起洗衣服，肖父在客厅里看电视。她去接电话的工夫，肖母拿着洗好的衣服去了阳台。

肖父站起来帮着一直腰疼的肖母晾衣服，手上拿着的正是她和肖毅的两件内衣，孙萌萌的脸一下子涨得通红，被转身的肖母看到了，顺着她的视线看去明白了怎么回事，笑话她说：“傻孩子，那是你爸爸呀……”那是她第一次对爸爸这个词有了那么深的印象。如果没有离婚，这该是多么幸福的一家人！

晚上，孙萌萌躺在大床上，对睡在地上的肖毅说：“肖毅，你觉得这么欺负我，很有成就感吗？”她的眼泪又落了下来。

肖毅的心里竟然有些如释重负，她又开始因为他而感到委屈，这绝对是好的开始。他把身体向床铺的方向挪了挪，小声说：“萌萌，今天我去看你妈了。”

孙萌萌猛地坐了起来，他听见肖毅叹息的声音：“我和爸妈一起去的。她说，没有哪个妈妈希望自己的孩子离婚，可是她更不希望孩子受委屈。”

夜里，孙萌萌听见肖毅睡眠中的呼吸声，她想起了度假村的那个夜晚，她醒了发现自己竟然是安稳地睡在他的怀中的。这么多年了，只有和他在一起，她才睡得香甜。也许她的身体比她的大脑更加诚实？一瞬间，婆婆的话、妈妈的话，在她耳边交替响起。

“老婆，明天早点儿叫我……”孙萌萌愣了一下，过了一会儿才意识到肖毅是在说梦话。她慢慢地闭上眼睛，也许只是一场噩梦，水灵从来没有出现过，肖毅从来没有背叛过。

公婆归来后，孙萌萌不得不和肖毅一直“演戏”，她对肖毅一如既往地冷漠，可是也没有再决然地对他。她对自己说，她是为了公公的身体。吃饭的时候，也会惯性使然地给肖毅拿双筷子，递个碗什么的，看到肖毅眉开眼笑的样子，孙萌萌的心竟疼了一下。

可是这天夜里，一向淡然的孙萌萌看到肖毅又紧跟着她走进卧室来，她不知怎么的就生气了，找各种理由为难他，可没提一句他“背叛”的事情。

她怕一提，自己就真的控制不住了。而他的脾气则是从没有过的好，甚至比与她恋爱时还要温柔体贴，任她怎样刁难，他都百般迁就，曲意讨好。

她竟然发了狠地在他胳膊上咬了一口。他的胳膊都是肌肉，能咬住的就是一层皮，很快牙齿就尝到了血腥的滋味。她一阵心悸，他却说：“老婆，咬吧，只要你解气，使劲咬！”

孙萌萌更气了，以为她不敢吗？换了个地方又咬下去，又咬出了血迹，比刚才的更甚，他果然哼都没哼一声：“老婆，对不起！”

孙萌萌终究还是不忍，用手捂住自己的嘴，呜呜地哭着。肖毅在她的额头上吻了一下，用双臂紧紧地抱着她，孙萌萌一直在哭，直到泣不成声，肖毅就那么抱着她，一夜没有松开。

7.

那天之后，孙萌萌开始以各种借口加班，她有些怕回到那个家里。

肖毅已经忘记多久没有体会到这么着急回家的感觉了。他现在才知道，时间其实是真的可以挤出来的。

如果时光可以倒流，他就算再忙，大多数时候晚上九点之前也可以回到家。有些文件也是可以拿回家去处理的，有些人不一定是非要约到晚上才可以见的。

那样他就有时间和孙萌萌一起去看一场电影，去逛一次商场，或者坐在一起说说话。现在家里已经没有人准时等他吃饭，也不会有人从六点钟就开始打电话催他。可是一到时间，他自己心里就像长了草一样，恨不得马上开车回家去。

曾经觉得很近的道路，现在却觉得竟有那么远。

他终于明白，无论是怎样的男人，好胜、骄傲、渴望刺激、喜欢掌控一切，可当各种欲望满足或消失之后，最最渴望的还是生活的清静和内心的平静。

孙萌萌到家时已经快十一点了。肖毅早就换好了睡衣坐在床头，身上盖着之前属于他们两个人共用的一床丝被。他已经等了她三个小时了，等人的滋味实在是不怎么好。

“你回来了？”经历了这几天突破性的进展，他对自己今晚是否能继续成功地留在这张床上，现在还不是很有把握。在孙萌萌表态之前，他也绝没有要主动下去睡的觉悟。

孙萌萌看了看他，没说话，拿着衣服去浴室里洗漱。肖毅长长地舒了口气，那晚抱了她一夜，开始的时候，他悔恨交加陪着她一起掉眼泪，后来她哭着睡着了，他却是一夜无眠。

明明是自己的房子，自己的大床，自己的老婆，却不敢乱动一下，他某处的欲望叫嚣了一夜，难受啊。而女人还嫌不够，半夜里先是睡梦中不安地扭动着身体，他好容易把自己控制住了。后来又不得不面对着她犹带泪痕的脸，呼吸着她熟悉的体香，他就活活被折磨了一夜。他不知道今天会是一个什么样的夜晚等着他，竟然有些期盼。

孙萌萌从浴室里出来，脸色恢复了往日的清冷，直接从柜子里拿出被褥，放在了地上。肖毅的心瞬间也落在了那儿。随着这个动作，一切希望全部落空。

夜里肖毅一直睡不着，他觉得烦闷，被子被扔在一边，他不知道什么时候孙萌萌才能原谅她，或者什么时候又会离开他。他闭上眼睛听到了孙萌萌下床的动作，过了一会儿，他感觉被子重新盖在了身上。她的动作很轻，就像是一片羽毛在他的心中慢慢浮动，困意袭来，他做了一夜好梦。

几天前，肖毅已经开始着手找房子，他们现在住的这个小区，是新港的黄金地段。最难得的是楼间距大，里面都是五层高的小砖楼和独栋的别墅。绿化面积同样很大，环境优美，中间还有一个人工湖。小区的周围各种设施齐全，住着非常方便和舒适。

他让李辉着手去办，李辉知道是为了孙萌萌，挖苦的同时也忍不住提醒他：“毅哥啊，整个新港现在新房子都是高层，你让我上哪儿给你找现在这样的啊，要不是你们家面积太大，我都想买下来了。”

“小高层也行，价格好商量，主要是要快。”兵贵神速，他心里着急。

此时肖毅轻声地对孙萌萌说：“我已经开始找房子了，我虽然不舍得这里，可是我也希望我们能早一点儿从这里搬走。然后给你一个新的家。”

肖毅没有得到孙萌萌的回应，但是他知道她听到了，也并没有反对。孙萌萌一连几天都很晚才回家，肖毅已经知道了她所在的新单位。这天，他实在是等不下去了，就到了孙萌萌大厦的楼下去等她。

他甚至想见见孙萌萌的新主管，了解一下为什么非要给一个女孩子安排这么多的工作。可是打电话给孙萌萌她没有接，肖毅摇开车窗，点上一根烟，犹豫着要不要上去。

麦嘉轩下班走出大厦，走过肖毅的车子十几米远，又回过头来。虽然只见过一次，但是他对这个男人的印象太深刻了。

看了看这辆车子，麦嘉轩大概感到了这个男人除了外表与风度，身家也让自己在近几年内无法超越。他心底有些烦乱。他对物质生活要求很低，这几年来，他换了几份工作，有的待遇也还是不错的，可他的家境贫寒，只有比别人付出更多的努力，他才能有一天站在心爱的女孩面前时引起她的注意。

这个男人应该是在等孙萌萌。麦嘉轩忍不住心疼起水灵来，孙萌萌下班早已经走了，现在过去了两个小时，这个男人对她的追求攻势已经把事情的结果表现得很明显。

他对孙萌萌“抢夺别人男朋友”的做法很不喜欢，可是不得不说，孙萌萌在工作上很努力。虽然很多地方经验不足，可是能感觉到她是用百分百的心思去投入，进步很快。之前，服装业名流周夫人的一篇专访，在社会上产生了不小的轰动。这期杂志刚刚上市，便已经脱销。

麦嘉轩开着车子，突然一转方向盘，直奔水灵所在的公寓。

到了楼下，他打电话依旧没有人接听，麦嘉轩仰望着水灵公寓微弱的灯光，在今晚见到她的愿望格外强烈。

他锁好了车子，直奔楼上。按响门铃，意外的是很快就听到了脚步声。门几乎是一下子被打开，目光相触的那一瞬间，两个人同时呆住了。水灵从他的眼中看到了震惊，麦嘉轩则从她的脸上看到了毫不掩饰的失望。

“怎么是你？”

屋子里只开了一盏小小的台灯。昏暗的灯光下，一个小小的香水瓶子折射出七彩的光芒。

“水灵，你还好吧？”她的身形单薄得像一张纸片，因为瘦，眼睛就显得格外大而空洞。

“为什么是你？你为什么要按我的门铃啊？”水灵突然大声地控诉，“你知道那种从狂喜到失望的感觉有多心痛吗？”她来新港没多久，原以为这间公寓只带肖毅来过，却忘了还有一个麦嘉轩。她本来一直是感谢他的，却控制不住自己的情绪。

“水灵，你不能总这样一直为难自己，你应该开始你新的生活。”

她也想问自己，肖毅究竟是谁，是天使还是魔鬼？心里的一个声音回答她：他是你这一生第一个崇拜的男人，第一个能让你体会到爱情的男人，也是你唯一允许进入自己身体的男人。

难道这些还不够吗？她的人还在这里，可是灵魂似乎已经飞远了。

麦嘉轩知道自己安慰不了她的灵魂，却能填饱她的胃。他给她煮了些稀饭，端到餐桌上。她的手机响了。

水灵看了看屏幕，失望地扔到了一边。自从那次“分手”后，除了肖毅的电话，她谁的也不接，甚至是父母的。

可是她发了那么多次短信，打了那么多次电话，他都不肯回应。甚至连她拿公用电话去拨，他也不接了。

“为什么不接电话，万一找你是有重要的事情呢？”麦嘉轩把她拉到餐桌前，按着她坐下。

“麦师兄，现在对于我来说，已经没有什么事情是重要的了。”她的眼泪落进了粥碗里，却在麦嘉轩的心中泛起了涟漪。麦嘉轩对着她的眼泪无奈地叹息着，水灵则又沉浸在自己的忧伤之中。

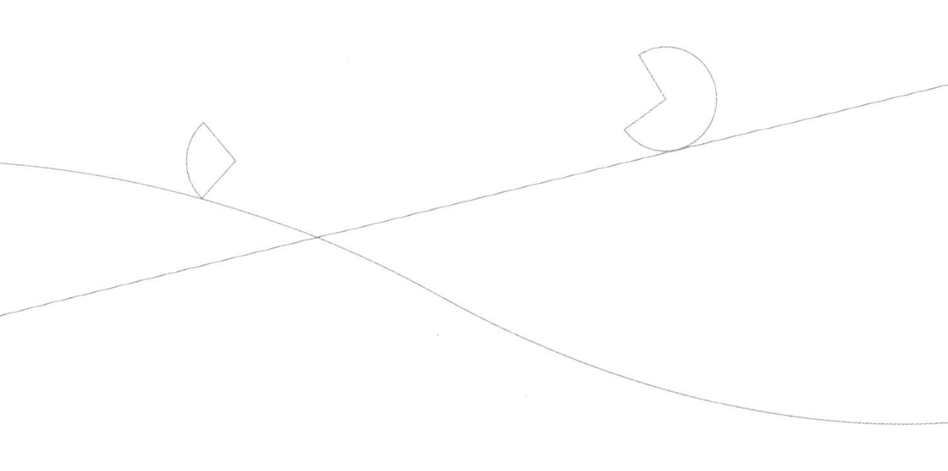

第8章 崩溃

她想逃离，他怎么能允许？肖毅几乎是一寸一寸地吻，随着他的每一个动作，很快孙萌萌全身似被热浪冲刷，一点一点融化。可是眼角也流出了泪水来。

1.

这几天，孙萌萌格外清晰地感受到了麦嘉轩的冷淡。她对这个斯文儒雅的男人印象非常好，实在不知道自己是怎么得罪了他。

中午她看到麦嘉轩一个人坐在饭厅的一个座位上吃午餐，就端着餐盘坐了过去："嘉轩，怎么觉得你好像对我的工作有什么不满意的地方，能直接告诉我吗？"

麦嘉轩脸上的表情依旧冷淡，语气却很真诚："你的工作做得非常出色，大家有目共睹。我对你的工作没有任何的意见，如果有，我也会当面直言的。"

"对我工作没有意见，那就是对我这个人有意见了？"孙萌萌的表情也认真起来，似乎自己与这个男人的相处还算友好，究竟是什么时候得罪他的呢？

"我们之间是不是有什么误会？"

麦嘉轩也不是一个善于伪装的人，他放下筷子，直言："你一定认识一个叫水灵的女孩子吧？"

孙萌萌听到这个名字后，手里的筷子直接掉在了桌子上，滚落到地面。她实在是没有想到从麦嘉轩的嘴里会说出这两个字来。

可她更想不明白了，难道就因为自己现在还没有给水灵让位，就得罪了眼前的这位麦先生？还有没有天理啊？

“不算认识，但是久闻大名！”孙萌萌的语气冷到了极点。可刚才她先是惊慌的动作，还有现在的反应，在麦嘉轩看来，则是另一番意味。

“水灵是我的朋友，她是一个非常好的女孩子，她现在被人伤得很深，作为她的朋友，我很难过。”

“麦先生的意思是，您这位朋友的痛苦是我施加的了？”孙萌萌嗤笑，“我真没想到，我的身边会有这种是非颠倒、黑白不分的人。难道只有你这位朋友的心是肉做的？她给别人造成的痛苦和伤害你们都可以忽略不计？为了她获得幸福，所有的人都必须割肉取血？”

麦嘉轩没料到一向温和恬淡的孙萌萌会这么伶牙俐齿，而且，她说的这些话他有点儿不太明白。

孙萌萌已经站起来，把餐盘重新端起来：“我真以和你这样的人一起工作为耻。”她转身离去，留下麦嘉轩怔在了原地。

下午麦嘉轩接到雪儿的电话，他正准备外出，在大厦的安全通道里接通了电话。

那次舞会之后，雪儿便又找到了水灵，她既然已经彻底被水灵看不起了，索性就一直庸俗下去。

水灵倒也说话算话，她的舅舅是当地水利局的一个处长，舅舅家有个哥哥，可是他们更喜欢女孩，从小也是对她有求必应。

舅舅果然答应下来，安排雪儿大四的弟弟去水利局实习，可是事情远非水灵想象的那样简单。实习的事情相对容易，可是真的安排工作就有些麻烦，不是不行，可是在水灵舅舅的心中也有一杆秤，这只是水灵一个同学家的亲戚而已。

而以水灵做事的风格，她更不会对这件事的重要性加以强调。她以为舅舅只要是答应了自己的事情就一定会做到。而就在这个时候，雪儿已经打了八次电话，自然是没有人接。雪儿本来就对自己向水灵屈服这件事情耿耿于怀，可是如果真的能帮弟弟在大城市里找到一个“铁饭碗”，那是弟弟一辈子的事情。巨大的诱惑前，她才会鬼迷心窍，可老话说得没错，便宜就是上当！

弟弟已经实习半个月了，和他一起去的有三个大学生，正好赶上发“劳保”用品，那两个实习生都有，唯独没有弟弟的。私下里一打听，原来今年转正只有两个名额，弟弟的实习也仅仅就是实习而已。为了这件事，她和水灵通过一次话，现在再打她就不接听了。

雪儿更加断定水灵就是个骗子，当初不过就是个缓兵之计。自己怎么会这么傻啊，在水灵眼中她这样的人就是乡下妹、土老帽儿，怨不得别人，是她雪儿自取其辱。

她让弟弟收拾东西不去实习了，弟弟很失望，她绝不会让水灵好受。没有这么拿人耍着玩的。她第一反应就是打电话给麦嘉轩。

“师兄，你做什么呢？”

“正准备出去办事，有事吗？”

“师兄，你还和水灵一直见面吗？”

麦嘉轩以为她又要旧话重提，叹了口气说：“雪儿，你不要总是对水灵有成见，在新港的同学就你们两个，互相照顾一下多好？”

雪儿气往上运，麦师兄还被蒙在鼓里，把水灵当仙女捧着，这个女人实在是太可恶了，什么事都不放在心上，什么人都不放在眼里，清高自傲，唯我独尊，太拿别人不当一回事。

“师兄，我今天就是想告诉你，水灵那所谓的男朋友是结了婚的，说白了她就是人家包养的情妇，破坏别人家庭的第三者。你最好离她远点儿，她根本就配不上你……”

被包养的情妇？

麦嘉轩气得发抖，对雪儿说：“你们究竟有什么样的深仇大恨？你挂了吧，我不想再和你说话。”

雪儿也急了："麦嘉轩，你是个大笨蛋，大傻瓜！她有什么好的，不就是有张漂亮的脸蛋吗？我亲耳听到人家想甩了她，还给她钱，求她离开，不要破坏人家的家庭。你爱信不信，以后有哭的时候！"

电话被挂断了，麦嘉轩真的把电话摔在了地上。他重新回到了办公室，看见孙萌萌正在认真地盯着电脑屏幕，敲着键盘，心底愈发慌乱："萌萌，能和你说几句话吗？"

两个人的桌子并排，中间被隔断挡住。自从那次对话起，孙萌萌就一直对他冷着一张脸，仿佛脸上写着：道不同不相为谋。

"麦先生，您请说！"孙萌萌直接站了起来。

"我想问一下，你在入职的时候婚姻状况一栏里写的是未婚对吧？"

"你要因为这个打报告解雇我？"孙萌萌冷笑。

"我不是这个意思。"

"那你是什么意思？"孙萌萌觉得有些奇怪，"我的婚姻状况，你的朋友，那位水小姐不是最清楚吗？"

"你什么意思？"麦嘉轩的心被彻底掏空了。

"你去问她好了，我无可奉告！"说完孙萌萌心里一阵恶心，扭头就走。却听麦嘉轩在她的身后，语调变得好像换了一个人："那天在酒会上和你跳舞的那个穿着蓝色西装的男人是谁，你的男朋友吗？"

孙萌萌没有回头，淡淡地说："他是我前夫，我们离婚了，为什么离婚你可以去问问你的好朋友。"

2.

麦嘉轩打电话给水灵，竟然还是关机，他下班后直接开车去了她的公寓。

水灵病了，她躺在床上很难受。又听到了门铃声，她已经不去幻想了，这个人不会是肖毅。也许又是麦嘉轩。她挣扎着起床去开门，不出所料，门前那个男子正是麦嘉轩。

她自嘲地笑了笑："你怎么又来了？"

"我想问你一件事情。"麦嘉轩尽量让自己的语气变得平和，他告诫自己不要激动。

"你问吧！"

"那个男人是不是孙萌萌的丈夫？"麦嘉轩直到这一刻还在祈祷，他多希望是别人在中伤她，如果是那样，他会一直站在她的身旁，替她有力地回击那些污蔑她的人。

水灵的表情突然变得很痛苦，随即却笑了。

"到底是不是？"麦嘉轩心中最深处的熊熊烈火被她的笑容彻底点燃，他爱了她这么多年，她甚至是他奋斗的动力。

她可以拒绝他，可以冷对他，可以无视他，可以爱上任何一个人，可是她怎么能去当别人的情妇，去破坏别人的家庭？

"告诉我，这是别人中伤你……"麦嘉轩看着她的眼睛，上前一步，死死地逼视着她。

水灵回望着他，刚才脸上慢慢绽开的笑容，现在一点一滴地散去，好像一幅水彩画被浸在水中，渐渐地失去了颜色，里面的风景变得模糊和遥远。

"是，可这和你有什么关系呢？"她感觉自己的声音轻飘飘的，一度产生了耳鸣的感觉。嘴唇发凉，像一瞬间被人从温室中拉到寒风彻骨的冰雪世界，独自站在孤独的人生舞台上，看不见前方，更找不到后路。

麦嘉轩悲愤欲绝，他又上前一步，狠狠攥住她柔软的腰肢。

突来的外力让她不由自主地向后仰去，抬起头，看到麦嘉轩居高临下地看着她，两个人的鼻尖几乎要碰在一起。

"和我没有关系？是和我没有关系，可是你怎么这么作践自己？"在水灵亲口承认的这一瞬间，麦嘉轩还是崩溃了，各种复杂的情绪交织在一起，让他失去了理智，他狠狠地吻上了那张之前想也不敢想的红唇。

水灵猛地睁大了双眼，不敢置信这个温润的男子会这样对她，她推拒他，几滴冰冷的液体让麦嘉轩清醒过来放开了她：“对不起！”

他扭身就走，她说得对，关他什么事，她不是他的什么人，可怜与可笑是他自找的。

麦嘉轩的手去拧门上那金色的把手。可身后女子嘤嘤的哭泣声，让他的脚像生了根一样，再也迈不开一步。水灵的身体失去了所有的支撑，顺着冰冷的墙壁慢慢下滑，单薄的身体蜷成一团，双臂却把自己的身体与前方的一切隔开。

“你这是何苦呢？”这样的水灵让麦嘉轩没法离开，他刚才就感受到了她浑身的滚烫，她是在生病。短短的几天里，她这样反反复复地生病，把自己关在屋子里，隔绝外界的一切，她已经受到惩罚了。

“不用你管！”他上前去扶她，刚碰到她的手臂，就传来了她的尖叫声。肖毅不理她了，谁都可以来欺负她！

“起来！”麦嘉轩本来被压下去的火气又冒了上来，毫不怜香惜玉地去拽她，遭遇到她的抵抗，索性一用力打横将她抱起，直接把她扔在床上，又拉过被子来盖在她的身上。

“那个男人根本就不爱你，我不止一次地看到他来单位等他的爱人。他们才是夫妻，如果是他的妻子病了，他一定舍不得把她一个人扔在这里，不管不顾。无论是什么原因，第三者的身份终究会令人不齿，你这样做，有没有想过你的父母？我的父母都是农民，我上了高中之后，全家才搬到了县城去住。小地方的人观念比较保守，父母从小就教育我们几个孩子，要堂堂正正做人，人这一辈子活着不光代表自己，还有你的父母、你将来的后代。那是人家的丈夫，你那么聪慧，怎么就不明白，怎么就能做这么糊涂的事情呢？”

“你说得不对，你根本什么都不知道……”水灵压抑已久的心情也爆发了，她把一直藏在被子里哭泣的小脸露出来，哀婉地诉说："是，我主动接近他，我控制不住自己去喜欢他，我想尽各种办法就想和他能有多一些的接触。我控制不住自己的目光追随着他的一举一动。每次与他的目光相触，我就觉得这一天都是那么幸福。

"我有过挣扎，有过迷茫，我没有想过要破坏他的家庭，我只是想证明一下，他到底可不可以爱上我？可是我明显感受到了他的目光越来越多地注意到我。他对我是有感觉的。我爱他，虽然之前遭到了拒绝，我想为了我的爱情争取一次。那一天我就在这间屋子里祈求他留下来，我们没有喝酒，我很清醒，他也很清醒。他选择留下来了，他说他爱我，他亲口对我说的。"

水灵用手抹去脸上一直在流的泪水："你刚才说错了，他是关心我的。我生病的时候，他曾经无比温柔地照顾我，冒着大雨送我去医院，亲手把水杯递到我的嘴边……"水灵回想起那些美好的往事，嘴唇颤抖着再也说不出话来。

"可是他最后还是抛弃了你。"麦嘉轩的手指骨节咯咯作响。

水灵因为这句话哭得更凶了，麦嘉轩再也无法忍受，猛地站了起来，咬牙切齿地说："这个流氓……"

3.

肖毅下班准备回家，走出大厦去取车的时候，一个男人挡在了他的面前。

肖毅上下打量他，这个人自己不认识，甚至是从来没有见过面。虽然他面无表情，看上去也是文质彬彬，可是肖毅几乎不用听他开口，就能感受到他身上散发出来的戾气。

"你就是肖毅？"麦嘉轩冷冷地问他。

"我不认识你，你有什么事？"肖毅冷眼睨视他，今天他要去接自己的父母一起过去吃晚饭，没空和这个陌生人纠缠。

“你不认识我，我却知道你是个流氓。”说着麦嘉轩的拳头就已经带着风声落了下来。

肖毅本能地躲闪，这记拳落空了，他转过身来，怒道：“你究竟是谁？不说清楚，可别怪我不客气。”

“好，我们找个僻静的地方，我告诉你我是谁！”麦嘉轩指了指旁边一条相对人少的小马路，大厦门前没法“教训”他。

“我现在就是在问你！”肖毅哪里是肯受别人威胁的人，而且最讨厌别人替他“安排”。

“记住，我叫麦嘉轩！”说着他的拳头又抡圆了砸过来。肖毅被彻底激怒了，避开后挥起一拳打了过去，麦嘉轩没有躲过被打在了肩头，发出一声闷哼。

“我知道你不认识我，但水灵你应该认识吧？”

听到这个名字，肖毅的脸瞬间变得惨白，他大概知道这个男人愤怒的原因了。麦嘉轩的拳头再次袭来，肖毅没有躲，拳头结结实实地落在了他的身上，一下，两下……直到麦嘉轩诧异地停了下来。

肖毅不再说话，迈开步子向旁边走去。小马路的拐角处是一座花坛，把一方草地与马路隔开。两个男人面对面地站着。麦嘉轩看着面前的肖毅，这个男人看上去并不像是一个坏人，可是谁知道这骗人的表象下包藏的是一颗无比龌龊的心和一个肮脏的灵魂。

大概就是因为这张脸吧？

麦嘉轩的拳头改变了方向，向他的脸上挥去，只一拳，肖毅的嘴角就变得青紫，当时便流出血来。

“你这个浑蛋，还手啊，水灵不在这儿，你装成这个样子给谁看？”

“你若是为了水灵来找我，我是不会还手的，但是请告诉我，你是她的什么人？”

“我是她什么人？我是她的亲人，是她的兄长，也是一直追求她喜欢她的人，你这个流氓，你把水灵给毁了……”

又一拳落在了肖毅的心口，紧接着拳头像雨点一样落在他的身上：“水灵那么好的女孩子，她从没有喜欢过一个男人，甚至曾经连男人都不正眼看一下。是，她不应该爱上有妇之夫，明知你有老婆还主动接近你，她幼稚、任性，被爱情冲昏了头脑，可是你难道不知道自己是有老婆的？你管理那么大的一个公司，你难道不知道什么该做，什么不该做？既然给不了她幸福，为什么要把她最珍贵的东西拿走？为什么要招惹她？你为什么不能拒绝得彻彻底底？你还敢说你爱她？你懂什么是爱吗？她被你折磨得不人不鬼，她还那么年轻！”

肖毅没有还手，麦嘉轩下手毫不留情，那双做过农活的手在愤怒的时候比想象的更加有力。肖毅终于被打得跌坐在草地上。

麦嘉轩一脚踢了过去，肖毅彻底地倒了下去：“这一脚，是为你老婆！”麦嘉轩说完又给了一拳，“这一下为你的父母！”

孙萌萌回到家看到满身是伤的肖毅吓坏了：“怎么搞成这样了？”肖毅她是了解的，别人想要伤到他还真是不容易，这究竟是怎么一回事？

“被水灵的哥哥打的。”他说过任何事都不再骗她，可是看到孙萌萌的表情，他内疚了，惭愧了。

“她是不是很难过，所以亲人才会看不下去了？”孙萌萌看了他一眼，垂下头，掩饰住自己的情绪。

“她一直在生病……”肖毅不自觉地说了一句，马上后悔得想要吞掉自己的舌头。

“我以为你会去看看她。”孙萌萌面无表情，声音里也听不出一丝情绪。

“我也想过，”肖毅看着孙萌萌，“可是我打消了这个念头。”

每次肖毅提及水灵，孙萌萌都不想接话。和他一起讨论这个名字，她备觉耻辱。

屋子里又陷入了寂静。

“在想什么？”肖毅看着面前的妻子，自己刚才说完那句话后，她低垂着的睫毛颤动了一下。

“在想，为什么别人都说婚姻是爱情的坟墓……为什么爱情不能够一直持续呢？”她的爷爷奶奶、姥姥姥爷、公公婆婆，包括自己的父母都一起走过来了，相濡以沫的爱情在他们这一代人中真的这么难吗？

“婚姻是爱情的唯一归宿，如果只谈爱情不考虑婚姻，那不是爱。”肖毅看着孙萌萌由衷地说。

“那是什么？难道仅仅是激情？”

“是错误，根本就不应该开始的错误。”肖毅闭上了眼睛，“婚姻没有错，错的是婚姻中的人。婚姻是漫长的，需要有极大的耐心去呵护才能白头到老。”

肖毅睡着了，孙萌萌把目光看向了遥远的天际，那里有几只南归的大雁，扇动着翅膀，奋力地向前飞去。

4.

高义凤七十五岁的生日。肖母一个星期前知道了消息，就张罗着肖毅和孙萌萌替老人选礼物。以往的生日，母亲蓝萍会在酒店里订好位了，会请很多亲朋好友，今年订酒店的事情却被奶奶拦住了。

今年她执意让孙萌萌掌勺，安排肖毅在厨房里打下手。孙萌萌把油倒进锅里时还在一阵阵地恍惚，如果妈妈没有出事，现在也坐在客厅里该有多好，可是马上又觉得自己的想法很好笑。

这个世界很难说清楚什么是因，什么是果，更不知道下一秒究竟会发生什么事情。

“把蒜剥一下。”孙萌萌晃了晃脑袋赶走杂念，对肖毅说。没过多久，肖毅已经把剥好的蒜瓣递了过来。

孙萌萌看了他一眼，他麻利的动作让她突然想起当初刚刚结婚的时候，为了培养自己下厨房做饭，他也经常在厨房里帮忙的，只是等她把做饭当成了自己的义务之后，渐渐地就忘记了当初还曾经有过这样的一幕，当初的厨房也并不是肖毅的禁地。

不是他不会，而是自己对他没有“要求”，刻意划分了两个人在家庭中的分工。从上高中的时候，老师就一遍一遍地教给他们，经济基础决定上层建筑，她不必当女强人，不必和肖毅一样赚很多的钱，可是她怎么能就安心待在一个半国企性质的出版社里，每天喝茶、看报纸、打杂，一晃就过了那么多年？

“奶奶，我敬您，祝您越来越年轻漂亮！”孙萌萌端起了红酒。

“越来越年轻，那不成老妖精了？”大家都笑了。

高义凤看着孙萌萌，慈爱的目光中流露出淡淡的伤感，她端起了桌上的酒杯，对着肖父肖母说：“小毅他爸，小毅他妈，我敬你们。”

“大妈，应该我们敬您！”肖父说着连忙把酒杯举了起来，肖母也跟上：“我们干了，您随意。”高义凤摇摇头，竟然把杯子里的半杯酒一饮而尽。

“奶奶！”孙萌萌吓得不轻，伸手就去夺杯子。

“孩子，奶奶有话要说，你别拦着……”说着她又把头看向了肖父肖母，“萌萌今后就托付给你们了，这个孩子从小没有了爸爸，疼她的人虽然多，可是我这心里总是觉得她怪可怜的。我那媳妇一个人当爹又当妈，还要顾着事业不容易，你们不能因为她出了事就对萌萌有看法。我活了七十多年了，我拿人格担保，我儿媳妇是个好人。”

“您说到哪儿去了，咱们都是一家人，您想说的话我都知道，您就把心放宽了吧，萌萌就是我的亲女儿。”肖母发自内心地说。

高义凤笑着连连点头："我自己的身体自己知道，入秋之后，就一天不如一天，每天拿药喂着，一直强提着这口气，就是放不下这个孩子。"

所有的人都陷入了短暂的沉默，老人最近的精神越来越不济了，睡眠的时间越来越长，本就是强弩之末的身体，今年又因蓝萍的事情忧思过度，更是雪上加霜。

高义凤欣慰地点点头，向肖毅伸出手来："小毅……"肖毅微微一怔，伸出手去，看到奶奶又很自然地拉起了紧挨着他的孙萌萌的手，然后把它们紧紧地贴在一起，最后又覆上自己的手。

"奶奶是个苦命人，中年丧夫，老年丧子，一直一副病恹恹的身体，媳妇对我越好，我就越觉得愧疚。直到你们结了婚，我才又感受到了什么是幸福。你们俩的幸福是我最大的欣慰，千万不要让奶奶失望。"

肖毅感觉到了孙萌萌的手不自觉地在颤抖，于是更加用力地握着。

孙萌萌抬起头，正好触到奶奶欲言又止的目光："宝贝，你们年轻人现在动不动就说一生一世，可是你们知道这一辈子究竟有多长吗？

"夫妻两个人，生活几十年，什么事情都可能发生，不能张嘴就离婚分居，什么样的婚姻没有包容也不可能白头到老啊，奶奶岁数大了，是个守旧的人，话虽然老套，可也是正理。

"你和小毅，前一段时间闹矛盾，别以为奶奶老了看不出来。你们和我都是连着心的，你们吵架，奶奶心里跟着疼啊。"

"奶奶……"孙萌萌眼圈一下子红了。

肖父的筷子落到了桌子上，他本来就浑厚的声音因为激动更显得严厉，他掷地有声地说："大妈，如果肖毅以后胆敢不对萌萌好，我们就当多了一个女儿，再没有他这样的混账儿子。"

坐在高义凤另一旁的肖母被老人的几句话感动得落了泪，轻轻地拍着她的手说："大妈，难为您了，那么大年纪还和我们一样操心。"

奶奶的生日被浓浓的温情与淡淡的哀伤包围着。孙萌萌和肖毅都喝了很多酒。

孙萌萌躺在床上，拿着奶奶给她的玉观音，用手仔细地摩挲着。借着酒精的醉意，身体在床心慢慢地放松，舒展，很快就有了睡意。

迷迷糊糊中听到肖毅从浴室里出来，然后上了床，挨着她躺了下来。

“萌萌……”

“嗯？”孙萌萌胡乱地答应着，心跳却因为他在身边而微微改变了速度。

“我爱你！”他紧紧地抱住她，低头就吻住她，热烈而深情。在他的身体触碰到她的那一瞬间，他的血液就炸开了花，他的心、他的身、他的一切都是那么地渴望她。

孙萌萌的身体僵硬了一下，却被他抱得更紧，他不给她挣扎反抗的机会，哀求着：“老婆！”孙萌萌的话被他吻在口中，身体被他牢牢地抱在怀里，动弹不得。

卧室里只有一盏幽幽的台灯，轻纱似的灯光里，肖毅的身体炙热，呼吸急促。感觉到她的软化，肖毅在大海中漂泊的心，像终于看到了岸，身体的每一寸细胞，都似重生一样爆发出力量。

这么久以来他终于又触碰到了她，更加明了了自己的心意。一边吻着她，一边褪去了她的衣裳，雪白的肌肤在灯下泛着迷人光泽，让他的血液都沸腾了。

“咬我吧……”肖毅知道她心里的挣扎，她果然咬了，在他的肩头狠狠地咬下去，他顿时像吸了毒品一样，欲罢不能。

她想逃离，他怎么能允许？肖毅几乎是一寸一寸地吻，随着他的每一个动作，很快孙萌萌全身似被热浪冲刷，一点一点融化。可是眼角也流出了泪水来。

“萌萌，别哭！”他用舌尖一点点把她的眼泪舔进口中，用手轻轻地抚摸着她，一声一声地唤着她：“萌萌，萌萌……”

孙萌萌闭上了眼睛……似乎心碎了，却也醉了。她在他的怀中沉沉地睡去了，肖毅的欲望没有因为她的昏睡而停止，可是他不忍心弄醒她，他仔细地看着她，不放过她熟睡中的每一个表情，快到天明的时候，他终于带着许久以来从没有过的满足睡着了。

5.

孙萌萌早上彻底清醒了，醒来的时候看见自己躺在肖毅的怀里，想起了昨天晚上发生的一切，她既懊恼又愤怒，不仅是对肖毅，更是对自己，昨天晚上，她一定是疯了。

上班的时候，前台的小蝶看到她，老远就说："美女，今天气色不错啊……"这句话让孙萌萌一下子涨红了脸。她今天来得比平时早了半个小时，办公室里基本上还没有什么人，除了她旁边座位上的麦嘉轩。

这段时间，她明显感到了他态度上的变化，以前冷冰冰的表情不见了，很多时候他都显得主动热情，孙萌萌仿佛又见到了最初认识的那个温润如玉、热情真诚的男子。她对他却是热不起来了。

孙萌萌刚一坐下，就感觉麦嘉轩把身体扭了过来，看着她有话要说，却欲言又止。

她抬起头正视着他，他的脸竟然微微一红。他环视了一下四周，大厅里没有人，他诚恳地对她说："萌萌，对不起！"这句话他一直想说，今天是个难得的机会。

"不敢当！"

"之前是我把事情想错了，我以为他和水灵认识在先，而你入职的婚姻状况上写的是未婚，我没想到他会是你的丈夫，我为我曾经的态度和说过的那些话向你道歉……"

原来是因为这个？

“没关系，现在你知道了事情的真相后，希望能对整件事情有一个正确的认识，就算不能，也希望不要把莫名其妙的情绪带到工作上来，这样确实很影响我的情绪。”

“我对我之前的态度和做法深感抱歉！”

“好，你的道歉我接受了，只是拜托你以后不要在我面前提及你朋友的名字和她的任何事情。”孙萌萌一脸平静，语速很快，麦嘉轩脸涨得通红，只能连连说是。

生日过后没有几天，奶奶便去世了，临走的时候，孙萌萌和肖毅都在身边，她紧紧地抓着两个人的手，脸上的表情很平静，甚至没有太多的痛苦。

下葬的那一天，天空中淅淅沥沥地下着小雨，已经是深秋时节，陵园内秋风萧瑟，落叶纷飞。

“奶奶！”妈妈出事后，奶奶曾经是她所有的精神支柱，她大声地哭泣着，感受到从没有过的孤单和悲恸。

虽然早有心理准备，可是孙萌萌还是经受不了打击，终于病倒了。此刻她穿着一件黑色的风衣，肖毅替她撑着伞，另一只手紧紧地搂着她的腰肢，仿佛一松手，她就会因为没有支撑倒下去。

夜里她睡得极不安稳，不是梦到小时候奶奶把她抱在怀中讲故事的情景，就是梦到和肖毅最初认识时在校园里甜蜜地追逐，所有的美好最后总是被噩梦惊醒，奶奶离开了，肖毅也不在了。

“奶奶！”悲痛中的孙萌萌一直在高烧，她的手紧紧地抓着肖毅的衣角，像一只极度没有安全感、找不到家的小白兔一样，整个人缩在肖毅的怀中，贪恋着那里的温暖。

“萌萌别怕，奶奶没有了，我还在，我一直都会在。”肖毅搂紧她，无数次替她抹去眼角的泪水。他发誓，这一辈子再也不让她因为伤心落下一滴眼泪，就算世界上任何一个人离开了她，他也不会离开，除非他死。这一刻，他真的是这么想的，他暗自发誓。

肖母也不时地告诫肖毅，她知道任何一个女人经历了丈夫的背叛，心里总有一道伤痕，久久无法愈合。越是一个人独处的时候，想起那些不堪的记忆，伤口就会被重新撕开，锥心刺骨地痛。

可时间终究可以冲淡一切，媳妇心底的那道裂痕，只要儿子坚持不懈，用尽心思去修补，终究是可以痊愈的，到时只留下一道浅浅的疤痕，到老的时候，还能用来嘲笑肖毅年轻时的幼稚与无知。

两个相爱的人，一段人见人羡的姻缘，以后有了孩子终究还是完美的。

肖毅为了让孙萌萌摆脱悲伤的情绪，定了旅行社，想说服她一起去海南散散心。这件事情经过了那么多痛苦的日夜，终于要翻过去，重新开始生活的另一页，他想在海南找个时机，像求婚一样，正式让孙萌萌答应和他复婚。

水灵打过电话给肖毅，哪知道他已经换号了。对她来说没有比这更大的打击了。她所有的骄傲与坚持都因为肖毅的这一个举动，彻底地跌落到泥土里任人践踏。那天晚上之后，麦嘉轩来过两次，给她买了药，买了食物，然后再没有出现过。

她觉得自己已经被全世界遗弃，突然想听听外面的声音。于是她打开手机，却意外发现了很多个未接来电，有她知道的也有她不知道的。电话响了，她接了起来，竟然是以前同宿舍的一位室友："水灵，你有没有上咱们大学的论坛啊？"

"没有，我很少去看！"水灵依旧是躺在床上，声音虚弱无力。

"哎呀，你去看看吧，上边有人发了帖子，很多人跟帖的，有你的名字呢！"

"和我有什么关系？"水灵好像已经丧失了与外界交流的能力，这几天她想了很多，突然觉得自己从没有过地失败，她的爱情、她的骄傲、她的自信都已经消失。她打开了电脑，找到了自己大学的论坛。

她看到了被置顶的一个帖子，极为火爆，她没有多想就点了进去，然后呆住了。

那是一个叫作“雪之灵”的人写的帖子。

有具体的专业、具体的年纪、具体的长相，甚至籍贯、性别、性格描述，除了名字，真是写得无比详细。

内容主要是说这个女生，假清高，被人包养做小三，破坏别人的家庭，被人抛弃后，还试图让男人离婚抛弃发妻。

跟帖的人很多，有很多人毫不客气地直接点出了“水灵”这个名字，骂人的什么难听话都有。

水灵血液中的热度全部被抽走，她的眼前一片空白，脑海中金星飞溅。为什么所有的人都要这么对她，非要逼死她吗？

她之前不止一次地想到了死，她想知道如果她死了，肖毅还会不会不理她，可是她终究还是没有勇气。可是现在，她还要怎么活下去？

她冷笑着拉开抽屉，把里面的安眠药找了出来……

6.

麦嘉轩一直没有去找水灵，他心中无比地纠结。每天看到肖毅在大厦的楼下等孙萌萌，他就会不自觉地想到水灵一个人孤零零地躺在床上，蜷缩着身体不停落泪的样子。

后来他渐渐想通了，有什么关系呢？既然以前都想过她不可能没有男朋友的，那么现在为什么不能接受她呢？

她只是一时迷失了，她现在很需要照顾，她现在需要有人带着她走出迷谷。如果你是真的爱她，为什么不能试着接受一下她的过去呢？在纠结了几天后，麦嘉轩下班后又驱车来到了水灵的公寓。

他按了很久的门铃，却没有人来开门。他突然有一种不好的念头，摸出手机打给她，通了却没有人接听。

他下了电梯直奔一楼的值班室，有三个值班的保安正在那里聊天，他问：“今天有没有看到2202的那位小姐出门？”

几个保安想了一下，然后都摇了摇头，对于美女，一般的人总是印象深刻：“好像没看到！”

麦嘉轩的冷汗冒了出来。他飞快地冲上楼，使劲地砸门没有人响应，最后在保安的帮助下，门被打开了，他看到水灵直直地躺在床上，屋子里一丝光亮也没有。

“快去医院！”

医院的病房里，水灵躺在病床上，经过抢救，她已经基本脱离了生命危险，可是因为身体虚弱和一些连大夫也无法解释的原因，一直没有醒过来。

“有的人抢救后，几个小时就会苏醒，几年醒不了的也不是没有，你们做家属的，多和她说说话，会有帮助的。”

麦嘉轩请了假，他一直陪着水灵，一连过了两天，麦嘉轩不停地唤着她的名字，可是她还是没有醒过来。他从同学那里也听到了网上关于水灵的传言，他打开电脑，看到了那些铺天盖地的帖子，他大概猜到了水灵自杀的原因。他觉得应该给水灵的父母打一个电话。

肖毅的秘书把从旅行社那儿拿到的所有单证票据送到了肖毅的办公室，今晚他想陪孙萌萌一起去买旅行的衣服。看着手里的宣传册，心里憧憬着这次海南的浪漫之旅，他甚至做好了准备，如果如愿，他想在这次旅行中与孙萌萌拥有一个孩子。

快下班的时候，秘书进来对肖毅说：“肖总，外面有一位女士找您！”

“什么人？”

“她不肯说，只是非要见您，语气很不友善，要不是穿得十分体面，我都怀疑她是故意来找碴儿的。”秘书撇了撇嘴。

“让她进来吧……”肖毅看了看表，还有一个小时的时间。

大概过了几分钟，他看到一位和自己母亲差不多年纪的女人推门走了进来，直接就问：“你是肖毅？”

“您是？”

她仔细打量了他几秒钟，眼睛里冒出一股逼人的气焰，她似乎是在极力隐忍着自己的情绪，咬牙说：“我是水灵的母亲！”

肖毅呆住了。

他微微皱了皱眉头，试图在最短的时间内从震惊中恢复平静。他重新打量起面前的这位妇人，和水灵有几分相像，看上去并不比实际年龄年轻，眉宇间透着一股凌厉。

“您好！”肖毅给水灵的母亲让座，虽然事先他并没想到，可是事到如今他觉得自己有勇气面对任何事情。

“你和我女儿的事情，我现在才大概知道了……这件事，我们以后再说。我今天来找你，是想告诉你，如果我女儿没事，一切都好办。可是如果我的女儿有任何的闪失，肖毅，我们谁都别想好过……”水灵的母亲强忍住自己的悲愤，抹了抹溢出的泪水，“我根本就不愿意来找你，可是我实在没有办法了，你现在必须先跟我去一趟医院。”

“去医院做什么？她……怎么了？”

“服药自杀，现在还没有醒过来！”水灵的母亲几乎想用目光杀死他。

“你说什么？”

肖毅震惊了，身形不由自主地向后踉跄着退了一步。他以为一切都结束了，打死他也没有想到，事情会演变到今天这种局面。

孙萌萌下班的时候没有等到肖毅的人，却等到了他临时有事让她先回家的电话。可是这一等，竟然一直等到了快十一点钟，他已经很久没有这么晚回家了。

墙壁上的钟表在不停地摇摆，就像孙萌萌的心被锯条来回地拉动。

好不容易建立起来的几乎还像青烟一样的脉脉温情，在这没有解释的无尽等待中，被清风慢慢地吹散。孙萌萌极力地想重新把它们聚在一起，她觉得自己像一条柳枝，在信任与迷茫间，不停地摇摆。

就在她终于忍不住想要打给他的时候，电话响了，是肖毅的。

他的声音沙哑，带着浓浓的鼻音，恍惚间还充满了无助和恐慌，孙萌萌的心多少平静了几分，许久以来她已经不会再主动打给他了，可是这并不代表她的心里没有无数次地想起他的电话号码，她是强忍着。

如果他再不打，其实她一定还是会拨过去的。她不信任他，但她还是会担心他，怕他路上遇到什么事情，怕他遇到了什么突然的事情。

“公司出了什么事情吗？”肖毅的沉默让孙萌萌的心怦怦直跳。

“没事，我可能要晚一点儿回去。”肖毅吞吞吐吐，孙萌萌的心不住地往下沉。

“有什么事情？”

“我回去再告诉你好不好？”

“我要你现在告诉我……”

肖毅沉默。女人的直觉告诉她，肖毅今天很不对劲儿，她觉得自己拿着电话的指尖都凉了。

“水灵自杀，几天前抢救的。”他的声音把他的痛苦完全地表现出来，“现在她刚刚醒了过来，情绪很不稳定，所以我暂时还不能走。”

“知道了！”孙萌萌挂上了电话，泪水顺着脸颊落了下来。她听出了他语气中的担忧和心痛，看着桌上旅游的地图和宣传册，她大声地哭出来。

昏迷了好几天，只有他才能让她清醒？

他要等她稳定下来，如果她一直需要他呢？这样的夜他必须陪在另一个女人的身边，然后把这样的黑夜留给她。

“萌萌，肖毅什么时候回来？”和孙萌萌一样神经紧张的还有屋内的一对老人，肖父下午才从医院检查回来，他的身体状况应该是需要住院的，可是他脾气固执，一方面不想给家人添麻烦，另一方面也是惦记着儿子和儿媳。

“他单位有急事，要晚一点儿回来！”孙萌萌抹干眼泪，觉得自己十分可笑又可怜。

7.

肖毅并没有说谎。当他随着水灵的妈妈来到病房的时候，看到躺在病床上的水灵，他震惊了。

她居然变成了这个样子，这还是他认识的水灵吗？原本纤细洁白的手腕，因为不间断的输液，连同整个右手都肿得变了形。另一只手上依然插着输液的管子，这个曾经与他有过亲密行为、水一样的女孩子，现在像是一具年轻美丽的尸体，他的眼泪也控制不住地流了出来。

屋子里有水灵的父母，还有麦嘉轩，每个人都陷入了对水灵生命的担忧之中，没有人指责他，可他自己内疚到发慌。

他一直觉得自己后来的态度非常正确，只有这样做才会对每一个人都好。可是为什么事情会变成这个样子？

“水灵……”他哽咽着喊她。

“你和她说说话吧，她的身体很虚弱，如果今天还醒不过来，医生说她的脑组织细胞会产生很大的损伤。”水灵的母亲抹着眼泪哀求着他。

肖毅走过去，挨着病床坐下，低声喊她：“水灵……”泪水又一次流了出来。

哪知当水灵真的醒过来的时候，给每个人的欣喜是那样的短暂，每个人都被吓坏了。短暂的迷茫后，她空洞的目光里似乎意识不到任何人的存在。

她第一个反应，竟然是继续伤害自己，她没有继续生存下去的欲望。她胡乱地去抓自己手上的针头，检测器里发出尖锐的响声，直直地刺入每一个人的心脏。

一片哭声中，她看到了肖毅，她张了张嘴，嗓子干得说不出话来，几乎唇语般地说："毅，你怎么才来？"泪水汩汩地流了出来，她颤巍巍地向肖毅伸出了手。

他迟疑了一下，把手递了过去，他感到她的掌心很凉，几乎没有温度。她狠狠地抓住他，虽然使不上什么力气，可是再也不松手，她甚至激动得浑身都在颤抖。

这个时候，检测器再次发出报警的声音，各项指标又都出现了异常，大夫请家属出去。

肖毅回到家的时候，已经是凌晨两点多钟了。卧室的门是关着的，他换了拖鞋，先把自己丢进了沙发里，点起了一根烟，他需要平复一下自己的心情。

孙萌萌听到了他进门的声音，一颗心似乎才刚归位，她静静地等着他，可是他没有进来。

肖毅只吸了几口，突然想起了什么，立刻把烟熄灭了。脱掉了外套，走进了卧室，他其实已经很久没有吸过烟了，他是准备要孩子的。

"萌萌！"身上都是医院的味道，他挨着她躺了下来。本来有很多话想要和妻子说，可是他一句话也说不出口。

"她已经醒过来了，萌萌，对不起！"

"你今天要说对不起的人，并不是我！"她不恨水灵，对她的现状也很震惊，甚至还有些惋惜，可是她没法做到同情。

在她最难受的时候，她也想过结束自己的生命，可也仅是想想而已，她不能因为自己的逃避和软弱，给身边的人造成无法弥补的痛苦。

这些人当然也包括肖毅，她没想那样去惩罚他。

"萌萌，给我点儿时间！"他紧紧地抓着她的手。

“海南的机票，退掉吧！”那是三天之后的事情，孙萌萌试探地问。

肖毅沉默着，终究没有说出一句话来。孙萌萌也闭上了眼睛，那是一个生命，她不能逼任何人。可因为肖毅的沉默，她还是又落下眼泪来。

肖母知道了这件事，赶到医院的时候，水灵的父母都在，看到站在一旁的肖毅，她真恨不得上去给他两个耳光。

“二位是水灵小姐的父母吧，我是肖毅的妈妈！”

三个人同时沉默了一下。

“你好！”水灵的父亲表情冷漠，象征性地冲着肖母点了一下头，眼中早已把她拒之千里。水灵的妈妈倒是上前了一步，语气也绝算不上友善。

肖母冷冷地说：“对于水小姐的现状，我们深表遗憾，可是有些话我还是觉得很有必要说。听说水小姐已经醒了，那么肖毅待在这里也就没有什么意义了。让肖毅安慰她，是一个很坏的办法。你们应该知道怎样才是对她最有利的，为了她将来的长远打算，你们现在的做法非常欠考虑。”

空气里的温度几乎要凝结成冰，可是肖母还是毫不客气地继续说完：“我的媳妇刚刚痛失亲人，她需要丈夫的陪伴，我想以后你们都不要再找他了。”说完肖母狠狠地瞪了儿子一眼。

水父冷哼了一声，厌恶地扫了他们母子一眼，转身进了病房。水灵的母亲冷笑：“你的儿子把我的女儿害成这样，你以为我们愿意看到他，如果我的女儿有个三长两短，就是让他抵命也不能解恨。”

“我说怎么会有这么死活破坏别人家庭、达不成目的就自杀的女孩子，原来是有这么不明事理的家长。自杀可不是什么光彩的事情，再说，谁不会自杀啊？我的丈夫因为你女儿破坏我儿子的家庭，早就差一点儿见了阎王，我的媳妇如果也因为你女儿的做法一时想不开自杀了，你们会让她给别人抵命吗？”

“妈，别说了，都是我的错……”肖毅越听越觉得心惊，好像每个人的生命都被他攥在了手里。

“你给我闭嘴，马上跟我回去！”

不是已经脱离危险了吗？老婆在家难受，他来哄别的女人。肖母甚至觉得根本是水灵在捣鬼。

“毅……”病房里传来了水灵激动的声音。

门被打开了，肖母看清了病床上的那个女孩子。她惊恐地四下寻找着什么，一个护士试图让她平静下来，另一个护士正准备给她喂药，可是药片被她打落在地上，她的嘴里不停地喊着肖毅的名字，整个人瘦得几近虚脱。肖毅走了过去，轻声地哄着她，她才慢慢地安静下来。

“我女儿是因为你的儿子才变成这样的，您也是一个母亲，请体谅一下一个母亲的心情，等她稳定下来，我会带她走的，现在他还不能离开……”水灵的母亲哭着祈求。

肖母使劲地跺了一下脚，这究竟是造了什么孽啊！

8.

没有任何理由可以和一个鲜活的生命去抗衡。孙萌萌有一股冲动，她想去看看，去医院！

天气已经很凉了，下午的太阳却是很好的，孙萌萌到了第一医院，径直地向住院部走去。她报上水灵的名字，才知道是忧郁症，已经转到了精神科的病房，在另一栋楼里。她只好又下了楼。

医院的环境很好，参天的树木成林，绿草茵茵，空气中飘浮着淡淡的花香，几只小鸟发出清脆的叫声。

她向前走着，没多久就因一对男女的背影而驻足。其中的男子，就算化成灰烬她也认得，那是肖毅。

一个长发的女孩子坐在轮椅上，他站在她的身边，那女孩伸出手去拉他的胳膊，他站在那儿，那女孩又拉了一下，他连忙用双手握住她的两臂，想把她扶起来。

可她的身体一晃，根本没法站稳，他连忙扶住她的腰，她顺势靠在了他的胸膛。扭头的那一刹那，他脸上的怜惜刺伤了孙萌萌的眼睛。

孙萌萌只觉得所有的血液都涌到了头顶，天空的颜色也变成了灰黄。渐渐地整个世界都变成了黑白两色，像一张大网向她罩过来，她只想飞快地逃离。

可是她居然站住了，她又回过头去，这一次却看到了水灵转过来的脸，孙萌萌不知道她有没有看到自己，她看到了她把头靠在了肖毅的肩膀上，肖毅没有躲开。

肖毅晚上回家的时候，发现孙萌萌还没有回来，父亲病情加重，母亲在医院服侍，屋子里空荡荡的只有他一个人，他太累了。最近瘦得厉害，以前的西装和西裤都变得松垮垮的。

他打给孙萌萌，电话却是没人接听，本来身心极度疲惫的他，一下子又紧张起来，他给巍然打电话，给孙萌萌的单位打电话……

他走到楼下的车位前，看到孙萌萌拎着皮包，垂着头，缓慢地踱着脚步，似乎每一个脚步都在挣扎。

“萌萌，你去哪儿了？”肖毅冲上前来，拉住她的手。她突然有些不能忍受，下意识地甩开他。

他叹了口气，默默地陪着她上楼。

一进门他就急着解释：“萌萌，水灵的病情今天好了很多。”

孙萌萌沉默着没有回答。

“萌萌！”他又喊了她一次。

孙萌萌给自己倒了一杯水，她觉得自己的心就像一口枯井，需要无边无际的甘泉来滋润：“如果她的病情再次反复怎么办？如果她再一次自杀怎么办？”

“你说什么呢？”他说着过来搂她，她躲开了。他感觉到她最近的身体又出现了之前那种抗拒。

“这个你做不了主。”萌萌咬破了嘴唇，眼前浮现出今天在医院里看到的那一幕。窗外夜色浓重，这种煎熬的日子，不知道什么时候才是尽头。

周一的时候，孙萌萌意外接到了一个陌生的电话：“喂，你好！”

“孙小姐，我是水灵，能和你见一面吗？”电话里的声音孱弱，像是哀求。

“有什么事情就在电话里说吧！”孙萌萌不想与这个女人有太多的接触。她更给不了她同情和安慰。那些肖毅都已经加倍给她了，她还想干什么？

“我保证，这是第一次，也是最后一次，有些话，如果我不说出来，会纠结一辈子的。”

一辈子？孙萌萌现在很怕听到这个词，她犹豫了很久，可是最终还是答应了。

她来到病房的时候，只有水灵一个人躺在床上。水灵看到了她，挣扎着坐起来，脸上浮上一丝微笑：“你来了？”

“找我有什么事情，快点儿说吧！”孙萌萌看到水灵没有穿医院的病号服，而是穿着一套白色的睡衣睡裤，上面系着黄色的丝带，人比之前消瘦了很多，却没有想象中的狼狈，反而多了楚楚可怜的柔弱风姿，只有眼睛老了许多，透着疲惫和颓废。

“我这次是真心地想向你道歉的……”水灵半躺在床上，垂下头。肖毅这几天对她的照顾、对她的迁就和怜惜让她着了魔，她知道她这一生，根本就没有办法再次离开肖毅。

孙萌萌淡淡地说：“有时道歉是掩饰自己真实想法的借口，如果你是真的觉得自己做错了，只要以后不再做不应该做的事情就好了，如果只是为了故作一种姿态，我不会接受的。”

孙萌萌看了看桌上的那束百合，想起了陵园内奶奶的墓碑。奶奶说过，她会含笑看着他们现在的情形，她也看到了吗？

肖毅今天一整天都要陪德国的客户，昨天他就已经告诉孙萌萌了。水灵专挑这个时候约她来，孙萌萌就算再天真，也不会认为她是真的只想对自己道歉。

“孙小姐，我之前给你造成了很大的伤害，可是你有没有想过，早在我出现之前，你们的婚姻本来就已经出现了问题，所以你不应该完全怪我。”

孙萌萌倒吸了口凉气，不禁苦笑：“我们夫妻的事情，还轮不到你来总结评论。”这就是肖毅口中那个生命垂危、需要他寸步不离的女人？

眼前明明是楚楚可怜的病西施，孙萌萌却想起了那只打不死的“小强”。自己感到越来越累，她却是越战越勇。

“孙小姐，无论你愿不愿意承认，你的婚姻已经不完整了，我不想再争辩肖毅究竟是爱我还是爱你的问题，可是你无法否认，肖毅的心里终究是有我的。”

她冷笑：“所以，你就因为他的愧疚在他面前演戏，想用这种方式把他留在你的身边？你觉得有可能吗？而且，就算你真的把他留在了你的身边，你就会幸福？”

水灵本就没有血色的脸一瞬间变得更加惨白，整个人都跟着激动起来：“我是想把他留在身边，因为我爱他，可你呢？我可以为了他的事业熬上几个通宵，我可以为了见他一面赶去上海，我甚至可以为了他去死……你不是早就想和他离婚了吗？那天我亲耳听到你和别人说想和他离婚的。你爱他，怎么会想要离开他？而且他和我分开后，我亲眼看到他过得并不幸福，你看他都瘦成什么样子了？我和你不一样，他是我的全部，我不会计较他的心是否完整，只要他和我在一起，我什么都不在乎。哪怕他的心里一辈子有你的阴影，我也无所谓，因为没有他，我根本就活不下去。你根本不爱他，最起码，你爱他没有我的一半多……你既然已经无法完全地原谅他，为什么不放我们三个人一条生路呢？”水灵越来越激动，捂住心口，大口地喘息着。

孙萌萌觉得呼吸有些困难，这个女人说她不爱肖毅？那七年的过往，一幅幅画面像潮水一样涌过来，生生地将她淹没，如果可以少爱他一点儿，也许她就不会一直这么痛苦。

“爱和对不起一样，都不是挂在嘴上的。你只是暴露他性格缺陷的一个导火索，没有你也会有别人……不要把自己看得太重。”

“你只要和他离婚了，早晚我会是他的全部，我们会很幸福，可是你现在偏偏要夹在我们当中。”水灵眼中流露出一丝悲愤的神情，“在这样的状况下，我们太辛苦了。”

“我可不可以理解为你在亲口承认勾引我丈夫，试图破坏我的家庭？可是你这是打击我，还是作践你自己啊，又或者你认为肖毅就是个傻子，他可以一直被你玩弄于股掌之上，我还是奉劝你一句，这个男人我认识他八年了，你才认识他多久？玩火的结果就是自焚。”

孙萌萌起身就要走，想了想又转头过来：“我觉得你的思维很正常，情绪也算稳定，有了医生和护士，根本不用任何人的陪伴。”

水灵的情绪渐渐地失控，泪水汩汩地流了出来：“肖毅不会不管我的，就算你不让他来，他的心也会一天飞来好几次。”

孙萌萌转过头，看着她冷笑。

长久的对视，水灵终于先垂下了头，哭泣声逐渐变小，直到变成了哽咽：“如果你们的婚姻没有问题，别人又怎么能够破坏呢？你们都不相信他对我的感情吧？想嘲笑就尽情地笑吧！那天他送我回家，我看着他不舍的眼神，我就知道，他是爱我的，所以我在那天坚决地留下了他。以前是我不明白，其实那天在公寓里我把自己交给他的时候，我这一生就再也没有办法和他分开，他是我的一切，我不会和他分开的，永远也不会！”水灵大声地宣告。

孙萌萌感到一阵眩晕。水灵的话像刀子一样在她的耳膜上一刀一刀地割过。她逐渐已经听不到任何的声音。好久她才喃喃地问道：“什么公寓？”

水灵终于看到了孙萌萌眼中的绝望，有些得意地说：“就是我的家里。”

孙萌萌的脚下失去了力气，她重新坐回了椅子上，很久很久一句话也说不出来。

她现在终于可以正视那些鲜血淋淋的背叛与欺骗，她逼着自己忘记那些不堪的过往，只记住美好的回忆。她什么都能忍受，唯独绝不能释怀的就是肖毅的再次欺骗。

离婚后，他和她艰难地建立起来的还十分脆弱的信任连同对未来的憧憬，就因水灵的一句真相，像多米诺骨牌般瞬间轰然倒塌。

什么醉酒，什么神志不清，什么只是一时冲动，什么只爱自己一个人，都是谎言，都是欺骗。

在自己伤心欲绝的时候，他在照顾另一个女人，和她在床上缠绵。他是清醒的，他在那个时候说爱她。所有的一切都是她的自欺欺人，对着这样的一个男人，明知道他的心已经不再完整，却试图去重新拥有幸福，甚至想要替他生儿育女。

孙萌萌强忍着悲伤，再怎样她也不能在这个女人的面前落泪。只有她自己知道，她是真的被击倒了。

水灵的偏执、水灵的疯狂，她都可以不屑去面对，可是肖毅的谎言，哪怕只有一句，就可以轻易地让她崩溃。

第 9 章

放 手

前一秒萌萌还在奋力挣扎，后一秒她却突然不动了，顺着她的目光看去，李博明看到一个男人站在离他们不远处，怔怔地看着他们，好像被魔法点成的化石。

1.

“李总，这是所有备选杂志最近的一期，请您过目。”

李博明坐在办公室里，对面坐着两个人，秘书把杂志替他们分开。李博明随手拿起一本，向对面的那两个人说：“现在是公司的投入期，但是每一分钱都要用在刀刃上，宣传更是如此，我们不能随便烧钱，要有选择性地去找媒体。所以我希望能在本周之前，把所有宣传媒体的评估报告整理出来。”

“好的，李总！”

李博明一直强调现在是公司的起步阶段，公司的资金充沛，可是每出一笔钱都会格外谨慎，这和李博明本身的处事风格有极大的关系。

李博明在美国求学期间着实受了一些苦。这家公司创业初期，完全是靠股东的风险投资。所以他每走一步都格外小心。

“李总，这是公关部极力推荐的《上海都会》。”

李博明嘴角勾起一抹嘲讽的笑意，这是他表弟刚刚创刊的杂志，销量根本没保证，明显是有人存心让他“照顾”。可他起步也很难，这个人情卖不了，这个风气也不能开。

他随手翻开，一幅画面映入了他的眼中，他整个人都呆住了。

这两个人有些面熟，随意抓拍的，为了不触及侵权，仅仅只是侧脸，但是他还是被吸引住了。

一男一女在商场的香水专柜前，男子手中拿着一个精致的小瓶子，女子搂住他的脖子，俊男美女十分养眼，难怪会被抓拍，登上了杂志。

孙萌萌接到李博明电话的时候刚从医院里走出来，她没有开车来，也没有打车，一个人在街上慢慢地走着，不知道应该何去何从。偌大的世界，仿佛已经没有了她的落脚点。水灵说肖毅是她的一切，可是肖毅对于孙萌萌来说，曾经又何尝不是她的一切?

仿佛走到哪里，眼前都能看到肖毅抱着她，痛哭流涕地发誓悔过，可是谁能想到，那样的情形下，说出的居然还是谎言。

“萌萌，听说你的奶奶去世了？”李博明从美国回来，就从烽火杂志社的总经理那儿知道了这个消息。

“嗯，奶奶走了……”提起奶奶，孙萌萌再也抑制不住心中的委屈，在电话里哽咽出声。

“你怎么了？你现在在哪儿？”

“我……我没事！”孙萌萌想让自己的哭泣停下来，她挺直了脊梁，从医院出来后，她就一直在哭，她想停下来，却控制不住自己。

“苏菲有一样东西让我带给你，你在哪儿，我现在拿给你。”

“改天吧，我今天没有时间。”

“那天你不是说谢谢我救了你吗，这就是你对朋友感谢的方式？”李博明在电话里的声音突然严厉起来，孙萌萌从没听他这样讲过话，拿着电话的手不由得一颤，可是真的很有效地停止了哭泣。

“你是不是从来没有拿我当过朋友？”李博明的语气依然严肃，带着浓浓的失望。

“是我现在情绪不好，谢谢你……”

“我问你现在在哪儿？”李博明根本不给她再次开口拒绝的机会，没等她说完就打断了她。

“我在第一医院附近！”

“怎么，你病了？”李博明突然有点儿后悔，语气也缓和了下来，“你自己一个人？”

“没有。”

“我在公司，你在原地等我，我马上就到。”孙萌萌这才想起来，第一医院离李博明的公司很近，走路也就需要十几分钟，何必给他添麻烦。“不用了，我自己去拿吧！”

肖毅在路边停车，买了糖炒栗子。他今天没有去医院，水灵虽然还是很虚弱，还是一见不到他就很难控制情绪，可是今天他不去了，他想一会儿直接去孙萌萌的大厦。这时他的电话响了，是水灵母亲的号码。

肖毅拖着沉重的步伐回到家里的时候已经又是晚上十一点多了，可是没想到的是，孙萌萌竟然还没有回来。摸出了手机打过去，没有人接，他把头靠在椅背上，他是真的累了。

过了一会儿，他听到了门的响声，心里一松，果然看到了孙萌萌从门外进来。

“萌萌！”他有话对她说，可是不知道怎么开口。孙萌萌面无表情地低头换鞋，屋子里的气氛压抑到了极点。

“你怎么这么晚才回来？”

孙萌萌一愣，抬起头来看着自己的丈夫。

“水灵只是一个病人，她为了我自杀，不肯吃药配合治疗，我如果连去都不去，我还是个男人吗？你怎么就不相信我呢？”

肖毅突来的质问，让她想起今天水灵说的那些话，再一次替自己和肖毅感到悲哀。“是，她为了你自杀，只有你才能让她平静下来，接受治疗。所以我只能看着你天天守在另一个女人的身边，为了另一个女人的电话随叫随到，而我呢，只能守着你一句毫无意义的‘对不起’，一等等到天明。是你犯了错误，是她破坏了别人的家庭，可是凭什么到头来，你们两个人卿卿我我、朝夕相对，被惩罚的人不是你们，却是我……”

孙萌萌以前从没有在肖毅面前这么愤怒地提起过水灵，可是今天，她再也忍不住爆发了。

“她只是一个刚从生死线上被救下来的病人，你以为我愿意去吗？你……能不能讲讲道理？”

“我不讲道理？”孙萌萌哈哈大笑了起来，眼中都是泪，这就是口口声声说只爱她一个人，要照顾她一生一世的男人？

“她自杀是因为你，你欠她的，你一个人还好了，我受够了，我一天也不想和你继续生活下去了，你是一个骗子，彻头彻尾的骗子！”孙萌萌口不择言，什么解气说什么！

2.

肖毅今天本来就被一连串发生的事情搅得筋疲力尽。水灵的情况一天比一天好，可是妻子为什么不相信他，非要跑到医院去刺激水灵，水灵本来很快就可以离开了，可现在一切全乱了。孙萌萌喋喋不休的质问更让他烦躁。

“为什么你们无论做了什么，都可以让别人原谅，为什么我就必须冷静，如果我也自杀呢？我告诉你，我自从知道了你和她的那些事情，我也想过死啊。我曾经有多爱你，你难道不知道吗？你看到她伤心，看到她流泪，看到她为你自杀后深深的震撼，你有没有想过我，她认识你几个月，我认识你八年了，你就没有想过我的感受吗？我告诉你，我不止一次地想过，甚至我还想过去酒吧找男人一夜情来打击你，可是最后我对自己说我不能！难道就因为我管住了自己，就要受到你这样的对待吗？如果现在躺在医院的人是我，是不是一切就都结束了？”

肖毅上前来抓她的手，被她避之不及地躲开了，他烦躁的怒火也冲破了忍耐：“我真的不想见她，我连电话都换了，我也没想到会发展成这个样子，她的父母马上就要带她走了，你这是何必呢？”

“她马上就要走了？我不知道你的智商一遇到这个女人怎么就几乎降低到了零，我说过，如果她还自杀呢？如果她不肯和她的父母离开呢？如果她再跑回来以死要挟你呢？”

“你怎么这样想？谁会拿自己的生命开玩笑？”肖毅脸色发白，忍不住激动起来。

孙萌萌冷笑：“其实你是不愿意去想这个问题，只要她一直真的有勇气为了你死，这一辈子，你都根本摆脱不了她，因为你对她承诺过，因为你说过你爱她。你不仅对我有愧，你对她也是一样的愧疚。”孙萌萌本来的疲惫与怒气，现在变成了歇斯底里的怒吼。

孙萌萌的话，让肖毅犹如五雷轰顶，一辈子？真的要为自己的迷失赔上一辈子？

最初他一直自信地认为所有的一切，他永远是最后的终结者，可是到了现在他才知道，所有的一切，他不仅不能掌控，反而越来越看不到未来的希望。父亲的病情、母亲的痛苦、水灵的自杀、妻子的再次不肯接受！

他发过誓要为这个错误承担一切后果，可是现在才知道，有些后果就算他倾尽所有也承受不起。

“肖毅，你很痛苦是吧，一面想和我复婚，另一面又不忍看到美丽善良的小白兔受到伤害。你说她很虚弱，时刻离不开你，只有你在才肯配合治疗，可是我今天看到她的精神很正常，思维更是超前，我觉得你不是迫于无奈，根本就是情不自禁。”

“你因为怀疑所以今天就去找水灵？”水灵的母亲说因为萌萌的骚扰，

下午的时候水灵又一次情绪失控，折腾了一下午，急急地把他叫了过去。他知道萌萌根本就不是这样的人，可是听到孙萌萌此时咄咄逼人的质问，还是有些恼火了，她对水灵也是这个样子吗？难怪水灵又会发病。本来一切马上就要结束了，她怎么就不能再忍忍呢？

“是啊，我下午见到她了，你不愿意我见她？”孙萌萌冷笑。

“你这么胡思乱想，这样刺激她，对我们三个人有什么好处呢？她马上就要离开了，你真是……”

肖毅痛苦地坐在椅子上，狠狠地抓着自己的头发。

“我，刺激她？”孙萌萌的泪水因为肖毅的这三个字汹涌地滚落下来，“你是在怪我？”

“我只是想让她早点儿好起来，赶快离开我们！”肖毅大脑一片混乱。

“她不用离开，该走的人是我，你不用那么痛苦，我成全你们！”

“你非得这么逼我吗？”肖毅这些日子以来对所有事、所有人积压的各种情绪，又控制不住地爆发了。

“对，我逼你，都是我不好，从今以后，你爱谁，谁爱你，与我无关！”孙萌萌回家时，大脑还是一片空白，两个人无休止的争吵，让她所有的委屈都涌到了头顶，肖毅说的任何一句话她都觉得厌烦。

“孙萌萌，你知道你自己在说什么吗？”肖毅因为被冤枉和指责，一股怨气快要将他撑破，她说什么他都不在乎，都是他的错，可是她怎么能说不稀罕他的爱？这几天他几乎是心力交瘁，她怎么就不能体谅他一下呢？

他说了他根本不想去照顾水灵，他是实在没办法，她怎么就是不信，还偏要闹到医院去，本来马上就要结束的事情，又得重新开始。

“肖毅请你记住，我们已经离婚了，从今以后这辈子我都不想和你再有任何的牵扯……”孙萌萌痛苦地闭上眼睛，她是真的想原谅他，是真的想和他一起忘记过去，甚至想与他再一次拥有夫妻间的那种亲密，可是到头来换到的不过是他替另一个女人的质问，还有他的欺骗。

“你怎么这么狠心？你难道真的让我看着她死你就解气了？”肖毅痛苦地喊了出来。

孙萌萌几乎咬破了自己的嘴唇，四目相对，都是泪眼模糊，他们的牙齿似乎都在颤抖。

肖毅的一双手扶着她肩膀，隔着毛衫，她几乎都能感到一片冰凉。他们都在战栗，孙萌萌突然轻轻地笑了，一滴眼泪滴在了下颌上，“你是在上海出差的时候醉酒后无意识的状态下和她发生关系的？你不爱她，只是愧疚？你对她怜惜的表情、深情的姿态，只是工作压力下一时的迷失？”

肖毅猛地松开了她的手，不自觉地后退几步。他被问得无地自容，可他那时真的不是想骗她，只是想争取一切机会让她原谅自己。

“你没有喝酒，甚至比她还要清醒，你亲口对她说你爱她！因为这句话，她才根本不相信你后来对她所说的一切，才会为了你去自杀。水灵所认为的一切，都是你给她的幻想。肖毅，在你向我忏悔的时候，还在欺骗我，你让我怎么还能够相信你，怎么还能和你继续生活下去？我说过你如果不爱我，一定要告诉我，既然你已经把爱承诺给了别的女人，为什么还要对我说谎？”

“我是怕你不肯原谅我，我……”肖毅试图把孙萌萌紧紧地搂在怀里，她用尽全力推开他，声音变得那么轻飘：“你还想骗我是吧？”

“啪！”她从皮包里拿出一本杂志狠狠地向他扔了过来：“你还想对我说什么呢？”

肖毅从地上把杂志捡起来，只看了一眼就重新把它扔得好远，他痛苦地坐下来，死死地揪住自己的头发。

“肖毅，你们两个人这么亲密地在大上海最繁华的商场行走，你任她用手紧紧地搂着你的脖子，对着你撒娇的时候，你有没有想过我？你有没有想过，如果碰到了相识的人，你将把我置于何地？”

“我……”肖毅也说不出自己当时是怎么想的，他大概是心存侥幸吧，以为只不过是纵容她一次而已，可是没有想到，竟然会被抓拍上了杂志。他像一只困兽一样蜷缩着身体。

“是水灵告诉你的？”他的声音已经完全变了调子。

孙萌萌没有说话，谁说的、他究竟怎么认为都已经不重要了。

谎言本来就见不得光，经不起任何的推敲，何况现在再被这样拿着放大镜去仔细地品读。

夜色愈浓，客厅里一切陷入死一般的寂静里。只有窗外的秋风呼呼刮过的声音，凌迟着两个人的心。

直到孙萌萌尖细的声音好像一把利刃划开满室的寂静：“我们已经离婚了，这是最好的结局。”

3.

本来已经翻过去的一页，又被重新放在了面前。肖毅的脸蒙上了一层灰色，灯光下看上去有些扭曲。

“从今以后，你不用担心再有人去医院打扰你的小白兔了。你也不用在亲情和爱情之间艰难地选择。记住，这个世界上她才是最需要你的人，我不重要，你的父母也不重要……我们错了，彻底地错了，错在我们都不会拿死来要挟你……肖毅，我们认识了八年，相爱了七年，人生路从这一刻起，只能分道扬镳了。”

孙萌萌的泪像决堤的河水，她一刻也无法在这里待下去，转头飞快地向门外跑去。

“萌萌，不要走……”他向她扑了过去，可是终究还是晚了一步，孙萌萌甚至还穿着拖鞋，她飞快地跑，跑下楼去，没有方向，不知道何去何从，只有一个信念，不要让肖毅追到她，她再也不要和这个男人有任何的纠缠。

肖毅换好鞋子的时候，孙萌萌已经跑出了楼道。

孙萌萌听到肖毅在后面追赶的声音，她脚下根本就没有力气，肖毅的声音越来越近。

“萌萌，怎么了？”孙萌萌听到了一个熟悉的男人的声音，是李博明。

她是他送回家的，可是没有想到，他在这里等了将近两个小时，他竟然没有走？

“你要去哪儿，我带你去。”孙萌萌几乎要跌倒在地，李博明扶住了她。孙萌萌痛苦得说不出话来，李博明听到后面的追赶声，又听见孙萌萌无助地自言自语：“我只想离开这儿！”

“好！”李博明关好车门，正准备上车的时候，肖毅已经到了。

“萌萌，你下车，不要走！”他使劲地敲着车窗，孙萌萌低下头，独自哭泣。

“李博明，你把车门打开！”肖毅几乎是吼着的。李博明沉着脸，根本不去看他。

“你浑蛋……”肖毅把所有的愤怒都挥向了李博明，李博明的前胸又被结结实实地打中，他闷哼一声，痛得拧紧了眉头。

可是下一秒，他也挥拳向肖毅袭去：“这一拳是还你上次的。”肖毅也被打中。

“记得，你还欠我一拳，我会随时向你讨回来……”李博明麻利地上了车，向前方驶去。

肖毅像发了疯一样在后面追赶，呼唤着孙萌萌的名字。她心如刀绞，用双手捂住了自己的耳朵，大声地哭了出来。

“李先生，麻烦送我去广宁路吧！”车子驶向了快速路，两边高高的路灯在视线里飞逝而过，孙萌萌逐渐控制住了情绪。她抹干了脸上的泪痕，抱歉地对李博明说，“今天太麻烦你了！”

“真的要感谢我就叫我博明好了，你说过，我们是朋友。”孙萌萌努力扬了扬嘴角：“博明，谢谢你！”

“有时候，我觉得自己之前二十几年的人生信条都被彻底地颠覆了。如果小时候，大人不教给我要懂礼貌，要替别人考虑，要懂得吃亏是福，是不是我就会好受一点儿？为什么如此自私的女人，说起话来可以那样理直气壮？即便是到了这一步也可以被人呵护，受人保护？”若是换作以前，她是绝不会和李博明说这些的，可是今晚她太需要倾诉了。

“你不应该这么想，你是问心无愧的！”李博明还是没有看她，专注地看着前方。

一路沉默，渐渐地孙萌萌发现车子行驶的方向有些不对劲儿。

“现在已经很晚了，你去我那儿将就一下吧，我今天还有事，不回去！”

孙萌萌看了看表，已经快凌晨两点了，自己穿着一双拖鞋，没有带钱，甚至连手机也没带在身上，回到小租屋，肖毅说不定会像之前很多次一样找过去。

李博明的家在小区中间的一排矮层洋房的第二栋。他把她送到门口，把钥匙塞给了她：“我还有事，你自己进去吧，明天早上我让人送些东西过来，好好休息！”

孙萌萌看着他转身下楼，自己用钥匙打开门，走进去。冷色调的装修风格，让这间屋子显得没有生气，精致的装修更像是酒店一样，处处纤尘不染，每一个小物品都摆放得极有规律。

孙萌萌拖着疲惫的步伐，想去看看哪一间是客房，座机却响了。她觉得自己不合适去接，可是它挂断后又连续响了三次，她看了看来电显示，觉得很熟悉，意识到也许是李博明打给她的，连忙接了起来。

“你没事吧？”他的声音低沉，带着丝丝的紧张。

“没事！”孙萌萌老实地回答，“我怕是找你的电话，不敢接。”

“你没有看来电显示吗？”他的声音有种害怕过后的不悦，“你大半夜一个人千万不要跑出去！”

“对不起，你的手机号码我没有记得太清楚。我不会乱跑的。”

电话的另一端李博明短暂地沉默了十几秒：“右手的第一间是客房，所有的用品都是新的，你休息吧！”临挂电话的时候，他又问，“你一个人不会害怕吧？”

“不会。”孙萌萌自嘲地说，“我习惯了！”

跑到了客房，打开灯，和客厅一样，这里依旧是纤尘不染，床上铺着一套洁白的睡具。孙萌萌想了想，把门反锁上，简单地脱掉了外衣，躺在床上。

陌生的环境让她更加难以入睡，这些天她本来就有些神经衰弱，加上今天彻底受了刺激，她身体疲惫到极点，大脑却进入了亢奋状态，浑身酸疼却根本没法合眼。

关上灯，她竟然无端地害怕起来，把整个人缩进了被子，却仍旧找不到安全感。这是一个全新的空间，让她感觉到自己被曾经的世界彻底地抛弃了。

她用被子蒙住了头，呜呜地哭出了声音来。仿佛被子外面是一个巨大而黑暗的梦魇，到处都是狰狞的妖魔鬼怪。甚至她的身体都跟着这种恐慌无助到瑟瑟发抖。

深秋的夜晚，她竟然被孤单和无助折磨得大汗淋漓。直到听到了开门的声音，孙萌萌把脸猛地从被子里露了出来。她起身，慢慢地走到门边，偷偷地向外望去。

李博明进屋后，弯腰把手机放在桌子上，默默地坐下来，似乎极力小心不发出任何的声音。

孙萌萌打开门，李博明看见她穿得整整齐齐站在了门口，抬头看了看落地钟，天还是黑暗的，可是其实已经是早上五点多钟了。

“吵到你了？”

4.

“没有，一直没有睡着！”“我回来拿点儿东西，顺便把这个带给你。”说着他指了指沙发上放着的一个袋子。孙萌萌走过去拿起来，里面是睡衣和洗漱用品。

“刚才路过楼下的便利店，就捎了上来。”其实不过是借口，他知道自己回来难避尴尬，可是想到这个夜晚对她来说将是多么难熬，他等到这个时间，还是回来了。

“才五点多，你再休息一会儿吧！”李博明重新站起来，准备离开。

孙萌萌抱着塑料袋，迟疑了一会儿，终于还是说：“你也休息一会儿吧！”这是他的家，不能因为自己让他“无家可归”。

李博明嘴角勾起一抹笑意：“好！”

孙萌萌重新回到了房间里，把门锁上，没有换睡衣，钻进了被子。

屋子里多了一个人，冰冷的世界似乎多了一丝丝的温度，所有的辛酸悲苦在晨风中弥漫开来。孙萌萌竟然昏昏沉沉地睡着了，醒来的时候，一推开门，便是一室的香气——饭香。

她下意识地向厨房寻去，听到铲子碰到炒锅的声音，油烟机大开，李博明换掉了西装，穿了一件白色的休闲上衣，牛仔裤，侧影高大，正在那里炒菜。

难得她的脚步那么轻还是被他听到了，他回过头看到她，微微笑着：“能不能帮忙把袋子里的油菜洗一下？”

孙萌萌脸上微微一热。阳光把黑暗驱逐掉，她愣是移不开脚步，昨晚的自己太过狼狈，甚至上他车的时候脚上还穿着拖鞋。

那时她痛哭流涕，不仅样子极为难看，连内心最深处的伤痕也被人看得一清二楚。昨晚有黑暗替她遮挡，可这一刻，她真的有些无所适从。

李博明把炒好的宫保鸡丁盛到盘子里，见她素净的一张脸因为尴尬更显得苍白，他把碟子递给她：“昨天哭了那么久，该补充点儿能量了。”

孙萌萌的眉头皱得更紧了，看着碟子里卖相不错的食物问：“你平时都是自己做饭吃？”

不可能吧？

李博明回过身已经开始自己洗油菜：“以前在美国留学的时候，生活很紧张，所以只能自己胡乱解决吃饭的问题。一开始只吃速食食品，直到得了胃病，躺进了医院里，想着不能这么糟蹋自己的身体，所以就开始下厨做饭。这些年，我总结出一个道理……”

他抬起脸，别有深意地看了看孙萌萌：“心情不好的时候，一定要好好对待自己的胃，就算所有事都被颠覆，还有美食永远不会背叛你。”

很快，四菜一汤被李博明摆上了餐桌：“很久没有下厨了，很高兴有人给我一个展示的机会。”

孙萌萌看着他，他笑：“人一旦学会了一样本事，总舍不得一直不用的，显摆是人的天性，来尝尝看。”

孙萌萌本来一点儿胃口也没有，可他这么说，不吃显得似乎太失礼。

夹了一口菜，她才真正被震慑，味道真的不错，她的表情太过明显，李博明笑了笑：“早饭和午饭一起多吃点儿吧！”

饭后，李博明从厨房里走出来，看着她又蜷缩在了沙发上，尽量用轻松的语气问她：“以后准备怎么办？”

她觉得有人倾听也好，可是张了张嘴，又觉得心酸：“没什么，其实我们已经离婚了，走到今天这一步是我自取其辱。”

肖毅找到李博明的公司，却根本见不到他的人。孙萌萌就像是在他的世界里凭空消失了一样，肖毅一夜之间老了十岁。闭上眼睛，就想起李博明带着她开车离去的样子，他几乎有杀人的念头。

李天石看到他的时候，被吓得不轻，似乎看到了几年前的自己。

“老弟，有事找我？”

“是，我想让你帮我个忙。”肖毅坐到他的对面，眼睛里都是血丝。

“什么事？”

“你认识人，能不能帮我找找我老婆在哪儿，我想在最快的时间里见到我老婆。”李天石眨了眨眼，以为自己听错了：“弟妹什么时候不见的？”

“昨天晚上十一点钟从家里走的，我找遍了所有能找的地方，没有人知道她去了哪儿。”

“兄弟，这还不到二十四小时呢？你是不是有点儿小题大做啊？”

既然找到了李天石他就不想隐瞒：“其实我们已经离婚了，昨晚她是和一个男人一起离开的！”

“你们离婚了？”李天石有点儿晕。

孙萌萌说过，她想过用一夜情报复自己，那个男人明明就是一直对她居心不良，肖毅真是快疯了。

“你别问了，帮我查查！”

“你和水灵还没断？”李天石不相信眼前的兄弟比他自己当年还要浑蛋。

“水灵自杀了……”

“死了吗？”

“抢救过来了，但必须我陪着……”

见李天石撇了撇嘴，肖毅的思维全都混乱了，一阵烦躁：“你也觉得我不应该去？”

李天石迅速地把头低下：“不知道，我只是觉得，你情况不妙啊……”

肖毅赶到父母那里时，已经是傍晚时分。得知孙萌萌来过，他压抑了一天的情绪终于爆发了。

“妈，为什么不留住她？”

肖父上前一个巴掌打在他的脸上，用尽了全力。“老头子……”肖母从身后扶住了老伴，看着肖毅满脸心痛，却没有阻拦。

“逆子，你让我们用什么理由留住萌萌？是你不给自己留一点儿余地！我们六十几岁的人了，跟着你在人家面前抬不起头来。如果是你姐姐遇到这样的事情，我一定把这样的男人打出去，人家已经不计前嫌地原谅了你，你又搞出这些事情来，你还让我们对人家说什么？”

肖母流下眼泪来，搀扶着老伴说：“我和你爸准备回去了，我们不想在这儿陪着你丢人现眼。不过有一句话我要说在前面，那个女人永远进不了肖家的家门，如果你仍旧执迷不悟，我们从此以后就当没生过你这个儿子。”

5.

肖母还是动了真气，她最担心的不仅是肖毅复婚的问题，关键是他对婚姻的态度：“小毅，你知道婚姻最重要的是什么吗？不是爱情，不是财富，而是忠诚与平等。两个原本陌生的男女组成家庭，相约携手一生一世，一旦有了婚姻的约束，就要求彼此忠诚，彼此爱护，需要的时候甚至为了对方可以付出自己的生命。有爱的婚姻看似坚固，其实更脆弱。

“有人说婚姻是男人对女人最大的赞美，可就是因为这个承诺让女人可以为之奉献一生。她可以在事业鼎盛的时候放弃晋升的机会为男人生儿育女；可以为了男人事业的冲刺，甘愿留下来做家庭的大后方。彼此承诺，甘心付出，生死相约，不离不弃。

“女人可以忽视了事业，忘记了打扮，最真实地出现在丈夫的面前，把所有的精力都放在家庭、孩子、老人的身上，这是因为男人在向她求婚时所说出的誓言赋予了她自信。从古至今，女人的青春比男人短暂太多，如果一个女人时时刻刻害怕自己容颜失色，身体老去，总是需要提防着男人的身边有更出色的女人出现而失去丈夫，那将是多么悲哀的一件事情，谁也不愿意每天胆战心惊卑微地过日子。

“夫妻间应该是坦诚的，你觉得对方哪里有不足，可以直接地指出来，共同进步，一起提高。家庭中任何一方事业上的成功，都不会只属于一个人，而是属于整个家庭。

“两个人在一起，可以经历贫穷，可以经历生死，可以经历病痛，甚至可以经历长期分开的思念，但是唯独难以承受的就是背叛。一旦背叛了，承诺就变成了谎言。谁有勇气守着谎言过一辈子？

“当然，现在的婚姻和我们那时不同了，有的女孩子在择偶的时候，关注的是男人的事业、金钱，有些事业有成的男人挑女人的时候看中的更多是年轻和美貌，互取所需。可是儿子，妈妈相信那些仅仅是一种社会现象，大多数人还是抱着对婚姻的美好向往与心爱的人步入了婚姻的殿堂……

“这么多年了，我已经习惯了这个媳妇，我喜欢这个孩子，我希望你们能够复合。我愿意相信你从萌萌和你离婚那刻起就已经和那个女人再也没有了牵连。

“可是小毅，不是每个人都会像妈妈对儿子一样可以永远地包容你，无论你做了什么最后都会原谅你。”

“妈……”

“要不是因为你做的这件荒唐事，你爸爸的身体也不会这样，本来还盼着这趟回来，撺掇着你们尽快要个孩子，家里多了新的生命，以前的不愉快也就淡了，也了了你爸的心愿。”肖毅听到最后几句，心里更酸涩得难受。

“萌萌是个可怜的孩子，这一年是她最难的时候，连个诉苦的亲人都没有。如果你和萌萌还有缘分，你一定要把萌萌追回来。”

昨天自从孙萌萌走后，水灵的情绪就再次失控，她现在的情况确实很不稳定，患得患失，尤其是打过一次电话给肖毅，没有打通，她就彻底地恐慌了。她想起了孙萌萌说的，从今以后别想再见到肖毅，她真的害怕了。

她的母亲见到肖毅后，不停地怒斥孙萌萌不该到医院来刺激女儿，本来忐忑的水灵，突然觉得解气，一句话也不想说了。

“毅，你怎么才来？”水灵看到推门而进的肖毅，心又重新归位。她觉得生活有了期盼，每天能见到他，她觉得一切都是那么的幸福美好。

看着她虚弱地躺在病床上，肖毅犹豫了一下，还是急切地问了出来：“昨天你和萌萌说了什么？”

水灵听出了责备的味道，幽怨地看着他：“我说我爱你……”

“你和她说这个干什么？”肖毅的声音高了几度，手掌握成了拳状，“除了这些，你还说了什么？你把那天雨夜我送你回家的事情对她说了？”

水灵感觉一股酸意直冲头顶，“是，我是说了！是她先逼我的，再说了，我说的有错吗？我只不过是实话实说而已。”

肖毅的眼睛里升起了怒意，可是转瞬又无力地垂下了头，是啊，她只是实话实说而已。

“水灵，你以后好好注意身体，我不能来看你了！”

“为什么？”水灵的眼睛里又流出来泪水。

“跟你的父母回家去，好好生活……以后千万不要再做傻事了，我不值得你这样去做，我也不可能再这样陪着你。”

“你又要离开我吗？”水灵哽咽着，看着肖毅格外憔悴、几乎脱相的样子，一个念头突然在她的脑海中闪过，“她是不是决定和你离婚了？”

自从水灵为肖毅自杀后，他对她就是又怕又怜，还有很多连自己也说不出的情绪不时地在心中蔓延，可是昨晚之后，所有情绪中这个“怕”字越加深刻，他不想因为自己的不辞而别再一次刺激到她，今天想来告诉她，以后他都不会再来了，想亲眼看着她彻底地接受这个事实，他对她还是愧疚的，可是现在孙萌萌在他的视线中消失的时候，他真的没这个精力了。

水灵柔弱地躺在那里的样子，让他不自觉地把话说得小心翼翼，一边说一边观察她的反应。

可水灵只看到了他复杂的神情，却不知道此刻肖毅所有的情绪都面临着崩溃的极限，只需要有人去拉一下导火索，就会全面爆发。

而水灵虽然没有直接去拉这根导火索，可她不明就里，干脆直接往他头上扔了一颗手榴弹。

听到她的这句话，肖毅眼睛里几乎要喷出火来。

想想这段时间他是怎么挽回孙萌萌的心的？除了他坚持不懈、彻底悔改……最最关键的就是有了奶奶和父母这三个强有力的支柱。

现在奶奶去世了，父母马上就要回澳洲，他之前的谎言全部曝光……

所以肖毅现在最最听不得的就是“离婚”两个字，这个词对他甚至比水灵再次吃安眠药更具有杀伤力。

“你就这么盼着我离婚？”肖毅本来就大男子主义，脾气向来就不温顺。水灵和他开始是工作关系，自然体会不到，后来柔情蜜意甜还甜不过来，哪会冲她发火？尤其是这些日子以来，他对她更是慢声细语，小心呵护。

水灵见他这般恶狠狠的样子，她的心跳加速，嘴唇慢慢地被抽走了热度，很难受……

肖毅这个时候也看不到水灵的变化了，这些日子以来，他费了多大的心思，承受了多少痛苦，才和孙萌萌又和好如初，如果不是水灵的极端，备不住他们现在已经在海南的酒店里造小人呢。

有火发不出，他猛地站起来，脸上的表情因为严肃而显得格外冷峻：“水灵，我记得我和你说过，这辈子我从来没有想过别的女人会成为我的妻子，我和你……是不可能的。”

“为什么和我是不可能的？就是因为她先认识你吗？她根本就不爱你，如果爱你怎么会要离开你呢？”

肖毅心中的痛楚一下子翻江倒海般涌了出来。水灵的一句话正好说出了他心中最恐惧的事情。

水灵看到他明明是在看着自己，却又像是在看着别人，目光那么吓人，越是心慌就越是口不择言：“以前是你觉得内疚，可是现在是她不想继续你们的婚姻，毅，我们是真心相爱，为什么不能在一起？”

肖毅心乱如麻，没等水灵说完就往外走，如果让水灵知道自己已经离婚，她一定会更加疯狂。

“毅……”水灵是真的不舒服，她的情绪一直很不稳定，现在眼睁睁地看着肖毅往外走，觉得心口憋气，额头马上就冒出汗来。

肖毅这回发现了，他皱起了眉头，紧张地向她走了过来：“你没事吧？”

“水灵，让他走吧……”水灵的母亲正好迎上欲走的肖毅，显然，刚才的话她都听到了，脸上没有一丝表情，却泛着更让人心惊的寒意。

“妈妈……”水灵委屈地落下泪来。

“你老婆昨天跑来对着灵灵大吵大闹，害得她下午急救，今天你又来刺激她，你们难道嫌害她害得还不够吗？她好好的一个女孩子现在变成这个样子，你的责任是最大的，你以为我想天天看到你？我警告你，如果你老婆以后再到医院来骚扰灵灵，别怪我对她不客气。从今天开始，你以后也不用来这里了……”

“对不起。”肖毅想了想，还是咬牙说了这句话，然后抬腿走出了病房的房门。

“不要走……”水灵试图下床来拦住肖毅，可是双腿太过无力，被母亲扶在了床上。

“灵灵，这个男人太过分了，他明明从一开始就不想和你结婚，却还要和你在一起，甚至将来就算离了婚也不愿意对你负责，他让你受了这么大的委屈，我和你爸爸一定要给他点儿教训。”

6.

为了避开肖毅，孙萌萌暂时又住进了酒店，可她才到酒店，就看到肖毅守在了自己的房间门口。

“跟我回家去！”肖毅自然知道私家侦探挖到孙萌萌行踪的原因，他这辈子从来没有像现在这样痛恨过酒店。

“你怎么在这儿？”孙萌萌感觉肖毅就像是从天而降。

看到了孙萌萌，本来一脸狼狈的肖毅心底暗自有些得意。他要是那么容易承认失败，也不会有今天这样的成就。

“房子本来就是你的，要走也是我走，你一个女人住在外面，我不放心。爸妈要回澳洲了，知道你住在外面，想要过来看你……”

肖毅往楼下走，孙萌萌却没有跟过去，仿佛完全无视他的存在。她仍用房卡刷开门进屋，就在要关门的那一刻，肖毅又挤了进来。

“有什么事情我们回家去说好不好？”

“肖毅，我们毕竟有那么长时间的感情，在你没有背叛之前，我们也有那么多非常欢乐的时候，我想把那些永久地记在心里，把那些不愉快的事情尽早忘记。”

肖毅怔怔地站在原地，没有说话，孙萌萌却已经准备关门了：“你走吧！我累了，我不想再继续吵吵嚷嚷下去，我们每吵一次，以前美好的记忆就会流失一部分。”

肖毅还想说话，甚至他想干脆陪着她一起住下好了，可是没想到，身后传来动静，原来是李博明站在了门前。

“你来这里做什么？”这个男人的出现把肖毅的计划彻底打乱。

“我是萌萌的朋友，她生活受到了打击，我自然要多来看她，倒是你，萌萌现在根本不想看到你，还请你不要总来骚扰她……”

“李博明，我们夫妻之间不需要你多管闲事，别以为我不知道你对萌萌是什么居心，你给我马上滚！”

李博明不慌不忙微微一笑：“我和萌萌之间坦坦荡荡，请不要把你处事的方法套用在别人身上。至于你是萌萌的丈夫这件事，已经是数月以前的事情了。”

肖毅不敢置信地看着孙萌萌，他们离婚的事情他一直保密，她却告诉了另外一个男人。

若是放在以前，孙萌萌一定会站出来维护肖毅，可是这一刻，她没有动。肖毅的目光落在她的脸上，试图寻找往日的回应，但看到的只有孙萌萌麻木的表情和眼底的疲惫。

外面又下雨了，豆大的雨点从天空中砸下来，很快就下大了，孙萌萌站在窗前，死死地抓住酒店的白色窗帘，她看到肖毅直直地站在楼下，抬起头望着自己所在的这扇窗子，一动不动。

他的衣服一点点湿透，他还是不走，就那么一直看着她所在的位置，像是忏悔又像是在等待。雨水打在了他的身上，同时也打在了她的心上。她想起了上学的时候，有一次他们吵了架，孙萌萌气得哭着离开，发誓再也不理他了。可是没想到傍晚的时候，下起了大雨，宿友告诉她，你男朋友在楼下等你呢，她推开了窗子，肖毅也是这样直直地站在楼下，不同的是，那是一个夏天，肖毅的手里还多了一把伞。

往事像开闸的洪水，汹涌而至。孙萌萌从自己的皮包里拿出雨伞，飞快地跑了下去。

肖毅的衣服已经湿透了，雨水顺着他的脸颊向下流淌，冰冷一片，可远远不及他心中的寒凉。他知道自己的狼狈自然是被李博明看了去，可是现在什么骄傲、什么自尊都没法让他移开脚步，他真的迈不开步子。他知道孙萌萌在看着他。

在看到从酒店的门内跑出来的那个倩影时，肖毅好像看到了漫天大雨中的一抹朝霞，他向她跑了过去，想把她拥在怀里。她终究是舍不得他的！

可是双手还没有触碰到她的身体，她的手就隔开了他，她把手里的雨伞撑开，塞到他的手中。

“快走啊，快走啊，不要站在这里，快走啊……”肖毅看到了孙萌萌眼睛里的泪水，她在哭着赶他走……

“萌萌……”他想再上前一步的时候，却看见孙萌萌头也不回飞快地跑了回去，又把他一个人怔怔地留在了原地。

李博明把楼下的这一幕尽收眼底，他面无表情，若有所思。

肖毅晚上意外地接到了李博明的电话。

“你怎么知道我的电话的？”难道是萌萌给他的？这个念头让肖毅觉得很恐怖。什么时候他们两个人需要外人传话了？

“不是孙萌萌给我的，你知道的，想找一个人的电话，对我们来说，并不困难！”

“找我有事情？”

“是的，我希望你能向萌萌道歉！”李博明的声音低沉，没有一丝的嘲讽与戏谑，只是透着不容置疑的坚决。肖毅愣了一下，实在想不出李博明给自己打电话的理由。

“你到底想说什么？”他是孙萌萌的丈夫，怎么受得了别的男人来对他指手画脚？

“我想说，如果你是一个男人，就马上给萌萌道歉。除了你的欺骗、背叛之外，最让她难过的就是，原本以为自己最亲近的人，为了一个一直伤害自己的人，怀疑自己、指责自己……为此她很痛苦！

“我想你根本没有体会过被别人误解的滋味，所以无法理解到其中的心痛与失望。你总是试图让别人原谅你、理解你、配合你，可是你从来没有设身处地地替别人考虑过。

“也许你对外人、对朋友，对生意场上的人不会这样，因为和那些人之间都是有利益关系的，那些人也不会对你宽容，你得罪了别人，很快就会被别人惩罚。所以你面对那些人的时候是敏感小心的。

“可是唯独对你最亲的人，你觉得他们应该时时刻刻地替你考虑，就算你不解释，他们也应该明白你的难处。

“即便是你用最无情的方式伤害了他们，你觉得只要你诚心悔改，他们就应该无条件地重新接纳你，就因为他们是你最亲近、最爱的人。”

“你到底想说什么？”这番话着实令肖毅心慌。

“昨天是那个叫水灵的女人打电话给萌萌的，在电话里哀求萌萌，想要向她道歉，萌萌才去的。

“你自己的妻子是什么样的人，你不知道吗？如果她真的想给水灵难堪，想让水灵下不来台，或者想和水灵鱼死网破，用得着等到今天吗？她会白痴到非得挑一个这么敏感的时期？

“她之前为了你已经隐忍了那么久，对那个女人更是不屑去对话。可你怎么能听那个对她伤害至深的女人的谎言，去质问你的妻子？这样的伤害甚至比你的再次背叛更甚……”

“你为什么要跟我说这些？”

李博明对萌萌如果有想法，不是应该让他们之间的误会更深吗？

“因为我喜欢她，从我第一次看到她的时候，我就知道她很不快乐，可是她一直要求自己坚强，不允许自己任何的放纵……每一次和她接触，我都会不自觉地对她的好感多一些。所以我不愿意看着她伤心难过，不愿意她用你的过错来惩罚自己，她爱你爱得那么深，你不应该再继续伤害她。

“我想除了我以外，不会有人告诉你这件事情的真相，我给你打这个电话，只是希望今晚萌萌能够不在愤恨中失眠。”

水灵自杀的事情对麦嘉轩的刺激同样很大，比这个更让他难受的是肖毅来照顾水灵时两个人相处的情形，他觉得很刺眼，很失望，也很失落。可偏

偏他又知道事情的前因后果，明白那个男人给不了水灵幸福，自己爱她的同时，更想把她从泥潭中拉出来。他想了很多，终于还是买了一大束玫瑰送到了水灵的面前。

“水灵，关于学校论坛的事，已经过去了，如果你还是不能释怀，我想上去发一篇帖子，就说你是我的女朋友，我们一直在交往，那些流言纯属是污蔑。”

水灵瞪大眼睛看着眼前的这个男子，这一刻她不是没有一点儿感动的：“嘉轩……”

“水灵，我不清楚肖毅对你有多少感情，但是我知道他是别人的丈夫，你就算再爱他，他也无法给你幸福，忘了他吧，试着和我交往，我会加倍对你好，总有一天你会爱上我。只有离开他你才会体验到什么是真正的幸福……给我，也给你自己一个机会……”

“你知道吗，嘉轩，他也许就会和他的妻子分开了，这是老天爷给我的最后一次机会，我那么爱他，你说我怎么能够放弃啊？我怎么能够在这个时候放弃？”

“他……”麦嘉轩不止一次地见过肖毅对孙萌萌的态度，他几乎就要把肖毅已经离婚的事情告诉水灵，可是他不敢，他怕执着的水灵因为对爱情的偏执，更加迷失了本性。

“是的，我见到孙萌萌的时候我就知道，昨天看到了肖毅的表情，我就更加确定了。他们真的是在闹离婚。”

“水灵，你这是一直在破坏别人的家庭。”

“嘉轩，事情走到了今天这一步，我放弃不了。”

麦嘉轩用玫瑰花替换掉水灵床头玻璃瓶里已经泛黄的百合花，他迈着沉重的步伐，离开了病房。

肖毅知道孙萌萌这次是真的不会原谅自己了，离婚时，他想孙萌萌只是任性，吃点儿苦后很快就会回到他的身边，只是去民政局补个证件而已，所以在财产分配上，他根本就没有考虑。可是现在他把自己名下的房产都留给了孙萌萌。

李博明说得极对，若非你的亲人，尤其是生意场上的人，稍有怠慢，便有出局的危险，这个肖毅一向明了，可是人的精力毕竟有限，在某一处用尽全部，另一边自然会受到影响。此次后院失火，代价果然惨重。

男人被女人围攻，尤其是在妻子、情人、老妈之间，永远是最理亏的那一个。家庭遇到前所未有的危机，以前的安乐窝变成了角斗场，不出事才怪。

肖毅之前好不容易拿下的德国代理，此时正是投入期，占用了公司的大部分现金，利润最快也要在明年第一季度才可以看到。在这个关键时刻，没想到肖毅公司一直赖以生存的国内一家上市公司总代理的身份被人取代，改为一级代理商。虽事发突然，可是也怨不得别人。

代理的合同三年一签，上个月到期。一直良好的销量的保证，这么多年关系的维护，这本来就是板上钉钉的事情。却想不到一直负责这件事且与肖毅关系颇好的那位副总，因为与其他公司在项目合作时出了问题，被董事长拿下马，而他之前负责的所有工作将由别人接手，重新审查。

肖毅的公司将这个品牌做得不错，可是新官上任一切全变，更有很多人一直都对这个品牌的代理权虎视眈眈，做得好的公司也更不止肖毅一家。

就在所有人都挖空心思准备上位时，肖毅正在自己后院救火，与新上任副总的沟通自然慢了半拍，屋漏又逢连夜雨。在这个关键时刻，公司发往日本的一批货在海关那里延迟了时间，被客户投诉到了总公司，要求退货。损失惨重之余，等他抽出时间和精力准备迎战的时候，一切已成定局。

这让肖毅头疼不已，别的可以理解，但他不明白在海关方面一向顺利，怎么会突然在手续上又耽误了时间。好在找到了父亲在海关任职的老战友捋顺了以后的事情。

很快，更郁闷的事情摆在了眼前，其中几份出口国外的订单月底就要发货，合同是之前签的，可是现在拿到手的代理价格是之前的1.5倍。不发，面临法律问题；发了，公司就陷入了更全面的危机，甚至有可能面临破产清算……

肖毅措手不及，商场如战场，前一刻还壮志凌云前途一片大好，后一刻便溃不成军。

“真的这么严重？”孙萌萌是了解肖毅的，他的态度让她不难发现他的公司出了问题。

“做生意，有赔有赚，这次是我大意了！”肖毅大意的时候不多，可一次足以致命。

“你准备怎么办？”

“没事，以前白手起家都走过来了，大不了重新开始。”肖毅难得在电话里轻轻笑了两声。在老婆面前，他固执地守着自己的面子。

“律师给我的财产分配清单我看过了，卖掉房子的那四百万，我不要，你新买的那套小错层如果资金紧张就先卖了，你拿着用作资金周转吧……离婚时我说的那些话，都不是赌气，你不用留给我。”

“我不要！”肖毅打断她，斩钉截铁地说，“是我犯了错，如果要离婚，也应该我净身走人，我是公司法人，所有一切由我一个人承担，没理由让你跟着我受牵连。”

“做生意的事情我不太懂，但是我也知道什么事情都没有那么容易的，我做一个小职员工作起来都是如此，更何况你管着不算小的一个公司。这不仅是你自己的事业，更是二十几个人养家糊口、赖以生存的地方，你的公司没了，那些人就跟着失业了，好多都是陪着你一起创业的老人儿。你一定要打起精神好好想办法，渡过难关。人的精力有限，孰轻孰重，你要分清楚……”

“嗯！”肖毅不知道该说什么。他张张嘴，说不出一句话来，她说得在理。可她这样一句一句地嘱咐他，他只觉得心酸，仿佛他已经不再是那个她一直依赖的丈夫，而是即将远去的孩子，一个被她不得不放下的孩子。

他听到了电话里孙萌萌哽咽的声音："天气凉了，现在已经不适合穿单层的风衣了，过冬的衣服我之前都已经干洗好了，都收拾在小卧室最左边的木柜子里，那件黑色的薄羊绒大衣，在柜子的最右边，现在可以穿了。"

肖毅下意识地看了看自己此时身上的衣服，身上的衬衣还是昨天的，没有换洗，皱皱巴巴躲在西装里面，和他的人一样……都卷了边。

肖毅无力地垂下头，电话的另一边已经挂断了。他猛然抬起头，才发现外面的天此时已经黑透了。

"离了，这回是真的离了！"肖毅坐在李天石的对面，本来潇洒不羁、英气逼人的脸上布满了憔悴，两腮的胡楂如雨后春笋，显然多天没有收拾了。

李天石没搭理他，他很佩服肖毅到现在还能幻想的本领，但没忘及时地往他伤口上撒盐："你彻底恢复了单身，有什么打算？"他拍了拍肖毅的肩膀，很欣慰地感到了这个老弟浑身一颤。

"我怎么到现在都觉得不是真的呢？"

"是真的，你和我一样，可以随便找女人，再也无人干涉，但是……同样，她再找男人，你也无权干涉，从此婚姻自主恋爱自由，人财两清……"

提到了财产，肖毅苦笑："我把除了公司以外的东西都给她了，我无法让她过得好，只想着起码让她在钱上不用发愁，她说过这段时间她深刻地体会到了赚钱不容易。"

"能用钱弥补的过错，就不是伤害。能看到的伤口总有一天会愈合，可是有些伤害一旦造成了，除非她自己忘记，否则根本无法弥补。再说，一个男人做错事就应该有所付出，你这些都是应该的，没什么好说的……"

李天石像是骂他，又像是骂自己，他想起姗妮当初跟自己清算财产时那决绝又凄凉的表情，他摸出怀里的烟盒，颤巍巍地打开，用嘴叼出一根，点燃，深深地吸了一口。

“她什么都不要，都留给我渡过难关！”

李天石的手僵在那儿，慢慢地转过头仔细地盯着肖毅的脸，似乎想证实什么。

“她说不是为了我，只是为了跟了我那么多年一起创业的老人儿，也怕我的父母惦记。说我不能再对不起更多的人。我知道她这些都是借口，她是不忍心。”

肖毅的眼泪落了出来：“她恨我……”

李天石微微叹息着摇了摇头：“她现在是恨你，可是有一天你会发现，她的恨都成了对你的怜悯，成了你遥不可及的期盼。这些钱，就当她是借给你的，好好干……”

8.

自从越来越多的人知道孙萌萌离异的身份后，她的生活圈子好像一下子热闹起来。她的朋友很少，交际更贫乏，可以前的朋友、同学，都一下子关心起她来了。

女人们对她安慰的同时，也不由提高了警惕；男人们叹息的同时，眼神也变得有些复杂。当着她的面痛骂肖毅，背地里传来的流言五花八门，什么都有。最多的便是女人们议论她性格不好留不住男人的心，所以被丈夫抛弃，结婚多年没有孩子，身体有问题，婆媳关系不和，老公忍无可忍……

孙萌萌深刻地体会到，这个世界上对女人最狠的不见得都是男人，往往是那些女同胞。

但是有很多人也是真心地关心孙萌萌的未来，短短的时间里就有一个以前年长的同事给她介绍了一个离异的军官，比肖毅大几岁，说是条件不错，还从网上传了一张照片给她。

孙萌萌礼貌地拒绝了，这么短的时间，她从来没想到要开始一份新的感情，除非是为了报复肖毅。可她没那么傻，婚都离了，报复给谁看？

刘大姐语重心长地说：“萌萌，趁着还年轻，早点儿打算，大把的剩女都没有着落呢，男人三十一枝花，女人三十豆腐渣，尤其离过婚的女人，更是隔夜凉茶、明日黄花，你可仔细琢磨好了，机不可失，时不再来！”

孙萌萌一笑了之，这位刘大姐也是一片好心，说的也是现在社会的实际情况，但她听着还是有些抑郁。

孙萌萌被安排了一个外地采访的任务，下农村是个苦差事，一去就是两个月，人一下子瘦了十斤，临回新港的时候，她病倒了。

两个月没有回家，到家后她洗了一个热水澡，什么也没吃，就把自己扔进了床心。昏昏沉沉之中，她听见手机的铃音，摸索着接通。

“喂？”她几乎是没有意识的，说了几句才隐隐约约听出了是李博明的声音。

“萌萌？”

“嗯，出差刚回来，你有事吗？”

“你病了？”

“没事，感冒而已！”

电话挂了，直接关机，孙萌萌很快昏沉沉地睡去。可是一会儿她居然又被门铃声吵醒，一向脾气还算不错的她，真的想大声骂人。

李博明送她回来过一次，在楼道外说再见，知道她家住在几楼，电话打不通，只能先敲其中的一家，碰碰运气。他一直想见她，可是她根本不给他机会，后来他出差回来，她居然去了外地，而且一去就是那么久。

门打开了，看到她的那一瞬间，他皱起了眉头。面前的女人两颊灿若桃花，睡眼惺忪，发出的气息都是滚烫的。他等着她回来，等了这么久，没想到见到她居然是这个情形。他下意识地拉起她的手，果然烫得惊人。

“你发烧了，马上去医院……”

“我很累，睡一下就好了！”孙萌萌条件反射地抽开自己的手。

不再和她说话，李博明强制地搂住她的腰，拿起挂在门口衣架上的外套和皮包，半抱着她往外走。

当孙萌萌再睁开眼睛时，一股医院专有的味道刺入了鼻息，一抬头便对上了一双朗星般的眼睛。

“李先生！”她尴尬地想直起身来。外面的天已经黑透了，应该是在夜里吧。看着手臂上插着的输液管子，她问：“我怎么了？”

“感冒发烧，还有营养不良，医生建议住院，我觉得你可以回家休息，输液时再过来。”

“哪有感冒还住院的？”孙萌萌看着瓶子里的药水已经快见底了，客气地说，“我自己可以的，很晚了，你先回去吧！”

“反正你麻烦我也不是一次了，这个时候说这些，听着很矫情，不差这一会儿，我送你回去吧。”

孙萌萌点点头，又疲惫地闭上了眼睛。李博明看出她在他面前试图穿上层层的武装，看着她戒备的眼神，连睡梦中都微微蹙起的眉心，他突然就觉得心疼。药水一滴一滴地流进她的血管，仿佛也有一丝丝淡淡的却又浓稠的情感，随着那液体一点点流入了他的心中。

他送她回家，她一直昏睡着。车子停到小区口的时候，已经快天明了，黑暗的天际，露出了一抹晨曦。她醒过来，拿出皮夹，要把医药费还给他。

他说：“我送你上去吧！”

“不用了，你早点儿回去休息吧，真是太麻烦你了。”

他没有说话，看着她慢慢地绽开了微笑，整个人像一株被霜打过的百合，他的心跟着便痛起来。

他大步走了过去，伸手抱住了她，突来的男子气息让孙萌萌一时间不知所措，可就是这几秒钟的迷茫，她已经被他结结实实地搂在了怀中。他用最轻的声音在她的耳边告诉她：“我知道你还没有准备好，你什么都不用做，我只等着你的心慢慢地向我走近。”

他伸手覆上她柔软的耳际，英俊的脸慢慢地靠近她，她突然意识到的时候，他的唇已经落了下来，精准地吻住了她的嘴唇。他没有给她反抗的机会，她的嘴唇因为发烧热烘烘的，让他忍不住流连，几乎是无法控制地越吻越深。这种因为一个女人而无法控制的感觉，已经很久没有过了。

孙萌萌气坏了，因为这个男人的冒犯、因为自己这些日子以来一直压抑却无处发泄的情绪。她觉得自己非常难堪，非常无助，从今以后再也不想见到他。

前一秒萌萌还在奋力挣扎，后一秒她却突然不动了，顺着她的目光看去，李博明看到一个男人站在离他们不远处，怔怔地看着他们，好像被魔法点成的化石。

第10章
狠心

肖毅看着她把自己的那些照片仔细地装进预先准备的信封里。他渐渐看不清相册上自己孤零零的身影，却仿佛看到另一个男人取代了自己的位置，陪伴在她身旁，一路走向白头。

1.

挣脱开李博明的怀抱，孙萌萌觉得一瞬间像是被抽干了血液。

晨曦中，肖毅的肩膀在微微颤抖，他似乎是在极力地让自己平静下来。

“你在这儿做什么？”孙萌萌尽量让自己的声音保持平静，其实心里早已经惊涛骇浪。

“我病了，想着你是不是也会不舒服，就来了。”

听着肖毅颤声的话语，孙萌萌嘴唇哆嗦了一下。鼻翼两侧一瞬间涌上酸涩，泪流满面。

结婚后很长一段时间里，他们两个人有一种奇怪的默契，只要一个人发烧感冒，或者哪里难受，很快另一个人也会有这样或者那样的不舒服，近来，他们相处的时间少了，后来更是连见面都难，生病自然也是各生各的。以为他早就忘了，没想到，他居然还记得。

“我没事……”孙萌萌不知道该如何向肖毅解释刚才发生的事情，其实连她自己也没有搞清楚为什么。她张了张嘴，说不出话来。

“你快走吧！”孙萌萌眼前雾气散去，恢复一片清明，抬腿就走。

肖毅以为孙萌萌多少会解释一下刚才的事情，可是看到孙萌萌留给他的背影，才意识到孙萌萌已经走了。

“我送你上去。”李博明自始至终没有看肖毅一眼，大步追上了孙萌萌。

看着李博明就要没入楼道的背影，肖毅突然发狠地追了上去，挡在了李博明的面前：“你给我站住！”

他的胸口剧烈地起伏着，像一头被逼急了的雄狮，浑身的毛发都竖立起来，恶狠狠的目光怒视着李博明，想要将他生吞活剥。

“你走开，我现在没有时间！”李博明也退去了脸上习惯性的笑容，抬眼向楼梯的方向望去，不悦地皱了皱眉头。

“你给我离萌萌远一点儿！”肖毅固执地拦住李博明的去路，大有要想上去就从他身上踩过去的架势。

李博明听到楼上传来了关门的声音，他微微眯起了眼睛，斜睨着眼前这个男人：“这也是我想对你说的。”

“你没这个资格，要是你再来骚扰萌萌，别怪我对你不客气。”他与孙萌萌相知这么久，根本没法相信她会在这么短的时间里爱上任何一个男人。都是因为这个浑蛋纠缠她，或者是她为了报复他！

可是即便是这么想，他也感觉自己快要疯掉了，和别的男人接吻，她不嫌脏吗？

看到刚才的那一幕，他活脱脱像被热油泼了眼睛！

“肖毅，你应该记得我和你说过的话吧？”李博明又微微一笑，好心地提醒他，“别人的妻子，我绝不会冒犯。”

肖毅表情僵硬，眼中的火焰瞬间熄灭，转为一片死寂。

“你们已经离婚了，不要再来打搅她的生活。”

“你给我闭嘴……”

李博明这时已经和肖毅走出了楼道，孙萌萌窗子里的灯火已完全熄灭。他知道，无论是谁，今天都不可能再见到她了。

肖毅跟在李博明的车后离开，他不想回去，孙萌萌和李博明接吻的情形像幻灯片一样，不断地在他的脑海中回放，他觉得自己的大脑满得就要撑破了，他觉得自己被刺激得快要崩溃了，连风声似乎都在嘲笑他的无能、他的悲哀。

他漫无目的地在大街上驾车前行，这个时候已经早上六点多钟了，空旷的街道上，车流并不多。路两边的商家大都还没有营业。很快一家二十四小时营业的高档酒吧进入了他的视线。巨大的霓虹灯招牌闪烁着向他招手：“夜上浓妆”。

如今夜色已经散了，浓妆艳抹的神秘感一退去，再美的女人看着也有些狰狞。他自嘲地走了进去，酒吧里已经没有什么人，舞池里的各色彩灯熄掉了一半。空气里弥漫着浓重的烟草味、酒味和脂粉香，他的喉咙更加难受，剧烈地咳嗽着，直奔吧台。

“您要什么？”一个女人，不，也许还算是女孩吧，穿着促销员的衣服，脸上的妆已经卸了，梳着一条马尾，有些惊讶地看着他。

“随便！”秦紫妍替一家酒商在这里做促销员，这时候正准备下班，一抬头，就看到了一个大帅哥坐在自己的面前。她连忙拿过身后放着的一杯调好的鸡尾酒递过去。

肖毅扫也不扫一眼，一饮而尽。

“这酒叫什么名字？”肖毅一边说，一边指了指她身后示意再来一杯。

“知心爱人。”秦紫妍小心地回答着，她在这里打工有一个月了，看过不少来买醉的男男女女，这位帅哥显然心情不好，一脸“生人勿近”的表情。

酒入愁肠，肖毅的喉咙像着了火一样，身上却像是披着一层冰做的被子。

“换一种！”他的嘴里冒出的都是苦涩，回去当然也可以喝酒，可是他实在是不想一个人。

“这个是红粉佳人！”她又递过来一杯，他抬眼看了她一下，突然觉得这个女孩有些面熟，似乎曾经在哪里见过。

肖毅已经记不清自己一共喝了多少杯，眼前的景象越来越模糊，终于他趴在吧台上再也起不来了。

他和孙萌萌认识是在“非典”的那一年，那时她刚上大学。学校全部被封了，学生不能随便离开学校，这给他创造了不少的机会，他总是以朋友的名义去大学的铁栏杆外面给她送吃的，一切明明还那么清晰，转眼间竟然恍若隔世。

他睁开眼睛的时候，发现自己躺在了一张软软的床上，头痛欲裂，浑身一丝力气也没有。

“毅，你醒了？”肖毅以为自己在做梦，可是梦境有些不对劲儿，他听到了水灵的声音。

水灵从厨房里端出面条汤来，用手小心地拿下敷在他额头上的毛巾，扔进冷水盆里。肖毅一个激灵坐起来，看着四周的摆设，才知道自己躺在家里。

“你和我怎么会在这儿？”简单的几个字，声音里已经夹杂着怒意。

水灵一下子又慌张起来，连忙解释着说：“毅，你在酒吧里醉倒了，我刚巧打电话给你，那里的人就让我去接你！我知道你住在这个小区，去问物业你家的门牌号，是保安帮我带你上来的。”

她忐忑地看着他的表情，她知道他公司运转出现了问题，去酒吧里买醉一定是心情很差。

“毅，你就这么讨厌我？无论怎么样，我们也曾经那么亲密过，总不至于连路人也不如吧？”她曾经想过很多次如果有机会再见到肖毅后的情形，以前的她真是太幼稚了，如果不是自己逼得那么紧，他们之间会不会因为孙萌萌的退出而变成另外一种情形呢？

肖毅对孙萌萌有义，怎么可能对自己无情？

“你走吧！”肖毅看了看表已经是下午了。他忽然哪儿也不想去了，公司还有一大堆事情等着他去处理。最棘手的就是这个月的工资问题，之前的违约金和高价货款，他已经借遍了所有能借的地方。以前和他关系一直很好的几家银行信贷负责人，现在知道了他公司的状况也都对他避而不见。

他一直在四处奔走，可是经历了昨夜之后，他太累了。

水灵刚才悄悄地打量了这个房间，收获颇多。虽然肖毅一直在冷落自己，可是所有的事情正在往好的方向发展，当她真正地走进肖毅这间房子的那一瞬间，她觉得整个世界又都重新有了色彩。

她相信，他终究会走出离婚的阴影，开始真正的幸福生活。

同时她也找到了问题的所在，这个家里，到处都还是孙萌萌的东西，肖毅在这样的环境里，怎么能忘得掉孙萌萌呢？

孙萌萌本就打算把很多东西一起抛弃，肖毅却舍不得乱丢乱放任何一件她留下来的东西。水灵并不知道这些，在她看来这根本就是孙萌萌故意为之。他现在这样对她，她可以理解。男人都有他们生活的轨迹，他们自己最早定下的规律一旦被打破，他们都会懊恼怨恨，可是最终还是会重新开始好好生活的。

以前她太在乎肖毅对她和孙萌萌之间爱之天平的倾斜，现在她不会再像以前那么傻了。以前那么难熬的日子都过来了，现在他们已经离婚了，她找不出离开肖毅的理由，她和他需要的只是时间。

“这是我帮你做的面汤，你喝了之后我就走！”肖毅怒视着她，眉毛拧成一个结：“离开这儿，我不想别人到这里来，尤其是你。”

她已经不是以前的那个水灵了，她并不气恼，也不想和他争执，脸上浮起哀愁与苦涩：“我说了，我看着你吃完饭后我就走，一个人生病的时候，待在屋子里等一个永远也不可能来的人，那种滋味太难熬，我都尝过的。你不要恨我，我也想少爱你一点儿啊，让我放了你，谁又来放过我呢？”水灵的眼睛很快就泛起了泪花，爱上了这样一个男人，她或许没有料到事情会发展到今天这一步，可是她没有办法，只能死死地抓住他往前走。

“毅，就算我是一个路人，吃一碗我做的面条，也不过分吧？”

“我说了，你赶快离开这儿！”肖毅真的没能控制住自己的怒气，一把打翻了床头柜上的瓷碗，蛋花和面条洒了一地。

“啊……”水灵被吓了一跳，从床沿跳了起来。

“我让你离开，听到了没有？”肖毅抓起被子蒙住了自己的头，突然觉得自己的生活根本就毫无希望，同时悲哀地发现自己根本没有埋怨的资格。他感到有两行湿热的液体沾湿了丝被。

等他再次睁开眼睛、把头从丝被里露出来的时候，他看到地上已经被收拾得干干净净，屋子里只剩下他一个人，他轻轻地舒了口气，下床去给自己倒水。

脚下像踩了棉花，他跌跌撞撞跑去客厅，却看到门口处蜷缩着一个小小的身影。

“你怎么还没走？”肖毅闭上眼睛对着房顶叹了口气，真是冤孽啊。

“毅，你得去医院。”她还想说，可是肖毅已经打开了门，抱起她的外衣和皮包胡乱塞给她。砰的一声关上门。

肖毅喝过水，重新躺回了床上，他睡着了，梦到了孙萌萌穿着性感的睡衣，躺在床上等着他，他急匆匆地爬上床去，她白皙的双腿那么修长，饱满的胸部像一对白鸽呼之欲出，他迫不及待地想要狠狠地吻住她，可突然之间，她抱紧了双臂，冲着他大叫起来：“你走开，你不是我老公！”

一身冷汗，他醒来，却一动也不能动，浑身酸痛，连呼吸都是滚烫的。

感觉到了身旁有人，他吓了一跳。水灵哀怨地说：“我不放心你一个人，你烧到四十一摄氏度了，我买了消炎片和退烧药，你吃了我就走好不好？”肖毅紧闭着双眼，感觉到额头又被敷上了冷毛巾。

“好啦，你别生气了，我刚才拿了你的钥匙，忘记还给你，我已经拿出来了，我马上就走。”

肖毅微微睁开眼睛看了她一眼，她的眼睛里都是泪光。他重新闭上眼睛，心底徒然地发出一声长长的叹息。

2.

第二天，孙萌萌到了杂志社，主编让她去云阳做一个采访。本来考虑到她刚回来并不想安排她去，可是她毫不犹豫从单位直奔机场。

李博明手上拿着一本《烽火》杂志，正好看到孙萌萌采访周夫人的那页。她的文笔优雅而犀利，论调看似柔和，却透着不可动摇的坚毅。

他打电话给她，没人接，他猜测自己是否已经被她设置到拒接名单里了，忍不住莞尔一笑，直接打给了烽火杂志社的前台，被告知，孙萌萌出差，没在公司。他让助理定了机票，直奔云阳，那里刚巧也有在谈的项目，他干脆亲自上阵。那个小女人显然是不会主动再走入他的视线范围，所以他只能追赶着她。

让他更为急迫的原因，除了他向她表明心意后需要一鼓作气之外，他还在担心，她昨天还在打点滴，今天就出差去，实在是太不爱惜自己了。

这么多年来，渴望一个女人的吻的感觉，已经很久没有过了。他从来都是这样，看准的事情，就一定要去做，不让自己再有任何遗憾和后悔的机会。

傍晚，他就已经到了她下榻的那家酒店。她的手机还是关着的，他直接打她房间里的电话。

没想到只响了两声，就被接通了。

"你好。"

"是我。"

"您是哪位？"孙萌萌依旧鼻音浓重，他的心里隐隐地泛着失落，她没有记住他的声音，更不会记住他这个人。

"开门，我就在你的门外。"打开门，孙萌萌一脸的难以置信，"你怎么会在这儿？"

"因为你在这儿！"如此暧昧的回答，孙萌萌简直不敢相信这句话是从李博明嘴里说出来的。

所有人对自己态度的转变，难道就是因为自己离婚了，所以连她一直仰望的李博明也变了样子？他上前一步，她不由自主地就往后退，退到了房间里，李博明随手把门带上。

“谁允许你进来的？”孙萌萌脸颊绯红，一脸戒备地看着李博明，一双大眼睛警觉地微微眯起，眉头拧成了一个疙瘩。她不自觉地抱起手臂，毛孔中都透着敌意。

他忍不住笑了，从怀里掏出药瓶，倒出药片来，倒了白水一起递到她的手边：“为了躲我跑来这么远，药都不吃，病得更重岂不是我的罪过？”

孙萌萌的脸更加火烫，没有用手去接，而是越过他，直接想去开门：“请你离开这儿！”

“先吃药！”李博明说着，已经走过来把药片递到了她的手里，她眉头拧得更紧，想直接把药片扔了。

“把药吃了，我有话想和你说！”他感到了她的紧张，甚至几乎听到了她心跳的声音。

一不留神，她就在他面前消失了，他后悔没有让她知道自己的心意，他那时突然很后怕，怕自己已经失去了向她表白的机会，现在他一定不会再让她从自己的身边走开。

他拨开她额前的碎发，她又忍不住战栗了一下，惊恐地后退。

他又一次失笑：“昨天很抱歉……可我不后悔……”

孙萌萌用牙齿咬住自己的嘴唇，脸一下子又涨红了起来。李博明不忍心再看她这个样子，叹了口气认真地对着她的眼睛说：“我一直想追求你，但是你离婚后突然失踪了，你让我心慌了。你这么谨慎，我只能用行动告诉你我的心意！”李博明的声音低沉，语速过慢，产生了一种蛊惑的力量。孙萌萌觉得自己的心跳动得失去了规则。

她彻底说不出话来，想起之前的一些事情，忽然有些明白了。

“你说过的，心动不是错，只是必须等到一段感情的结束，孙萌萌，你看着我，我是认真的。”

楼下的餐厅已经过了吃饭的时间，放着舒缓的钢琴曲，座位大多数都是空的。李博明把菜单递到她的面前：“想吃什么？”

他之前没让她点过，她顺手接过来，没什么胃口，随便点了几个清淡的小菜，要了一份白粥。

“都是太清淡的也不好，昨天医生还说你营养不良。”李博明又点了两客鱼翅拌饭。

“清淡惯了，吃多了会消化不良。”

“搞文字的人，是不是特别喜欢让别人去猜句子里的含义？”孙萌萌不语，他又说，“你是想让我知难而退？我不会的。我这个人从来不会随便去做一件事，但下定了决心，就绝不会半途而废。”

“你在追逐猎物？”

“是你太敏感。”

“你根本不了解我。”

李博明有些惊奇，他在想，像她这样单纯温和却在某一方面强势坚持的女子，肖毅在背着她和别的女人交往时，怎么会没有想过必然的结果？或许他根本没有见过孙萌萌强势的一面？李博明突然感到自己有些荣幸。

“你想和我说什么？”

“我想你做我的女朋友。”他直视着她的眼睛，想让她从目光中看到自己的心意。

可她显然对他的诚意报以无视：“你没有女朋友？”

以他的条件，在这个年纪，不知道会有多少女人前仆后继，他为什么就偏偏喜欢上她这样一个离异的女人？

“你觉得一个每天只能睡六小时的人，会有时间和精力交女朋友？”

“我现在不想谈感情！”她干脆地拒绝。

“觉得我不好？”

“不是，只是还没有好到让我喜欢上你……”

“以前决定和肖毅在一起的时候，是因为那时已经爱上他了？”一句话直击孙萌萌的痛处。

“你有没有想过最好的忘记方法就是重新开始一段新的感情，我们可以试着交往，如果你因为还爱着他想要和他在一起，我想你就不会和他离婚了。既然选择了离婚，早晚都要开始新的生活。”

孙萌萌的嘴唇哆嗦了一下，脸色更加难看，连他都看得出她还爱着肖毅，这是她的悲哀，可是那么多年的感情，让她怎么能放得下？

他忽然很难过，实在不希望看到她在他面前为别的男人黯然神伤。

钢琴曲突然换成了欢快的调子，越发显得她的表情过于哀伤。

“我不想吃了！”

“不可以！”

孙萌萌不是一个刻薄的人，可现在就是想对着李博明发火，或者是发泄：“我做什么事要你管吗？你是我什么人？”

李博明这些年很少有激动的时候，现在他也忍住了生气：“遇到了就是遇到了，我躲不开，你也躲不掉，如果你没有选择结束上一段婚姻，我也许永远不会对你说这些。可是你既然已经选择了，我就不允许你这么痛苦地折磨自己。”

“我哪里有折磨自己？要不是你……”孙萌萌又想起昨天晚上和眼前这个男人那莫名其妙的唇齿纠缠。

李博明对女人从来没有什么耐心，可是他看着她日渐消瘦的面庞，不禁觉得心疼。

3.

晚餐后，李博明送她回房间，他还有工作要去处理。回来的时候已经是半夜。好容易天亮了，他去敲她的房门，叫她一起去吃早餐。

“我不想吃，你自己去吧……”李博明听到她鼻音浓重，声音恹恹的，怎么能放心离开？

“开门，我要是想进去有的是办法！”果然很快，门被打开了。

她不耐烦又没有办法地重新钻回了被子里。他摸了她的额头，果然又发烧了，他叹了口气自嘲地说：“真不知道什么时候才能看到你不再是一副难受的样子。”认识她的时间不算短了，几乎没看到她真心地笑过。

他拿着温度计给她试，她挣扎着自己来，他又去倒水给她，她把药片送了进去，突然就哭了。

李博明这回真的慌了，连忙哄她：“是我不好，你不希望见到我，我出去……”

孙萌萌摇摇头，目光像是穿透了他，看着他身后的某处：“以前我生病的时候，他也会像你这样照顾我……有时候半夜醒来，我依然不敢相信我们就真的这么离婚了。你说爱得那么深，爱得那么真，要生生地把爱从心底剜去，从此陌路……怎么才能做得到？”

李博明把她揽在自己的怀里，轻轻地拍着她单薄的后背：“我懂的，我都懂的……忘掉他，试着爱上我……”

孙萌萌听说云阳的海滩很美，李博明默默地跟在她的身后，以前他心情不好的时候就非常喜欢面对大海。那一刻，你会觉得人在大海面前是那样渺小，所有的喜怒哀乐都能被大海的气息所包容。气温很低，他把自己的大衣脱下来，裹在孙萌萌的身上。

“冷吗？”

“不冷！”

“我们不能在这里待太久，你还在感冒……”两个人并肩坐在海滩上，谁也不再说话。

海风迎面吹打在脸上，孙萌萌的情绪果然很快就平静了下来，她贪婪地汲取着大海清新的味道，头变得好重，她的头不自觉地轻轻靠在了他的肩头。

“老公……我想睡一会儿……”

李博明叹了口气，对她说：“萌萌，你看清我是谁，我是李博明，不是肖毅！”

孙萌萌肩膀颤动了一下，睁开眼，抱歉地看着他，然后微微低下头，轻声地说：“对不起！”

李博明的心跟着她的表情就是一痛。他慢慢地伸手揽过她，试图让她重新靠在自己的肩膀上。她的身体僵硬了一下，虽然无声无息，李博明还是感到了她的挣扎。

“做我的女朋友吧！”

“……”

“你觉得我是在开玩笑？”李博明严肃的样子，总是会让孙萌萌感到一阵的压力：“这样对你不公平，至少到现在为止，我一点儿也不爱你。”她给不了他想要的，能做的只有坦诚。

“和我相处久了，你会发现不知不觉地会离不开我的……”李博明伸手揉着她的短发，有些逗弄的意味。

孙萌萌用手臂抱紧了双膝，把下巴放在膝盖上：“那种离不开一个人的感觉会让我感到害怕。我现在只希望好好地工作，好好地生活。等妈妈回来的时候，自己能有一个全新的开始。人的一生中会有很多的东西，感情注定只是其中的一部分，我想我再也做不回那个只为感情和家庭而活的孙萌萌了。”

“你是说，你已经不相信爱情了，所以要当女强人？”

“女强人？”孙萌萌愣了一下，笑着摇了摇头，“从来没有过这种想法！没有一个人会因为事业的成功就能感受到人生全部的幸福，再成功的人也需要有人和他一起分享他的成就，再坚强的人也需要有人在最痛苦的时候倾听他的倾诉。

“所谓的男强人、女强人都只是一个称谓，在我看来这个世界上根本就不存在永远无法击垮、绝对坚强的人。你爱别人的时候，自然也会渴望别人来爱你，爱情没有绝对的公平，但是也绝不会永远因为只有一个人的付出而存在。

“但爱情能走多远，要看一个人的心专注的时间究竟有多长。有的人会很长，有的人在很短的时间里就会失去耐性。我不知道你喜欢我什么，可是千万不要对我轻易许诺……”

李博明的目光望向无边的海岸，遥远又幽深：“我从不会轻易许诺，但是我说过的每一句话，我都会记得。我等着你真正敞开心扉接纳我的那一刻，也许你说的是对的，没有人会在原地永远地等待，但是我很清楚你不是一个铁石心肠的女人，而我有比一般人更多的耐心和信心。”

“我承受不了人生路上的再次背叛，根本不知道自己还有没有能力爱上任何一个男人，幸福对我而言，似乎已经离得很远了……”

“人生本来就是一个不断舍弃的过程，最初做决定时需要慎重而仔细，但是一旦选择，任何时候都要坚定自己的信心。也许你永远不会知道下一站会是什么样子，但为了最终到达幸福的彼岸，肯定要抛弃沿途一些心动的风景。舍得舍得，不舍永远不会得到。”

“那你觉得幸福是什么？如果中途觉得沿途的风景才是最美的呢？”

“真不该和搞文字的才女说大道理……”李博明轻轻地笑着。晚风吹起她额前的碎发，她像一个迷茫的小孩子，眼中充满了疑问，粉嫩的嘴唇在月色下散发着亮晶晶的光泽，让他忍不住又想一亲芳泽。

他别开脸，平复自己的冲动，缓缓地说：“我觉得幸福很远却也很近。

人一生成功与否，要到他晚年的时候才可以评判。我的要求并不高，有相对富裕的生活、相濡以沫的伴侣，两人有还算健康的身体，孩子们不求前程万里，只要能跟得上时代的步伐。看似简单，真正拥有却很难……”

后来孙萌萌真的睡着了，她蜷缩成小小的一团，靠在他宽阔的肩头。李博明已经不知道今晚自己心中隐隐地泛起过多少次心动的涟漪，那种感觉温温柔柔，慢慢地席卷到他身体的每一处角落。孙萌萌梦中微微地笑了，这样幸福的表情，他还是第一次从她的脸上看到。他把她揽得更紧一些，过了这么多年，他又有了和一个女人相依到老的感觉。

他低头怜惜地看着她，想着她就这样睡下去好了，不要太快地醒来。

可他不知道，孙萌萌的梦里又见到了肖毅，梦见了她和肖毅都穿着校服，她梳着辫子，他剃着平头。在操场上和很多学生一起跳着交谊舞。

有人问：“孙萌萌，他也是咱们班的啊？”

肖毅笑着说：“我不是，我是她老公！”

海浪声传来，梦结束了，她又惊出一身汗来。

“醒啦，我们该回去了！”孙萌萌把披在身上的大衣扔给他，朝着海浪的方向跑去。

“要感冒的！”李博明被她突来的举动吓了一跳。她回过头冲他调皮地一笑，像一只小白兔一样向着前方跑去。

“喂……喂……喂……”孙萌萌大声地冲着大海发泄。

他拿着衣服在后面追她，这样调皮的笑脸，让他的心也跟着奔跑起来。他抬起头，一轮明月高悬，皎洁的月光映衬得大海苍茫而又辽远。

一步一步地向她追赶过去，他的心似乎也跟着一点点地透明起来。海风把他消逝已久的温柔一点一滴地吹了回来。

4.

这次的采访任务还算顺利，孙萌萌在云阳住了三天，正准备离开，却接到了主编的电话，说后天是云阳政府主办的高新技术企业展会的闭幕式和答谢酒会，为了招商引资，各项新政策都十分优厚，所以这次展会的规模是盛况空前的，后天的闭幕式让孙萌萌去收集些有用的图片和信息。说已经和招商部负责外联的黄科长联系好了，让孙萌萌拿着工作证去就可以了。

到了闭幕式的那一天，孙萌萌没想到在会场外又遇到了李博明。

“怎么穿得这么少？昨天才刚好些，今天就这么不懂得爱惜自己？”

孙萌萌手里拿着大衣，看了下自己的打扮，粉蓝色荷叶边的衬衣，黑色的一步裙。看了看四下的美女们，在闪光灯面前像明星一样摆着姿势，她惊讶地答道：“我觉得我是穿得最多的一个了。”

李博明顿时失笑。

“我今天没有女伴，能不能帮个忙？”孙萌萌几乎没有犹豫就要拒绝，他凑前一步，低声在她耳边说：“那边有很多记者注视着这里……”

今天这场酒会，除了云阳当地的政界要员之外，更多的便是参展企业的负责人，都是商界英才，身旁的女伴自然也都姿色非凡。

孙萌萌借着李博明和一个熟人寒暄的机会，自己退到了一处角落里休息。

水灵被父母八百里加急调回云阳，以为有什么急事，可没想到，父母口中所说的急事，竟然就是带着她来参加这个破酒会。

他们语重心长地告诉她，出席这次酒会的除了云阳当地的政界新星外，更多的是前来云阳投资的各大企业负责人，机会难得……

原来他们是用心良苦地想把她介绍给这些人，现在她成了父母的一块心病，他们巴不得她尽快嫁出去。

她挎着父亲的手臂，被带到了李博明的身旁。

“水区长您好！”李博明礼貌地点头，余光扫到了他身旁的水灵，也微微一愣。水耀扬是云阳对外经济开发区的区长，这个女人怎么会在这儿？

“这是小女水灵！”水耀扬宠溺地看着自己的女儿，心里感叹，如果自己的女儿能找一个像眼前这样单身的青年才俊，他也就安心了。李博明的公司规模不算大，但是有国家重点项目在手，前途一片光明。而且他也有耳闻，此人虽然是白手起家，可是家世背景依然不容小觑。

李博明收起了脸上礼貌的笑容，淡淡地冲水灵点了一下头。

“这是李博明，李总……”父亲别有深意地向她引荐着，多次眼神暗示，让水灵无奈之下只好伸出手来。

李博明微微一笑，并不伸手，只说：“水区长，我还有事，先失陪了。”

孙萌萌看到水灵出现的那一刻，以为自己是眼花了，这难道就是所谓的冤家路窄吗？水灵穿着一身黄色的小礼服，依旧很美，气色也健康了，相比自己的憔悴苍白，她似乎过得不错！

“孙萌萌……”水灵叫住了她，“我有几句话想和你说，不会耽误你太久……”她的声音急匆匆的，好像等这一刻已经好久了。

“我们之间有什么好说的？”孙萌萌真的不想看到这个女人，可是她总是这样阴魂不散。

水灵用最低的声音急切地说：“我有事情要求你！”

孙萌萌冷笑：“你大概找错人了吧？”

“你说我什么我都可以接受，你已经和肖毅离婚了，我也不求你的原谅，我只是想追求我的爱情。孙萌萌，现在你已经不是他的妻子了，能不能彻底离开他的视线？”

孙萌萌被气得直哆嗦，再次转身看着她：“你什么意思？”

“你为什么不把你的东西全部带走？家里处处都有你的痕迹，你叫他怎么能彻底忘了你？你既然已经放手了，就彻底离开他的视线吧，那些东西我不动，如果你有时间，能不能去收拾一下？”

“你什么意思？”孙萌萌一时消化不了水灵的话语。

“是的，我们已经住在一起了！”

孙萌萌的耳边响起了肖毅的那句话。

“萌萌，这是我用爱为你铸造的新家，我们忘记过去重新开始……”

“萌萌，以后我再也不会让你在一个大屋子里等我到深夜……这个家是我们的二人世界……”

“萌萌，这些都是你喜欢的吧，我都没忘过，对装修的人交代了好几遍……”

肖毅的那些话还那么清晰，才短短数日，他就已经和这个女人在他们之前的家里双宿双飞了。早就知道是这样的结果，她为什么还要难受呢？

5.

水灵来到肖毅办公室的时候正是上班的时间，她在大厦的一楼等了很久，终于看到了一个以前和她还算熟络的同事，让他带着在一楼的登记处写好姓名，跟在他身后上了电梯。

到了熟悉的公司大厅的时候，她惊异地皱起了眉头，很多位子都已经空了，原本一派忙碌的工作现场，现在竟然是一片冷清。

“水灵，你怎么来啦？”有同事站起来问她。

“找肖总有点儿事，瑞恩和美旭去哪儿了，这些位子怎么都空了？”

“公司最近遇到了困难，肖总说不耽误大家的发展，如果有更好的去处，让大家尽管离开，本来大家是不想走的，可是肖总又说，如果不离开，公司真的走到了清算那一步，一定最先用清算后的资产给予大家货币补偿。咱们公司的流动性这么小，大家都喜欢这里，可是都到了这一步，也没有办法，所以有些人已经先离开了……”

水灵咬了咬牙，直接闯进了肖毅的办公室。

“你来干什么？”肖毅用手捏了捏眉心，皱眉看着她。

“为什么把门锁换了？你就这么不想看到我吗？”水灵忍不住眼圈又红了。

肖毅把头靠在椅背上，一脸疲惫的他，长长地呼了口气：“家是私人的地方，我不希望外人随便进出。”

水灵幽怨地看着他：“我急着找你，是想和你说说公司的事情，这么大的一个公司，说垮就垮了，你真的舍得吗？”

男人的事业永远是生活的第一位，她不信他真的舍得？

“不舍得又能怎么样？”肖毅从没有这样冷笑着对她说过话，他的语气平静又疏远。

“我上次和你说的那些，我姑姑……”

“不用了！”他果断地再次拒绝，低下头开始整理手边的文件，“公司就算倒闭了，大不了我去找工作，寻找机会从头再来。我很庆幸在我还算年轻的时候能获得教训，最起码这一生还有从头再来的机会，如果再过十年，遇到这样的局面，也许才是最绝望的时候。”

“你以为这样是在弥补她吗？没用的，她已经和别的男人在一起了！”一句话说到了肖毅的痛处，两个人同时陷入各自的绝望之中。

下班的时候，肖毅接到了孙萌萌的电话，他几乎是立刻接听了电话。

“我今天白天去你那儿了，你换锁了？”

肖毅张了张嘴，不知道应该说什么，他没想到孙萌萌会回去，也没想到阻止水灵去的更好的办法。

“我回去拿相册的……你要是方便，把它放在物业，我改天去取……”那本相册，她很久以来一直没有勇气再次打开，现在她想把自己的那些照片拿回来。

肖毅看到孙萌萌的时候是在小区的楼下，她比以前更瘦了，因此看上去更高了一点儿，单薄的身体好像一小阵风就能把她吹倒在地上。已经点亮的路灯照在她漆黑的头发上，折出一点儿暗淡的光。她和离婚前已经大不相同了，温婉的气质里又多了份职场女人的精干。他身边不乏这样的职业女性，甚至一度回到家里看到慵懒居家的妻子都会感觉有所缺失，可是现在他连做梦都想再看到他归家时她那欣喜的笑脸。

他深吸一口气，觉得心中绞痛，那种疼痛很快扩展到了全身。

“上去吧！”

“不了，把东西给我就走了。”

“在楼上呢，我没有带下来……”

“我不上去了，我在这儿等你。”孙萌萌皱了皱眉，她没有勇气再上楼去面对自己与他曾经的那个家，她害怕那里变了，更害怕那里没有变……

“萌萌，不是你想的那个样子……我换锁是因为……”肖毅想不出来该如何解释，他不想再次提到水灵来伤害她，说也不是，不说也不是。

“你不用和我解释，我只是来拿照片的。能给你的我都留下了，属于我自己的，我也该拿走了。”

他站着不动，孙萌萌坐回了自己的车子里。

肖毅没有办法，只好上楼去，明明只需要几分钟的时间，孙萌萌却等了足足有半小时那么久，才看到他抱着厚厚的相册，脚步沉重地一步一步地走过来，坐进了车子副驾驶的位子。

她接过相册，手上仿佛是他们相爱七年所有岁月一起沉淀的重量。手微微有些颤抖，迟疑了几秒钟，她突然飞快地打开了相册，几乎看也不看，一张一张地把自己的照片抽出来。

“你干什么？”肖毅根本没法忍受，大声地吼住她，一双大掌去钳制她忙碌的小手。

“我把自己的照片拿走。”孙萌萌平静地说，声音轻飘飘的。

“这本来就是一本，为什么要分开？要拿就全都带走……”他激动地说着，腾出一只手胡乱地把自己的几张婴儿照塞了进去，像个霸道又无措的孩子一样，手忙脚乱把塑料纸都撑破了，好容易塞进去，可已经不是原来的位置。

他管不了那么多，一把抱住了孙萌萌，祈求地命令："不许分开，永远也不许分开。"他宁愿让孙萌萌带走，他知道她不会舍得撕掉的。

孙萌萌叹着气推开了他："就算它们摆在一起，也只能到这里了，以后也看不到我们白头偕老了。"她又重新一张一张地挑出来，泪水模糊了眼睛，"父母给我们照相的时候，是想让今后陪着我们到老的人，也能看到我们最初的成长，每一张都是家人最珍贵的心意，你要收好。"

肖毅看着她把自己的那些照片仔细地装进预先准备的信封里，相册中越来越多的空白处就像他的心一样越来越空落，急需什么东西来填补。他渐渐看不清相册上自己孤零零的身影，却仿佛看到另一个男人取代了自己的位置，陪伴在她身旁，一路走向白头。孙萌萌还在挑着照片，把他们的合影也抽了出去。

肖毅过去拦住："这些你不能都拿走。"

孙萌萌苦笑了一下："你留着有什么用吗？你不怕它给你带来麻烦？"

"那你呢，你就不怕给你带来麻烦？"肖毅眼中闪出了一丝希望的火花。

"我？不一样的……也许将来为了对别人的尊重，我会撕掉它们吧……可是，我还是舍不得它们有一天被你毁掉……"她眼睛里流露着淡淡的哀伤，很快眼圈又慢慢地泛红。她嘴唇哆嗦了几下，目光落在她毕业典礼的那张合照上。那时他的公司已经初上轨道，他整个人都是那么的意气风发，浑身上下都流露着那份不多不少的潇洒和自信。可现在她仿佛看到了照片的中央渐渐裂开，另一个女人的存在就像是王母的玉簪一般，硬生生地在两人之间划出了一条比银河还要宽阔的鸿沟。

"萌萌，以前你的一切我都了如指掌，可是现在我一个人在家里，不知道你有没有吃饭，不知道你有没有睡好，以前触手可及的一切，现在都看不到、摸不着，这种感觉很难受……”

“肖毅，都过去了！”孙萌萌抹干了眼泪，把剩下的照片整理好，合上相册递到肖毅的手里，“公司的事情怎么样了？”

“就那样吧，还在想办法。”肖毅无力地靠在椅背上，他想起之前自己对水灵的那些感觉，似乎也还历历在目，可是现在，他每次见到水灵除了烦躁就是无奈，甚至唯恐躲避不及。

一切来得那么快，又是那么莫名其妙。他越来越不能理解当时自己出轨的心情，那时他就好像中邪一样，心中充满了无尽的刺激、迷幻，而如今，激情一点一滴散去，当初那些浓稠得无法化开的柔情蜜意，只剩下无尽的虚无与阴霾。

“有没有告诉爸妈？”现在她还没有改口，况且她也不知道应该叫什么。

“没有，父母的钱是用来养老的，我不能那么自私。”父母现在还不知道他们离婚的事情，他不忍心说，更没脸找家里要钱。父母这一生都是一步一个脚印走过来的。

他给他们的打击太大了，也太快了。钱可以重新再赚，可是亲人的意外他有过一次教训，就足够受用一生了。

“那你准备怎么办？不行就把这房子卖了吧……”

肖毅猛地抬头，坚决地否定：“我已经用掉你太多应得的东西了，这个房子绝对不能再动了……”

“我有房子住，你不用这样的。”

“你说过的，我不能拿自己的错误来惩罚别人，你不用说了，从哪里跌倒从哪里爬起来，大不了我先去找工作，做个职业经理人，再慢慢寻找机会……三十岁就承受不了从头再来，你也太小看我了……”

“嗯……”孙萌萌看着他此时的样子，觉得心里很难受，她之前也不是没有想过因为他背叛了婚姻让他受到最严重的惩罚，可是看到他现在这个样子，她还是觉得不忍接受。

“这几天我一直找不到你，你去哪儿了？”

“我出差去云阳开发区了……”

“云阳开发区？”肖毅因为这个地名敏感起来，水灵的家就在云阳，她的父亲就是云阳经济开发区的区长。

“嗯！”孙萌萌看见了肖毅的表情，淡淡地说，“是她的家乡吧，我也是去了之后才知道的。”肖毅更加惊异。

“我在开发区招商引资的答谢酒会上看到她了。她说让我回来收拾东西，所以才发现你换锁的。”

“这是她说的？”

两个人离婚之后难得的一次平静对话，到此戛然而止。孙萌萌的声音又恢复了冷漠：“你和她的事情，我也不想知道。”

6.

姐姐肖洁的电话打过来，一遍又一遍。当时肖毅正在高速路上驱车狂奔，眼前都是李博明与孙萌萌那次在楼下接吻时的情形，他后悔、他恼恨、他悲哀，他甚至极端地想，那个与别的男人接吻的女人，真的是曾经那个用所有的一切去爱他的女人吗？

他知道，孙萌萌从小家教很严，他是她第一个男朋友，她的初吻，她的一切痕迹都是他给予她的，她那么爱着他，她都忘了吗？还有李博明，那个男人城府太深，他这么热烈地追求孙萌萌，她有没有弄清楚那个男人到底做什么？

在生意场上这些年，他看到的太多了，像一张白纸的孙萌萌，怎么会是那些男人的对手？

“喂！”

“火气够大的？”肖洁语气不善，“你瞒着爸妈离婚的事，你以为纸能包得住火吗？”

肖毅好像被人从头泼了一桶冷水：“你怎么知道的？”

“因为我也是一个女人！”

肖毅沉默了。

肖洁又说：“肖毅，咱爸从国内回来后已经住过两次院了，要是再受什么打击，恐怕真就承受不住了，他们对你期望一直很高，而且人家萌萌家里出了这么大的事，你这么搞，爸妈一直很自责，这事你最好尽早解决。”

“我知道了！”肖毅的心情更加烦躁，握着方向盘的手一直在抖。

“你知道个屁？我告诉你肖毅，咱妈说了，绝对不会允许那个女人进门的，你要是搞出什么孩子来，也别往家里抱，甭想钻空子。”肖毅脾气一直很大，可是不能在这个时候对怀孕的姐姐发火，他只能沉默。

“对了，我听说你公司最近遇到麻烦了。”

“不用你管！”他挂掉了电话。

肖毅觉得自己真是够窝囊的，如果他是女人，现在也会选李博明……可是那女人不是别人啊，她是孙萌萌……

秦紫妍今晚已经卖出去五瓶洋酒了，还有三瓶就能完成任务。

可是开门红火，后来的生意却不好做，已经过了十二点了，还是只有五瓶。看到角落里的水灵，她灵机一动，这不是就是那天风风火火把那位帅哥带走的美女吗？她居然在酒吧里喝闷酒？

秦紫妍拿着一瓶洋酒走过去：“姐姐，还认识我吗？”

水灵抬起头，看了看这个小姑娘，点点头：“认识，那天真是谢谢你！”

秦紫妍把洋酒放在桌上：“姐姐，这洋酒是我促销的，客人们反应都不错啊……”嘿嘿，谢谢没用，不如来点儿实惠的。

水灵当下就买了一瓶。

秦紫妍欢快地跑去别处接着促销，可是她转了一圈回到这儿的时候，发现水灵已经醉倒在了桌子上。

她突然有些良心发现，现在已经快凌晨一点了，这个女人一个人在这儿很危险啊……

酒吧里人声嘈杂，秦紫妍眨了眨眼睛，心底暗叫声麻烦，有些不情愿地向水灵的座位慢悠悠地走了过去。“喂，姐姐，喂！”可水灵就像死过去一样，根本听不见任何声音。

秦紫妍往四周一扫，就看到了几双色眯眯的眼睛已经往这边瞄了过来，靠！这女的长成这个样子也敢到酒吧来买醉，八成是不想好好活着了。

她晚上打工，白天上学，没课时还去超市做促销，一天下来这个时候心情最烦躁。笑容都已经僵硬，也懒得再装，刚来时她也被人吃过豆腐，后来渐渐地就学会了保护自己。可这女的一看一身名牌，连香水好像都是兰蔻的，有钱人放着好日子不过，活该被色男人带走。

“妈的，等我有了钱，让公共汽车所有的人都下来，我一个人坐！”每天挤公车来酒吧，她都一身臭汗。

她把掖在书包里的长袖T恤拽出来，用力地抖了抖，把身上的工作服换掉，收工！路过水灵所在的那张桌子时，却看到已经有男人过去推搡她了。秦紫妍往前走了几步又跺了下脚，没好气地冲回来。

“大哥，这是我姐姐，今天心情不好，借过借过，我们要走了。”

秦紫妍把书包挂在脖子上，搀着水灵千辛万苦地走出了酒吧的大门。“姐姐，你家在哪儿，我送你回去吧？”水灵吐了个天昏地暗，一闭眼又昏睡过去了。

“喂喂，给你家里打个电话吧……”

秦紫妍用瘦弱的身体背着水灵，一步一步地向自己住的顶层的阁楼上挪去。

她在酒吧里打工，晚上回宿舍早锁门了，就和一个同学租了最便宜的一间阁楼。可那女孩交了男友，月初搬到男朋友那儿去了，她现在还没找到合租的人。她用钥匙打开门，把水灵扶进去，用最后一丝力气把她扔在了床上。

肖毅接到了秦紫妍打来的电话："肖大哥，我是秦紫妍，可能你不记得我了，就是上次在酒吧里，我让水灵姐姐来接你的。那次见过你一面的。她昨晚在我这儿，心情很差，早上就在发烧，嘴里喊的都是你的名字，所以我从她手机里找到你的电话……那个你能不能来接她走啊……我要上学去了，总不能把她一个人扔到大街上去吧……我本来也不认识她的，一时好心，唉……"

秦紫妍到了早上才知道自己捡了一个大麻烦，穷人家的孩子生不起病，她多累也倒不下。可是这个水灵，竟然在她家里发起烧来，还好她醉时一直在喊肖毅这个名字，否则，真是没辙了……

"我不是她男友。"

"喂！"秦紫妍在电话里大吼了起来，一顿数落。

肖毅开车赶到秦紫妍住的楼下时，看见一个女孩坐在楼门口的台阶上。他核对好门牌号，下车朝她走了过去。秦紫妍一眼认出了他，这种极品优质男，大多数人都会过目不忘的。

肖毅抬头看了看这片居民楼，又看了看面前这个女孩子半褪色的毛衫，叹了口气："你在酒吧里推销一晚赚多少钱？"

"不一定啊，最少一百多，多的时候能有四五百……"秦紫妍咬牙说。

肖毅从钱夹里掏出一千块钱，递给她："她不是我女友，我只是她以前的一个同事，麻烦你帮忙带她去看医生，剩下的钱就当作你的误工费……另外别告诉她我来过，以后也不要再打给我了。"说着他又钻回了车子里。

秦紫妍肚子里一阵盘算，以前她发烧，喝一天白开水，两片退烧片，全部搞定。

一千元治个发烧，赚到了啊……说不定还可以二次报销啊。

秦紫妍满足地呵呵一笑，秋风吹起了她的刘海，肖毅无意间一瞥，心里闪过一丝异样。那一瞬间，她竟有些像多年前的孙萌萌。

肖毅恍惚了一下，又重新仔细地打量她，他刚认识孙萌萌的时候，萌萌也就是秦紫妍这个年纪，一样地爱笑。对，是的，就是她笑的样子，有几分与萌萌相像。他终于明白之前那次为什么觉得她有些面熟了。

7.

杂志社举办拓展训练，这次培训对孙萌萌的影响很大。她甚至觉得就是专门为她特意准备的，太合时宜了。

毕业至今的她又重新过上了集体生活，每天和大家打成一片，再也没有时间胡思乱想，因为劳累，晚上也不再失眠，可以一觉睡到大天亮。

每日培训除了必要的课程之外，还增加了户外拓展训练，她和同事们一起背着背包翻山越岭，依照教练的要求，在指定时间去完成一个自己在以前觉得根本不可能完成的项目。

她自幼不爱运动，体育一直不怎么好，可没有想到自己的忍耐力那么强。很多项目许多女孩子都坚持不下去，中途退出，怨声载道，可她居然还能坚持。不是她体力好，只是每次快要放弃的时候，她都对自己说，再坚持一下，再坚持一下。人的潜力真是无穷的，除了自己以外，人的意志没有别人可以摧毁。

其中有一个项目让她记忆深刻，她一个人站在高台上，手放在脑后从台上往下摔，而台下，她的队友们手挽手站在一起接着，如果有一个人松手，她一定会摔得很惨很惨。

孙萌萌上台时非常犹豫，她有些恐高，本来站上去就战战兢兢的，下面的这些人很多都不是她平时熟悉的，更没有什么交往，他们真的会接住她吗？如果有一个人因为承受不了突然的重量而松手，那她肯定就会被摔得头破血流。

这个时候她想起了肖毅，想起了他的背叛……她的双腿都在发抖……下面的催促声越来越急，她只能闭上眼，把心一横……她觉得自己的心都要跳出来了。

最后她被大家稳稳地接住，当她睁开眼睛的时候，她觉得心情豁然开阔了许多。她没有被抛弃，这些人的手都紧紧地拉在一起，谁也没有松开。那一刻，她突然流下了眼泪，有一种没有被世界抛弃的感动。

孙萌萌回到市中心的时候，白皙的皮肤上又有了血色，人不但没瘦，反而看着更加精神了。李博明打听到她今天回来，早早在路边的车子里等着，看着她走得越来越近，他没有下车，直接从里面打开了车门。她看见他在车子里冲她微笑，赶忙快步走了过去。

“你怎么来了？”车子里很暖，她解下自己的围巾，把皮包放在膝盖上。孙萌萌笑了，久违的一对小酒窝，在脸颊上忽闪忽闪的。

“我带你去吃饭吧！”若是论追求一个女人，这对他来说也算是第一次，没有什么经验可以借鉴，只能凭心去做。

李博明把车子直接开到了一家珠宝店的门前。停好车，拉着她的手往里面走。

“博明，来这里做什么？”孙萌萌抬起头环顾了一下，玻璃橱窗里的摆件，在各色的射灯下，闪闪发光。

“马上要到圣诞节了，提前送礼物给你……”李博明拉着她的手，让她坐到右边的沙发上。

“你圣诞节不在新港吗？”孙萌萌愣了一下，反问他。李博明和孙萌萌一点点从朋友开始做起，她发现李博明是一个很成熟的男人，很多事情都能给别人一种安心的感觉。他们之间的交往也渐渐变得频繁，她几乎没有接触过肖毅以外的男人，她对自己说可以试试看，看看她还有没有爱人的能力。

“是的，我要出差几天，怕赶不回来。”李博明挨着她的身边坐下，这时从柜台里面走出一位穿制服的女子，微笑着对李博明说：“您稍等一下。”说着把托盘里的两杯热茶放在了他们面前的茶几上。

“你要送我首饰，这可不行。”

孙萌萌在有些方面格外较真。比如一起吃饭的时候，她虽然没有说过AA制，可是也坚持不是每次都让李博明付账。

李博明伸出食指放在嘴上，严肃地打断了她：“我好像从来没有送过你礼物吧？”

店里的顾客很少，他的声音很低，可还是吸引了柜台内服务人员的目光。孙萌萌想了想确实如此，她低下头，不再出声。

“李先生，这是您定做的项链。”店员说着把一个红色的首饰盒放在他们的面前。李博明打开后直接递给了孙萌萌。

她轻轻地接过，里面是一条白金的项链，穿着一个水滴形的水晶挂坠，小巧玲珑。她取出来，反复地看着。很精致，也很漂亮，她对珠宝还是有些认识的，白金和水晶，这家珠宝店的设计，价格应该不会太高，心里大概对这条项链有了估价。可是这确实是她喜欢的样式，尤其是这个水滴……

“喜欢吗？”李博明用手接过来，想解开卡扣，可是显然对手中的物件太过陌生，他的手很大，手指不够灵活，细细的链子被他拿在手里，他笨拙的样子不止惹笑了孙萌萌一个人。

他皱起眉头，继续努力，终于打开后，连他自己也笑了，如释重负地说：“我帮你戴上！”

“我自己来吧！”孙萌萌想去拿，可是他的手已经伸了过来。他凑过去，把项链环绕在她白皙的脖颈上，因为这个动作两个人的距离格外接近，他的动作很慢，孙萌萌今天穿了一件鸡心领粉蓝色的羊绒衫，羊绒的贴身面料显得她的胸部格外丰满。她的脸微微有些发烫。

两人的呼吸声彼此能够清晰地听见，好久，他才终于完成了这个动作。

孙萌萌以前也是非常爱漂亮的，她看着这条项链垂在自己空置了很久的脖颈处，忍不住用手细细地摩挲了几下，回头对李博明说：“谢谢！”

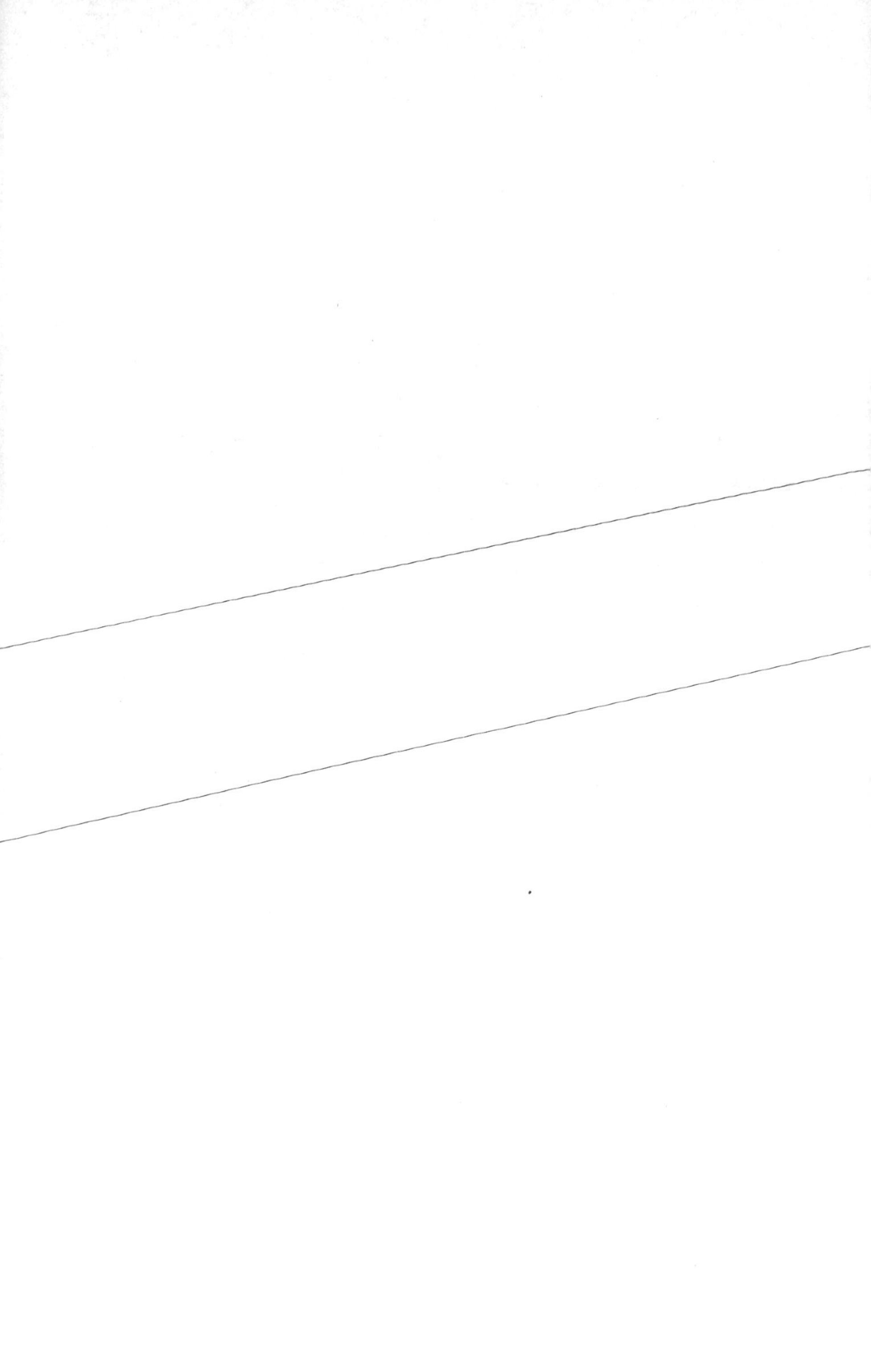

第11章
不舍

她刚才又打了他的电话，还是关机，他来缠着她，她千方百计地想要把他赶走，可是现在找不到他，她又没志气地觉得心慌。

1.

每个企业到了年终的时候，都会异常忙碌，除了本身的工作外，连孙萌萌这样的小编辑也比平时多了不少的应酬，李博明就更不用说了。

下班后，她打车去了李博明的公司，在楼下给他拨电话。几十秒后，电话里传来李博明低沉的声音：“萌萌……”

“你下班了吗？”

电话里沉默了一会儿，他说：“还要等一会儿，我晚一点儿给你电话吧……”

“……”

“你在哪儿？”孙萌萌的沉默让李博明的语调好像高了半度。

“我在你们楼下！”

“我去接你。”李博明大感意外，说完电话就挂掉了。

孙萌萌看到李博明的时候，他从大厦的转门里大步走了出来，上来牵住她的手，一直走进了大厦。

服务台的小姐立刻站了起来，瞪大了眼睛看着他们，显然她是认识李博明的。越往里走，看他们的人就越多，还有人不时地冲李博明打招呼，她之前并不知道他的知名度竟然这么高，有些尴尬，他却一直没有松开她。到了他的公司，更是惹来一片哗然。

直到走进了他的大办公室，他才把她松开。秘书紧跟着就端进来一杯咖啡，丝毫不敢怠慢地放在了孙萌萌的面前，然后转身出去。

孙萌萌眼睛略微一扫，看到他办公桌上堆着两摞厚厚的文件，水杯旁边还有几盒药片，有几板药零散着放在桌子上。

“你病了？”

“没事的，老毛病，胃疼！”看着孙萌萌眼底的担心，李博明笑得很开心，仔细地看着她现在的表情，慢慢地说：“你能来，我很高兴！”

“博明……”

“别说话，等我一下，一会儿我们出去吃饭。”说着他真的打开文件，认真地工作起来。

有人说过，无论男女，最有魅力的时候就是他们认真工作的时候。他认真严肃的表情比平时更添了几分不凡的风度，英俊的脸上偶尔会因为抬头看她而挂上淡淡的微笑。

“有没有什么可以帮忙的？”

她随便问了一句，他毫不客气地拿起一份文件递给她：“你是搞文字的，帮我看看这份企划案吧！”孙萌萌略微愣了一下，随即认真地翻看起来。她很惊讶，既然开始尝试和李博明交往，她难免会把他和肖毅进行比较，她感受到李博明和肖毅最大的不同是，李博明让她体会到一种被欣赏的感觉。她说出一些见解，李博明的眼底会涌现流动的光，他也会把自己工作中的一些问题告诉她，让她来谈谈自己的想法。

刚看到一半，李博明的电话响了，他拿起来眉头一皱，然后站起来走到了一旁，孙萌萌隐约听出大概是他上海家里打来的，渐渐地他的语气显得很不耐烦，很多时候她都是见到他温文有礼的样子，虽然也见过他训斥员工害得人家双腿发抖的样子，可是听他用这种语气说话，几乎是从未有过的。

好像是家里给他介绍了女孩子，他正在拒绝家长的好意。最后，这通电话自然是不欢而散。他回过头来，眼中有掩饰不住的疲倦。

“你父母给你的电话？”

“嗯！”李博明不想多说，孙萌萌便没有继续追问。

天色不早了，孙萌萌想起自己的来意，她从书包里摸出那个她一直找不到时机送给他的纸盒递了过去，过两天他就出差了，再不给，就要节后了。

李博明看到那个纸盒，愣了一下，拆开包装的盒子，里面是一个深棕色的皮夹，当下把自己正在用的那个黑色的钱夹拿出来，把里面的东西掏出来都放了进去，动作一气呵成，脸上之前的阴云也消失了：“谢谢！”

两个人出门的时候路实在太堵了，圣诞前夕，商店餐馆都在搞打折促销，车子停停走走，天气冷，孙萌萌耐不住饿，渐渐地脸色开始变差。

李博明瞥了瞥她：“前边有停车场，我们把车停了，下去随便找一个地方吧？”孙萌萌感激地点点头，她有低血糖的毛病，照这个速度估计真的要饿晕了。

两人走在一起，原先她并不与他并肩，只是人潮涌动，一拨一拨地涌过来，似乎随时能将人冲开，孙萌萌饿得轻飘飘，走路有些东倒西歪。李博明微微皱眉，伸手将她往自己身边拉了一把。

她把目光流连在街边热气腾腾的饭店，从对面一家爆满的餐馆里传来的香辣蟹和水煮鱼的味道让她的心情更是差到了极点。生活哪有那么多的要求，在这个时候只要一个座位，哪怕是露天的，似乎都能让人感觉到格外满足。

突然，孙萌萌的眼睛闪烁出灿烂的光芒，左前方这一家餐厅里，靠窗子的一张桌子，刚好有人穿好了衣服离开。她几乎闻到了大盘鸡和羊肉串的味道。上高中的时候，妈妈不许她吃路边摊，她和巍然常常以一起温习功课为名，出来偷偷吃。至今她对这些东西都还有很多怀旧的情结，她是很想进去——可是，她看看身边的李博明，有些为难……里面看起来环境不怎么好，他愿意吗？

李博明好像也很感兴趣的样子：“那儿有座位，饿坏我了。”说着拉起她的手就快步走了过去。孙萌萌心里雀跃，几乎是跑了过去，占上了位置。服务员用抹布来抹桌子，把油花花的菜单递了过来，孙萌萌习惯性地推给了李博明。李博明的动作比平时慢了些，稍后把菜单推给她：“今天，你点吧。”

孙萌萌没有客气，大盘鸡、手抓羊肉、番茄牛肉、水煮鱼丸、干煸鱿鱼须、羊肉串、烤鸡翅……服务员好心地提醒：“小姐，我们的菜分量很足……”

孙萌萌好像根本没有听见，人在快饿晕的时候，点菜也是一种享受。

这里人声嘈杂，甚至有些乌烟瘴气。空调里的暖风开得很足，再穿着大衣就有些热了，只是抬眼望去桌子上都泛着油光。李博明把自己的大衣脱下，对她说：“把衣服给我吧，看你额头上都冒汗了。”难得啊，这样的地方，这个男人也依然从容不迫像个绅士，很快就吸引了周围很多人的目光。

孙萌萌把大衣脱下来，他将她的大衣放在椅子上，才将自己的外套盖在上面。

“我看你点菜的时候，以为你要把菜谱上的东西都点一遍。”

她笑了笑。菜很快就上齐了。孙萌萌小口小口地吃，每一道菜都没有放过，将所有的注意力都放在了菜上，李博明看着她吃得香甜，所有的疲惫一扫而光。

感觉到他的注视，孙萌萌放下筷子，喝了口热茶，笑着说：“我以前小的时候，一直都很婴儿肥，直到上了高三才一下子瘦了下来。有时候吃东西，男生看着都会吓一跳。”

以前和肖毅在一起的时候，每次出去吃饭，都会点满她喜欢吃的东西，后来改在家里吃饭，他就渐渐不怎么管了。想到这里，她脸上的笑容浮在了半空中，目光迷蒙地看着前方。李博明猜她想起了往事，他自认是一个极有耐心的人，伸手用指腹抹去她嘴角的一颗饭粒：“要不要再点一些？难得来一回。”

孙萌萌神游回来，知道他在嘲笑自己，也微微有些脸红：“再点就不用了，这些不会浪费的。”她说这话的时候，表情极可爱，李博明收回停驻在她身上过久的目光，觉得这一刻的满足，真真切切，踏踏实实。

吃过饭已经是晚上九点半了。这个时候虽然天气寒冷，可外面还是人头攒动，一对对情侣相伴而行，有的手里拿着好几个袋子，像是从商场里刚血拼回来的战利品。李博明绅士地帮她拿起大衣，刚才他看到了，围巾里面她戴着他送给她的项链，他忍不住猜想，她一定还没有发现那条链子里的“玄机”。

他们在外面走了一会儿，就有小女孩上来推销玫瑰花，她把大把的玫瑰花送到李博明的面前，眼巴巴地看着他说：“叔叔，帮这个阿姨买花吧！”他看了看那些花，几乎没有犹豫，伸手拿出皮夹：“把这些都给我吧！”

小女孩欢天喜地地从篮子里把剩下的那些都拿了出来，足有一大捧，不知道有多少枝，都递了过去。二十元一枝，李博明拿了五张一百元的给小女孩。孙萌萌本来想拦住，可是看到小女孩被冻得已经长疮的小手、因为激动而变得通红的小脸，她突然想到了卖火柴的小女孩，再也说不出一句话来。

李博明的手中拿着那束鲜花，吸引了很多年轻女孩子的目光，孙萌萌看着有些奇怪，总觉得像他这样正统严肃的男人此时的样子多少有些滑稽。他嘴角含着笑，看着她此时灵动的表情，目光中有他自己从未察觉的宠溺。

2.

前面是一个教堂，今晚没有开放，教堂前是一个广场，因为过节的原因，有一棵布置好的、足有八米高的圣诞树。上面挂满了彩灯和各式各样的圣诞挂件，很多小朋友在那里和父母一起拍照。此时此刻，城市的夜空难得清晰得星光可见，他们在旁边的长椅上坐下来。

“我想带你回家去见见父母。”

“博明……”这个她还没有准备好。

“不用现在告诉我。”手里的玫瑰扎了他一下，他还是不想把它们放在椅子上，仍旧抱在手里，另一只手摸了摸她的短发，“天冷了，我送你回去吧……”

孙萌萌洗了一个热水澡，躺在床上睡不着，屋子里的暖气很热，可是这样的冬夜里，即便是盖着厚厚的被子，孙萌萌的脚还是凉的。这个冬天对她来说是格外寂寞和漫长的。

她翻了几个身，正在犹豫之际，手机响了，是李博明的电话。

她赶忙接通，听见他有些慵懒的声音：“睡了吗？”

“还没有，你呢？”

“我躺在床上，给你打电话！”孙萌萌不由想起李博明那个冷色调的公寓，空旷的大房子里只有一个人，说话几乎都会有回音。

看了看桌上的闹钟，这个时候已经是凌晨三点钟了，想起他明天早上还有一个会，她忍不住对他说：“早点儿休息吧，我也睡了。”

“我睡不着，陪我说说话吧……”

“嗯……”窗外冷月如霜，北风呼啸，树上的寒枝狠狠地摇摆，让人更加贪恋被中的温暖，她整个人缩成一团。

“萌萌，很多个这样的夜晚，我都会特别地想你，你呢，有没有不经意地想过我？”

电话确实是一个伟大的发明，隔着那么远的距离，声音就在耳边，如同讲话的人与你近在咫尺。孙萌萌的脸因为这么直接热烈的情话一瞬间变得滚烫。她几乎害怕李博明隔着话筒能听到自己的一颗心剧烈跳动的声音。

“博明……”她不是二八年华的小女孩，作为一个有过三年婚史的女人，她当然知道这话里的深意。

“不用回答我，我知道你想过的，你每次想我的时候，我能感受得到，虽然只有我想你次数的百分之一。”

“……”

“我相信总会有一天，你再也离不开我……”

孙萌萌知道他是一个成熟自信的男人，他在这里得到的挫败，每一次都让她记忆犹新。

“萌萌，我爱你……”

她用另一只手捂住了自己的嘴巴，怕他听出自己因为惊讶发出的任何声音。

“你在听对吗？”

“你们男人是不是都很喜欢和女人说这三个字？”孙萌萌轻轻地抹去眼角的泪痕，有些自嘲地问。

“我们男人？”

“嗯，男人是不是为了讨女人开心，都会把这三个字挂在嘴边上，会让女人觉得她是他的唯一，就因为这句话甘心情愿地付出自己所有的感情……”

何止是她？也许任何人看到水灵疯狂的样子，都会觉得她有些不正常，可是孙萌萌在厌恶她的同时，也会替她感到一丝悲哀，因为她忘不了之前水灵鲜艳明媚的样子，那时肖毅也对她说过那三个字吧？所以她才会一次又一次地在自己的面前挑衅。

她曾经把这三个字看得太重，可现在从李博明的嘴里说出来，她除了惊讶感动，只能极力从中去寻找当年的那份厚重。

“这个问题很难回答，需要用一辈子去解释，如果你早一点儿做好准备，就可以尽早地知道！”李博明的话让孙萌萌破涕为笑，这算是什么回答？

后来李博明和她说了很多以前在美国的事情，都是一些生活上的事，比如为了摆脱父母的约束，他不得不同时打几份工，受了不少外国人的欺负，还有他那时的女朋友……

孙萌萌不知道自己是什么时候睡着的，她是被手机缺电的提示音惊醒的，然后发现另一端的电话与自己的都没有挂。

看了一下表，才早上六点钟，她试着对电话的另一端轻唤了一声：“博明……”

“嗯！”

他居然回应了？孙萌萌觉得有些像是在做梦，四肢慵懒地在床上伸展：“你怎么没挂电话？”

“你还好意思说，我自己一个人说了那么多，你就自己先睡了……”

“我昨天也不知道怎么就睡得那么沉……”孙萌萌有些不好意思，“你再睡一会儿吧。”

“不行了，一会儿要出差去香港，大概过几天才能回来……”

“嗯！”孙萌萌挂上了电话，居然又睡着了。

像孙萌萌这个年纪的女人，认识的人无论男女，不是拖家带口，就是正处于热恋之中。圣诞节不是什么大节日，可这几年以来，因为商家的各种促销手段，把这个节日也炒火了。大街小巷的橱窗被布置得琳琅满目，各种圣诞装饰让人没法忽视这个外国节日的存在。

李博明走后，她这几天一直在加班，看了看手机已经是晚上十点钟了。同事们早早地都下班了，连单身一人的麦嘉轩也匆匆不见了身影。今天是平安夜，过不了几天就是元旦，接下来就是春节，刚到大厦楼下，节日的气息便扑面而来。

曾经那年的圣诞节，肖毅因为应酬回家很晚，那时已经过了午夜十二点，他喝得醉醺醺的，她帮他沏了蜂蜜水，趁着他清醒的时候，把自己买给他的钥匙扣扔给他，佯装生气地怪他没有给自己礼物，他笑着把她一下抱到床上，相爱的两具身体很快就纠缠到了一起，他沉沉地睡去，她用手攀着他的臂膀，没有礼物，可是她依旧感到幸福……

迎面的寒风吹来，她习惯性地裹紧了身上的围巾，一个人走在人潮涌动繁华的街头，连自己的影子看上去都会觉得孤寂。

在肖毅出轨之前，她和肖毅的婚姻就有了问题，在这场婚姻中，她失去了自己，让一个男人成为了自己生活的全部，她并不知道未来的路上等着她的会是什么，但是她深刻地领悟到，无论何时，无论男女都不可以没有追求，失去自我。

一路堵车，车子开到家的时候，用了将近一小时的时间。

小区里比往常还要安静，会馆门前的圣诞树闪闪发光，越往里走，越觉得连空气都是寂寥的。

3.

肖毅电话打来的时候，她已经换好了睡衣，餐桌上摆着刚刚做好的饭菜，另外她还在小区的超市里买了一瓶红酒。今天这个日子，没有预订很难有餐厅会送外卖，她不想一个人孤零零地去餐厅和别人挤位子。更不想在家里吃泡面委屈自己，一个人的时候，更应该对自己好一点儿。

“萌萌，你在干什么？”这些日子她对他已经少了之前的冷漠讽刺，可是也更不知道应该说些什么了。

“刚下班，正准备吃饭……”

“我在南京出差……”

孙萌萌想起了上一个圣诞节，也是她自己一个人在家里一分一秒地等着他回来，那个时候她无怨无悔。可是现在明明知道那时他根本没有认识水灵，可是心里还是隐隐觉得难受，似乎有个地方怎么也无法填满，凉风会不经意地吹得她心中发凉。

“我要吃饭，先挂了……”

“萌萌……我买了礼物给你。”

“肖毅，以后好好工作，有时间多给爸妈打几个电话，你的礼物，还是留给他们吧。”

“你说结婚的钻戒太大，戴着像假的，这次我买的是一对白金的对戒，其中一只我现在就已经戴在手上了，萌萌……”

“肖毅，我们已经离婚了。”她那时撒娇求他，今年的结婚纪念日时，他们去定做一对镶嵌彼此名字的对戒，难道他依然还记得？

“萌萌，对不起，这些日子我想了很多，等我把公司的事情处理好，等妈妈明年回家之后，我们可以考虑肖洁的建议，带着妈妈一起去澳洲，把所有的不愉快都忘记，到一个全新的地方重新开始……”

“先挂了……”没有等他说完，孙萌萌强迫自己挂断了通话。

她自己走到了餐桌前，静静地开始享受一个人的圣诞晚餐。红酒的味道甘醇，只是越喝越觉得孤单。她走过去打开电脑，调出了自己平时最喜欢的几支钢琴曲。音乐缓缓地泻出，像她这个年纪的女孩子，很多人从小就会被大人领去学舞蹈，学乐器，她也是一样。妈妈说她小时候是计划经济，吃饭穿衣都有限额，想学也没有机会，如今时代不同了，她要让自己的女儿受到最好的教育。

只是时代发展得太快，老一辈的思想确实越来越缺乏说服力。古今中外也没有一个放之四海而皆准的道理去教给人们，如何才能让婚姻中的男女始终对婚姻保持忠诚。

恍惚间她听到自己家的门铃响了。

看了看表，已经十一点多了，孙萌萌走到门前，有些紧张地问：“谁啊？”

没有人回答，她轻轻地凑到门上猫眼的位置去看，外面空无一人，她的汗毛都竖了起来。

“萌萌，是我……”熟悉的声音从门外响起，紧跟着李博明英俊高大的身影在猫眼里清晰地出现。

孙萌萌觉得自己是眼花了，使劲儿地眨了眨眼睛，李博明的样子反而更加清晰了。

她赶忙打开门，看着眼前的这个男人，心里有种说不出的滋味：“你怎么回来了，还吓唬人？”

“事情办得很顺利，就提前回来陪你过圣诞，时间没有确定，想要给你一个惊喜……”

孙萌萌低下头，不想让他看到自己眼睛里的情绪，可是这一低头才发现，原来自己穿着睡衣，虽然并没有什么暴露的地方，却是第一次这个样子出现在他的面前。

“这么晚，你还在吃饭？正好我也饿了……”李博明脱掉了外衣，自己从鞋柜里拿出了拖鞋换上。孙萌萌则端起餐桌上的碟子，去微波炉里加热。

“路上不好走吧？”想起了今晚堵车的情形，孙萌萌知道他一定等了不少的红灯。

“堵得厉害，不想再一个人过圣诞节了，总是在看表，更觉得红灯难等。”李博明看着她面前的酒杯。

“你怎么会是一个人？从我第一次认识你时，你都是被那么多人围着。”

李博明见她说话的样子，眼中露出一种孩子气的顽皮来，她整个人都熠熠生辉，散发出一种绚丽的光彩，他认识她的时候她就一直不快乐，很少能看到她此时这种发自内心的笑容，看来她是真的高兴呢。他专注地看着面前的女人，“今宵剩把银釭照，犹恐相逢是梦中。”今日他是第一次体会到了诗中的那种心境。

“身边的人越多，离去之后才越会感到自己是一个人。”他拿起她面前的酒杯，一仰头喝掉了里面剩下的半杯。

他望着她空空的脖子问：“项链呢？”

“今天没有戴……”

“拿过来，我想看看……”

“真小气，送出去的东西好像还舍不得似的……”孙萌萌喝过酒，慵懒的神态让李博明心中一漾。

项链拿来了，李博明却没有接过来，而是问她：“有没有发现这条项链的与众不同？”

孙萌萌呵呵地笑了，她收别人的礼物，尤其是李博明的，真怕上面有什么太过暧昧的字眼，让她不敢大方地戴出去，早检查过了，她笑着说：“知道啊……卡口上刻着我的名字缩写，mm。”她拿着项链在他的眼前晃了几下。

李博明把她的手心摊开，重新把项链放进她手里，轻声说：“猜得不对，那不是你的名字，那是我们两个人名字的缩写……”

孙萌萌恍然大悟。悠扬的钢琴曲还在一直响着，屋子里安静下来，两人谁也没有说话。过了一会儿，李博明缓缓地起身，对她说：“很晚了，我先走了……”

“嗯！”她扶着椅子站起来，开门去送他。

门打开了，她的脚步走得格外地慢，与他保持着两步的距离，她缓缓地把大衣递给他。

墙上的钟表敲响了十二点的钟声，不远处的广场上烟花炸开，映得窗子外面的天一片雪亮。

“路上当心……”她的头有点儿晕，烟花的照亮下，他那张英俊的面容不断地在眼前摇曳。

而他的目光深邃地锁住她迷蒙的眼睛、嫣红的嘴唇，他一转身，伸出双臂，把她往怀里一带，俯身就啄住了她的唇瓣，在她惊愕之际，又迅速离开。

“萌萌，你爱上我了吗？”

孙萌萌的大脑已经无法思考，只听见耳边响起烟花爆破的声音。

4.

夜已经降临了，肖毅开车回到了新港，看到前面一群人拦住了去路。

“喂，你们干什么啊，不能这样……”一个女孩子急匆匆地从酒吧里跑了出来。

肖毅一抬头，看到这是之前来过一次的那家二十四小时营业的酒吧，这个女孩不是别人，正是秦紫妍，她没穿促销的衣服，还是穿着上次见到的那件褪了色的毛衫，洗得发白的牛仔裤，头发剪短了，正想努力拨开人群跑进去。

“臭丫头……旁边待着去！”

“我说先生，你们不能不讲道理啊……这天还没黑透呢，这也太过了吧……”看得出她还是很怕这些人的，动作没有之前那么激烈，下意识地后退着。

秦紫妍这个时候也很犹豫，她只是一个讨生活赚学费的小女孩，从来不惹事，在这种地方工作，就算是别人来招惹她，只要不太吃亏，她也是能忍就忍。稍有不慎得罪了这些客人，不仅没人替她出头，就连这份工作也就没有了。

这里虽然风险系数大，可比当家教、在超市促销都赚得多，而且她已经有了一批固定买酒的客户，她更舍不得丢了。可是今天，到底要不要管啊？她也在犹豫。

她心里在说回去吧，管也管不了，可是嘴上还是忍不住又争取了一下：“大哥……”谁知刚一开口，就被最近的一个男人推倒在了地上。“妈的，臭丫头，找死啊……”

“哎哟……”秦紫妍被推倒在地上，膝盖和手腕都出血了，牛仔裤也破了一个大洞。

“完了，还得新买一条裤子……”她这么想着，加上磕破地方的疼痛，眼圈马上红了，落下泪来。

那几个男人一看就是小流氓之流的人物，冲着秦紫妍大有不依不饶的架势。一个人就去拉她的胳膊："再不识趣，哥连你一块儿办了！"秦紫妍真的哭了出来。都说一个人哭和笑的样子都是一样的，秦紫妍这个时候在肖毅眼里分明就像极了孙萌萌受委屈时的样子。他快步走下车子，向着秦紫妍走去。

"肖大哥，肖大哥……"秦紫妍到底还是年轻，这个时候也忘了丢工作这码事，冲着肖毅大喊。

"你们放开她！"

那人呵呵一笑："小子，别多管闲事。"

肖毅掏出电话，调出一个熟悉的号码，对着他们几个说："这是金华区公安局长冯璐的手机号，他是我叔叔，你们要是不想找事儿就别为难她。"

这几个人常在酒吧里玩，都是些不良青年，自然知道这个名字，气焰立刻减弱了不少。

"肖大哥，这些人要把水灵姐姐带走……"秦紫妍一边哭着一边说，肖毅转过头惊讶地看着她。

水灵这些日子找不到肖毅，每日都到这家酒吧来等，孤身一人早被这几个人盯上了，今天醉倒后，这些人终于出手了。

"大哥，怎么着？"其中一个人转过身去问一个带头的。那个人走过来，四个人跟着他，只剩下两个人架着醉倒的水灵。

这个时候已经有不少路人围了过来，带头的那个人看了看水灵，翻了翻白眼说："走吧！真他妈的扫兴。"水灵被扔到了地上，秦紫妍跑过去扶起她。

肖毅的车子开得很快，一直到秦紫妍的家门口都没有说话，车内一片沉默。秦紫妍一直以为水灵和肖毅是一对分手的恋人，心里挺替水灵不值的。

"肖大哥，水灵姐姐早就不住我这儿了，你不会不知道她住哪儿吧，好歹爱过一次，至于撇得那么清楚吗？要不是为了你，水灵姐姐也不会到酒吧里买醉，这是你赶到了，要是没赶到，她被人带走了，你就不内疚啊？"

到了顶层，秦紫妍还有些不敢相信，肖毅竟然要跟着一起上来。她慌忙地收拾好屋子里挂着的“彩旗”，搬了把破旧的木椅子给肖毅。

“我这儿脏乱差，您凑合着坐吧。”肖毅皱了皱眉头，以前孙萌萌的宿舍他也去过，都是女孩子住的，这差别也太大了吧。

肖毅从口袋里掏出三百块钱对秦紫妍说：“耽误你上班了，这个你收下吧！”

“嗯！”她没客气，立刻塞进了口袋里。

“麻烦你再帮我个忙，好不好？”肖毅看着床上的水灵，眉头紧紧地拧在一起，“帮我替她擦擦脸，我想她快点儿醒过来……”肖毅深深地叹了口气，疲惫地说，“我有话和她说，说完我就走……”

水灵醒了，睁开眼睛看到肖毅坐在自己的面前，她以为自己是在做梦，昏暗的灯光下，朗星般的眼睛、高挺的鼻梁、性感的嘴唇，不知不觉她就已经泪流满面。

这些日子是她二十几年来最孤单无助的时刻，无家可归，没有朋友，唯一能给她安慰的那个人她永远见不到，甚至他宁可花钱让秦紫妍来照顾她，也不肯见她一面。他已经离婚了，为什么还要和孙萌萌纠缠不清，他都离婚了，为什么还不肯试着接纳自己？

她有话要问他，有很多很多话要问他，她不是那些因为钱去傍大款的女孩，她只是追求自己的真爱，并且这一切并不是她自己在唱独角戏，可是这些问题，因为肖毅的回避，让她越来越茫然，越来越无力……

“毅，你为什么不见我，你知道我这些日子是怎么过来的吗？”她大声地哭出来。

坐在角落里的秦紫妍在试图修补自己破损的牛仔裤，尽量让两个人无视自己。肖毅多次暗示她离开，可是比电视剧还好看的剧情，她怎么能错过呢？原谅她吧，她确实很八卦。

“刚才我真的不敢相信，倒在地上的人是你。”肖毅苦笑。

“那还不是因为你，我找不到你，只好天天去那里等你。”

水灵坐了起来，头很晕，她用手捂住额头，好想一下子扑进肖毅的怀里，可是她抬起头看到肖毅那张漠然的脸，生生地把动作停住了。

5.

“你刚才差点儿被一群小混混带走你知道吗？”

如果肖毅是痛苦愤怒地说出这句话，也许水灵会感到幸福，可是他的语气、他的眼神里全是怀疑，全是陌生。

在水灵的心目中，如果一个男人真的爱一个女人，他会包容她的一切，无论这个女人怎样，那个男人都会视她如珍宝，她越是颓废，越是买醉，越是不爱惜自己，那个男人越会心痛。

所以这段日子以来，她见不到肖毅，就用这种折磨自己的方式去惩罚肖毅，她觉得等有一天肖毅知道后，一定会自责，会愧疚，会心疼。

可是她不知道，男人们的思维，或者说像肖毅这类男人，和她想象的恰巧相反。

现在这样的水灵对肖毅来说是完全陌生的，那个理智、内敛、矜持又大胆的女孩子，真是眼前的这一位吗？她变得让他几乎无法找到半点儿从前的影子。

“毅，你为什么要躲着我？如果我今天真的被那些人带走了，你会为了我心痛吗？你会为我后悔一辈子吗？如果会，我宁可被他们带走……”

肖毅的眼神、表情，都让她受了刺激，她本来想过无数次与他重逢时的情形……唯独没有眼前这种。

“我想，我不会。”肖毅的嘴角抽动了几下，他恍惚还记得这个女人曾温柔地对他说过，我不会破坏你的家庭，什么都不会改变，我只想让你接受我对你的爱……

他知道都是自己的错误，可是到了现在所有事情变成这个样子的时候，不怨她？他没那么大度。

她生病，她自杀，她买醉，她刚才差一点儿被人带走，一幕一幕交替浮现，为什么人和人之间的差别会这么大？

水灵在说什么，他已经有些听不清了，他想起了李博明打电话说给他的那番话：我喜欢她，从我第一次看到她的时候，我就知道她很不快乐，可是她一直要求自己坚强，不允许自己有任何放纵……每一次和她接触，我都会不自觉地对她的好感多一些……不知不觉肖毅的手抖了一下。

“肖毅……”水灵的哭泣声打断了他的思绪，“我那么爱你，为你付出了那么多，我也没有做过什么伤害孙萌萌的事情，你凭什么要用不见我这种残忍的方式惩罚我，没有你，我会死的……”

又是死？他记得她第一次留他在公寓时说：“别走……把我一个人扔在这儿，我快要死了。”明明同样是一个人，可是为什么那时他觉得她的声音是那么动听，是那么充满魔力，让他的血液都沸腾了。可现在他只想远远地躲开她，“死”这个字好像是最邪恶的诅咒，仿佛会纠缠他一辈子。他本来并不想和她争论什么，可是看到她那么理直气壮的样子，他无奈地闭上了眼睛。

几秒钟后睁开眼，他盯着她的双眸，表情变得痛苦：“你知道吗？萌萌是承受了多大的痛苦才肯原谅我的，她的奶奶刚过世，当她说愿意忘记一切想和我重新开始的时候，我当时……”肖毅说不下去了，他当时幸福得觉得自己重新拥有了整个世界。那些撕心裂肺令人窒息的过往，想起来太痛了，他几乎都无法承受。

“可是因为你的自杀，一切全毁了。我真不明白，你爱人的方式就是选择一次又一次地不珍惜自己，不爱惜自己，去逼迫别人？”

天知道他还曾经因为她对他爱情的执着，满足过、虚荣过，甚至感动过，他真是个蠢蛋。他怎么会因为这样的女人而去背叛萌萌？

肖毅的表情也变得愤恨：“就是因为你过激的做法，把我们的生活重新拉回了地狱，我为什么会离婚？是因为你私下找到萌萌，让她离开我吗？而我公司为什么会走到今天这一步，你的父母做了什么你早就应该知道。就是因为你让萌萌回来收拾东西，才让她彻底对我关上了心门，匆忙地、不理智地接受了别的男人。你还敢说你什么都没有做过？”

她的爱就是一次一次地把他逼上绝路。也许他说得有些自私，可是就是这些赤裸裸的事实伴着孙萌萌痛苦的泪水，把他和水灵之间曾经的情分一点一点磨没了。到了现在，他觉得自己甚至连愧疚都没有了。他并没有躲着她，他是真的不想见她。

之前他反复对自己说，都是他的错，他伤害了两个女人，都是他浑蛋。可是今天对水灵的怨恨如闸口一样打开，潮水般铺天盖地而来，他本来想和她好好最后谈一次，可是他失控了。

角落里的秦紫妍张大了嘴巴，她被雷得不轻，做梦也没想到水灵居然是传说中的小三？怪不得这女的天天寻死觅活的，原来人家是有老婆的。

“肖毅，你为什么到现在心里嘴里想的都还是她？你难道到现在还不明白，我爱你胜过她一百倍、一千倍？”

“可是如果一切可以重来，我绝对不会再犯下这样的错误……”说着肖毅站了起来，他觉得自己有点儿莫名其妙，他为什么要站在这间屋子里？他怎么会突然想要和她彻底地把事情讲清楚？这还有什么可讲的？

水灵也越来越激动，她摇摇晃晃地站了起来，胃一阵难受，她朝着厨房的方向走去。

秦紫妍知道她大概是去找水喝，要是平时，她一定会冲过去帮她，可是自从知道了她是个破坏人家家庭的第三者，她没了要帮人的冲动。她更害怕这两人真吵起来，自己被误伤。冲动是魔鬼，自保才是真理。

水灵回到了床边，她看着肖毅，这个男人是她用生命去爱的人，他们曾经在一起的感觉那么美好……

孙萌萌家里出事，是她的错吗？他对孙萌萌的愧疚为什么都要算到她的头上？

“毅，我父母已经和我闹僵了，我要和你在一起，再也不要和你分开……”这一次她没有哀求他，他是她的，她绝不放手。

“不可能，你明明知道我们之间已经完全了断了，你就不要幻想了好不好？”肖毅说得斩钉截铁。

“为什么不可以？她已经和别的男人在一起了，如果这辈子她不和你复婚，你还要替她守身吗？”

水灵口不择言，一边说着，一边去拉扯肖毅的胳膊，她想让他抱抱她，天知道这些日子她有多么无助、多么孤单：“你哪有那么爱她，在你们还是夫妻的时候，你就已经有了我，你忘了那时我们一起快乐的时光了吗？”

肖毅一个激灵，他的脸涨得通红，喉咙里像塞满了木炭。他用手拂开她的身体，水灵失去重心，跌倒在了地上。

“肖毅……”她的一张脸变得更加惨白，他为什么变得这么狠？他瞪着她干什么？他难道要打她吗？

肖毅的怒火燃到了顶点，屋子里的灯光把水灵抬起的那张布满泪痕的脸照得格外清晰。如果可以，他真的想一巴掌打下去，或者他不光是想打她，他连自己也想一起打。他恨急了，拳头直直地落在了雪白的墙壁上，很快那里就有血流了下来……

水灵吓坏了，可是她没动，也没喊出来，她死死地盯住肖毅的嘴角，像是在等待宣判。

“就算萌萌不会再原谅我，就算我以后依然会娶妻生子，那个人也绝对不会是你……”

“为什么？”水灵真的不明白，孙萌萌是阻碍他们在一起唯一的障碍，现在孙萌萌甚至已经有了新的男人，为什么他们反而变得不可能了？

肖毅手上的血迹触目惊心，可是水灵已经管不了了，她觉得自己一个人在长长的跑道上飞奔，用尽全力，搬开一个一个的障碍，可是跑到终点才看到，那不是绿洲，而是一片悬崖。

“为什么？”肖毅自嘲地笑着，“每当我看到你，就会想起我曾经带给萌萌的那些痛苦，就会想起自己之前经历的那段生不如死的日子，就会更强烈地感觉到自己曾经有多么的可笑和无知……”还有自己年迈的父母，他怎么可能让他们晚年在愧疚和不安中度过？

他拉开她，把她按在椅子上坐下，终于想起了自己刚才来这间屋子时的初衷，他是想和她好好谈谈的，他平复了一下自己的心情，尽量耐心地和她说：“水灵，你看看你现在变成了什么样子？我们之间早就已经结束了，恩怨纠缠都已经成为了过去，无论怎样，我希望你以后能好好地生活，像你今天这种自暴自弃的行为，伤害到的只能是你自己。今天是我们最后一次见面，你以后也不要再打给我了，我不是躲着你，是因为我根本就不想再见到你，你明白吗？”他觉得自己已经说得很清楚了，那么聪明的她，怎么可能听不懂？

水灵的血液沸腾了。

6.

“啊！”她狠狠地抓住自己的头发，揪扯着，就算他爱过她又能怎么样？他现在要抛弃她，她求他，他也要抛弃他，她水灵终于也因为眼前的这个男人变成别人口中的贱人了。

她不接受，绝不接受。

“肖毅，你怎么能说爱就爱，说不爱就不爱，你当我是什么？”

以往的肖毅是对水灵充满愧疚的肖毅，可是现在的肖毅对她之前的所有感觉都已经淡得没有了，加上他心情本来就烦躁，决定来这儿，本也是真心地希望和水灵说清楚，让她不要再自暴自弃地伤害自己。

可他发现面对这个女人，他根本就没什么口才可言。他又体会到了一次深深的挫败。他本来不怎么好的脾气终于发作了："那你想怎么样？"他一辈子都没有像现在这么窝囊过。

可他的话听在水灵耳中就是一道催命符，她猛地退后，从牛仔裤后面的口袋里掏出一把水果刀，搁在了自己的手腕上。"好啊，你这么讨厌我，我就死在你的面前。"

肖毅气得浑身发抖，怎么会有这样的女人……

秦紫妍这个时候也坐不住了，自己真是遇见鬼了，把这一对瘟神请进了门。酒吧里寻死觅活的怨妇有的是，也没见真死过一个。更该死的是，那女人手里的凶器，竟然是自己厨房里一直用来削水果的刀子。

她把牛仔裤狠狠地扔到饭桌上……收工了，收工了！

"你们俩要死要疯，请外面去啊，天要下雪，本姑娘我要睡觉了，出去出去，都给我出去！"被秦紫妍这样一打岔，水灵的注意力被分散了些，她一直没注意到角落里还有一个人，所以现在更加羞愧难当。

"肖毅，我恨你！"她大声地说着，手腕被刀划破，鲜红的血珠滚落下来。

"你真是个疯子……"肖毅借势赶紧扑过去，水灵的刀口又深了一些，疼痛让她更加丧失了理智，她敌不过肖毅的力气，她爱他，也恨他，她不知道自己该怎么办，仿佛那把刀是她唯一的寄托和发泄。她拼死地抓住它……

抢夺间，她压抑已久的愤恨全部爆发："肖毅，我恨你！"

她把刀尖扎进了肖毅的手臂，他的衣袖被割破，血水流淌。看到了肖毅的血，她几近虚脱，手一松，刀子掉到了地上。

肖毅的伤口比水灵的深很多很多，血一直在流，肖毅冷笑着问她："不解恨就拿刀再捅几下，就当我还你的，以后我们就两清了。"

"我真想杀了你……"她伤心到了极致，她竟然把刀子捅向了她这一生最爱的男人，她真的这么做了！

"想杀就过来，以后概不奉陪。"肖毅看着她，表情冷峻得可怕。水灵眼睛里布满了泪水，她捂住脸，放声大哭。

“砰！”直到传来了肖毅关门的巨响，她才猛地睁开了眼，向门外追了出去，脚下无力，她绊倒在了门槛上，楼道里传来肖毅离去的重重脚步声，再也看不到一个人的身影。不知过了多久，她觉得自己已经一丝力气也没有了，爬起来，默默地走到了床前，想把自己蜷缩起来。

秦紫妍看着她的动作，连忙阻止：“喂喂，已经醒了，就赶快走吧，我这床虽然简陋，可也不收容奸夫淫妇，趁着打车方便，赶快走吧！”秦紫妍毫不客气地轰人，说着还从柜子里拿出一条换洗的床单来，就当着水灵的面，使劲地抖弄。

“你……”水灵已经把秦紫妍当作朋友了，没想到她会这么刻薄地说自己，她觉得这个世界一片灰暗，每个人都如此丑陋。

“别说男人，就是我看见你都恨不得躲得远远的，看看你这人不人鬼不鬼的样子！”说着秦紫妍把水灵的外衣扔给了她，打开门请她出去。

“以后去酒吧，别说认识我啊，你再出什么事我也不会管的。”

水灵羞愤地扭头就走，刚迈出门槛，就听见门被使劲儿地带上。前面是漆黑的楼道，就像是她的未来，一片黑暗。

7.

“萌萌，肖毅最近没有来骚扰你吧？”巍然给孙萌萌打电话。

“嗯！”孙萌萌没有正面回答。

“我想也是，他最近应该没有时间，我听一个与他公司有业务往来的客户说，肖毅的公司好像要破产清算了！”

孙萌萌一颗心扑扑直跳，她想起了肖毅越发消瘦的样子，心像被摘走了。在最痛苦的时候，她也不是没有想过要让肖毅遭受最惨重的代价，比如自己去酒吧一夜情，甚至上网随便认识一个男人，也想过让他变成穷光蛋，可是那些想法也就是仅仅在脑海中闪过而已，当他的事业真的受到了重创，她真希望自己能有本事帮助他。

他创业的时候，她一直陪着他，甚至也提出过去他的公司里工作，可是他拒绝了，他那时起步也不容易，他说他不想把工作中的情绪再带到家里来。

如果！这个世上永远不会有如果，所以才会有这么多的遗憾……

肖毅公司出事后，尤其是在他多番努力依然没有解决危机的时候，她越来越后悔自己之前那些虚度的光阴。

她打电话给肖毅，肖毅的手机竟然是关机的，离婚以来，肖毅打给她的电话越来越频繁，算一算，距离上一次他们通话已经有一段时间了。这让孙萌萌心里无比慌乱。难怪这几天她的心总是莫名其妙地揪在一起，现在仅仅是听到机械的女声提示的关机声，她的后背就已经渗出冷汗来。

李博明之前经历了两次失败的恋爱，他渴望找到一个能和他真心相爱、相伴到老的女人，有一个真正温馨幸福的家庭，他感觉到孙萌萌最近的心不在焉，本来有所进展的关系再一次停滞不前。

当晚，李博明打给孙萌萌，她说她社里有应酬。他问大概几点结束，她说不太清楚，估计要很晚，然后匆匆就挂掉了。她有心事，表现得很明显。

可他知道，今晚必须要看到她，否则两人之间本来就不牢固的关系就会后退一大步。他嘲笑自己，活了三十一年，竟然为了追求一个女人每日患得患失。

孙萌萌心里惦记着肖毅的事情，可是刚才打电话给他却是关机，离婚后肖毅说过的，他的手机二十四小时不离身，只要她想，她一定可以找到他。也许他只是说说而已吧。

孙萌萌安慰自己，可精神越来越紧张，晚上社里宴请两个重要的客户，其中一个是企业家曾总，还是她负责采访的，这位老先生年近六旬，十分健谈，吩咐酒桌上的同志们都不许喝饮料，孙萌萌的面前被直接倒上了半杯五粮液，她想推托，可韩社长已经附和着曾老先生，催促大家敬酒。

职场里孙萌萌已经不算小年轻了，坐在桌子旁的除了一个女主编，女职员里就数她的年纪大，不但没人照顾她，礼仪上她还要不停地主动敬酒。曾老先生和她最熟悉，频频和她碰杯，韩社长更是毫不怜香惜玉地叫人给她满上，坦言所有女同事不用纠结，保证安全把各位护送回家。

大家都知道，曾总的身价过亿，要是能成为杂志社长期合作的广告客户，就连香港总部也得对这里另眼相看。

“萌萌！你没事吧，脸色怎么这么白？”

“萌萌一直都很白啊，这肤色不上妆也照样又白又嫩，白里透红与众不同。”

“没事，不好意思，我去下洗手间！”孙萌萌从来没有喝过这么多的酒，也没有经验，在洗手间一阵干呕。这几天她本来睡眠就不好，现在更是嘴唇冰凉，脚底下像踩着棉花，胃里满满当当，想吐又吐不出来。

她没法回包厢，就在走廊里找个沙发慢慢坐下来。

“萌萌，你真的没事吧？”同事走过来，她才缓过神来，额头上竟然已经有了冷汗。离婚后肖毅不停地纠缠，水灵几次在她本来就要愈合的伤口上撒盐，以至于她一想到肖毅，心情就会十分烦躁。可是这几天里，她总是能想起肖毅。

她记得刚认识肖毅的时候，他是烟酒不沾的五好青年。可是自从自己做公司以后，不能免俗地在应酬场合里抽烟喝酒。记得那时他们还没有结婚，半夜三点多的时候，他打电话来，她睡得迷迷糊糊，听见他的声音吓了一跳，他在电话里说：“老婆，我难受！”她问了几声，他便没了音儿。

第二天她去他家找他，才知道他晚上为了拉业务，和人拼了一瓶白酒，给她打电话时刚从医院回来，然后昏睡了过去。结婚后，肖毅喝醉难受的时候更是越来越多，胃口越来越差，她经常在知道他不回来吃饭的时候也煲些粥以备他回来再吃一点儿。

也就是因为知道喝醉有多难受，肖毅从不许她喝酒，即便是以前肖毅偶尔带着她出去，也是照顾她滴酒不沾。凡是别人给她的酒，都让肖毅挡了回去，实在挡不了，肖毅干脆加倍自罚。

“我老婆不会喝酒，我替她干了！”

不知道为什么，肖毅的声音这个时候在孙萌萌的耳边格外清晰，一瞬间她的眼圈就红了，拿出手机又一次拨他的号码，还是关机。她大概真是喝多了，眼泪就那么不受控制地落了下来。

记忆的闸门打开，回忆的片段一幕幕涌到眼前。肖毅的公司开始什么都做，给人家编过软件，做过外贸，甚至跑过钢材。记得有一次给一个开发商供应钢材，他下面供货的也是一个中间商，最后钢材的厚度不够，开发商要退货赔钱，供货的中间商不见了踪影。孙萌萌哪里经历过这种事情，吓得半死，肖毅却告诉她没事，小事一桩。

那之后没过多久就是孙萌萌的生日，肖毅送了一条他们早先一起看好的钻石项链给她，那项链至少几万块，她再三追问，他说公司确实没事了。后来她从李辉那儿知道，当时肖毅赔了不少钱，几万块钱是他找李辉凑的，他说：“老婆娶回来是用来心疼的，我不想让我老婆担心，也不想我老婆在二十四岁生日时留下遗憾，别跟她说。”

以前孙萌萌知道肖毅工作辛苦，可是因为她从小生活在安逸的环境里，根本没有设身处地地体会到他在事业拼搏中的艰辛和无奈。可是离婚后，她从租房子开始四处碰壁，打过零工，跑过推广，现在职场里的激烈竞争，她慢慢地能感受到了。

公司是肖毅的孩子，他付出了那么多的辛苦，现在事业正要全速前进的时候，却被扼杀在了摇篮里，他该是多么痛苦。

8.

不知过了多久，她才回到了包厢里。韩社长还在带头敬曾总，一通寒暄。

曾总当年也是白手起家，和妻子一个管销售，一个管财务，他忙于事业，年近四十才有了一个女儿。

他指着孙萌萌叹息说："我女儿也像孙小姐这么大了，可就是不结婚，以前我和她妈妈是忙着赚钱生活，她现在每天吃穿不愁，一听结婚就摇头，商场上我能揣摩对手的心理，公司里我能研究员工的思想，可就是不知道她是怎么想的……"

"现在年轻人都这样，我们小孙不是也还没结婚？"就这一句，孙萌萌的脸登时就红了。

"唉，人老了，话就多，孙小姐别介意啊！"孙萌萌尴尬地笑了笑，拿起手中的红酒，轻轻地抿了一口。这种场合，她一向也不伪装，都是一副温婉无害的模样，只是今天这种敏感话题，让她的表情还是僵硬了。入职的时候，她写的是未婚，公司里没人认识她，可是同在一个城市里，这个不算是秘密的事情被人知道后，肯定免不了又被众人一番议论。

"曾总有合适的钻石男，别只顾着自己的千金，也想着帮我们萌萌介绍一个。"负责生活版块的李大姐拿着酒杯向曾总敬酒，惹得大家呵呵直笑。

"像孙小姐这样有才有貌的都市新女性，还用得着别人操心，这是你们社里小伙子的福气啊！"曾总说话滴水不漏，哪知韩社长却假装认真地说："社里的制度大家可别忘了，同社的员工不许谈恋爱。"

"还有这种规定？"大家面面相觑，韩社长没绷住脸，先笑了，大家知道上了当，又笑了起来。

"我表哥在审计局工作，外表家庭都不错，萌萌有没有兴趣见见？"

"小孙离婚了是吧？"不知是谁小声嘀咕了一句。刚才准备给她介绍表哥的同事脸上尴尬极了，默默地低下了头，酒桌上气氛顿时冷场了。

"对，我离婚了！"孙萌萌微微一笑，不在意地夹菜。刚离婚时的流言蜚语她已经不在意了，现在她甚至有些盼望能见到那个让她变成离婚女人的前夫。

服务生穿插着进来上菜，第三次的时候，跟进来一个男人。

“曾总，这么巧？”他笑容浅淡和煦，声音优雅悦耳，令人如沐春风。孙萌萌很是震惊，竟然是李博明。他仍旧是一身西装打扮，说话的同时很快把目光从曾总的脸上投向了她。

酒桌上立刻安静下来，很多人都认识李博明，社里也做过他的访问，年轻英俊，事业不算大，但是立足环保高科，造福社会，不同于一般的暴发户，很是令人刮目相看。

“博明啊，这么巧，来这儿应酬？”曾总看了看门外对面的包厢，拍了拍李博明的肩膀。

李博明十分谦虚有礼，笑道：“不，一个人……”孙萌萌看到站在一旁的韩社长拉开了一把椅子，说：“曾总李总既然认识，相逢不如偶遇，一起吧！”

“好，那我就恭敬不如从命了。”李博明利落地坐在了椅子上，眼睛不再看孙萌萌，只是和两位领导寒暄。他的话虽然不多，但是非常具有控制场面的能力，他轻描淡写地发起一个话题，然后静静地当听众，适时地插几句，永远不会刻意地突出自己是重点，但是不知不觉别人的对话就会围绕着他之前的话题。

“博明一个人来吃饭？”曾总觉得有些不可思议，大家也同样疑惑着。李博明微微一笑，轻声说：“等朋友。”

曾总和他也并不是很熟，只是最近因为一个项目接触很多，他也曾留心过这个年轻人，很不错的一个男人。“什么朋友，女朋友？”听李博明一说自然也就上心多问了一句。

“是！”李博明应了一声，大家的好奇心都被吊到了极致，什么女人能让李博明这样忙碌的男人独自一个人等着？孙萌萌刚才就很紧张，现在更是觉得尴尬。她去看李博明，可他并没有看她。

谈着谈着，大家开始进行下一轮的敬酒，第一个当然还是年纪最长的曾总。

“曾总，我敬你！”孙萌萌向来都是这句简单的敬语，曾总是个极有风度的长者，笑着点头，刚把酒杯送到口中，哪知身旁的李博明轻声说：“曾总，萌萌酒量浅，这杯我替她吧……”

饶是见惯大场面的曾总也因为曾经对李博明的“别有用心”，险些失态把杯中的红酒洒了出来。“哦！”大家这才恍然大悟，重新打量起孙萌萌来。

“一直没有机会给您介绍，孙萌萌，我的女朋友！”李博明丝毫没有尴尬，从容地笑着看着孙萌萌。孙萌萌的脸涨得更红了。

“原来李总是等萌萌啊，刚才我们还在张罗给萌萌介绍男朋友呢，大家以后都免了吧，省得李总向我问罪！”

李博明把车子停在了饭店的停车场，空中飘起了雪花，悠悠扬扬地落在孙萌萌纤长浓密的睫毛上，今天她穿了一件长长的羊绒大衣，她一直都给他一种可爱温婉的感觉，可是今天她这样的穿着让他觉得很是不同。

她的身材高挑，齐耳的短发被风微微地吹起，站在那里，时尚又职业。

他一直在想，如果他最初就能与她相遇，他一定舍不得让她承受那么多的痛苦，可是人生永远不可能预测未来，也不可能让人带着经验把岁月重新来过，他也很忐忑。

“萌萌，你的脸色不好！”他说话的时候嘴巴里呼出了白色的哈气，已经是冬天了，这个时候街上的行人不多，像他们这样缓慢散步的人更是少之又少。他走过来拉住她的手，感觉到她退缩了一下。

这次见面，他明显感到了她对他的生疏和躲避。和他想的一样，她并不是十分想见到自己，而且她有心事。

“萌萌，你是不是有了什么想法？”他没有放过她，他必须让她面对自己的心结。

“我只是觉得我还没有准备好……”

他的脚步停下来，低头看着她，因为身高的优势，他可以看到她脸上的每一寸表情，他低下头在她的耳边说：“我不会允许你后悔的，现在大家都知道我是你的男朋友了，你要是抛弃我，我就一直追到你的办公室里去。”

这样的话，怎么会是从李博明这样深沉的男人嘴里说出来的？她想笑，可是下一秒笑容就僵硬在了嘴边。

“萌萌，你要是不下来，我就直接冲到女生宿舍去了！”每一次和肖毅吵架，他都会这样威胁她。

她刚才又打了他的电话，还是关机，他来缠着她，她千方百计地想要把他赶走，可是现在找不到他，她又没志气地觉得心慌。

找他做什么？她反正什么都帮不到他，也许他现在正和别的女人在一起缠绵，怕骚扰所以才会关机，尤其是怕她……也许是今晚不该去宴宾楼吧，她的心情好像坐过山车一样大起大落。

“大不了就辞职……”孙萌萌之前经常对肖毅说，“大不了从明天起，我回家去住，我妈知道你欺负我，绝不会让你进去的。”

“我要是真想找你，就算天涯海角也一样会找到的！”李博明根本不知道孙萌萌此时的心理，却没想到孙萌萌因为他的这句话，眼圈慢慢地泛红了。

她想，是不是天底下的男人都是这么哄女人的？以前她信了，可是在她最需要肖毅的时候，他陪在了另一个女人身边……

“我们再走走好不好？”孙萌萌把手伸进了口袋，一直握着手机，可是它一次也没有响起过。

她一直没有说话，默默地向前走着，脑海中也是一片空白，不知道别人有没有过这样的经历，在她最最痛苦的那段日子里，她一个人的时候，躺在床上就像是受刑一样，不管是夜里几点，她总会控制不住自己，换好衣服，在小区里像神经病一样一个人走啊走……走到筋疲力尽，回到家里依然无法入睡。

白天怎样都能对付过去，只有夜晚的每一分每一秒都好像是有刀子去割自己的心，一笔一画，写的都是一个男人的名字。最近她很久没有这样失控了。

天气似乎越来越冷了，雪也越下越大，她的头发、她的睫毛都染上了白白的一层，好像一个雪人一样。

“这样你会冻坏的。”她恍然惊醒，已经来到了一个很远的地方，她一时竟然分辨不出是哪里，看看表已经凌晨三点了，她竟然走了那么长的时间。

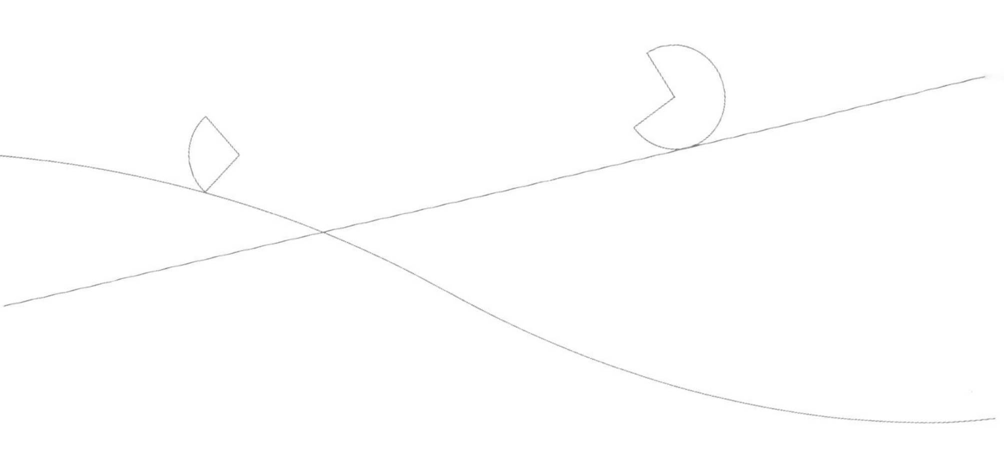

第12章 时光

孙萌萌伏在他的背上，颠簸中能感觉到他脚下一深一浅，身体僵硬得久了，重量渐渐完全压在他的背上，搂着他脖子的手也只能越来越紧。不用刻意去想，往事都会越过时光，穿越到他们此时的脑海中。

1.

“嫂子，你找我也是因为毅哥的事情吧？”电话的另一端是李辉的声音。

孙萌萌嗯了一声。已经连续三天没有联系上肖毅了，公司里的人说肖毅已经把公司的事情处理好，关于之后的清算问题，尽可能补偿了员工，只是他自己却仿佛消失了。

“嫂子，你知道毅哥在哪儿吗？我们都很惦记他……”孙萌萌无力地挂上电话。离清算只有一个星期的时间……肖毅究竟在哪儿？

他不是一个轻易言败的人，究竟发生了什么，让他突然失踪了？公司就像是他的孩子，他根本不会舍得的。

找不到他，也没有他的音信。能找的地方都找遍了，能问的人全问过了。手机拨了N回，回复一律是：“您所拨打的电话已关机，请稍后再拨。”孙萌萌问遍了每一个她熟悉的人，可是都没有人知道肖毅的下落。

她心目中的肖毅并不是一个轻易放弃的人，就是因为他的执着、他的自信、他的永不言败，才会有昔日的成就。她知道他有多爱自己的事业，公司是他的心血，是他的孩子，可是才刚刚学会走路，马上就要学会跑的时候，却被扼杀了。没有父母可以做到眼睁睁地看着，那太残忍、太冷酷、太无情……

时间在这里似乎被无限延长了，每一分每一秒都是折磨。孙萌萌的神经终于绷到了极点，终于受不住了。她拨通了国外的电话，听到那慈祥的声音，她几乎就要落下泪来。

“妈……”

“是萌萌吗？”电话另一端的老人好像不敢相信，自从上次一别，她们就再也没有通过电话。

“是我……”

“孩子，你还好吧，妈妈惦记你，可是打电话又不知道和你说什么……”

“妈妈，我知道，您和爸爸还有姐姐挺好的吧？”

“我们挺好的，你知道吗？你姐姐就要做妈妈了，平时嘴馋，又不会做饭，我就把他们俩接到我这儿来住了。”说起肖洁，老人的声音开始变得轻快。以前有时候孙萌萌也在想如果她和肖毅有一个孩子，是不是一切就会不一样？

“妈，姐姐上次给我打电话了，我已经知道了，真好！”

“是啊，有的时候人这一辈子到头来就是为了孩子啊，孩子懂事上进，做父母的一辈子也就值了。”大概是同时想起了一直是肖家骄傲的肖毅，孙萌萌和肖母都沉默了。

“还是你懂事，上午给他打电话一直关机，刚才也还是，我这就开始心慌，你知道他在干什么吗？”

“可能公司比较忙吧，您别担心！”失望的潮水再次涌来，看来肖毅并没有给父母留下过任何信息。

挂掉了电话，她开车直接去了李天石的公司。李天石也在四处寻找肖毅，可是和她一样根本找不到人。

“弟妹，你别担心，也许他根本没事，只是自己找一个没人的地方清静清静，你不知道我离婚后的第二年，一个人跑到西藏待了好几个月，高原反应让我差点儿在那儿挂了。”

孙萌萌对李天石的情况也是有些了解的，只是不理解他为什么离婚时不是最痛苦的，而是之后一年左右的时间才开始痛不欲生，她只记得他那时经常找肖毅一起喝酒，还不愿意来家里。

李天石看着孙萌萌严肃的表情继续说：“肖毅身强体壮，就是去西藏也不会像我一样，我只是担心……”

孙萌萌看着他欲言又止的样子，感觉非常不好：“李大哥，你有什么事就告诉我吧，肖毅的父母年纪已经很大了。”

李天石看着此时的孙萌萌，就不由自主地想起了姗妮，曾经她也是这么替两边的老人考虑，他想了想还是说了：“我最后见他的时候，听他说起有一个人愿意给他提供资金……之后他就匆匆走了。”

“那是好事啊，他为什么不接受？”

李天石看着一脸天真的孙萌萌，有点儿不好意思开口：“那个客户是个四十几岁的女人……她对肖毅是有条件的……你明白吧？”

孙萌萌难以置信地看着他，脑子有点儿发晕，李天石无奈地说：“我是担心他自己躲起来是不是正在犹豫这件事。毕竟这是拯救公司唯一的办法……”

孙萌萌皱着眉头，看着李天石就像是看着外星人一样：“如果是你，你会同意吗？”就算她再单纯，也不会不明白李天石口中那个女人的条件是什么。

李天石笑着说：“一般情况下不会，可是我要是像肖毅现在这个样子可不好说。”李天石故意试探了一下孙萌萌，说实话，他对肖毅也没什么把握，毕竟肖毅现在一无所有，要是真的连事业也没有了，再想重新站起来，那要付出多大的代价啊。至于他自己会不会，没有被逼到那一步，谁也不知道。

可是他正琢磨的时候，听见孙萌萌坚定地对他说：“他不会的！”

李天石张大了嘴巴，没想到孙萌萌会这么说。

“肖毅不是那样的人！”孙萌萌看着窗外竹枝上的积雪，一阵风吹来，纷纷扬扬地形成一阵白雾，却依然无法阻挡远方的景物。

肖毅出轨了，身心背叛，她没法在感情上相信他，他带给她的无尽的伤害几乎让她变了一个人。可是肖毅会为了金钱做出出卖自己的灵魂的事情？她不知道别人会怎么想，可是她觉得他不会，这一点，她相信他。

孙萌萌想起了肖毅当初创业的时候，那时他们还在恋爱，他经常忙得没时间吃午饭，她买了便当送到他狭小的办公室里，她看着他吃饭，帮他收拾卫生。

肖毅放下手中的筷子，把她拉过来坐在他的腿上："萌萌，别收拾了，委屈你了。"

"委屈什么？"

"奶奶到现在还怕我这小公司风险大呢！不过我理解，我姐夫当年娶我姐时，我妈也和你奶奶一样，恨不得我姐嫁给那个什么局长的儿子。萌萌，你等着……"

那时，肖毅用手指着外面的高楼大厦说："将来有一天我把这里都买下来给你，然后我把你介绍给每一个员工——这就是你们的老板娘。"

孙萌萌笑了："从小到大，我一直都觉得很幸福。肖毅，你有没有很多钱我真的不在乎，我只想和你就这样一辈子平平安安地白头到老。"

"萌萌，放心吧，梦想只要努力和坚持就不会成为白日梦。很多人抱怨世界不公平，可是你老公就坚决相信草根男凭借自己的努力，一样可以成功。"

"我的老公是世界上最优秀的老公，志存高远，遵纪守法，是新一代的模范青年，就是别人不知道，你表面上衣冠楚楚风流倜傥，其实房间里臭袜子一大堆，哈哈！"

"小东西！"

"你怎么不吃了，我大老远买来的。"

"我先吃你，再吃饭。"

肖毅吻了她，他动情地说：“萌萌，我永远记得第一次见到你时你的样子。”

回忆的片段戛然而止，孙萌萌想起了什么，猛地说：“李大哥，我知道他在哪儿了！”

2.

肖毅一身休闲打扮，他的对面是一望无垠的桃林，桃花盛开，十里飘香。这是他和孙萌萌第一次相遇的地方，那时他们都是那么年轻，他一向自命不凡，却没想到和朋友在这里聚会的那天，漫天花瓣中，她便闯入了他的生命中。

侍应生是个十八九岁的小伙子，他对肖毅说：“先生，你每天都来这里是为了睹物思人吧？”

肖毅嘴角勾起一抹微笑：“你猜对了，我就是在这儿遇到我老婆的，这几天我来这里，脑子里一直都在想着她。”

“真浪漫啊！你老婆漂亮吗？”

“还行吧！可那次第一眼看到她我就对自己说，就是她了，这就是我老婆。那时她还在念书，我刚毕业两年，真是一穷二白。她长得漂亮，家里条件也好，大人管得很严，追她的男人也多，我可费了不少心思。”

“后来呢？”

肖毅拿起酒杯一饮而尽，孙萌萌当年的一颦一笑都在眼前，明明才几年的时间而已，他真不敢相信他们竟是离婚的结局：“后来，她对我越来越好，可是我做了伤害她的事情。事情爆发后，我愧疚得无以复加，恨不得把心掏出来表达我的歉意。可是她走了，我以为这辈子最不可能离开我的人，真的不肯原谅我。”

“那你去找她啊，求饶忏悔，我就是这么哄我女朋友的，女人都得哄。”

肖毅摇摇头，叹息着：“哄了，她不听话，我特别生气，她结婚后几乎什么都听我的。我没有办法，就想先让她冷静一下。我想她在外面吃点儿苦，我到时加倍对她好，她就回家了。可惜，我想错了……”

肖毅觉得四肢酸痛，他知道自己在发烧，离婚后许久以来的各种疲惫像是终于爆发了，他没有想要逃避，更不是自暴自弃，他是一个有目标、有计划、有野心的男人，他只是累了……

昏睡中，他仿佛又回到了家里，孙萌萌像他每次生病一样细心地照顾他，在他发烧的时候、醉酒的时候用热毛巾一次一次地擦拭他的额头、手心。她把药拿在手中直接递到他的嘴里。他什么都不用去想，躺在床上，安心地休息，放松地入眠。

“肖毅！”

孙萌萌和李天石在桃花源酒吧后面的度假酒店里找到了肖毅。多日以来的担忧和忐忑终于在这一刻心安，她的眼泪再一次无法控制地滑落满腮。

肖毅满脸疲惫，这还是那个英气逼人、潇洒自信，总是骄傲果敢、神采飞扬的肖毅吗？

“送他去医院吧！”李天石看着肖毅仿佛看到了曾经的自己，发出一声无奈的叹息，走过来，想把他背出去。

“肖毅，肖毅……”孙萌萌不停地呼喊。

肖毅的喉咙里发出微弱的声音，慢慢地睁开了眼睛：“萌萌，萌萌……”他以为自己是看到了幻象，伸过手就想把她搂在怀里。

“起来，去医院……”孙萌萌哽咽得泣不成声。

“我出去买点儿吃的来，你先陪陪他……”李天石知道肖毅的脾气，也知道他心里症结的所在，很合时宜地退了出来。

门轻轻地被扣上了，屋子里只剩下孙萌萌和肖毅两个人。女人脆弱的时候，需要有人陪伴，可男人脆弱的时候，尤其是像肖毅这样的男人，他此时此刻是真的不想让孙萌萌看到自己这个样子。虽然他无时无刻不在想她，可是他宁愿此时的一切都是梦境。

一向骄傲自信的他，此时此刻已失败到了干净彻底，妻子离开了他，父母亲人对他伤心失望，事业全部崩盘，曾经的情人歇斯底里地用刀挥向他……

可是他没有想到，孙萌萌居然找到了这里，她就这样出现在了他的面前。

“萌萌，我没事，你回去吧……”他简单地说了一句，可是背对着人的眼眶已经涌上了阵阵酸涩的泪水。

“我不会走的，要走一起走……”

“我没事，你不用担心！”说这句话的时候，肖毅虚弱的鼻音更重了。

“我知道！”孙萌萌用手去扳他的肩膀，这个男人的气息熟悉得让她再次心酸到落泪。

“去医院，马上去医院！”孙萌萌急得大吼起来。

“我，哪儿也不想去……”肖毅无力的声音轻飘飘地弥漫在这间小屋子里。孙萌萌咬着嘴唇，艰难地扶起他：“肖毅，以前我也错了！”

她的手渐渐地开始颤抖，肖毅本来闭着眼睛，他一直没有正面去看孙萌萌，这个时候他猛地睁开了眼睛，看着她强迫自己收回眼眶里不停打转的泪水。

“萌萌？”

孙萌萌抹着眼泪，凝视着窗外：“以前我知道你做生意不容易，可是自己没有亲身地体验过这个社会竞争的残酷，你把所有的事情都替我做好，让我渐渐忽略了你承受的各种压力，只知道我的老公很有能力，几乎是无所不能。现在我自己真正走上充满竞争的岗位才知道，你为了让我生活得更好，出嫁之后能继续做温室里的花朵，你付出了多少，而那么多年，我一点儿也没有帮到过你，甚至有的时候还不理解你。”

孙萌萌抬头与他对视，而窗外枯槁凋敝的枝条依旧孤傲地矗立于半空中，仿佛在翘首企盼着什么……他挣扎着坐起身，低头慢慢地喝杯子里的水，可是才喝了一半，胃里像有什么东西要撑破一样地难受。

她的手轻轻地拍打着他宽阔的后背，等他不再那么难受的时候，扶着他重新躺了下来。她又去洗手间打来热水，用拧干的毛巾轻轻地擦干他的脸、他的手，他早就已经重新闭上了眼睛。

“萌萌，你别这么说。”他知道自己现在的样子是多么狼狈，天下任何一个女人若是可以选择，都会选择李博明而不是自己。可是他听到孙萌萌的这几句话，一股暖流从脚底慢慢攀爬到心田，从她发现了他的背叛之后，她几乎没有用这种语气和他说过话，这样的话题，两个人更是从来没有交流过。

“肖毅，不要放弃，我心目中的肖毅是一个顶天立地，有理想、有抱负的男人，现在只是暂时折断了翅膀，只要养好伤，终有一天，你还会展翅高飞……”

“你放心！”肖毅的眼圈酸涩了，声音更加沙哑。

“肖毅，很多事情尽力就好，无论结局怎样，你身边真正关心你的人都永远会支持你。”

肖毅睡着了，他感觉到了这些日子以来从没有过的踏实。他闭上眼睛前，孙萌萌就在他的眼前，他醒来，孙萌萌还是坐在他的身边。

她端来李天石买的白粥，一勺一勺地喂他：“我听李天石说，有一个女客户想要帮你解决资金问题。”

肖毅暗恨自己那天的电话被李天石听到，事后自己还向他唠叨了几句。这个李天石觉得自己在孙萌萌面前还不够难堪吗，或者李天石觉得自己应该会接受那个女人的帮助，或者不仅是李天石，更多的人都这么想？

“是，你急着来找我，怕我再做什么让父母丢脸的事情？”肖毅挑眉打量她。

“我从来没有这样想过，无论别人怎么看你，我知道你不会这么做的。”孙萌萌用勺子轻轻地在粥碗里搅着。

“萌萌……”意外的感动，让他好像突然有了力量，他用力地握住了她的手。

孙萌萌使劲地端住手里的那碗粥，用手臂去挣扎，他固执地不肯放开她。他不松手，永远也不会松手。可是他的力量还是虚弱的，孙萌萌很快便挣脱开他的手臂，脸因为用力微微有些发红。

“萌萌，我不会的，就算我真的一无所有，我也不会接受这种‘帮助’……”他觉得自己在某一方面得到了自己最在意的人的认可，整个世界似乎又重新散发出了美丽的颜色。

3.

半年后。

肖毅回到了之前他和孙萌萌的家，现在这里已经卖掉了，他站在楼底，看着窗前依旧明亮的灯火，久久挪不开脚步。

“肖毅！”他听到有人叫他，回过头，竟然又一次看到了水灵。

这一次见到肖毅，水灵的心情比之前任何一个时候都要复杂，恨还在，爱也还在，只是经历了那么多事情，心境和当初比起来已经不同了。

对这个男人自己现在更多的也许是怨恨吧，为了他，她的爱情破灭了，她的家庭毁灭了，现在她的肚子里竟然还怀了一个陌生男人的孩子，究其根源，都是因为这个叫肖毅的男人。她不是不想冲上去狠狠地质问他，指责他，只是她明白，一切都没有用了。连她去死他都能够转身离去，她再做什么都已是徒劳。

肖毅看到水灵也愣在了那里，正想着，水灵已经慢慢地朝他走了过来。她穿了黑色的风衣、黑色的皮靴，脖子上系了一条鲜红色的丝巾，灯光下，看得出她的脸上化着淡妆，长发别在一侧耳后，露出耳朵上一颗泛着莹润光泽的珍珠耳钉，显然是精心打扮过的。

一刹那他仿佛又看到了之前认识的那个长发女孩，开始也是不化妆的，衣服也很随意，可是后来她开始打扮自己，女为悦己者容，那时他的自尊心得到极大满足的同时，竟然也像着了魔一样紧张起自己的形象来，每天更注意自己的穿衣打扮，甚至有时孙萌萌给他打电话时，他还特意嘱咐她去帮自己熨好哪件衬衫，找出哪条领带。

开始总是美好的，一晌贪欢，却没有想到会是那样的结果，如果不是亲身经历，他一辈子也不会想到水灵会那般执拗与疯狂，也无法相信自己曾经是那般荒唐，也许永远都只会记得她是一个如花般清丽的女孩。

“肖毅，你一个人吗？”水灵抬起头看着楼上漆黑的灯火，心底又浮现出一丝复杂的情绪，她需要温暖，看得出他也同样寂寞。

肖毅不知道应该说些什么，觉得怎样回答都不算妥帖。

“你怎么会来这儿？”

“一个人随便走走，不知不觉就走到这里来了。”这是肖毅和她提出分手后两个人第一次平静地对话。

“回去吧，一会儿很难打车了。”

“能一起走走吗，我九点之前就回去。”她不会再和他怒目相对，也不想再和他纠缠，她只是想知道一些答案，在她和他能够平静对话的时候。

“好！”肖毅答应了，连他自己也不知道为什么。

小区里的环境非常好，当初肖毅买这个公寓的时候，在新港所有的高档公寓里挑了又挑，事隔不到一年，这里的房价又涨了许多，只是在他精心布置的家里，等待他的永远是黑暗。

“有没有想过离开新港？”他低声问。

“就这么不想再见到我吗？”水灵自嘲地反问他。

“其实你可以有更好的发展，新港不见得是最适合你的地方。”抛去过往的种种，对水灵的工作能力他还是非常认可的。

“肖毅，你真是一个心狠的男人。”再怎么控制自己的情绪，她还是有些激动了。

天空中烟花炸开，让他的面庞更显得英俊，他摸出一支香烟，点燃后深深地吸了一口。男女相识的时候，看到的都是彼此最美好的一面，那时他很少会在她的面前吸烟，处处像是一个绅士。

他心狠吗?

肖毅有时也在反思这个问题，可是想了很久根本找不出答案。孙萌萌这样说过他，水灵也这样说过他，甚至姐姐在电话里也这样骂过他，可是他觉得自己是一个心软的人，虽然身边的女人们正是因为他而真实地受过伤害。

“算了，我不想和你再吵架了，我累了！”水灵用手摸了摸她小腹的位置，今天一天的情绪波动太大了，那里总是隐隐地坠痛，她已经约了三日后去做手术。

“肖毅，如果你最早遇到的人是我，或者同时认识我和孙萌萌，你会怎么选？”水灵远远地看向他那间没有打开灯的公寓，女人一旦执着于某个问题，如果得不到答案，很可能就会纠结一辈子。

“我和孙萌萌认识的时候，她刚上大学。那个时候，我才毕业，我家只算得上是中产阶级，从小父母并不惯着我和姐姐，我和普通的毕业生一样，在网上发简历，周末的时候去挤人才市场，只有一辆车，就是毕业时我爸送给我的夏利。那个时候我的身边确实也有许多追求我的女孩子，而她也一样有众多的追求者。”肖毅回想着过去的种种，仿佛看到了自己和孙萌萌在那些青葱岁月中幼稚的脸。孙萌萌的姥姥和姥爷都是离休干部，妈妈做生意，家庭条件很好，她遇到他时，他不过是个青涩的少年，女孩子喜欢他不错的外形，可是随着年龄的增长，女孩子对男人的外表越来越不看重。而他遇到她时，却是她一生中最美丽的时刻。

他说了很多，沉浸在自己的回忆之中，那些过往对水灵来说却是完全陌生、不真实的。

她认识肖毅的时候，他就已经像金子一样在闪闪发光，无论走在哪里，都能吸引到女人的目光。那么一个高傲冷峻的男人，她根本想象不到当年他会像他说的那样去热烈地追求一个女孩子。

而她的大学时代呢？

水灵慢慢地回忆起来，那时的她眼高于顶，在上海那所知名的大学里，有的是开名车、花钱如水的公子哥追她，可她嫌他们幼稚。也有像麦嘉轩这样成绩出众、对她一往情深的男孩子，可是他身上的亮点对她来说实在是太暗淡了。

如果那时与肖毅相遇呢？

其实，她也并不知道答案。

“你还记得吗？那时你对我那么好，连我出大厦去买便当久了你都会打电话问我……”

“水灵，事实证明，那段时间的状态比我们想象的都要短暂。下一次，一定不要再爱上已婚男人，也不要对已婚的男人心存希望，也许会有美满的结局，可是获得幸福的希望太渺小了。”

“肖毅，你就是一个彻头彻尾的骗子！”水灵捂住小腹，忍不住激动起来。

“水灵，很抱歉，虽然我之前恨过你，也怨过你，但是一切终究还是我的错，可我是真的希望你今后能幸福。”

“我恨你！不要以为你假仁假义，我就会原谅你……”就像她永远不会对孙萌萌道歉一样，她不会原谅肖毅，永远也不会原谅。

可是就算不原谅又能怎么样呢？内心深处的悲哀让水灵透不过气来，现在她的肚子里怀着另一个男人的孩子，她从未想过她一时放纵却付出了最沉重的代价。

曾经最最骄傲的她，为什么会活成这个样子？她有些后悔了，真的有些后悔了，也许她真的不该爱上肖毅这样的男人。

她小腹那种不适的感觉越来越强烈，最终她蹲在了地上，再也站不起来。

“水灵，你怎么了？”

“我不舒服！”

她的额头上布满了汗水，一张脸惨白到极致。

“我送你上医院。”

4.

此时新港的总医院里已人满为患。空气里弥漫的消毒水的味道，让水灵感到更加恶心，肖毅抱着她大步向急诊室跑去。水灵把头埋在肖毅的怀里，不知不觉又泪流满面。她没想到他会知道这一幕，酒后的一夕放纵，她连那个男人的名字都不知道，可偏偏让肖毅知道了这么难堪的事情。

大夫做了检查后走了，水灵倚着床头，手上挂着点滴。病房的灯光下，她一张梨花带雨的脸庞显得越发苍白。

桌子上摆着刚从楼下买来的粥和小菜，饭香把消毒水的味道冲淡了不少。肖毅站在离她的病床很远的地方，看着水灵。

水灵见他脸上的表情很平静，除了拧紧的眉头之外，看不出任何的情绪。她的脸上滚烫，本来一直理直气壮的她，竟然有些不敢与肖毅对视，她究竟在尴尬什么呢，这一切还不都是因为他？

“孩子没有了。”肖毅不确定水灵知不知道这件事，刚才她几乎处于昏迷状态，大夫对着他嘱咐了很多，他在距离水灵一米多远的地方坐下。“你的身体很虚弱。”

“你是不是很看不起我？”水灵的另一只手紧紧地抓住床单，说完后用牙齿咬住自己的嘴唇。

对水灵的怀孕，他确实有些出乎意料，肖毅嘴角抽动了一下，想了想还是应了一句：“不会。是谁的孩子，打电话给他吧……你应该让他知道。”

“你为什么要管我，让我去死好了！”无论怎么伪装，在肖毅面前水灵还是崩溃了，除了心痛、耻辱，还有自卑，她变得已经快不认识自己了。

“不要再把自杀挂在嘴上，你上一次自杀住院的事情还不够吗？”

“我知道自杀很可笑。”水灵看着他的眼睛忽然闭上，声音渐渐低了下去，“我知道这会让你看轻我，可是我那时只想见你，如果不是你不理我，我又怎么会那么傻呢？那是我自己的血肉啊……”她居然带着眼泪笑了。

“好好保养，早点儿叫孩子的父亲来照顾你吧。”

“你走吧！”水灵闭上了眼睛，不再去看他，她无论如何也想不到，自己竟会有这样可悲的一天，如果可以，她宁愿永远不要让肖毅看到这样的她。

“水灵，如果将来我有一个女儿，我辛苦把她养大，一心期待她有更好的未来，却看到她像你现在这个样子，我会很伤心……”他顿了顿，“你的父母一向都是以你为荣的，以后好好生活。你本来是一个非常优秀的姑娘，再见！”

到了楼下的服务站里，肖毅找到了一位五十几岁的阿姨，她身上穿着医院护工的衣服，他取出笔和纸，写下水灵的病房号，从钱包里取出三百块钱给她：“这位病人，晚上的时候麻烦你照顾一下她。”

“一个晚上，不用这么多钱。”

“您拿着吧，如果晚上她需要什么，您可以买给她。”

肖毅一个人去取车子，迎面的冷风吹过来让他打了一个寒战。

水灵怀孕了，他想到的却是孙萌萌，她现在在哪儿？在做些什么？这种感觉很痛苦，孙萌萌对他来说越来越像一个断了线的风筝，再也无法掌控，甚至会越飞越远。

肖毅的公司基本上走入了正轨，他又恢复成了往昔意气风发、英姿勃勃的肖总。很多老员工也都回来了，肖毅一如既往地接纳了他们，很多人甚至都恢复了原来的职位，秦紫妍毕业后到了肖毅的公司任职，小丫头很勤奋，在主管的培养下，工作上手很快。

这段时间他没有和孙萌萌电话联系，但是会发邮件给她，告诉她自己工作和生活中的一些情况。此时，他点燃了一根烟，邮件还是打开着，他走向窗边，看着办公室外车水马龙的街道。

他生在这个城市，长在这个城市，他三十几年所有的故事都发生在这里。本来一帆风顺的他，所有的一切都在去年的这个时候开始颠覆。

整整一年，他的生活发生了改变，他朝夕相对、一心一意等着他回家的小妻子现在已经远离了他的视线，能与之联系的只有电邮这种方式，他每天一封邮件，可她回复的时候很少。

曾经每日用电话追着他回家吃饭的小女人与他相隔万里，每每想到这一点，他的心就会发疼。

电话响了，是李天石，催着他一起去参加一个商业的酒会。人或许就是这样吧，现在家里没有人等他了，他反而不愿意在这样的场合多做逗留，只希望早早地回家去。

主办方是肖毅一个多年的朋友，不能不去。他又买回了之前一直喜欢的品牌新款的一辆吉普。他停好车子，李天石也到了，他看到了肖毅的车子，直接从后面走了过来。

“你一个人？”肖毅打趣他。

“肖毅，你看！”顺着李天石的目光望去，肖毅看到了一个不算陌生的身影。

一个外国老人正和一个男人认真地交谈着，老人两鬓斑白，身体发福，大概有六十岁。他的身旁一个女人正流利熟练地替他翻译讲解。

那是水灵？

在她的讲解下，中方的男人不时发出笑声，外国老人脸上的笑意也越发明显，看来是洽谈得非常愉快。

水灵的脸上没有什么表情，专注地在两个人的对话中切换，这样的一幕让肖毅好像回到了与她初识的日子。人生若只如初见，也许就不会有那么多悲哀的事情发生……

不属于自己的东西如果只是远远地欣赏，留在记忆里的或许永远会是一种朦胧的美感，如果战胜不了贪婪和虚荣将其占为己有，那些美好就会变得无比轻飘和虚幻，最终只会带来悔恨和厌倦。

肖毅笑了一下，拿起一只高脚杯，向几个熟悉的朋友走去。水灵回眸的时候，一眼便看到了肖毅俊朗的背影，这是她新找的一份工作，德资企业驻华代表处的秘书。

两个老板谈完了，举杯庆祝，她拿着酒杯，脚步向肖毅的方向动了一下，可是她最终犹豫了一下，还是止住了。

吸毒的人连鸦片都可以戒掉，更何况一个肖毅。虽然她还有太多的不甘，可为了这个男人，她付出得太多了。这个世界太残酷，就连像她这样名副其实的公主，也并没有得到王子更多的呵护。每每想起这些，她就觉得抑郁。

她怀孕的事情一定让他很看不起她吧。她的清高曾经是他欣赏的一部分，可现在，她在他眼中的形象也许已经完全颠覆。她想起了麦嘉轩说的话，命运怨不得别人，它只能掌握在你自己的手中。既然改变不了过去，只能好好地把握将来。她已经下定决心要把自己丢掉的那些骄傲一点一点地捡回来。

麦嘉轩在休年假，今年他升了职，成了杂志社财经版块的主编，收入越来越高，工作也越来越忙。

麦嘉轩的手机响了，打开一看竟然是水灵的号码，他已经很久没有见过她了。

下午的时候，麦嘉轩真的看到了匆匆赶来的水灵，他打开门的时候惊讶得呆住了。她脸上偏执疯狂的表情没有了，又恢复成了当初那个美丽动人的女子。

这套公寓是麦嘉轩去年就已经买下的，九十平方米的小洋房。他是一个有计划的人，他坚信凭着自己的努力，生活可以越过越好。那时，他告诉过水灵自己的地址。

“水灵，你怎么来了？”

水灵有些慌乱，也有些不好意思：“嘉轩，我想重新开始，想忘记过去的一切，我……”

这些日子，她努力地工作，忘记一切重新开始，不经意的时候，她总是会想起曾经一直默默关注自己的那一道温暖的目光。他对她的好，当她一个人的时候，越发显得清晰。

经历了这么多事情，水灵明白生活在这个社会上就会遇到各种各样的人，没有人会永远原谅你，没有人会永远没有原则地爱护你，一个肯在你需要时一直不离开、不抛弃的男人，可遇而不可求。如果不能强迫别人来爱自己，那么就只能努力让自己成为值得爱的人。

“在我二十七岁的人生里，只遇到了一个像你这样不离不弃真心对我的人，我不想错过。”她贪恋他给她的温暖，她怕这一生都不会遇到一个比他对她还好的人。如果她是一个跛了脚的小女孩，他就是把她扶上白马的王子。

水灵抬起头，美丽的大眼睛里充满了期待。麦嘉轩一直没有开口，只是认真地打量她，水灵的心里忐忑不安，一缕长发拂过了面颊，她小声地叫他：“嘉轩。”

他还是没有回答。

“嘉轩！”一个温婉的女声在水灵的背后响起，她回过头去，看到一个样貌甜美的女孩子，一直走到了麦嘉轩的身边。他的表情有些尴尬，走上去几步，温柔地揽住女孩子的肩头，对着水灵介绍：“水灵，这是我的女朋友！”

不失落是假的，水灵的心又一次感受到了无比的震撼。她重新打量眼前的这个男人，他和她心中大学时候的麦学长相比已经有了很大的变化。他像是一块被打磨后的玉石，温润又璀璨，退去了少年的青涩，已经成为大都市中的职场精英，她第一次在麦嘉轩身上看到了从男孩到成功男人的蜕变。或许她早一点儿发现，过去就不会在弯路上走得那么远。

“麦师兄，祝你幸福！”水灵由衷地祝福。

“水灵，你也会幸福的！”

5.

机场里人头涌动，李博明看着面前的孙萌萌，伸手按住了她的肩头：“萌萌，你真的决定了？”

相处的时间越长，他越能感受到孙萌萌的美好。从最初的相识到欣赏，她的柔弱、她的无助、她的痛苦、她的单纯、她的善良、她的倔强与自尊自爱……都让他深陷其中不可自拔。此时此刻，孙萌萌那温柔的眉眼里又多了些许坚定，她迎着李博明的目光，轻轻地说：“博明，对不起！”

“你没有对不起我，是我一直在想尽办法追求你，这是一个男人对自己深爱女人的表达方式，你有拒绝和接受的权利。不过我想问你，是因为他吗？”

广播里传来登机提醒的甜美声音，时间不多了，孙萌萌从他的手中接过自己的皮包，微微一笑，认真地摇摇头：“博明，我的决定与他无关，与你也无关，与任何人都没有关系。”

她的目光越过面前的男人，投向了落地窗外遥远的天际：“过去的那么多年里，我一直是在为了别人的期望而活着，无论是在母亲的身边还是在丈夫的身边，永远都是被人保护、受人照顾的角色，我的幸福全部来自于别人的给予，我从来没有真正为自己活过。如果我总是需要依赖一个男人才能站起来，那我就永远都不能真正地独立，也无法找到真正的自己。这次去云南出差，对我来说或许是一个很好的机会，让我能够一个人去感受这个世界，融入这个世界，做一些自己真正想做的事情。博明，你能理解吗？”

看到她的眼中绽放出的那种坚强与自信，李博明知道她的决定已经不会再改变了。他温柔地看着这个倔强的小女人："萌萌，我能理解。你的人生是你自己主演的剧目，其他的人都是配角！"

孙萌萌惊讶地看着他，这个如此优秀的男人，给了她生命中一次又一次的感动，更难得的是他能懂她，不知不觉她的眼圈微微发红。

播音小姐的声音再次响起，李博明笑着说："赶快进去吧，平安到达后给我打电话。"

孙萌萌随着人群向前走去，快要到检票口的时候，听到了李博明的声音再次传来，"萌萌！"

她回过头，看到他已经站到了她的身后，手里拿着一个小小的盒子，他手指一弹，盒子打开了，里面一枚精美的戒指在灯光的照射下闪闪发光。

"博明？"

"我其实已经买了很久了，我等你回来，希望能有一天戴在你的手上！"

孙萌萌向他挥挥手，转身向前走去，开始了她人生中新的行程。

孙萌萌此行的工作是去了解云南当地的孩子们接受教育的情况，接待她的学校位于山峦之中，是一所刚刚被政府出资翻修过的小学，白色的矮墙在青山绿水之中显得格外秀丽。方圆几十里只有这么一所小学，文校长已经年过六旬，却还在讲台上为孩子们上课。这次出差的时间充裕，孙萌萌见这里的老师不多，便主动留下来帮忙。她和年轻的代课老师小王一起吃住，原生态的风景与孩子们纯真的笑声让她感到了前所未有的宁静。她悄悄拾起了做小说家的梦想，只要有空就在校舍里写作，希望把这里的生活体验写进书中。

"小孙，家里都有些什么人啊？"午后，文校长一边备课一边和孙萌萌聊家常。

"我还有一个母亲，奶奶去年过世了……文校长您呢？"

文校长微微笑着说："我家里的亲人也不多，只有一个多病的老伴，最近身体越发不好了。学校的事情，这些天让你费心了。"

“伯母病了啊？”她对这个老人有着说不出的好感和敬意。

“老毛病，很多年了……”

傍晚，孙萌萌买了些水果和点心，让小王带着她一起去了文校长的家里。还算新的一座小院落，打扫得干干净净，周围种满了山茶花，姹紫嫣红。屋子是一明两暗的布局，陈设很简单，却也收拾得很干净，药香扑鼻。北面的屋里躺着一个老妇人，看见有人来了，冲着她们微微点了点头。

文校长是当年下乡的知识青年，文大妈却是地地道道的本地人。开始她不认识字，后来文校长手把手地教她，十几年后，她也成了这所学校的一名语文老师。

孙萌萌很是好奇：“文校长，当初怎么不返城呢？我知道你们那个年代的人几乎都是拼了命地要回城里去。”

文校长只是淡淡一笑，摸着老伴的手说：“要是我回上海，就得和凤莲离婚，她支持我回去，可是我舍不得，后来她就怀孕了。”

“您是上海人？上海现在建设得可好了！”

“回去过，看着真高兴！凤莲那时还能走动，一个劲儿地说拖累了我。我对她说，上海永远是我的故乡，但是有她的地方才是我的家。”

病中的老人不知是不是因为常年卧床的原因，皮肤下面几乎已经没有脂肪，瘦小得像个十来岁的孩子。她的脸上露出一抹温柔，轻轻地应了几句，因为是地道的本地方言，加上声音很小，孙萌萌几乎不怎么听得懂。

文校长在一旁耐心地做着翻译。没说几句话，老人就累了，文校长替妻子盖好被子，歉意地朝着大家笑了一笑。孙萌萌和小王告别了老人，出门时夕阳已经没入远山，回望着这温馨的小院，她的脸上渐渐浮起了笑容。

肖毅找到孙萌萌的时候，是一个雨后的黄昏。长途跋涉之后，他的裤脚已经湿透。他看到从校舍里走出一个身形纤细的女子。

他的小妻子！

半年多的时间里，孙萌萌那齐耳的短发已经长长了，别在耳后，露出一张恬静秀丽的脸庞来，夕阳下像细瓷一样映着淡金色的光辉。

肖毅站在山坡上远远地看着她，像是在端详一个全新的女子。她这个样子，他竟是第一次看到。从她十八岁他认识她的时候她就是漂亮的，只是看惯了她俏丽的短发，现在的她让肖毅有点儿陌生。爱上他的那一年她只有二十岁，如今她已经二十八岁了，岁月在她的脸上并没有留下太多的痕迹，只是留给了她更多的淡定与从容。

不是错觉，这是他熟悉的女人，也是一个他完全陌生的孙萌萌，她长大了。

“你怎么来了？”

“一个人跑到这里来了？”肖毅不答反问，环视着周围，他鼻息间都是雨后青草的香气，天空中挂着一道彩虹，不远处传来潺潺流水的声音。这是一个好地方，他以为她会在昆明的同学那儿，没想到竟在这样一个小村庄里。

孙萌萌比几个月前晒黑了，也胖了一些，穿着一件白色的休闲半袖衬衣，宽宽大大的，配着一条半旧的牛仔裤，青山绿水间，柔美恬淡的她依旧有着让人无法忽视的那种来自都市的简约干练的气质。

“萌萌姐！”顺着声音望去，孙萌萌看见小王从教舍里追了出来。

“怎么了？”

“刚才有人给文校长送信过来，说他老伴快不行了！”小王跑得满脸通红，她也是文校长以前在学校里照顾过的穷孩子，和文校长的感情非常好。

“文师母？”

肖毅来得正是时候，医院离这里还有很远的路程，耽误一刻也许就来不及了。

“肖毅，你开车了吗？”

“开了！”孙萌萌知道肖毅有一个习惯，无论到什么地方，一定会先弄一辆车子代步。这个地方不通公车，离长途车站也有很远的距离。果然他是开车来的。

肖毅在丽江市中心租了一辆吉普。文校长抱着妻子坐在后面，孙萌萌坐在副驾驶的位子上，车子开了几小时才到了最近的一家医院。

一番抢救后，文大妈躺在病床上，她旁边的检测仪上，绿色的线条微弱地颤动着。

6.

医生走进来，叹息了一声：“病人情况很不乐观，你们要随时做好心理准备。”

孙萌萌看着心酸，忍不住就要落泪，奶奶去世后，她最见不得的就是这种生离死别的情形。倒是文校长还算镇静，他坐在病床旁边，握着文大妈干枯的手。

“大夫，没有别的办法了吗？”肖毅在一旁问道。

大夫摇摇头：“病人已经瘫痪十几年了，这次身体的各个器官衰退明显，就算暂时维持，也不会有其他的改变了。”

“你是说就算脱离危险，文大妈也不会醒过来了。”

医生没有说话，病房里只剩下机器发出的声音。

孙萌萌和肖毅站在床头，文校长抬起头对他们说：“大老远的还麻烦你们跑一趟，要不是有车，这次恐怕真是耽误了。这些年我们都是在这里看病的，同样的情况出现过好几次。我有心理准备，但是也不悲观。你们可能觉得是我在照顾凤莲，其实你们不知道，是她舍不得把我一个人留下……”

孙萌萌和肖毅互看了一眼，有些惊讶。这个时候谁也没有再说些什么，只是默默地看着面前的一对老人。

夜越来越深，文校长在文大妈耳边说着孙萌萌和肖毅听不懂的当地方言，一直不停地说，直到天色渐渐地明亮起来，外面的天空泛着鱼肚白，渐渐又染上了一层金色的晨曦。突然孙萌萌看到文大妈的眼角流下泪来，干枯的手指在文校长的手中动了一下。心脏监视器的绿色线条有规律地起伏起来。

孙萌萌和肖毅两个人同时不敢置信地互望了彼此一眼，肖毅跑出去喊大夫。

医生也感到无比吃惊，文校长向肖毅致谢："小伙子，今天谢谢你了！"小王偷偷地打量着肖毅，连她这个陌生人都能看出他和萌萌之间有一种默契和熟悉。

"您客气了，我是萌萌的朋友，我该多谢您一直对她的关照。"肖毅看着床上的病人，小王听到他发出了一声若有若无的叹息。

"你们也累了，回去休息吧，学校里的事，小王你多上点儿心。"

"小王回去吧，我留在这儿多个人多个帮手。"孙萌萌不同意，学校里的老师都待不长，现在就只有小王和文校长两个人。小王必须回去，明天还要上课。

"不用不用，我一个人习惯了。"文师母戴着呼吸机，眼睛紧紧地闭着，卧在被子里，像一个十来岁大的孩子。文校长挨着她坐着。

最后，文校长坚持一个人照顾妻子，肖毅开车把她们送了回去。

路上小王对孙萌萌和肖毅说，她之前问过文校长，两个人的差距这么大，为什么能够生活在一起，文校长告诉她，任何人相处的基础都是彼此需要。以前是她一直在照顾他，后来她的身体出了问题，就轮到他来照顾她了。

小王还告诉他们，她从他们年迈的身体上很难联想到风花雪月的爱情，可是从他们身上看到了责任的厚重，令她羡慕不已。

夜里小王和孙萌萌一间屋子，孙萌萌把自己平时住的地方腾给了肖毅。房子是新翻盖过的，收拾得整整齐齐，夜里有些凉了，他把脸埋进被子里，到处都是孙萌萌的味道。曾经那气味太过熟悉，可是当她突然不在了，他夜里躺在床上，会因为不习惯而睡不着，甚至会思念到产生幻觉，猛然惊醒伸手一抓，身边是空的，那一刻，没有任何一个男人还会怀疑自己心里爱的是谁，不是她还能是谁？

人生路上有太多个岔路口，他迷失了，现在走回来，庆幸的是她没有走远，还在他身边的不远处。

吃过了早饭，肖毅以朋友的身份要求孙萌萌带他出去看看，两个人没有开车，就到附近的山坡上随意地走走。

“你还没有告诉我为什么会找到这里来呢。”昨天后半夜又下起了大雨，山涧的瀑布从天而降，溪水清澈见底。肖毅索性坐下来，把鞋袜都脱了，光着脚踩进水里。嗞，溪水好凉，他倒吸了一口凉气。

孙萌萌在他旁边一块巨大的石头上坐了下来，看着他。

“舒服，真舒服啊！”肖毅这样子孙萌萌可不陌生，订婚后，她就知道他一副酷酷的外表下，其实更像一个大男孩。除了霸道以外，有时脸皮也还特别厚。结婚后更发现，在人前衣着光鲜的肖毅，回家后衬衣袜子随处乱扔，她有时也无奈地问他，肖总你英俊潇洒、玉树临风、风流倜傥的一面都留给了别人，怎么在我面前一点儿也不顾及形象，半点儿危机感都没有？

他笑嘻嘻地说：“即使全天下的人都嫌我，老婆和老妈也不会嫌我的……”

“你也试试……”怪不得孙萌萌愿意留下来，这个地方要不是厕所难以忍受，住的地方太简陋，他也不想走了。

“水太冷……”

肖毅脑子里像是条件反射一样忽然想起来，这几天应该是孙萌萌的生理期：“那你还坐在石头上，当心肚子疼……”

他直接站了起来，光着两只脚，挽着休闲裤的裤腿，在几块山石上踩出几个大大的水脚印，过来就把她拉了起来。孙萌萌脸红了一下，也明白了肖毅指的是什么。同床共枕三年多，只怪彼此太熟悉了。

一阵轻风吹来，肖毅不自觉地替她把半长的头发拢在耳后。孙萌萌侧过脸去，躲开了。

他说：“也许在整个云南找一个人会很困难，可是这个人不是别人而是你，如果让我找你的话，无论你躲在哪儿，我都会出现在你的身边……”

孙萌萌抬起头，轻轻地叹息了一下，这个她相信，始终都相信，所以曾经才会有那么深的失望。

“肖毅，他向我求婚了……”

7.

“你还没有答应对不对？我说过，我要重新开始追求你。”隔着几千里地，从新港飞到丽江，肖毅在见到孙萌萌的一瞬间，清楚地从她的眼睛里看到了一丝不敢置信。他想象得出，几乎很少出远门的她，一个人身在异乡工作这么长的时间需要多大的勇气。

“我们本来可以是最幸福的一对夫妻，我们有相识数年的恋爱基础，我们有包容支持我们的父母，我们的生活比上不足但比下有余，我们有健康的身体……也许是拥有的太多，才会不懂得珍惜……”

那时他说自己是因为工作的压力，是因为与妻子的共同语言越来越少，其实就是想要追求更刺激的生活，不甘于现实生活中的平淡而已。谁的生活会十全十美，说到底根本就是在本来拥有的基础上想要更多。人都是贪婪的动物啊！

“萌萌，开始的时候我也觉得自己是爱水灵的。”他不是一个滥情的人，更不是没见过女人、没有被女人投怀送抱过。到了这个时候，他愿意和孙萌萌分享自己的感受。

那个时候他觉得水灵对他来说确实有致命的吸引力。可是现在看来，更准确地说，他心中的那个人不见得是水灵，那或许不是一个特定的女子，也可以是任何一个恰巧出现的美丽知性清高的女子。那个时候，那种心情，以及当时生活与事业的现状，一个美丽脱俗的水灵的出现只是一点星火。根源是他身体内等待满足的虚荣心，早就不甘于现状而又渴望激情的血液与那星火一经碰撞后才会顷刻间燎原……

“可是后来我渐渐发现，只有你在我心目中是谁也不可以取代的……

“你别不信……有时我很感谢命运的安排，妈妈出事了……我遇到的水灵是一个任性却也率性的女子，所以让我在最短的时间内看清了自己内心的真实想法，而没有在人生路上蹉跎太长的时间。

“我和大多数人一样都生长在一个传统的家庭里，骨子里流着的也都是传统的血液，一开始就知道不可能给水灵婚姻，离婚后我也不可能和她在一起。

“如果我和她勉强在一起，无论是因为什么原因，我的生活中都会处处充满你的影子。激情退去，平淡依旧会接踵而来，剩下的只有越来越疲惫的灵魂……

“萌萌，婚姻中夫妻两个人的爱在平淡中其实并没有消失，它只是沉底了……是我不懂得摇晃一下让它重新浮上来，让自己再一次看清楚。”

他看着孙萌萌的眼睛，微微咧着嘴角苦笑：“我现在能体会到你看到我和水灵在一起的时候，心里有多么的厌恶和伤感，就像我看到你和李博明在一起的时候，我真恨不得杀了他。可是遗憾的是，我没有在最及时的时候明白这些。

“水灵自杀我吓坏了。当我看到她的时候，我彻底震惊了，一个曾经美丽的女孩子为了我变成那样，我觉得自己就是一个罪人。我忽视了你的感受，什么都想负责，可是最终成了一个最没有责任和担当的男人，究其根源，是因为经历了一段不该出现的感情后，我再也无法预测今后事情的发展。越来越多的错误让事情越来越难以控制，最终都是归结于最最错误的开始……”

“肖毅，当初选择离婚，是因为我们毕竟是互相了解的。你知道我永远不会时时刻刻地侦查你的行踪，更不会歇斯底里地威胁你，我也清楚你不是一个滥情的人，之所以会选择水灵，必定是她身上有吸引你的光芒。你下定决心和她分手的时候，其实她身上的光芒在你的心中也并没有完全退去，你与她的这场感情纠葛，无论结局如何，你终究是投入了、付出了，不可能在思想上想断就断。早在我答应原谅你和你好好过日子的时候，其实就已经做好了等待你身心回归的准备，可是我低估了水灵对你的情深，也高估了自己的忍耐力和我们之间仅存的信任。”

“萌萌，那个时候你受委屈了……”

孙萌萌摇摇头：“肖毅，前几天我梦到爸爸了……”

“爸爸？”肖毅愣了一下。

“是我已经记不清的亲生父亲，他对我说，一个人无论在什么时候，都要有自己的社会价值。钱不是衡量一个人价值的唯一标准，但是回想起来，我以前的生活中的确没有自我。

“一些女人把美丽视为一生中最大的事业，而我则把家庭视为一生中最大的事业。这也许并没有错，可是关键在于对家庭的维护和对人生的追求需要一个相对的平衡点。拥有自己的工作和目标，不只是为了让丈夫欣赏到工作中妻子美丽的一面。

“婚姻中的夫妻也需要适宜的平衡和制约，当一个人知道他的配偶的世界全都围着他一个人转，开始会感动，但久而久之就会把对方设定为‘绝对安全’，自然就会对其有所忽视，少了期待。

“听起来挺悲哀的，我以前认为夫妻两个人你爱我，我爱你，彼此承诺，彼此约定，我不会为你患得患失，你也必定会对我一心一意。像老一辈的人那样相濡以沫，相伴到老。

“可你看，我们身边的很多朋友都在成长中渐渐失去了联系，可见无论是什么感情，如果不经营最终都会形同陌路。

“我像你挥霍感情一样，也挥霍了自己的人生，这场婚姻中，你迷失了感情，我失去了自己，没有绝对的对与错，这样的结局并不意外。”

“萌萌……我从来就没有想过让你当什么女强人，我不明白的是，为什么人这一辈子，无论怎样的激情最后总会归于平淡呢？”

“肖毅，其实平淡不是只有男人才会觉得无味……女人也是一样啊……你觉得我爱你可以爱到一个人在家等待无数个夜晚也不会觉得寂寞？你以为我不会觉得柴米油盐酱醋茶的生活单调？可是我对自己说，婚姻生活你觉得它是幸福的，它就会是一种幸福，你觉得它乏味，自然就会觉得它越来越无趣。”

孙萌萌的脸色是平静的，眼睛里却流露着淡淡的忧伤，像是隔着一段长长的时光重新再去看待那些轰轰烈烈的往事。

“我现在不是你的丈夫，你就当是从来没有认识过我，我不要求别的，只想让你对我打开心门，不要拒绝我，给我机会，我会用我所有的努力，重新让你回到我的身边。”

耳边是潺潺的水声，他突然拉她入怀，他不敢像之前那样强吻她，但是几个月不见，他真的想她了。

他把她紧紧地搂在自己的怀里，让她感受到自己的心跳。但是没等她挣脱他，他就放开了她，轻轻地摸了摸她的头：“你这个样子，挺好看的。”

在山里随便地转了转，天色突然变了脸，没多久就下起了大雨，他们两个人躲在一个小山洞里避雨。她一直不怎么说话，以前的她在他面前总是有说不完的话题，只要他在听，她就像是无比幸福的。

回去的路上孙萌萌滑倒了，膝盖被划破了一条大口子，他只能背着她往山下走。他走不惯山路，每一步都格外小心，所有的一切不仅是因为自己，更是因为背上这个人。她的尾椎骨今年才骨折过，经不起再一次受伤……

婚姻是不是也是这样？彼此担负着两个人的重量，一路相伴，每一步都深思熟虑、小心翼翼。如果从一开始就能如此小心呵护，是不是相爱的两个人根本就不会迷失，不会分开？

孙萌萌伏在他的背上，颠簸中能感觉到他脚下一深一浅，身体僵硬得久了，重量渐渐完全压在他的背上，搂着他脖子的手也只能越来越紧。不用刻意去想，往事都会越过时光，穿越到他们此时的脑海中。

那时他也曾这样过，校园里、街心的拐角处……一步一步背着她往前走……

每一对相伴走过青葱岁月的恋人，是不是都有过这样的一幕往昔：我伏在你的背上，交付你我所有的重量，就像每一段美好的感情，都向往着生生世世，岁月流长？

那时大多数的男人也都对女人说过："我不是只爱你美丽的容颜，就算你将来变得又胖又老，在我心中依然没有人能够与你相比。"

千真万确，那时的少年说的一定不是谎言，那时的女孩也是真的幸福过。只是，人生若只如初见，谁又能预测到未来？

肖毅觉得这条路很漫长，可又是那么短暂，远远看到白色的校舍时，他站住了。村子的广播里在播放着一首歌曲，声音顺着风声传了过来，由远及近：

常常责怪自己当初不应该
常常后悔没有把你留下来
为什么明明相爱
到最后还是要分开
是否我们总是徘徊在心门之外
……
有多少爱可以重来
有多少人愿意等待
能懂得珍惜以后回来
却不知那份爱会不会还在
有多少爱可以重来

有多少人值得等待

当爱情已经桑田沧海

是否还有勇气去爱

生命中的每件事都是没法回头的，唯一可以做的就是吸取经验和教训，让自己越来越成熟，才不会辜负曾走过的那些路。